有爱的青春陪伴者

图书在版编目（CIP）数据

攀月 / 肆妄著. -- 南京：江苏凤凰文艺出版社，2025.3. -- ISBN 978-7-5594-9183-1

Ⅰ. I247.5

中国国家版本馆CIP数据核字第20242FW872号

攀月

肆妄 著

责任编辑	王昕宁
特约编辑	周丽萍
出版发行	江苏凤凰文艺出版社
	南京市中央路165号，邮编：210009
网　　址	http://www.jswenyi.com
印　　刷	天津睿和印艺科技有限公司
开　　本	880mm×1230mm 1/32
印　　张	9.5
字　　数	321千字
版　　次	2025年3月第1版
印　　次	2025年3月第1次印刷
书　　号	ISBN 978-7-5594-9183-1
定　　价	42.80元

江苏凤凰文艺版图书凡印刷、装订错误，可向出版社调换，联系电话025-83280257

目 录

第一章·偷拍 / 001　　　　　　第二章·醉酒 / 013

第三章·言归于好 / 024　　　　第四章·再遇 / 036

第五章·逃避 / 049　　　　　　第六章·毫无干系 / 062

第七章·望妻石 / 074　　　　　第八章·我喜欢她 / 087

第九章·不太熟 / 100　　　　　第十章·缘分 / 113

第十一章·心乱 / 126

目录

第十二章·手链 / 139   第十三章·欺骗 / 152

第十四章·拉黑 / 165   第十五章·我喜欢你 / 177

第十六章·和好 / 189   第十七章·纸条 / 201

第十八章·语音 / 213   第十九章·我愿意的 / 226

第二十章·你要牵起我的手吗？/ 241   江屿绥番外：彼时年少 / 258

出版番外：迟来的回应 / 291

第一章 /
偷拍

盛夏，傍晚时分。

窗外的知了不知疲倦地叫着，橘红色的夕阳余晖透过深色窗帘的缝隙洒进来，在木质地板上画出点点斑驳的光影。

室内空调温度适宜，床上的薄被下，陶言蜷缩成一团，精致白皙的小脸埋在枕头里，隐约可见纤长卷翘的睫毛，静谧美好。

少顷，床头的手机发出"嗡嗡嗡"的振动声打破了屋内的寂静，陶言卷翘的长睫轻颤，纤细白皙的手臂从薄被中伸出，摸到手机，将闹钟关上。

安静了半分钟，她从床上坐起，揉了揉脸，睁开双眼，碧绿的眼眸氤氲着迷蒙的水雾，杏眼水润，眼尾微微上挑。

翘鼻樱桃唇，肌肤白皙宛如剥壳的鸡蛋，睡着时颊侧压在枕头上，此时一侧腮边泛着浅浅的红，在橘红色的夕阳映照下，精致乖巧得宛如橱窗里娇贵的洋娃娃。

手机还在不停地振动，班级群里的消息已经"99+"，陶言往前翻了翻，大多在说今晚聚餐的事情，间或夹杂着些许八卦消息。视线扫过时，其中一句话让她怔了怔神。

△听说江神回来了，好像今晚也在食斋。

今晚五班散伙饭的地点就在食斋。食斋离一中不远，是历来毕业生们聚餐的首选餐厅。

至于群里提到的"江神"，若是陶言没记错的话，应该是高他们一届的学长，去年的高考状元江屿绥。

不过她和江屿绥没什么交集，只是在学校听到过他的八卦，知道他是一中的风云人物。

消息很快划过，陶言起身下床，玉白的双脚踩在拖鞋里，睡裙下摆露出的小腿线条完美，白皙纤细。

她走到窗边，抬手拉开窗帘。

窗外，知了声声，金黄的太阳给天边增添了一抹绚丽的色彩。

夏日晚风浅浅地拂过，橘色的余晖大片洒进屋内，阳光映照，她微微眯起双眸。

昨晚和张格格玩了半宿的游戏，早上又被迫早起，睡了一下午，这会儿才感觉活了过来。

她迈步进了洗手间，掬了捧冷水浇在脸上，稍微清醒了些。她简单洗漱一番，拿起皮筋将松散的长发抓了个丸子头，又换了一条浅绿色的连衣裙，打开房门走出去。

厨房的灯亮着，空气中充盈着淡淡的饭菜香气。陶言走到客厅，杨姨正端着一盘菜从厨房走出来。见了她，杨姨脚步停下，秀丽的脸上扬起一抹柔婉的笑，温声开口："准备出门了吗？"

"嗯。"陶言一边往玄关走，一边道，"陶嘉今早说下午放学要和同学打会儿篮球，您别等他了，饭做好了就先吃吧。"

她弯腰换鞋，身后瓷制的盘子触到桌面，发出一声轻响，随即是杨姨一贯温和柔软的声音："好，我知道的。你晚上如果玩到太晚，就让你爸去接你，在外面注意安全。"

陶言笑着应下，又朝杨姨道了声"拜拜"。

八月份的榕城，室外温度高达三十多摄氏度，即使这会儿太阳已经快要下山，空气中积攒了一天的热气依旧不容小觑，蒸腾得厉害。

陶言走到小区门口，叫的网约车正好停下。车内空调温度极低，扑面而来的冷气缓解了一路走来的燥热。

傍晚五点多，路上没几辆车，司机是一位二十多岁的大哥，陶言刚一坐稳，车子便如离弦的箭一般冲了出去。

她出于惯性往后靠了靠，眼眸震惊地睁大了些许，细白的手指一下攥紧了系在胸前的安全带。

她呼出一口气，对司机道："我不赶时间的，您可以不用开这么快。"

她说话一贯轻声细语，又带着南方姑娘特有的软糯，一句普通的陈述句说出来，也像是在祈求。

司机从后视镜里看到小姑娘略有些惊恐的表情，轻咳一声，道了句"不好意思"，车速这才慢慢降下来。

陶言礼貌地笑笑，转眼看向车窗外，再次就要不要考个驾照的问题纠结起来。

二十分钟的车程，陶言到的时候离约定的时间还有一会儿。大学开学前的最后一次聚餐，除了有几人来不了，其他同学都到了，即使这会儿还没到约定的时间，包间里也已坐满了人。

订的大包间，一共四桌。

陶言刚一进去，坐在靠窗一桌的林璐绮便眼尖地看见了她。

"陶言，这儿呢！"林璐绮朝她挥了挥手。

陶言抬眸看过去，见到同桌，眉眼一弯，灿若星辰。

在林璐绮身旁坐下，她看了眼四周，意外地发现班主任也在。包间里，同学们谈笑打闹，周遭声音嘈杂，陶言凑近林璐绮的耳边："宋老师怎么也来了？"

刚考完时班里也聚过，那次任课老师基本上都来了，按理说这次聚餐，应该不会再有老师的。

林璐绮偏头回答："老班可不是来参加我们的聚会的，好像是以前教过的几个学生今晚也在这里小聚。"

她示意了下正和宋老师交谈的男生："这不，班长刚在外面接人的时候碰见了，老班就顺道过来坐坐，估计马上就走了。"

"这样啊。"陶言点头，拿起桌上的酸梅汁倒了半杯，喝了口解渴。

包里的手机轻轻地振动了下，是发小张格格发来的消息：听说江屿绥回来了，你知道吗？

与此同时，身旁的林璐绮碰了碰她的胳膊，轻咳了一声，压低的嗓音里带着遮掩不住的八卦和兴奋："我听他们说，老班今晚聚会的那几个学生，其中就有江屿绥！"

映入眼帘的消息与耳边的话重叠在一起，今晚这人出现的频率着实高了些，陶言指尖微顿，微微怔神。

少顷，她回神，转眸看向林璐绮，眼眸微眯，嗓音却清润、平静，听不出什么情绪："是吗？"

林璐绮忙不迭点头："是呀。"

话落，门口传来一阵哄闹声。两人闻声望去，原本准备接着八卦的林璐绮在看清门口的某个人影时却瞬间失了神。

陶言收回视线，余光注意到她失神的模样，压下心中的情绪。

屏幕上又多出了几条信息，陶言抿唇忍笑，回复：注意你是个有家室的人，好吗？

张格格和陶言从小一起长大，直到高中分文理才没在一个班。高考刚结束，张格格的邻居兼青梅竹马唐琰禹向她表白。自此，她结束了长达十八年的单身生涯。

张格格：话说咱们明天去学校那边溜达一圈，有没有可能偶遇男神？

陶言冷漠地回复：没可能，以及，没兴趣。

接近六点，包间里已经坐满了人，她抬眸看了眼靠近门口的方向，发现宋老师不知什么时候已经离开了。

有服务员推门进来，陆续上菜。

吃到一半，张格格又发来消息：你俩好歹有过一段"前缘"，没想到一朝分手，你却连个余光都懒得再给。

沉默片刻，确认自己没看错，陶言疑惑：我和他，你是说，我和江屿绥，有过……"前缘"？

片刻后，张格格回复了一大段：简单总结就是，高一开学第一天，你作为新生代表在国旗下讲话，他因为打架在国旗下检讨。他打架你报警，他受伤你递药。同为年级第一，光荣榜上，你俩的照片一上一下。学校贴吧里，你俩拉郎配的CP热帖足足挂了一年多。很多同学都觉得，你俩郎才女貌天造地设天作之合鸳俦凤侣。

长长的一段话，陶言足足看了两分钟。

江屿绥比他们高一届，高中时陶言一心沉浸在学习中，除了因学校竞赛和其他一些活动认识了别的班级的人，只熟悉本班的人。

连本年级的人都不太熟悉，更别说自己还高一个年级的学长了。

只是偶尔在课间从同学们的口中听过他的八卦，也从张格格那里听到过一些关于他的似是而非的消息。再多的，就只是偶尔在学校碰面，点头打个招呼，仔细算来，他们连话都不曾说过几次。

而因为陶言对这些不感兴趣，张格格后来也很少说起。她本身也不是八卦的人，即使隐约知道江屿绥在一中是特别的存在，也很少好奇打探。

两人仅有的交集，大概也就如张格格说的那样，有次意外碰见他打架，出于从小接受的教育，再加上他受伤似乎与自己有点干系，于是她报了警，还顺手给他买了点药。

只是没想到，一中同学们在省重点高中的学习重压之下，还能保持一颗八卦娱乐的心。

想到这些，陶言指尖微顿，微微怔神，记忆一下被拉回到三年前。

一中作为省重点高中，新生入学都会提前进行为期半个月的军训。

陶言记得那时已是八月末，军训过半。那天结束下午的训练，张格格从本校初中部升上来的同学口中听说校外有一家超好吃的过桥米线，便拉着陶言一块儿去了。

要去那家店，需要穿过校门口的小吃街，再拐过一条巷子。

下午刚下过一场雨，空气中好似盈满了水汽，缓解了些许夏日的燥热。

两人从小吃街出来，刚进巷子，就隐约听到巷子深处传来异样的声响。一中管理严格，校风清正，这巷子又在学校外面，从没听到有谁在这里遇见过危险。

于是两人没在意这点声音，直到走到拐角处，声音越发清晰，陶言脸色微变。下一秒，率先转过拐角的张格格"唰"地退了回来，一把拉住她往后退了几步。

张格格心有余悸地拍了拍胸口，脸上带着后怕，凑到陶言的耳边："里面居然有人在打架。"

陶言才初中时，家里人就了解过一中的情况，她知道学校里从没发生过恶劣事件，因此这会儿遇见这种事，后怕之余也感到十分震惊。

两拨人的距离不到十米，巷中传出的声音愈加清晰。

陶言紧张地咽了咽口水，睫毛轻颤。她攥了攥手，小心翼翼地从拐角探出头。

巷中的情景清晰地映入眼帘——头发染得五颜六色的五个男生，将一个黑发少年围在中间。

被围住的黑发少年孤立无援，却丝毫不显狼狈，动作干净利落，背对着她的身形似乎都透着从容不迫。

从没见过这种场面的两个女生又缩回墙角，张格格慌张地攥紧了陶言的手臂，压低声音道："看起来像是外校的人，一中是不允许染发的。"

陶言点头，眉心蹙起，想到被围在中间的黑发少年，手指不安地搅动。

张格格扯了扯她的胳膊："咱们还是绕路吧。"

刚迈开半步，陶言抿了抿唇，拉住张格格，又探头往巷中看了眼。恰好此时，少年转身一脚将背后偷袭的人踹倒在地。

他动作利落，抬眸的瞬间，两人的视线恰好对上。

陶言这才清晰地看清了少年的模样。

细碎的短发散落在额前，眉骨锋利，眼眸深邃，高挺的鼻梁下，一双薄唇紧抿着。在冷白的皮肤映衬下，颊侧和嘴角的瘀青越发显得吓人，却即使带着伤，也遮掩不住那张近乎带着攻击力的、格外出挑的脸。

但最吸引人的还是那双眼睛。漆黑深邃的眸中充斥着狠戾，像是一匹陷入绝境却丝毫不肯退让的狼，仅仅靠着满腔孤勇和恨意支撑着。

视线对上，陶言悚然一惊，绿宝石般的眸子倏地睁大，心跳仿佛都停滞，整个人僵在原地。

两人无声地对视了两秒，直到看见他身后有人拿了一根棍子落下来，陶言才恍然惊醒，无声地惊呼了一声。

她看到他踉跄了一下，随即敛眸转身，毫不留情地反击。

陶言缩回墙角，紧了紧手，一秒后，她毫不犹豫地拨打了110。

一中附近不远处有个派出所，报警电话拨出后不过几分钟，警察就赶了过来。

一群人被带回派出所教育。作为报警人，陶言也跟着去了。也是在这时，陶言知道了少年的名字——江屿绥。

少年是受害者，警察只是简单教育了几句，便放人离开。

派出所的门口，陶言手上提着刚从药店买的药，踌躇片刻，她开口叫住正要离开的少年："等等。"

少年停步，侧眸回头。

他穿着洗得褪色的旧T恤和运动裤，身形瘦削却如青松般挺拔，深邃的眸望过来时，眼里在小巷打架时的狠意已消失不见，只透出淡淡的询问意味。

少年瞳仁漆黑，骨相也冷，即便就那么简单地站着，周身也充斥着生人勿近的冷漠。

他面上还带着伤，额角也不知被什么划破，溢出点点血迹，却不见丝毫狼狈，只是神情淡漠，仿佛根本没将这点伤放在心上，又像是早已习惯。

陶言走到他面前。少年身量极高，她只堪堪到他下颌处。她将手中的药递到他面前，微微仰头，轻声道："你身上的伤，处理一下吧。要是太严重，最好还是去医院看一下。"

江屿绥垂眸，猝不及防地撞进那双温柔又带着丝丝关切的眼眸中，那瞳孔仿佛能摄人心魄。他微怔了一瞬，喉结轻滚，移开视线。

面前的女孩小小一团，手指细嫩纤细，却因为提着药，关节泛着不正常的青白，指腹充血。

她仰头看他时，细白的颈子绷直，纤细脆弱到仿佛轻轻一捏就会碎。娇娇软软的，让人一看便知是被家人精心娇贵着养大的。

身侧的手微蜷，江屿绥抿了抿唇，却向后退了半步，拉开两人间的距离，淡声拒绝："不用。"

女孩柳叶般的细眉微微蹙起，让人忍不住想要将之抚平，不愿她再为任何事烦忧。

江屿绥克制地紧了紧手，移开视线。

不是看不出他抗拒的姿态，只是一想到刚才在巷子里，如果不是因为她，他不会因分神而被打那一棍子。再加上他之前淡漠的表情，陶言莫名地觉得，若是没人管，他一定会放任这些伤不处理，便怎么也做不到就这么离开。

她轻轻咬了下唇，攥了攥手，心一横，直接上前一步，伸手拉过少年的手，将药塞进他手里。

少年的手掌宽大，手指修长，指腹关节却覆着一层薄茧，显然，这是一双做惯了活的手。

细嫩的肌肤触上他掌心的薄茧，轻微的刺痒传来，陶言心中莫名不是滋味。

她将药放到他掌心，需要她双手捧着的药到了他手上，仅一只手便能完全拿住。

冰凉的手上传来温热的触感，像是凛冬寒风中洒下的一抹温暖阳光，即便转瞬即逝，也让人忍不住想要牢牢抓在手中。

江屿绥手指微蜷，掌中的塑料袋发出簌簌声响，他恍然回神，眼眸轻动。

女孩已经退回到原来的位置，眼睫半垂着，叫人看不清眼底的神色。

江屿绥垂眸，只看到她蝶翼般轻颤的长睫，往下是小巧的鼻尖。

她动了动唇，嗓音软糯："受了伤如果不处理，拖着只会越来越严重，你……"她顿了顿，抬眸盈盈地看着他，满是认真地叮嘱，"你不要不当回事，要爱惜自己的身体。"

一字一句，尽管努力严肃，却因为嗓音过于柔软，听起来更像是在撒娇以期达到自己的目的。

江屿绥喉结轻滚，最终还是接下了这袋药，微微颔首："谢谢。"

她这才吁出一口气，嘴角扬起，颊侧漾出两个甜甜的酒窝："不客气。"

她不笑时就已经很美，此时笑颜绽放，眸中盛满星光，仿若春日清风拂过，轻易便能拨动人的心弦。

回去的路上，陶言才从张格格的口中得知，少年是一中的风云人物。

中考时以第一名的成绩进入一中，入学后却逃课、打架样样精通，出了名的孤僻狠戾，即使一张脸足够魅惑众生，却也人人避之不及，不敢接近。

后来两人再有交集，便是在军训完后正式开学的第一天，陶言作为新生代表在国旗下讲话，而在她演讲完后，江屿绥因为打架一事，从她手中接过话筒，站在她之前的位置就打架一事做检讨。

从记忆中抽离，陶言垂眸，看向手机屏幕。

张格格：可惜高考后就没怎么听过他的消息了，也不知道他认回亲生父母后到底过得怎么样。

张格格：不过再怎么说至少也比那对垃圾养父母好。

张格格：话说，我才想起来，你大学是和他在一个学校吧！我记得他也在A大。

江屿绥是去年的高考状元，学校挂着横幅，一直挂到他们开学也舍不得撤下来。几乎全市家中有高中在读生的都知道，省重点高中榕城一中的高考状元江屿绥被A大录取了。

而陶言作为今年的高考状元，同样也被A大录取，一中挂的横幅到现在也还没撤下来。

张格格：亲爱的桃，以后要是偶遇了，别忘了给姐妹拍张照让我养养眼。我俩的爱有多深，就看照片有多高清了！

陶言庆幸自己现在没喝水，否则怕是会忍不住呛岔气。她忍不住抚额，一是偷拍不好，二是A大那么大，她和他既不同级也不是同专业同院系，碰见的可能性几乎为零。

张格格：食堂、操场、图书馆，绝佳偶遇的三大地点，整整三年，怎么可能一次都遇不到。你不要找借口，难道你不爱我了吗？

陶言：再次提醒，你是个有家室的人。

张格格：一张照片一杯奶茶。

陶言不为所动，并且对她这种行为表示谴责：我是这种人吗？

张格格：一张照片一杯奶茶一支冰激凌。

她轻咳一声：偷拍是不道德的，贿赂别人偷拍更是毫无底线的。

张格格：一张照片一杯奶茶一支冰激凌一次火锅！不能再多了，我告诉你！

陶言是早产儿，幼时又是坎坷长大，高二时还出过一次车祸，因此本就不算好的身体越发需要精心养着。因为脾胃弱，家里人严格控制着她的饮食，重口味的东西基本不准她碰，零食也不怎么让她吃。火锅、奶茶之类的刺激性食物，她上一次吃好像还是一年前了。

虽说也不是不能偷偷去吃，但身体是自己的，知道家人是为自己好，陶言也不愿去犯这个禁。

当然，若是别人请客，例如这种情况，家里人还是会酌情同意。

陶言舔了舔唇，没能抗住诱惑：成交！

光顾着聊天，菜没吃多少，酸梅汁倒是没少喝，陶言收了手机去洗手间。包间里喧嚣嘈杂，关上门后，声音被隔绝在里面。陶言沿着走廊，一路往尽头的洗手间走。

正值饭点，这层全是大包间，走廊上除了偶尔路过的服务员，基本没有其他人，耳边隐约有包间里隔着门传出来的声音，低响沉闷。

走廊两侧的灯光亮如白昼，地上铺着一层厚厚的地毯，走在上面几乎不会发出声音。

直至走到尽头的拐角处，陶言的脚步蓦地顿住。

有的时候，人与人之间的相遇与重逢往往带着戏剧般的巧合。

也许是因为前不久才回忆了一番的缘故，陶言发现，即使他们曾经并不熟悉，即使他们已经有一年的时间没再见过，可前方熟悉又陌生的侧颜依旧让她从深埋的记忆里翻出了那些已经褪色的画面。

巷子里少年瘦削的背影，他侧身回眸时的冷厉面容，学校里无数次擦肩而过的身影，都和面前这个挺拔颀长的身姿重合在一起。

只是曾经孤僻阴郁的少年如今已脱胎换骨。

他穿着白色衬衫，身姿挺拔，袖子挽到手肘处，露出的手臂肌肉线条干净利落，腕骨突出，骨节分明的手上拿着手机，正贴着耳朵说话，明亮灯光下，甚至能隐约看到手背上凸起的青筋。

侧脸线条凌厉，故意压低的嗓音带着几分喑哑，低沉惑人。

与记忆中那个狠戾冷漠的少年判若两人，如今的他清冷矜贵，却也锋芒毕露，可莫名地，陶言就是认出了他。

短短几秒钟的时间里，她脑中又莫名闪过之前与张格格的对话。

于是她鬼使神差地拿出手机，打开相机，对准前方的人聚焦，而后按下拍照键。

寂静的走廊里突兀地响起一声清脆的"咔嚓"，空气仿佛都凝滞了，陶言白皙的脸倏地变得滚烫。

手机屏幕里，原本侧对着她的人缓缓转身。

下一秒，那人的正脸在屏幕中展露出来。后置镜头的千万像素在这一刻发挥了它的作用，高清到连那人的睫毛都能清晰地看见。

时间仿佛定格在此刻，记忆中那些早已淡去的画面被重新染了色，变得绚丽而清晰。

他额前有几缕碎发，遮住了微凸的眉骨，五官褪去当年的青涩，鼻梁高挺，薄唇微抿，下颌线条凌厉，唯有那双漆黑的眸，依旧深邃冷漠。

他挺立地站在那里，姿态疏离矜贵，直直地看向她时，两人的目光仿佛透过手机屏幕直接对上。

鬼迷心窍地，陶言指尖轻动。

于是，又是"咔嚓"一声，一张清晰无比的正脸高清照存入了手机相册。

陶言面上不动声色，脚趾却快要将地毯抠破了。短短一秒内，她的小脑瓜高速运转，想出了一个绝妙的主意。

她不动声色地将手机镜头转换为前置模式，扛着对面那道仿佛能将人灼穿的视线，唇边缓缓扬起笑，轻轻歪头。

屏幕里，女孩清澈的杏眼微微弯起，颊侧露出两个酒窝，笑得异常甜美。

寂静的走廊里再次响起快门按下的声音。

相册中瞬间又多出一张照片，女孩甜美的自拍照覆盖了原本左下角男人的照片。

然后，陶言又"唰唰"几下，换了姿势一连自拍了好几张，安静的走廊里欲盖弥彰地响起无数次快门声，而后，她慢慢放下手机。

唯一的遮挡被放下，两人的目光隔着走廊缓缓对上。

陶言故作镇定,轻声"咦"了下,面露疑惑。寂静之中,女孩轻软的嗓音异常明显。

少顷,男人低沉的嗓音响起:"有事,先挂了。"

挂断电话,他微微抬眸。

他目光深邃,漆黑的眸子晦暗不明,仿若能看穿人的所有伪装。

陶言有点绷不住了,眼里恰到好处地露出些许疑惑,而后故作惊讶,嗓音里带了些许抱歉:"不好意思,刚才没看到你在这里打电话,我自拍的声音是不是吵到你了?"

一句话,包含两个信息:没看到你,以及,我是在自拍。

神态之自然,语气之抱歉,让人都不忍怀疑她是在偷拍。

这波,陶言给自己的演技打 101 分,多的一分让她用来骄傲。

可惜她并不知道,欲盖弥彰,越发显得此地无银三百两。

好在前方的人心绪亦不平静,因此并未发现她话里的漏洞和她略显心虚的表情。

陶言看到他眉心似乎轻拧了下,面色有一瞬的冷硬。随即,他微微摇头,启唇淡声道:"没有。"

她这才收回视线,唇边不由得露出一个笑:"那就好。"

她迈开脚步,强撑着有点发软的腿镇定自若地往洗手间走。

走廊里灯光明亮,随着两人间的距离越来越近,陶言的心也越来越虚,紧攥着手机的手心忍不住渗出薄汗。

"等等——"

低哑的嗓音在耳边响起,陶言被迫停住脚步。

"怎、怎么了?"她控制不住地磕巴起来。

停在男人身旁的陶言偷偷抬眸,自下而上的目光能清晰地看清他凸起的喉结,再往上是棱角分明的下颔,以及生得很薄的唇。

他好像又长高了些,她记得高一那会儿,在派出所门口,在国旗下,她还能到他下颔的位置,现在,视线平视时只能看到他的胸口,好像只堪堪到他肩膀处。

她紧了紧手,声音还算稳得住,重复问了一遍:"怎么了?"

沉默两秒,她听见他低声开口,试探般询问:"陶言?"

"啊?"陶言怔了下,心里升起的第一个念头是,审问嫌疑犯之前的确是要先确定一下姓名的。

她眼睫颤了下，鼓起勇气仰头。对上他的目光，她咽了咽口水，竭力保持声线平稳："你认识我？"

他的语气不急不缓："我是江屿绥。"

"我知道呀。"陶言条件反射地脱口而出这一句。

话落，周遭又是一阵诡异的寂静。

她脸上不受控制地升高了温度，于是慌忙找补："我是说，我、我还记得你，不是，是我刚刚认出你了。"

说出口的话越多，她脸上的温度越烫，险些咬了舌头，最后索性闭了闭眼，用两个字结尾："学长。"

他眼里似有笑意闪过，嗓音莫名温和："嗯。"

陶言尴尬到头皮发麻，只想赶紧逃离这令人窒息的场景，委婉道："那，回见？"

"好。"不知是不是错觉，她觉得他的声音变得温柔了些，"回见。"

第二章 /
醉酒

陶言如释重负，逃也似的进了洗手间的隔间。

她腿软地蹲下，点进相册。亮起的屏幕上，男人眉目深邃，仿佛女娲捏人时将所有的心都偏到了他的身上。即使只是一张照片，那双眼睛也好似能看进人的心里。

她心跳莫名漏了两拍，想到刚才的场面，才降温的脸又开始发烫。

她定了定神，点开微信，将这两张照片发给了张格格，又三言两语将刚才的尴尬场面描述了一遍，然后得到了发小的无情嘲笑。

她气得鼓了鼓腮帮子，手指发狠地戳着屏幕谴责：你根本不懂我的悲伤，只有看乐子的快乐！

张格格：亲爱的桃，你真的太惨了，请允许我表达对你深深的怜爱，顺便帮你抠出了一座城堡。PS：下次偷拍记得关声音。

张格格：不过话说回来，还好没被发现。据说高中那会儿有人偷拍他，他直接冷着脸从那女生手里拿过手机把照片删了，把人都吓哭了，还以为他要动手呢。

想到刚才男人冷硬的脸色以及拧起的眉心，陶言抿了抿唇：他刚以为我偷拍的时候确实皱眉了，脸一下就冷了下来。

想了想，她又说：照片还是删了吧，偷拍不对，以后再不干这种事了。

知道陶言的性格，之前闹着让她偷拍也是口嗨居多，现在见她这么说了，张格格便把照片删了。

两人又胡扯了几句，陶言蹲得腿麻，看了眼时间，自己进来已经十分钟了。

这么久了，江屿绥应该没在外面了。不然在洗手间门口待这么久，那不成变态了吗?

这么想着,她出了隔间,轻轻走到洗手间门口,小心翼翼地探头往外看。

明亮的走廊里空无一人。她舒出一口气,重新直起身,姿态从容地走了出去。

江屿绥到时,桌上的人已经喝了一轮。

他拉开凳子坐下,淡声启口表示歉意:"抱歉,来晚了。"

桌上有人打趣:"来得这么晚,可得自罚三杯啊。"

江屿绥神情淡淡,骨节分明的手拿起茶杯,语调从容不迫:"开车来的,以茶代酒。"

本就是戏谑,也没人真的要灌酒,大家说说笑笑几句,迟到这事儿就这么过去了。

期间,江屿绥问起宋老师。有人答:"坐了会儿,家里来电话,有事就先走了,走前还问起你这个得意门生呢。"

江屿绥高中时浑得厉害,若不是宋老师苦心规劝,再加上后面心里有了念想,否则可能退学。

他两条修长的腿随意地支着,想到自己迟到的原因,唇角噙着笑意,和往常的模样大相径庭,很好脾气地开口:"怪我,改天登门拜访,向老师告罪。"

"哟,你这是碰着什么好事儿了?"正对着他坐着的一同学见他唇边挂着的笑,起哄八卦。

江屿绥在高三之前,狠戾冷僻是出了名的,学校里基本没什么人敢靠近,直到临近高三那年,他不知因为什么,突然改过自新。

平时考试倒数、打架和吃饭一样平常的人,认真学了几个月,突然回到了年级第一的宝座。

人都慕强的,以前他气场冷厉,身上还时不时带伤,自然没什么人敢靠近。后来洗心革面,还得了年级第一,在出现第一个人和他说话后,大家渐渐发现,他虽然性子还是冷,但还算礼貌,不是传言中那种一言不合就打人的校霸大佬。

于是在他一次次考试霸榜第一后,"校霸"的外号渐渐转变为了"江神",也渐渐有了几个合得来的同学。

比如今天一起吃饭的,都是曾经玩得好的兄弟,所以打趣八卦起来自然也没什么顾忌。

大家都知道他的性子,高中那会儿他时常冷着脸,又时不时带点伤,学校里的女生见了他都打怵。即便他长了一张格外出挑的脸,也没女生真的敢靠近。

今日他这笑容如带春意,堪比铁树开花。

江屿绥敛下唇边的笑意,不置可否,随即不动声色地转了话题:"三楼的包间也是一中的学生?"

有人接话:"嗯,刚毕业的学弟学妹们今儿吃散伙饭呢。"

有人察觉出异常:"咱们的包间在二楼,你怎么还跑到三楼去了?"

江屿绥指尖微顿,随口应道:"二楼的洗手间人太多,就去了三楼,碰到了一中的学生。"

话题转了回来,桌上的人七嘴八舌地议论起来。

"还记得咱学校的校花妹妹吗,就那个——"说着,那人看了江屿绥一眼,不怀好意地笑,"和咱们江神的 CP 帖子有十几页的女主角。"

这事儿在一中不是秘密,尤其是他们这届和陶言那届,更是嗑 CP 的主力军。

一中对早恋管得很严,加上学习任务重,学生们只能自己找乐子娱乐自己。一个是循规蹈矩的学神乖乖女,一个是大众意义上浑不吝的坏学生,两人便被这群"乐子人"组合在一起。这种俊男美女的组合,也很容易就自动衍生出大批 CP 粉。

娱乐方式寡淡又精力旺盛的高中生们,就这么点乐趣,也没人将这个搬到正主面前,都是私下偷偷抠糖吃。

现在都毕业了,这点事儿也没什么见不得光,所以大家也只拿来当调侃的笑料。

只是这话一出,江屿绥拿着茶杯的手却一滞,语气听不出什么情绪:"CP?"

有人见他面上一言难尽,揶揄:"那还不是怪咱们江神见着漂亮妹妹就挪不动脚,周身的气场就跟那调成制暖模式的空调似的。"

说着,那人憋不住笑,问大家:"你们说是不是这么回事儿?要不是知道咱们江神杀伐果断与桃花绝缘,还真以为你当初看上人小学妹了呢。"

有人玩笑:"听说校花妹妹也被 A 大录取了,这下好了,又成了咱们江神的学妹,说不定大学还真能发生点什么呢。"

众人笑归笑，知道江屿绥一向对这些不感兴趣，因此调笑过后都转了话题，又说起其他趣事。

只留江屿绥一人，不知还想着什么，沉浸在自己的思绪里，神色莫名。

片刻后，他回过神来，拿出手机，指腹在屏幕上不断地划动。之后全程垂眸看着，神情严肃，仿佛是在研究什么严峻的学术问题。

陶言回到包厢，林璐绮不知什么时候喝了酒，脸上已经染上一抹绯红。

察觉到身旁的动静，林璐绮转过头看了眼，神情带着微醺的迟钝："你回来了啊。"

陶言低声应了句，问："怎么喝酒了？"

林璐绮并未回答这问题，只是视线忍不住转向另一边，看得出神，眼底带着并不明显的落寞。

陶言顺着她的视线看过去，看到正和同学喝酒的严晟，少年阳光帅气，唇边的笑都带着遮掩不住的意气风发。

陶言心中顿时明了。

许是喝了酒，催发了心中那抹不甘，林璐绮没忍住，哑着声音问："你说我现在去告白，有可能吗？"

陶言沉默，给不了答案。

她单调贫瘠的人生中还从没为感情的事烦扰过。大概是受父母的影响，对于感情，她一直觉得合适比喜欢更重要，也想象不出至死不渝的爱情到底是什么模样。

林璐绮并不需要陶言给出答案，她只是憋得难受，为这段无疾而终的暗恋，为自己拼死奋斗一年却还是没能有结果。

"一南一北，一千八百九十四公里的距离。"林璐绮垂下眼眸，"算了，还是不说了，平白给人添堵。"

陶言摸了摸她的脑袋，低声安慰："没事，大学里帅哥多的是，到时候谁还记得他。"

她安慰的话都透着孩子气似的娇憨，林璐绮没忍住笑了笑，拭了拭眼角的泪，抬头振作道："你说得对！"

见林璐绮从难过的情绪里出来，陶言也松了口气，怕她再喝，又不动声色地将酒杯拿开了些，拉着她聊起别的事情。

饭局接近尾声，包间里的人成群离开，陶言和林璐绮也准备离场。

起身前，陶言拿起手边剩下的半杯酸梅汁，习惯性地想要喝完。

液体甫一入口，酸甜混合着略带辛涩的口感，让她没忍住呛咳出声。已经咽下去了一大口，她苦着脸，被这味道刺激到眼眶泛红。

林璐绮吓了一跳："你喝到我杯子里的红酒了，怎么样，没事吧？"

陶言刚才拿开林璐绮的酒杯时，顺手放了自己这边，和酸梅汁一起。再加上酸梅汁的颜色和红酒的颜色差不多，她没仔细看便拿错了杯子。

生平第一次喝酒，没想到是在这种乌龙情况下。

"没事。"陶言摇摇头，只觉得呼出的气息中都是一股酒味。她没喝过酒，不知是不是心理作用，总觉得食道到胃里都烫得厉害。

她揉了揉脸，又道："没事的，只咽下去了一小口。"

林璐绮还是一脸担忧："真没事？可是你的脸好红。"

周遭还没走的同学也纷纷开口，表示担忧。

察觉到脸上的温度渐渐升高，陶言抬手用泛着凉意的手背贴了贴，果然一片滚烫："应该只是上脸。"

"我去找服务员拿杯蜂蜜水来。"林璐绮还是不放心。

陶言觉得脑袋确实有点发晕，她点点头，重新坐下。

两分钟后，林璐绮还没回来，陶言咬了咬唇，有点想去洗手间。这会儿包间里的人已经走得差不多了，只有同桌的一个女生没走，守着陶言等林璐绮回来。

熬夜以后胃口不好，今晚喝的饮料尤其多，陶言忍了忍，还是站起身。

一旁的女生见状："怎么了，哪儿不舒服吗？"

陶言摇摇头："我想去洗手间。"

"我陪你一起吧。"女生起身，怕她一个人出事。

两人一同走出包间，刚一打开门，就看到门口堵着一个男生。

陪同陶言出来的女生一愣："你不是早就走了吗？"

男生脸上浮上一抹不甚明显的红意，但还是鼓起勇气开口对女生说："我、我在等你。"

直白的一句话，让女生一下红了脸："等、等我？你等我做什么？"

男生又看了一眼陶言，然后目光专注地看向女生，坚定道："我有话和你说。"

"你……"女生迟疑着，脸上的红越发明显。

陶言见状，忍不住抿唇笑了下："那你俩说吧，我先去下洗手间。"

女生有些不放心："陶言你……"

"没事的,就几步路的距离,而且我现在也不怎么晕,真的。"说完,她对女生笑笑,转身往洗手间的方向走。

走廊里灯光明亮,走出几步后,陶言回头,见男生已经带着女生往楼道的方向去了。

她收回视线,忍不住想,爱情,到底有什么好的呢?

会让人脸红心跳,也会让人酸涩难过。可以让人变得更好,也能让人变得更坏。充满了不确定性,让人变得不再理智,变得不像自己。

想到幼时的事情,陶言抿了抿唇,垂下眼眸,脚步略显匆忙地往前走。

从洗手间出来,陶言脸上的温度越发滚烫,她靠在墙上,腿脚发软地往下蹲,觉得自己好像低估了那口酒的威力,忍不住捶了捶发晕的脑袋。

手机恰好在这时响起,是父亲陶知行打来的电话。

"爸爸。"她接通,开口的语调带着醉酒后的温暾。

陶知行听出她语气不对:"怎么了,不舒服吗?"

陶言暗自吸了口气,如实回答:"没事,就是不小心错喝了口酒。"

"醉了吗?"陶知行倒不是一口酒都不准女儿喝,只是陶言本就身体弱,女孩子在外面喝醉也难免不安全,何况自家闺女那般如珠似玉,自然也就更小心了些。

陶言下意识地摇头,反应过来是在打电话,又慢吞吞地开口:"不知道……可能有点吧。"

陶知行耐心地问:"周围有同学吗?现在还在餐厅吗?"

"有,还在。"陶言问什么答什么,也不逞强,甚至主动开口,"您是下班了吗?方便来接我吗?"

"下班了,过来大概二十分钟。"

"嗯,好,谢谢爸爸。"陶言这下放了心。

陶知行又叮嘱:"你不要自己一个人跑去街上,就待在包间里,注意安全,我到了直接上楼来接你。"

陶言乖乖地应:"好。"

挂断电话,不知是低血糖,还是酒劲儿上来了,陶言起身的时候猛地一个趔趄,脑袋发晕、眼前一黑就往旁边倒。

她心里一吓,脸都白了些许,双手在身前乱抓了下,企图挽救。

却在下一瞬,跌进一个灼热的怀抱。

周遭气息冷冽，陶言跌进男人的怀中，耳边仿佛能听到"咚咚"的心跳声，许是酒意上头，她只觉一阵头晕目眩。

"小心。"他语调清冽。

陶言仰头，猝不及防地撞进一双漆黑的眼眸中。

她眨了眨眼，被酒精影响的脑袋在此时开始变得迟钝，两秒后，才认出了人，缓缓开口："江、屿、绥。"

一字一顿，语调软糯，又带着被酒意浸染的沙哑。

这是她第一次完整地喊出他的名字，一字一顿，咬字清晰。

江屿绥眸色渐深，紧了紧手，难耐地克制。

他将人扶稳站好。女孩站直了，也是娇娇小小的一团，只到他肩膀处。她脸颊绯红，睁得圆溜溜的杏眼蒙了一层水雾，碧绿的瞳仁像是浸在水里的玻璃珠，清亮透彻。

他微微俯身，放柔了嗓音低问："醉了？"

陶言的脑子已经晕成糨糊，那口红酒的后劲儿好像在这时候全上来了。

从未喝过酒的人，第一次沾酒，即便只是误喝了一口红酒，那威力也不容小觑。

她低低地"唔"了声。她醉了倒也乖巧，不吵不闹，虽然和眼前的人不熟，但也知道是对方扶了她一下，才避免她摔倒，于是礼貌地开口："谢谢。"

道完谢，她又想到之前答应父亲的话，于是接着道："我要回去了。"

她说话时语速放得很慢，像是怕自己吐字不清，所以咬字格外注意，带着一种娇憨的软。

江屿绥的眼里闪过笑意，伸出手虚虚扶在她身侧，怕因为醉酒而站不稳的女孩摔倒。

他低声应："好。"

而后，他又问："包间里还有同学在吗？"

陶言想了想，很乖地回答："有的，小绮拿蜂蜜水去了。"

"嗯。"江屿绥一瞬不瞬地看着她，目光专注不舍移开分毫，"还记得包间号吗？我送你回去。"

陶言先是点头，又摇头，还记得和面前的人并不熟悉，因此礼貌地拒绝："不用麻烦，我自己可以……回。"最后一个字停顿了下，咬字有些重。

即使被拒绝，江屿绥也眉眼带笑，又耐心地哄劝："那好，你自己回，我就在这里看着你。"

陶言很认真地"嗯"了声,然后努力站直身子往包间走。

只是她这会儿酒意上头,已经醉得厉害,走路都发飘,一米的距离都要歪歪扭扭地走好多步。

江屿绥一直小心地跟在她身后,怕她摔倒受伤。

走出大概四五米,陶言腿软地往下蹲,靠在走廊的墙边,把头埋进臂弯里。

听到面前响起脚步声,她抬头,一双眸子水润润的,眼眶里盈满了水雾,像是下一秒便要落下泪来。

江屿绥心一揪,半跪在她面前,小心翼翼地问:"怎么了?"

即使到了这地步,陶言也克制着没在不熟悉的人面前示弱,因此只抿了抿唇,默默摇头。

她整个人小小的一团,缩在墙边,下巴放在膝盖上,眼睫半垂地看着光滑的地砖,姿态透着莫名的委屈。

得不到回应,江屿绥心中越发慌乱。

他缓缓抬手,似乎是想抚一抚女孩的脑袋,指尖轻颤了下,又无声放下,规矩地放在膝上,声音更加轻柔:"是哪里不舒服吗?"

光滑的地砖上映出两人的影子,男人姿态虔诚地半跪在女孩身前,仿佛谦卑忠诚地守卫着公主的骑士。

陶言眨了眨眼,混沌的脑子莫名觉得这场面有些不对劲,却也思考不出到底是什么地方不对。

只是明白他是好心,于是她也不再强撑。她抬眸看他,语气很是委屈,仿佛下一秒便要落下泪来:"江屿绥,我走不回去了。"

她试过了,只能很小很小地迈步,不然头晕眼花很容易摔倒,她怕疼。可是那么长的距离,只走出了这么点,她就已经腿软得没有力气了。

"没事的。"江屿绥轻声安慰。

女孩眼巴巴地看着他的模样,乖巧得令人心尖发软。他伸手,想揉揉女孩的脑袋,手伸到一半,大抵觉得不太好,有乘人之危的嫌疑,于是又放下。

他指尖轻蜷,柔声提议:"不着急,我送你回去。"

话落,怕她不愿,他又绅士地加了三个字,低声询问:"好不好?"

陶言敛眸想了很久。

安静的间隙里,她并不知道,面前半跪着的人紧张到手心渗汗,遮掩在平静表面下的心湖早已暗潮汹涌。

良久,她慢吞吞地点头:"好。"

悬着的心终于缓缓落地,江屿绥扶起她,只很小心地扶住她一点胳膊,接触的面积很少,不敢唐突,也怕引人反感。

走出一小段距离后,陶言不知想到什么,小声道:"江屿绥,你是好人。"

她语气认真,好似下一秒就要给身侧的人发一面锦旗。

还没做什么就得了一张好人卡的人心情复杂,一时不知道该作何反应,最后无奈地叹了声,挑不出错地回了两个字:"谢谢。"

他不知道陶言现在心里正在天人交战。

在她的记忆里,自己前不久才做了一件对不起他的事,可现在,在她需要帮助时,他却这样不计前嫌地照顾自己。

醉酒后的女孩思维直白,往日里又没做过什么出格的事,因此只一点点坏事,便能在心里记很久。

所以片刻后,心里过意不去的人借着酒劲儿认错道歉:"对不起。"

江屿绥愣了下:"什么?"

陶言鼓起勇气看了他一眼,又很快垂下头,呢喃细语,像是心虚怕被人听到:"我之前,偷拍你了。"

"……什么?"江屿绥错愕出声,险些以为自己听错了。或者说,他以为这是自己生出了幻想。

女孩觑了他一眼,鼓了鼓腮帮子,还是很诚恳地坦白:"之前在走廊,我没经过你的允许,拍了你的照片。"

她语速很慢,却吐字清晰,声调虽然很小,却足够让身侧的人听清。

然而还不待江屿绥反应过来这话里的意思,进而因她偷拍的事感到窃喜,便又听她道:"不过你放心,我已经删了。"她轻声慢语地保证,"以后,也不会再偷拍了。"

"没关系,其实……"江屿绥忍不住开口。

他想说,不介意被她偷拍,甚至因为她偷拍他的举动而感到高兴。

然而迎上女孩认真的双眸,他到底还是清醒过来。

到嘴边的话又咽了回去,江屿绥轻声开口,只是重复:"没关系。"

听到这话,女孩一瞬笑弯了眼,颊侧漾出两个甜甜的酒窝。像是放下了什么包袱,她很轻松地舒了口气。

江屿绥到底没忍住,问她:"为什么偷拍?"

陶言看了他一眼,努了努嘴,没说。她又垂眸,装作没听到,很认真地往前走。

江屿绥不死心:"不能说吗?"

他使了点小心机,趁着女孩醉酒,低声哄骗:"你不是说我是好人吗?"

陶言又沉默片刻,在他以为她不会开口时,悄声回答:"因为火锅。"

"火锅?"江屿绥微怔。

"格格说——"她舔了舔唇,"一张照片请我吃一次火锅。"

终于得知原因,江屿绥却忍不住咬牙,险些气笑了。

他垂眸,看着女孩纤长卷翘的睫毛,扑闪扑闪的,仿佛扫进了人的心里,让人止不住地心痒痒。

他没想到她偷拍他的照片竟然是为了发给别人,到底气不过,且指尖发痒,最后抬手揉了揉她的脑袋。

突来的动作令陶言缩了缩脖子,一双眼睛又泛起水光,疑惑地望向身侧的人,嘟囔地控诉:"你干什么?"

江屿绥低低哼了声:"收点肖像权使用费。"

路程已经过半,恰逢此时,林璐绮找来了。

远远看到一个男人扶着陶言,她吓了一跳,赶忙走近喊:"陶言!"

听到熟悉的声音,陶言下意识地抬眸看过去。认出林璐绮,她脸上顿时展露笑颜:"小绮。"

林璐绮走近,看清扶着陶言的人,还差点以为自己看错了,磕磕巴巴地开口:"江、江学长。"

江屿绥颔首,神情淡漠:"她醉得厉害,我扶她回去。"

话落,被他扶着的人却不给面子,跟跟跄跄地往前去了。

他本就是虚虚扶着,陶言挣脱得毫不费力,不过瞬息,已经从他身旁离开,转而挂到了林璐绮的胳膊上。

气氛无声地凝滞。

江屿绥毫无表情的脸瞬间沉了下来,周身的气场更显冷冽。

林璐绮忍不住咽了咽口水,刚想说点什么缓和一下气氛,挂在胳膊上的人率先开口。

陶言完全没感受到周遭诡异的氛围,一双温柔的杏眼雾蒙蒙地望向江屿绥,唇角扬笑,很乖巧地道谢:"谢谢你,我同学来接我了。"

斟字酌句,语速缓慢。

对上那双含笑的眼眸,他下意识地缓和了眉眼。

林璐绮见了这变脸堪比翻书的场面,克制地清了清嗓子:"那……江学长,我就先带她回去了。"

陶言跟着道别,乖乖地挥手:"再见。"

江屿绥眼里闪过微不可察的笑意,旋即低声道:"嗯,再见。"

翌日,上午十点半。

房间里昏暗,深色的窗帘紧闭得没留一点缝隙,只床头一盏小夜灯发出微弱的光亮。

陶言迷迷糊糊地醒来,起床,洗漱,像无数个平常的早晨一样。

直到手机解锁,十几条消息映入眼帘,昨晚零星的记忆涌出来,她顿时僵住。

红酒后劲足,昨晚待到陶父赶来,她已经醉得不省人事。被接回家后,更是直接睡到了现在。

她努力回忆,最后能想起来的,也不过是她委委屈屈地蹲在墙角,而江屿绥半跪在她面前,小心翼翼询问她的画面。

至于接下来发生的事,她想破了脑袋,也没有丝毫头绪。

但仅仅是这点记忆,也足够她社死到想要换个星球生活了。

一想到在一个根本不熟悉,甚至连话都没说过几次的人面前,一点不见外地、撒娇一样地委屈抱怨走不动路,还被人耐心地哄,她就头皮发麻,恨不得世上能有失忆水,最好她自己喝一瓶,再给江屿绥也灌一瓶。

她无声地哀号一声,忍不住攥拳捶了捶脑袋。

第三章 /
言归于好

十几条消息中,有的是林璐绮发的,无外乎和江屿绥有关,除了感叹他变化之大,就是好奇陶言和他的关系。

然而,陶言和江屿绥压根不熟悉。

将消息翻来覆去看了好几遍,也回忆不出她到底有没有做更出格的事情,又不好多问林璐绮,于是只简单回复了两句。

她像咸鱼一样瘫在床上,什么心情都没了,直到手机振动,是张格格发来了消息。

陶言丧到手指都懒得动,直接发语音,将昨晚醉酒后的事简单说了一遍。

两分钟后,听完所有语音的张格格发出无情的嘲笑。

嘲笑过后,她又开始分析:"据我所知,食斋三楼全是大包间,而江屿绥昨晚吃饭的地方应该是在二楼,所以不管是一开始来三楼洗手间外打电话,还是后面那么巧地接住了在三楼差点摔倒的你,都显得很不正常欸!"

陶言:"求别瞎分析。"

张格格:"而且见你醉了,他还那么温柔耐心地哄你,这要是换了其他人,我敢保证,他绝对看都不带看一眼的。"

陶言:"昨天的截图发老唐了。"

两人鸡同鸭讲了一番,倒也和谐。

直到片刻后张格格一条消息结束这次牛头不对马嘴的对话:"陶言!你害我!"

陶言弯了弯眼,知道被男友抓走的某人不会再来骚扰自己,愉快又嘚瑟地哼唧了声,只是没一会儿,唇角的笑意又渐渐敛下。

脑海里不期然闪过江屿绥深邃专注的眼眸，他半跪在自己面前时小心翼翼安抚自己的姿态。

她手指微蜷，抿了抿唇。

须臾，更多的记忆不由分说地涌了上来。

高中时，她偶尔听到同学提起江屿绥，都是又敬又怕的语气，除了"帅"这个字，说得最多的，便是冷、狠、独之类的字眼。

当时虽然她对这些不感兴趣，却也曾暗自奇怪。

毕竟在她和他短暂的几次偶遇中，除了第一次在小巷打架时他显得冷漠孤僻了些，后来在学校碰见，他虽然不爱说话，却也谈不上冷漠，甚至有几次，她从那双漆黑的眸中察觉出了不甚明显的温和笑意。

安静的房间里突兀地响起了敲门声，将陶言从陈旧褪色的记忆里惊醒。

她回神，坐起身看向门口："请进。"

房门推开，是杨姨。

杨姨并未进屋，很有分寸地站在门外，语带笑意："醒了，起来吃点早餐吧。"

陶言温声应："好。"

房门很快又被关上，陶言拍了拍脸，不再胡思乱想，喃喃自语地提醒自己："人生三大错觉：'有人叫我''手机响了''他喜欢我'。"

她狠狠地点头："都是错觉，错觉！"

接下来的日子，许是夏日的阳光太过炽热，又或是怕出门真那么巧地碰上不想碰见的人，陶言整日宅在家里，张格格用火锅也没能把她诱惑出门。

这晚，两人一起玩游戏。

张格格吐槽："古时候的大家闺秀都没你这样的，大门不出二门不迈。怎么着，你是吸血鬼吗？害怕外头的太阳把你晒化了？"

陶言贫嘴："我怕外面毒辣的阳光灼伤我娇嫩的肌肤。"

张格格："谢谢你帮我减肥，刚吃的晚饭已经全吐出来了。"

陶言："不客气，好朋友就是要互帮互助。"

"去你的。"张格格笑骂，转了话题问，"组野队？"

陶言问："你家老唐呢？"

"被外面的小妖精勾去了呗。"张格格的语气没有一丝哀怨，甚至仔细听还能听出一丝兴奋，丝毫不长记性地口嗨，"不管他，咱俩野排，正好物色新的小哥哥。"

两人玩的游戏叫"和平精英",俗称"吃鸡",可单人可双人可四人组队。游戏时数名玩家被投放到荒岛上,从荒岛的建筑里可以搜取到物资从而对抗其他玩家,在此期间安全区会不断缩小。玩家需要努力存活,直至成为这场角逐的最后生存者。

他们都是高考完才开始玩这个游戏,平时也一起组队,只是唐琰禹有时会缺席。

至于张格格口中的被妖精勾走了,其实是因为唐琰禹家里的妹妹去上兴趣班,他负责接送。

两人组了几局野队玩,碰上的都是不靠谱的队友,再加上自身技术有限,一个竞技游戏被玩得像跳伞游戏。

陶言叹了口气:"不然等老唐回来?咱俩这技术,除了造福其他玩家,让他们匹配的时间短一些,还有什么用?"

"我不允许你这样说自己。"张格格义正词严,"我们至少还让别的玩家得到了击杀值,甚至不计前嫌地给他们送了物资。"

陶言敬佩:"你是懂怎么发现自己的价值的。"

张格格认真道:"所以,请拿出你攻克竞赛题时永不放弃的精神,认真地玩这个游戏好吗?"

她像个恨铁不成钢的老母亲,苦口婆心地劝:"请打开你的麦,好吗?多少次,只要你开麦就能力挽狂澜,为什么要吝啬这么一句两句的话呢?"

陶言:"首先,这是个竞技游戏;其次,我靠技术。"

她的嗓音带着南方姑娘特有的软,声线轻柔而细腻,兼具少女的青涩和清甜。

"这么好的嗓子,不用来求饶简直浪费啊!"张格格为了在游戏中活得久一点,也是豁出去了,"我要是有这嗓子,随身带大喇叭。"

陶言冷酷地道:"电子竞技没有感情,'菜'是原罪,你不要搞这些歪门邪道。"

"说不过你,说不过你。"张格格换了个法子,"那咱们下局不开全部麦,开队伍麦可以吧?不然总和队友脱节,支援不及时也白瞎。"

陶言玩游戏时如果有陌生人在便不喜欢开麦,只因为一开始玩这游戏时总因为嗓音好听被骚扰,后来索性闭麦躲清静,这会儿和张格格玩也是一边开着语音在聊。

思索了两秒，为了游戏体验，她最终妥协："好吧。"

于是两人挂了语音，再次匹配。

素质广场，离游戏开始还有四十秒，队伍中的四人纷纷进入游戏。

一号"别打你爹"。

二号"格格万岁"。

三号"桃子爱吃桃子"。

四号"言归于好"。

队伍默认跟随四号跳伞，而四号标记了 G 港。

这局航线正好经过 G 港，满是集装箱的大物资点，人当然也多。更致命的是，陶言不是很会搜集装箱，每次搜物资时，总会跳着跳着就落地了。

她正纠结要不要脱离时，一号开口了，是个吊儿郎当的男声："兄弟这么'钢'吗？"

四号："可以脱离。"

简短利落的四个字，声线冷冽低沉，经过蓝牙耳机的处理传进耳朵里，音调带着冷硬的金属质感，仿佛凛冬腊月里呼啸刮过的寒风，不沾半点人气。

虽然出口的话无情，但声音无疑是好听的，甚至陶言隐隐觉得有点熟悉。

她调整了下耳机的位置，清楚自己的实力，于是开麦："我很'菜'的，就不跳这里了。"

女孩的嗓音温软，像是江南四月的雨，细细绵绵，润物无声。

话音刚落，她顺手点了脱离。

张格格跟着脱离："太'菜'了，'钢'不动 G 港。"

麦里安静了一瞬，随即一号兴奋地开口："两个小姐姐啊！小姐姐的声音真好听。小姐姐想跳哪儿，我保护你们。"

陶言没搭这茬，只是问张格格："格格，跳哪儿？"

这局虽然开麦了，但一号太聒噪，四号又太高冷，张格格希望破灭，也没了所谓："老地方吧。"

所谓老地方，是埋葬了两人无数次的 P 城。同样作为大物资点，跳伞的人如同下饺子，好一点的情形是，房屋密集，方便躲藏。

两人技术"菜"，却也受不了穷，实属又"菜"又爱玩的类型了。

陶言刚要应好，四号突然开口："那跳 P 城。"

恰逢此时，飞机起飞。

巨大的轰鸣声下，四号的嗓音变得低沉和缓，隔着电流传来，褪去了之前的冷硬，像是深邃而悠远的大提琴音，让人忍不住沉醉其中。

屏幕左侧弹出跳伞跟随申请，陶言指尖微顿，发现一号、二号已经跟随，于是指腹微动，也点了接受。

落地后，陶言翻窗进屋，耳边已经传来激烈的枪声。她蹲在窗边小心地转动视角往外看，恰好看到对面房子一晃而过的人影。

她标了点："那边二楼——"

话音未落，耳边传来激烈的枪声，系统接着弹出击杀信息。

四号连打带补地将对面的人淘汰，她只来得及从窗边看见一阵绿色的击杀烟效。

"没事了。"他的语气云淡风轻。

低沉的嗓音清晰地传来，陶言忍不住抬手揉了揉耳朵。

外面的枪声依旧激烈，系统不时弹出四号的击杀信息。显然，四号是个技术过硬的大佬。

陶言搜完这房子，正准备离开，耳机里突然传来一声轻响，还来不及反应，随即"轰"的一声，一颗手榴弹落在脚边，她瞬间被炸倒在地。

她倒吸了一口凉气，懊恼道："我没看见人在哪儿。"

她爬到墙角藏好，界面上蜷缩着的游戏角色显得格外弱小可怜，正犹豫着要开口时，系统再次弹出击杀信息。

是四号将人都淘汰了。

接着，耳机里传来沉稳的脚步声，屏幕上，高大的男性角色走到蜷缩在墙角的女性角色旁，半跪下来。

陶言的心跳莫名漏了一拍，原本不断变短的红色血条停止了倒退。

极短的时间内，四号将炸倒陶言的人淘汰掉，转瞬间，这边房区的人已经全部被清空。

"没事，安全了。"四号嗓音清冽，沉稳道。

说着，他从背包中拿出无数药品。

周围的空地瞬间被药铺满，落地不过两分钟，大部分时间还在对敌，陶言看着这些药品，怀疑他是不是把背包都掏空了。

她没捡，一边给自己加血，一边低声道："谢谢，不用了，我有药的。"

"拿着吧。"他没将那些药捡回去，反而又扔出一把配件齐全的枪外加一百多发子弹，一同摆在地上的，还有他原本戴在头上的三级头。

扔下这三个字，他站起身，转身头也不回地离开了这间屋子。

面前是摆了满地的物资,明白他不会再将这些东西拿回去,陶言最终还是捡进了背包。

她小声道谢:"谢谢。"顿了顿,又添了两个字,"四号。"

原以为他不会回应,却不想一秒后,听到他简短的两个字:"跟上。"

陶言:"啊?"

"这里已经搜完了。"他开口解释,"我们换个地方。"

"噢,好。"陶言应声,下意识跟了上去。

四号技术极好,四人畅通无阻地进了决赛圈。

还剩三支队伍。决赛圈在一个小房区,四人一路摸过去,半路遇见躲在麦田里的另一队。

激战一番后,一号被淘汰,张格格和陶言被击倒,另一队也被四号淘汰了两人。

陶言爬到石头后躲好,远处房区隔岸观火的那一队抓准时机,将倒地的张格格淘汰。

四号侧身躲到陶言这边的石头后,绑上绷带,喝了两瓶药后,闪身开镜,瞬间击倒了远处房区守在窗口的一人。

三支队伍无声地僵持。

四号返身到陶言身旁,半跪下身扶起她。

几秒后,陶言被扶起,正加血时,脚边多了件崭新的三级甲,她的三级甲恰好在刚才被打坏了。

"不、不用。"陶言有点慌,只觉得烫手。穿了这三级甲,这局要是拿不到第一,那自己便是千古罪人。

"穿上。"四号出口的话不容置疑,却不忘安抚,"相信我。"

他的声音低沉磁性,干净简短的三个字却仿佛带着魔力,让人没由来地信服。

陶言呼吸微顿,心中莫名一动。

两人说话间,"毒圈"慢慢缩小,房区那边成了新的安全区。

"凉凉。"已经变成"盒子"的一号幽幽开口。

其余两队人默契十足地锁住了离安全圈最远的他们。离"缩毒"还剩半分钟,一颗手雷落到两人脚下,两人闪身到石头左侧,这里是房区那队的视线盲区,却也完全暴露在了麦田一队的视角下。

陶言耳边充斥着激烈的枪声,不过转瞬间,四号已将人击杀。而她靠着刚换上的崭新三级甲,"丝血"活了下来。

两人回到石头后,给自己加血。

离"缩毒"还剩最后十秒,四号从石头右侧探头,将房区窗口的人击倒,自己同样身中一枪,却也趁机锁定了开枪那人的位置,下一秒,再次击倒一人。

他返身回到石头后,给自己打药,一边操作一边道:"封烟——"

陶言操作着拿出烟幕弹:"我封烟——"

两人几乎同时开口,又同时愣住。

半秒后,耳边传来一声轻笑,陶言脸上莫名热了热,她轻声道:"趁他们扶人,咱们先进圈。"

"嗯。"

两人沿着烟雾散开的地方往圈里跑。

房区那队已经将四号击倒的两人扶了起来,子弹不要钱一样使劲往烟里打,好在一枪没中,两人顺利地跑进了安全区,一同躲在树后。

四号眼疾手快地往房子里扔了一颗手榴弹,趁人躲避露头时将人击倒。陶言抓准时机配合默契,往那人身旁扔了个燃烧瓶,直接将人击杀。

下一秒,两人脚边也落下一颗手榴弹,爆炸声响起,闪身躲开时,陶言被剩下的两人击倒,房区其中一人同样也被四号击倒。

只余下最后一人,四号已经残血,他加满子弹,观察片刻后,直接冲进房子。

两秒后,耳机里响起激烈的枪声。

前后不过几秒时间,最后一人也被四号击杀。

一连串的极限操作秀到三人大气都不敢喘,只屏息呆呆地看着屏幕。

直到胜利的 BGM 响起,界面亮起胜利的标志:大吉大利,今晚吃鸡!

一号毫不吝啬地赞扬:"牛啊牛啊!"

张格格心情激荡:"666!"

陶言也没克制住激动的心情:"厉害!"

一局游戏结束,结算界面,陶言看到四号的击杀数,击杀 15 人,伤害值 2890。

她眼睛亮了亮,动了动手指,给人点了个赞。

退回游戏大厅,耳边立马传来张格格兴奋的声音:"这是碰到大神了啊!"

陶言也跟着激动："真的好厉害！"

张格格继续夸："最后那波，简直力挽狂澜！"

陶言点头附和："嗯嗯，技术简直吹爆！"

张格格接着吹"彩虹屁"："大神的声音也好听！"而后话锋一转，"不管是对我们的冷酷，还是对你的温柔。两种态度、两种语调都好听，毫不夸张地说，我的耳朵都要怀孕了。"

这话陶言没能接下去，谨慎地保持沉默。

"桃啊桃，真是没想到，你这不出手则已，一出手，钓到的就是一条大鱼啊。"张格格满是戏谑，"你是不知道，我死以后观战他的视角才发现——"

她顿了顿，不怀好意地接着道："好家伙，那眼神跟长你身上了一样，除了开镜对敌，就只用来看你了。"

陶言眉心微蹙："什么意思？"

"决赛圈还给你扔三级甲。"张格格自顾自地"啧啧"两声，接着打趣，"真爱啊。"

陶言："你刚才说——"

话未说完，突兀地停住。

只因为上局的队友，两人刚刚还讨论着的四号——"言归于好"申请入队，而张格格眼疾手快，已经点了接受。

气氛凝滞，麦里安安静静，只余下游戏背景音效小声地响起，仿佛刚才的喧嚣只是错觉。

一局结束，江屿绥返回游戏大厅。

屏幕右侧弹出组队申请，甫一入队，便听好友吐槽："好家伙，说好等我上线，结果你自己先开了一局？"

"点错了。"江屿绥淡声解释，话里却没多少歉意。

"这也能点错？"好友控诉，"就算点错了，你不能马上退出来吗？居然让我等这么久。"

江屿绥指尖微顿，想到之前误触匹配后，原打算退出，却因为看到熟悉的 ID 微微恍神，索性打算玩完那局，再后来，便听到了女孩那熟悉的声音。

好友控诉完，看到他的 ID，疑惑道："你怎么把 ID 全换了？'言归于好'——有什么特别的含义吗？"

不知想到了什么，江屿绥眼里闪过笑意。他勾了勾唇角，言简意赅，仿佛意有所指:"寓意好。"

麦里安静了两秒,随即响起好友的大嗓门:"你被夺舍了?语气要不要这么荡漾?"

江屿绥的嗓音一秒变冷冽:"呵。"

好友没再贫:"正好,我微信禁赛时间已经过了,还是转微信区玩?"

两人本来约着在微信区玩,江屿绥还没来时,好友独自匹配了一局,谁知误扔了颗手榴弹把匹配到的陌生队友炸死了,被举报后禁赛了十分钟,这才转到了企鹅区。

江屿绥先一步登录,换了ID后想切换地图,结果误点了匹配。

想到刚结束的那局游戏,他眼眸微动,随即扯了扯唇:"不了,我还有事,你自己玩吧。"

话落,不等好友回应,他毫不留情地退出队伍。而后从最近好友的列表中找到熟悉的ID,见还在队伍中尚未开局,他眼眸微动,唇角扬起一抹微不可察的弧度,指腹微动,申请入队。

气氛凝滞,麦里异常安静。

两秒后,张格格打破寂静:"哈喽,大神,是还想和我们两个'菜鸡'玩吗?"

"不'菜'。"男人嗓音低沉,语调温和而妥帖,"上局燃烧瓶扔的时机刚刚好,很厉害。"

张格格没忍住溢出两声笑,又轻轻咳了声。她揶揄:"大神这是什么意思啊?我明明说的'我们两个菜鸡',你这怎么还只挑一个人夸呢。"

这两人的对话让陶言眉心微蹙,她抿了抿唇,嗓音带了些克制的提醒:"格格。"

"我没别的意思。"像是从这短短的两个字里敏感地察觉到了陶言情绪不对,还不待张格格开口,他很快调整了语气,"只是觉得和你们一起玩体验很好,正好朋友有事先下了。"

他顿了顿,姿态放得很低,接着询问:"介意一起玩吗?"

"不介意,当然不介意。"张格格生怕这条粗壮的"大腿"跑了,怕陶言不答应,又不动声色地提醒,"大神话少技术好,还是移动的后备库,和你一起玩游戏连急救包都不用自己捡了。"

说完,她还不忘问陶言的意见:"桃桃你说呢?"

陶言无言，她还能说什么。想到上局装进背包里的那些药，以及两次倒地被扶，还有那崭新的三级头、三级甲，她这时才深刻地意识到什么叫拿人手短。

她敛眸，无声叹息，最后只低低地应："嗯。"

游戏很快开始，这次匹配到的队友并未开麦，而陶言也比上一局沉默了许多。她不说话，四号也很少主动开口，于是只有张格格努力活跃气氛。

"大神玩这个游戏多久了啊？"

"去年上大学开始玩的。"男人的回答简洁利落，"不用叫我大神。"

"那怎么称呼？"张格格余光扫到他的 ID，想到一些有趣的往事，忍不住笑，又问，"'言归于好'——这个 ID 有点意思呀，你怎么会想到取这个名字呢？"

他似笑非笑，意味不明："寓意好。"

"啊？"张格格愣了下，没懂什么意思，不过也没再追着问，接着之前的话题闲聊，"你是大学生呀？那咱们还挺有缘。"

"你们也是？"

"刚高考完呢。"张格格答完，飞机轰鸣声响起，她转了话题，没继续深聊现实生活中的事，"这局跳哪儿啊大神？"

他没再纠正称呼，而是问："你们想跳哪里？"

张格格随意道："随便。"也不忘点一下陶言，"桃桃你呢？"

沉默许久的人终于开口，声线清浅，低声回道："都行。"

察觉到陶言略微抵触的情绪，江屿绥指尖微蜷，抿了抿唇。他点开地图，标了个较为偏远的点："这里。"说完，目光放到那个熟悉的 ID 上，又低声问，"可以吗？"

张格格积极地回答："可以可以。"

陶言想着之前张格格还有他刚入队时说的那些话，以及上局游戏中的一些蛛丝马迹，莫名觉得有点不对劲，于是继续保持沉默，谨慎地没开口。

麦里安静了下来，男人也没再开口。

接下来的这局游戏进行得异常安静，除了张格格偶尔开口说话，基本没人再开口。

跳伞的地点虽然偏远，但物资还算丰富，也没什么人，陶言搜完周围的房子，基本不缺什么了。

走出房子，耳边听到脚步声，她下意识地开口："我这里有人。"

"别怕,是人机。"话音刚落,耳机里响起男人低沉磁性的嗓音。

陶言怔了下,转动视角一看,果然是个人机。

她击杀人机之后跑过去捡盒子,耳边再次响起脚步声,她指尖微顿,转动视角一看,是四号跑了过来。

亮起的手机屏幕上,树荫下绿色的草地上,高大的男性角色站在女性角色旁,两人的影子交缠在一起。

"可以给我两瓶药吗?"不待陶言表露疑惑,他便率先开口。

陶言低低"嗯"了声,拿出两瓶止痛药外加两瓶饮料放在地上。

"不用这么多。"他嗓音清洌,只俯身捡了两瓶饮料。

将东西装进背包,他转身离开。耳机里的脚步声渐行渐远,随后响起男人低沉的声音:"谢谢。"

短短两个字隔着电流从耳机里传来,清洌的嗓音如清风般拨动耳弦,陶言的耳尖莫名一热。她眼睫轻颤,声音无端软了两分:"不客气。"

这局游戏结束,三人退回游戏大厅。

男人率先开口:"我还有事,先下了。"

陶言微怔,听到张格格问:"这就不玩了吗?"

"有点事。"他淡声解释,"下次再约。"

"好吧。"张格格不再挽留,点了个挥手的表情,"加你好友了,记得通过一下啊,下次再一起玩。"

他低声应:"嗯。"顿了顿,又添了两个字,"回见。"

"回见回见。"张格格忙不迭应声。

两秒后,男人还没退出队伍,仿佛是在等着什么。陶言抿了抿唇,最终还是开口:"回见。"

话落,耳机里响起男人清冷低沉的声音:"嗯。"

他退出队伍,屏幕里只剩下陶言和张格格两人。

"他通过我的好友申请了。"张格格看到系统消息,转而问陶言,"你怎么回事呀?刚才那局,怎么那么冷淡?"

陶言如实说:"我只是不知道说什么,觉得有点尴尬。"

"尴尬?尴尬什么?"

陶言为难:"之前那局,不是你说,他有点奇怪吗?"

"奇怪?"张格格怪笑两声,"嘿嘿,是挺奇怪的,怪关注你的。"

陶言无奈:"……我说真的,你别贫。"

张格格收了笑,想了想,安慰道:"好了,别想那么多了,就一陌生人,技术好玩两局游戏而已。再说了,你这声音,谁听了不想多给你几分关注呀。"

她知道陶言的性格,别人一主动,陶言就想缩回自己的壳子里,只想待在自己的一亩三分地里,对于拓展社交圈交朋友一点兴趣都没有。对不在意的人,更是如秋风扫落叶般无情。

于是她又道:"而且刚才那局也还好吧。你反感得那么明显,他也没再追着给你扔物资了,你倒了也是我来扶的。"

说完这话,她"啊"了一声,恍然大悟:"说不定他就是因为你这态度,才不跟我们一起玩了。"

她谴责:"你说咱俩难得遇见一个大神,你不抱大腿就算了,怎么还避如蛇蝎,把人往外推呢?"

陶言沉默片刻,不确定地开口:"我也没有……这么明显吧?"

张格格"呵呵"两声,无情地戳破:"不主动开口跟人说一句话,人家问什么也不回答,除非叫到你。见人朝你走过来,就好像生怕别人给你送物资一样赶紧跑开。简直把'别来沾边'刻在脑门上了。"

"好像……"陶言迟疑着,"是有点不太礼貌。"

张格格继续:"你觉得呢?亏得人家第一局的时候还给你送药送物资,你两次倒地都来扶了。"

后知后觉,陶言的内心受到谴责:"好吧,听起来我是做得有点过分。"

她只是因为对方第一局的表现觉得尴尬,再加上以前游戏中的经历,怕又被缠上,才表现得那么冷淡。但现在看来,对方察觉到她的态度后,就顺势拉开距离,显然不是她想的那样。

"既然你清晰地认识到了自己的错误。"张格格清了清嗓子,"那就先去把大神的好友加上吧。"

"我怎么觉得……"陶言顿了顿,眼眸微眯,"你这是卖友求荣呢?"

张格格义正词严:"我是这种人吗?"接着苦口婆心,"只是加个游戏好友一起玩玩游戏而已。人家技术这么厉害,言辞、行为也没有什么过火的地方,还绅士懂礼貌,声音也好听,我们完全不亏的好吗!"

"再说了。"张格格哄劝的同时不忘给一条后路,"大不了后面相处不舒服删好友就是了,隔着网线,谁管得了谁呢。"

虽然觉得她的话有道理,但想到自己上局的态度,陶言就莫名尴尬,于是婉拒道:"反正我每次玩游戏都是和你一起玩的,你加上了就行了。"

第四章 /
再遇

八月末，赶在陶言报到前，一家人回了趟老家。

陶爷爷退休后，就和陶奶奶一同回了老家。老家坐落于南省东南边的一个小县城，虽面积不大，但环境清幽，生活节奏也慢，近几年旅游业发展起来，交通等基础设施也渐渐完善。

从榕城回去，有近两个小时的车程。

车上，陶言和陶嘉坐在后座。

陶嘉今年十一岁，正是人嫌狗憎的中二年纪，从上车到现在，一张嘴就没停过。姐弟俩虽然感情好，但陶言也有些受不了他的聒噪。

敷衍了几句后，陶言默默拿出耳机，一边戴上一边说："有点困，我睡一会儿。"

副驾驶位坐着的杨姨没忍住笑，扭头看了陶嘉一眼："你安静会儿，别吵到姐姐。"

陶嘉抬手在嘴上做了个拉拉链的动作，果真没再说话。只是车内冷气足，担心姐姐着凉，在陶言闭眼前，他将放在一边的毯子递给了她。

陶言接过，抬手揉了揉他的脑袋，得到陶嘉一记抗议的瞪视后，她弯了弯唇："谢谢弟弟。"

而后不等陶嘉开口，她马上将毯子盖好，转头面向车窗，合上了眼。

车内安静下来，陶言听着耳机里轻缓的歌声，慢慢酝酿睡意。结果在一首歌播放完的间隙中，突然听到耳侧传来绵长的呼吸声。

她微怔，面向车窗的脸转了回去，便看到陶嘉毫无形象地靠在椅背上，闭眼睡得正香。

她眉眼间露出点点笑意，将盖在自己身上的毯子轻轻搭在了他身上。

前方陶父从后视镜中看到这一幕，无奈地笑道："果然，每次最先睡着的就是这小子。"

路程还未过半，陶父又问起陶言报到的事："订票了吗？准备哪天走？"

A大在北方燕城，一南一北，距榕城有近两千公里的距离。

陶言从小没离家这么远过，再加上幼时发生的事，陶父总是不放心她。

其实最初他并不赞成陶言去那么远的地方，但A大一直是陶言的梦想，再加上陶言的母亲温楠的劝说，陶父最终还是妥协了。

"哥哥说帮我订三十号的机票。"陶言摘了耳机，温声回答。

她口中的哥哥是舅舅的儿子——温瑾。

温家是陶言母亲那边的亲人，定居海城，只是温瑾大学毕业后留在了燕城创业。

陶父能答应陶言去燕城上学，也是因为燕城有温瑾在。好歹不是她孤身一人要在陌生的城市待四年。

虽然陶父和温楠在陶言很小的时候就离婚了，但两边家人对陶言的爱却没有减少分毫。

甚至因为陶言跟着父亲生活，温家那边对她更是疼惜溺爱。小时候，几乎每次寒暑假，她都是在温家度过的。

因此即使温瑾上大学后，陶言很少再见到他，但对于这个常带自己玩又宠爱自己的哥哥，也并不生疏。况且温瑾平常工作忙，陶言又住在学校，其实也并不会时常见面。

"三十号，那没两天了。"报到前后那段时间，陶父要去邻市参加一个研讨会，抽不开身，没法送她。

杨姨闻言开口："那等回去了咱们去趟商场，有些东西还没备好呢。"

陶父："也不用那么麻烦，缺什么到那边直接买也行。"

杨姨笑骂："哪有你说得这么轻松，桃桃又没出过远门，有备无患总是好的。"

陶父："是我思虑不周了。"

因着后座的陶嘉在睡觉，两人说话的声音并不大，但压低了声的交谈更显亲昵和谐。

陶言敛眸笑了笑，没再开口。她重新戴上耳机，合目靠在椅背上。

前座的两人许是注意到了她的动作，不一会儿，那点微弱的交谈声也渐渐没了。

车内安静下来，陶父将空调的温度调高了些，陶言在轻缓的音乐声中，终于慢慢睡着。

路上有些堵车，等到目的地时，已经中午十二点多了。

桌上早已摆好了饭菜，陶奶奶满脸笑容地招呼四人坐下。

这次回来主要是因为陶言马上要去大学报到了，因此整个吃饭过程中，话题都围绕着陶言展开。

陶家二老从小宠着陶言，很是不舍她去那么远的地方。陶爷爷严肃惯了，面上倒是没怎么表露，陶奶奶却很舍不得，期间不断给她夹菜。

"也不知道燕城的饭菜合不合桃桃的胃口。"陶奶奶叹道。

陶嘉一边"暴风"吸入，一边道："奶奶，人家大学食堂的菜色很多的，各个地方的特色菜都有。"

"食堂的大锅菜和自家做的饭菜能比吗？"陶奶奶嗔怪地看了陶嘉一眼，又心疼地看向陶言，"要是实在吃不惯就跟奶奶说，反正我现在退休了没事做，干脆去燕城照顾你。"

陶奶奶作为一名退休大学教授，几乎将自力更生、吃苦耐劳八个字刻入骨髓，却每次在陶言身上例外，只恨不得将一切珍贵的东西捧到孙女面前供她挑选，见不得她受丁点儿委屈。

"还有那宿舍，虽说是四人间，但宿舍的床铺也太窄了。也不知道会不会碰上生活习性不同的室友，要不干脆在外面住算了，也不是非要住校嘛。"

"人家大学都是要住校的。"陶嘉小大人似的叹气，"奶奶，您就别操心了，我姐是去读大学，又不是去参加变形计。"

陶言也笑："奶奶，您放心，我会照顾好自己的。"

吃完饭，在院子里消了会儿食，陶爷爷叫陶言一起下棋。

陶言的围棋是陶爷爷手把手教的。小学时，因为父母离婚，陶父工作又忙，经常是陶爷爷、陶奶奶带着陶言。

陶爷爷性格内敛，即使对着亲人，也很少表露情感，虽然担忧着即将远行的孙女，所做的，也只是叫上她，一同下一局棋。

待一局棋下完，陶爷爷一边将棋子捡回棋奁，一边温声道："去了大学，有什么事要及时和家里人联系，不管是你父亲这边的，还是你母亲那边的。"

陶言乖巧地点头："好。"

陶爷爷又叮嘱："不管什么时候，家人都是你最坚强的后盾。"

二十九号晚，陶言久违地登上游戏。

依旧是和张格格组队。两人闲聊了几句，张格格吐槽："唐琰禹干什么呢？这么久还没上线。"话落，她突然激动地开口，"大神居然在线！"

张格格问她："我拉一下试试？"

陶言微怔，随即想起张格格说的是上次遇到的那位队友。她迟疑了两秒："不好吧，万一别人有队友一起呢？"

张格格："大不了被拒绝嘛。"

"可是……"陶言提醒，"唐琰禹马上就来了哎？"

"呵呵。"张格格冷笑两声，"你倒是提醒我了，他居然现在还没上线，既然是他先迟到的，就别怪我无情。"

说罢，张格格不再犹豫地按下邀请。

陶言来不及阻止，下一瞬，游戏组队界面就多了一位男性角色。

"哈喽，大神。"张格格率先问好。

"嗯。"男人声线清冷，语气听不出什么情绪。

虽然尴尬，但陶言也礼貌启唇："嗨。"

安静了两秒，不知是不是陶言的错觉，她总觉得男人再次响起的声音有些低沉："嗨。"

人毕竟是自己拉进来的，张格格怕冷场，主动开启话题："你一个人在玩吗？"

"嗯。"男人语调平淡，"被朋友鸽了。"

莫名共情的张格格义愤填膺，不吝发出邀请："那正好，和我们一起玩！"

嘴快地说完，张格格略带心虚地问陶言："桃桃，行吗？"

陶言："嗯……"

话都说出口了，再来问她的意见，是不是有些多余？

她无声叹口气，正准备开口，界面又弹出一条入队申请——迟到的某人终于来了。

又一名男性角色加入，ID"张家驸马"。

"这位是？"甫一入队，看见界面上另一位陌生的队友，唐琰禹疑惑地开口。

麦里诡异地安静了两秒，与此同时，陶言手机顶端疯狂弹出消息，皆来自一人。背着人疯狂口嗨的某人此时正对着她疯狂求饶。

张格格：救救救！

张格格：救人一命胜造七级浮屠，宁拆十座庙不毁一桩婚，咱俩的友谊能不能存续就看今晚了！

陶言震惊于张格格的手速，见她这怂样，又忍不住好笑。

最终，还是两人十多年的友情占了"上风"。为了损友的家庭和谐，陶言勉强替她扛下了这口"锅"："上次一起玩过的队友，技术超好的。"

她避重就轻地回答，却不知，隔着网线的某人猝不及防听到她突然的回答，心跳瞬间失衡。

言多必失，张格格怕露馅，抢先一步问道："你干什么去了？怎么这么久才来？"

唐琰禹甚至还来不及和新队友打声招呼，就赶紧回答张格格的问题："接了一个电话，我妈打来的。"

两人说着话，一时没再关注另一位"陌生"的队友。

游戏开局，唐琰禹标好跳伞地点，礼貌地询问："兄弟，跳这里行不？"

"都行。"四号随意地开口，语调不急不缓。

因着家属在，张格格并没有像之前一般活跃陶言与四号之间的气氛。于是这局游戏中，四号显得格外沉默，从不主动开口说话。

陶言又因上次的事尴尬得不知道说什么，也跟着沉默。

而她担心的他像之前一样给她扔物资的事也没有发生。隐约意识到自己自作多情错怪了别人，以至于游戏进行到后面，陶言心中渐生愧疚。

有些过意不去，她下意识地看了眼四号，谁知在决赛圈里，一个身位不对，就被对手发现了踪迹。

一声枪响后，陶言中枪倒地。

她蜷缩在石头后，看了眼左上角剩余玩家人数和安全区缩小的时间，刚准备开口让队友别救，耳机里便又传来一声枪响。

四号将打中她的人击倒。

耳边传来一声清脆的响，随后是烟雾散开的声音，脚步声渐近，游戏界面中，男性角色急速跑到蜷缩在石头后的女性角色身旁，半跪下身。

耳边充斥着枪声，几秒后，鲜红的血条停止了倒退。

四号将陶言救起，却未发一言，转身便撤回到另一处，专注地对战。

待到陶言将状态打满，对面那队人已经全部淘汰。

唐琰禹忍不住赞叹："兄弟厉害啊！"

张格格也称赞了一句，又问陶言："还缺什么不？快来舔盒子，还有新的三级头。"

陶言应了声，操纵着游戏人物跑到泛着绿光的盒子，路过四号身边时，她脚步微顿："谢谢。"

四号嗓音平淡："没事。"

屏幕上，高大的男性角色半蹲在一块石头后侧，陶言意外发现，四号头上还是二级头。

她指尖微顿，迟疑开口："还有个新的三级头，你去捡吧。"

一秒后，男人低沉磁性的嗓音从耳机传来，语调淡漠，难辨情绪："我用不上，你去捡吧。"

一时不知他是在内涵自己"菜"，还是在谦让，陶言抿了抿唇，最后只低低"嗯"了声，而后不再停留，径直往盒子处去。

几人捡完装备，又赶往安全区。唐琰禹想到什么，突然问陶言："桃桃，你是明天几点的机票来着？"

陶言："上午九点半。"

唐琰禹叹："这么早啊？"

"怎么了？"陶言疑惑。

张格格吐槽："还不是听我要去送你，他非要一起，现在又嫌早了。"

唐琰禹叫屈："我什么时候嫌早了，我只是感慨一下而已。"

张格格敷衍："是是是，你没嫌。"

两人又斗起嘴来，陶言忍不住笑道："你们俩都不用来，杨姨他们会送我的。"

张格格下意识道："那不行，我俩什么关系，怎么可能不送你。"

一局游戏结束，四人顺利吃鸡，返回组队界面，众人照例夸了夸四号。

四号客气地回应，又道："还有点事，先退了。"

陶言指尖微顿，还来不及反应，又听到他低沉出声："拜拜。"

话落，他毫不犹豫地退出队伍。

而手机另一端，刚退出游戏的人此时正面色沉静地点开了手机里的某蓝色软件，一分钟后，他放下手机，唇边扬起一抹微不可察的弧度。

离开那天，大家将陶言送到机场。

取票，托运行李，等到过安检时，一路上嘴都没停过的张格格脸上露出不舍，感性道："咱们还是第一次离得这么远。"

陶言抱了抱她："我会想你的。"

陶嘉一如既往地煞风景："就是去读个大学而已，弄得好像几年不回来一样。"

"臭小子。"杨姨拍了下他的后脑勺，转而看向陶言，"落地了报个平安，平时多和家里联系。"

陶言乖乖点头："我知道的。"

她看了眼时间，不舍地松开张格格，挥了挥手："我走了，落地了发消息。"

安检、登机，找到位置坐下后，陶言拿出手机，给几人发了消息。

她眼睑半垂，认真地看着手机屏幕，直至余光发现身侧站了一个人，疑惑地抬头，下一瞬，眼眸倏地睁大。

十几天前才见过的男人此时就站在她身侧，霎时，被刻意遗忘的社死记忆又浮现出来。

陶言白皙的脸颊瞬间涨红一片，因为紧张和尴尬，声音不可避免地带了些磕巴："学、学长。"

江屿绥温声应："好巧。"

陶言尴尬地笑："是啊，真、真巧。"她手指攥紧，一边祈祷他能忘掉上次的事，一边头脑风暴思考着怎么把人打发走。

好在很快，空姐拯救了她。

飞机即将起飞，提醒乘客坐好的广播响起，空姐也在舱内温声提醒。

陶言眼眸亮了亮，随即又克制地敛下唇角。谁知，下一秒，面前的男人慢条斯理地拿出手机。

他站在陶言身侧，肩宽腰窄，身形挺拔。

陶言微微仰头，自下而上的视线看到他握着手机的那只骨节分明、透着青筋的手，他眼睫半垂，指腹在屏幕轻点了几下，随即，亮着屏幕的手机递到了她面前。

屏幕正中，是一张二维码。

从上方传来的嗓音低沉和缓："加个好友？"

虽是问句，但在行动上却没给人留出拒绝的余地。

或许是陶言的错觉，她似乎在这句简短利落的话里听出了几分刻意的镇定，又带着莫名的紧张。

她诧异抬眸，猝不及防地对上男人的目光。他瞳仁漆黑，直勾勾地看着她，眼底带着令人难以读懂的深邃，她微愣。

舱内回荡着空姐提醒乘客的声音，男人的语调不急不缓："以后也是一个学校的校友，要是在学校遇到什么不懂的事，可以问我。"

话说到这份上，陶言找不到拒绝的理由。

因此，在他近乎专注的目光下，她终于还是拿出手机，扫了面前的二维码。

直至余光看到他离开，陶言像是才找到呼吸的节奏。她缓缓舒出一口气，往后扭头，目光随着他离开的方向看去。待到他回到位置坐好，她才恍然收回视线。

手机屏幕上，聊天界面顶端多了一位陌生好友。

陶言的目光下意识地被头像吸引，小小的方格里，是一颗简笔画的桃子，粉粉嫩嫩、可可爱爱，和账号背后的真人形象一点也不搭。她点进头像修改备注，认真地敲下"江学长"三个字，礼貌却疏离。

片刻后，手机轻轻响了下。

刚出现在好友列表的人发来消息：准备1号去报到，还是2号？

陶言下意识地回头，隔着几排距离，只能隐隐看到他微垂着头，几缕黑色碎发散落在额间。

她斟酌着输入：还不确定。

她措辞小心地回着消息，并不知道，相隔不远的男人，此时亦专注地看着手机，紧张到手心渗汗，连呼吸都忘了。

落在脊背的目光轻飘飘的，令人难以察觉，却让江屿绥浑身僵硬。刻意维持着姿态回到位置后，他垂眸看向屏幕。

空白的界面只有系统自带的验证消息：我是陶言。

他目光专注地看着那不知在背后偷偷临摹了多少次名字，薄唇微启。他无声地、近乎缱绻地在唇齿间呢喃着那两个字，带着不敢宣之于口的渴望和妄想将月独占的私欲。

他指腹悬在屏幕上，却迟迟未能落下，漆黑的眼眸晦暗不明。良久，他终于落下手指，斟字酌句地输入。

消息成功发送，他一瞬不瞬地看着屏幕，目光不舍移开分毫。

等待的短短几秒内，他手指紧攥，连呼吸都下意识地放轻。

终于，屏幕顶端出现"对方正在输入"，他下意识地坐直了些，一颗心像是被人攥进了手心，呼吸都由不得自己做主，只待对方宣判。

空白界面很快弹出消息：还不确定。

被攥着的心松开了些许，却仍旧未能得到自由。

斟酌着回了消息，陶言眉心蹙起，绞尽脑汁地思考江屿绥发这条消息的用意。

她对他的了解太少，仅有听闻的那些传言，和他们几次碰巧见面时她所见到的也全然不同。

按理说，他不是个热心的人，可不管是刚刚因为两人是校友他就主动加微信，还是上次……在她醉酒后耐心照顾。

想到这里，陶言又开始尴尬得脚趾抓地。

她紧了紧手，干脆心一横，狠心问：上次在食斋，我喝醉了，听同学说是学长送我回去的，我……没发酒疯给你添麻烦吧？

她深呼吸了好几下，一颗心煎熬地忽上忽下，直到掌心传来轻微的声响，她缓慢将视线移到了屏幕上。

江学长：没有，只是……

陶言的眼眸缓缓睁大。

只是什么？

对方话说了一半，便没了后文。陶言快要急死了，抓心挠肺地等着消息，手机却足足安静了两分钟都没动静。

她欲哭无泪，半晌，终于还是忍不住颤颤巍巍地问：……只是？

等待消息的间隙，陶言再次缓慢地、小心翼翼地转过头。

隔着重重人影，男人微垂着头，眉眼被额前细碎的黑发遮挡，隐约能看到高挺的鼻梁、微抿的薄唇。

人群中，他冷峻的面容格外吸引人的目光，陶言微怔，目光落在他脸上一时忘了移开。

飞机终于起飞，轰鸣声中，男人猝不及防地抬眸，直直望向陶言所在的方向。

那一瞬间，陶言慌不择路地扭头，甚至来不及看清对方脸上的表情，心猛地一跳，又急又重，仿佛要从嗓子眼里蹦出来一般。

片刻后，手机轻轻振动了下，陶言紧张地垂眸。

江学长：只是，说想吃火锅。

一直提着的那口气终于放下，陶言轻舒一口气，发了一个猫猫挠头的表情包，企图结束这次尴尬的对话。

然而下一秒，她的神情蓦地僵住。

因着"火锅"这一关键词，她脑海里瞬间闪过无数碎片，那些记忆不由分说地占据她的思绪，将她拉回陌生又熟悉的场景。

她突兀地回忆起了她诚恳向江屿绥道歉的画面，傻乎乎地坦白偷拍，在他的追问下，坦言自己是因为被火锅诱惑。

而后……

脸颊不受控制地爬上绯色，陶言咬了咬唇，脸上露出比哭还难看的表情。

从来没有哪一刻，社死到这种地步，甚至恨不得地球就此毁灭。

她手指颤抖着，在触上手机屏幕前一刻，指尖微顿，又转而换了方向，直接关了手机。漆黑的屏幕上倒映出她尴尬又懊恼的表情，陶言闭了闭眼，逃避一般地捂住脸。

足足三分钟，手机一直安安静静。

陶言坐立难安，每次忍不住想要望向后方时，脑海里又闪过她心虚坦白偷拍的画面。她咬咬牙，点开微信，纠结又迟疑地输入：真的很抱歉……

甫一敲出这几个字，陶言便一下攥紧了手，顿了顿，她又将这几个字删掉。

她自欺欺人地想，江屿绥自己都将这件事揭过去了，她又何必再提起，让大家（主要是自己）再社死一遍。

就当这件事从来没有发生过，虽然接下来的三年两人都在同一所学校，但是……A大那么大，他们以后应该也不会有再碰面的机会。

陶言蜷了蜷手，坚定地想，肯定不会再碰见！以后有他的地方，她肯定远远避开。

相隔不远处的位置上，男人目光专注地看着对话框。

看着屏幕上憨态可掬的猫猫表情包，江屿绥敛眸失笑。

在女孩小心翼翼询问的消息发过来时，他便猜到她已经完全忘了醉酒后发生的事，思索良久，本想借着"偷拍"的事拉近两人间的距离。

可在看到她慌不择路扭头时，他还是舍不得让她有一丝不自在，于是，斟酌片刻后，只避重就轻地说了她想吃火锅的事。

只是江屿绥不知道，他随口提的一句火锅，已经让她回忆起了大部分当时发生的事，以至于避他如蛇蝎，下定决心以后再不和他有牵扯。

两人短短几句对话，还不够占满手机屏幕，却足够让江屿绥回味良久。

自我开解成功，陶言暂时放下心。许是早晨醒得太早，以至于起飞没多久，她便慢慢睡了过去，直至飞机落地，才悠悠转醒。

刚醒来脑子还有些昏沉，以至于她一时忘了相隔不远处还有一个她此生不愿面对的人。

直至不经意间往后一瞥，猝不及防对上一双漆黑的眸，陶言动作一滞，瞬间脑袋里一片空白。两人的目光隔着重重人影对上，她下意识地扯了扯唇角，露出一抹僵硬的笑。

慌乱地移开视线后，她逃也似的出了机舱，头也不回地疾步往前。

等待取行李的间隙，陶言给家里人发消息。她垂眸看着手机，毫无征兆地、莫名地觉得后背发凉。

她脊背一僵，回头看了一眼，隔着不近不远的距离，看到江屿绥正迈步往这边走来。

陶言急促地回头，目光近乎慌乱地扫过传送带，好在行李终于被传送过来。

她俯身，纤细的胳膊扣住行李。行李并不轻，她有些吃力，却紧咬着牙，胳膊肌肉绷紧，脸颊因用力微微泛红。

将行李拿下来，她没敢回头，逃也似的离开。她没往回看一眼，因此并不知道，身后不远处，男人因她避如蛇蝎的动作僵立在原地。

"桃桃！"

刚走到出站口，耳边传来一道熟悉的声音，陶言抬眸张望了下。

不远处，穿着白衬衫黑西裤的男人立在墙侧，身高腿长，在人群中格外显眼。

认出了人，陶言眼睛弯成月牙，拉着行李箱过去。

温瑾唇角微勾，迎上前，接过她手中的行李，问："饿了吗？先去吃饭。"

兄妹俩近一年没见，彼此之间却并不生疏。

陶言抬手揉了揉胃："饿了。"

在飞机上还不觉得，这会儿见到温瑾，紧绷的神经松懈下来，疲惫的同时，饥饿感也后知后觉地涌来。

他抬手揉了揉女孩的脑袋，掌心下毛茸茸的触感让温瑾没忍住多摩挲了几下。他顺势揽过陶言的肩，领着人往出口走："走吧，哥带你吃大餐去。"

高大的男人揽着娇小的女孩,两人的身影渐渐消失在大厅。

出站口,江屿绥孤零零地站着,隔着人群,他眼眸晦涩地看着前方,看着女孩仰头对面前的男人展露笑颜,看着她朝男人露出乖巧的表情。

他垂在身侧的手无声地攥紧,直至再也看不见两人的身影,才又悄然松开。

周遭喧嚣,他周身却透着莫名的孤寂。

吃过饭,陶言跟着温瑾回家。

兄妹俩聊了会儿天,陶言回房间午休,再次醒来,已经是傍晚五点多,客厅里灯光明亮,温瑾却并不在。

陶言接了一杯水喝,隐约听到书房的动静,拿着水杯,慢吞吞地朝书房走。

"还在休息呢?"

"放心吧奶奶,我肯定随时看顾着。"

书房的门并未关紧,低低的交谈声透过门缝传出。陶言本想离开,透过只言片语听出正在和温瑾交谈的对象,眨了眨眼,她抬手轻敲了下门。

安静了两秒,门里传出沉闷的脚步声。几秒后,书房的门从里面拉开。

温瑾一手拿着手机,一手搭在门上,见到她,眉眼带笑:"醒了。"

陶言"嗯"了声,抬手指了指手机,小声问:"是外婆吗?"

"是桃桃吗?"陶言话音刚落,手机另一头的人也刚好出声,老人嗓音温柔,普通话带了点别样的口音,又格外字正腔圆。

陶言唇角弯起。

"是桃桃。"温瑾拿起手机,对屏幕里的人笑了笑,"你们聊吧,我去准备晚餐。"

他将手机递给陶言,又顺手拿过她手中的水杯。

"外婆。"陶言接过手机,亲昵地问好。

"哎。"温奶奶嗓音含笑,"桃桃,在哥哥家有没有不习惯的地方呀?"

屏幕中的人有着一双与陶言如出一辙的碧绿眼眸,扬唇笑着,即便岁月在她脸上刻下了不可磨灭的痕迹,也能从五官中看出她年轻时令人惊艳的痕迹。

"习惯的。"陶言将手机放到沙发上,顺势坐在地毯上,乖巧地同温奶奶聊天,"您和外公的身体还好吗?"

"我们都好着呢。"温奶奶说着,还忍不住念叨了两句此时已经去外面遛弯的温爷爷，待念叨完了，又问陶言，"桃桃，国庆假期和哥哥一起回来呀，外婆可想你了。"

毕业这个暑假，按计划本该去海城的，但由于远在欧洲的温楠突然让陶言去她那里。对于这位许久才能见到一次的母亲，尽管相处起来有些生疏，但母女天性，陶言也总是免不了有些思念母亲。

于是暑假两个多月，陶言有两个月是在欧洲度过的。

因此十分想念外孙女，又怕被半路截和的温奶奶干脆早早定下了她的档期。

陶言没有一丝犹豫："好呀！"

"那我可就等着了。"温奶奶脸上的笑意不减，"你在燕城有什么事就找哥哥，学校要是住不惯就搬出来，可千万别委屈了自己。"

陶言乖巧地应："我知道的，外婆。"

祖孙俩聊了许久，直至温瑾将晚餐做好，才结束这次视频通话。

第五章 /
逃避

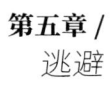

不知是不是下午睡久了，晚上到了平日里该睡觉的点，陶言却没有丝毫睡意。人一失眠，就容易反复想起一些社死的场面。

没办法，她开始例行骚扰好友张格格：失眠了。

张格格回复：怎么了？

重复被社死记忆折磨的陶言准备倾诉，先以一句话开场：我今天在飞机上碰到江屿绥了。

她深深叹了口气，想到偷拍这件事，一时间简直想捶死自己。又想到这件事因张格格而起，于是想捶死自己的同时又忍不住想顺便带走她。

收到消息的张某人此时还未意识到事情的严重性，只一心想吃瓜：你说这个我可就不困了！

陶言恨恨地敲下三个字：我想死！

认识这么久，几乎没见过她这样，虽然只有短短三个字，但似乎透过屏幕也能看出她的崩溃。

张格格一边好奇，一边又有些担心。

她问：到底怎么了宝？

感觉三两言语不足以说清自己的痛苦，陶言索性给张格格拨了语音电话。

她将下午飞机上发生的事简短陈述后，耳机里诡异地安静着。

良久，张格格艰难地出声："啊这……"

她想说点什么安慰陶言，然而张了张口，却发现根本无解，于是只能安慰："没事的桃，一辈子很快就过去了。"

陶言："……人言否？"

张格格用她之前的话安慰她："A大那么大，你和他既不是同级，也不是同专业同院系，根本不会遇见的。"

陶言沉默。

张格格又问："还是说，他今天因为偷拍给你摆脸色了？"

陶言继续沉默。

诡异的安静气氛令张格格瞳孔微缩，一时想起了高中时江屿绥对待偷拍他的人的态度，忍不住脑补出陶言被对方厉声冷斥的模样，她打了个寒战，随即又因为好友被别人摆脸色而感到气愤，怒声问："他真骂你了？"

片刻后，陶言小声道："那倒没有。"

"没……嗯？"反应过来她话里的意思，张格格面露诧异，"那他对你是什么态度？"

因着张格格的话，陶言难得抛开社死心态，仔细回忆了一番事情的经过。

她眼睫颤了颤，迟疑开口："他……没提偷拍的事，只是加了我微信。"

"没提？"张格格疑惑，"你等我理一理啊。"

张格格思索："你之前说，在餐厅那会儿，你喝醉被他照顾，我当时就觉得不对劲。"

预感接下来的话不是自己想听的，陶言企图阻止："你别瞎分析……"

"但照你今天的说法，你在那天就自曝偷拍的事了，可他不仅没对你摆脸色，反而还当这事没发生一样，加了你微信。"张格格自顾自接着道，"他竟然还主动加你微信。"

最后，她总结："他不对劲！"

陶言："呃……"

无语的同时，陶言又不免因为这番话，以及今天在飞机上偶遇时的场景而胡思乱想。

她指尖微蜷，说："提及偷拍除了让我们都尴尬，也没什么别的作用，况且……"她顿了顿，底气略显不足，"不过是加微信而已，很正常吧。"

"这事放别人身上正常。"张格格煞有介事，"可他是江屿绥哎！"

她振振有词："高中时他多无情啊，都不带正眼瞧人的，看人的眼神还不如看花花草草有温度。"她说着，有没有说服陶言不知道，反正是把她自己说服了，"你那时不关心这些八卦都不知道，其实不止我们学校，连外校都有好些女生关注他，却没谁敢靠近。别说要微信了，就连敢偷拍他的人都没几个。"

最后,她总结:"所以你看,他对你的态度有多么反常。"

陶言一时无言。

张格格回味了一番自己的分析,突然激动起来:"妈呀,我嗑的CP竟然是真的!"

原本正因她的话心乱如麻的陶言略感无奈:"所以,你瞎分析这一通就是为了嗑CP是吧。"

"怎么会呢。"张格格义正词严,"我明明很认真地在分析。"

陶言心累地往后一倒:"我跟你吐槽我的社死经历,你跟我分析对方不对劲。"

她深深地叹了口气:"你知道人生三大错觉之一是什么吗?"

张格格沉默着。

陶言有气无力,像是在提醒对方,又仿佛是在说服自己:"都是错觉,知道吗?"

虽然陶言用这话将张格格堵了回去,但那些话还是在她心上留下了痕迹。于是倾诉不成,反而更睡不着了。

这晚,陶言心乱如麻,辗转到凌晨两点多。

报到这两天,女生宿舍难得允许男士进入。陶言的宿舍在三楼,陶言、温瑾两人来得早,到宿舍时里面还没人。

打扫卫生、铺床、整理行李。

温瑾像只勤劳的小蜜蜂,根本不给陶言插手的机会,就将所有事务搞定。

陶言感叹:"哥,你现在这么厉害啊。"

她还记得温瑾读大学前,她经常听舅妈吐槽,说他的房间狗窝都不如。没想到现在,他居然变成了整理内务的一把好手。

"小瞧你哥了不是。"温瑾从床侧的梯子上一跃而下,姿态潇洒利落,"床帘要明天才到,今天还是先回家住吧。"

陶言晚上睡觉习惯开着小夜灯,但现在在住宿舍,怕打扰到室友,温瑾特意给她买了个深色的床帘,只是预估错了时间,包裹现在还在路上。

两人在宿舍忙活了两个多小时,又在学校逛了一圈熟悉环境。

正好到了午饭时间,陶言说:"就在学校食堂吃吧,我请客。"

"行。"温瑾笑着打趣,"让我也沾沾妹妹的光,尝尝A大食堂的饭菜到底是个什么味道。"

A大一共有三个食堂,陶言这会儿还不太熟悉,只就近找了一个食堂。

正值饭点,食堂里的人不少。

陶言问:"你想吃什么?"

好些窗口已经排上了长队,温瑾不想折腾,就随便挑了个人少的:"蛋包饭吧。"

陶言排队的间隙,温瑾找了个空位坐下。

与此同时,食堂门口走进来三个男人。

三人明显是熟识,但最左侧的那个男人又和中间的同伴隔了半步距离,身体未有接触,倒显得略有些生疏。

中间那人染着一头棕色的头发,看了眼左侧神情淡漠的男人,眉梢轻挑:"绥哥,你今天不太对劲啊。"

这三人正是江屿绥和他的两位室友。

棕发男人是沈青奕,他轻轻"啧"了一声:"在外面晃悠大半天了。怎么,入学一年现在终于发现学校的美了?还是终于想开了准备来场浪漫的邂逅?"

另一个室友钟坤郅长臂一伸,勾住沈青奕的肩:"那肯定不会是第二种可能了。你有替咱们校草数数,今儿一上午他又碎了多少美女的芳心吗?"

"哈,也是!"沈青奕笑了声,"咱们江神可是修无情道的,简直心硬如铁。"

两人的对话没有牵动江屿绥丝毫的情绪,他淡淡扫了沈青奕一眼:"这方面,的确比不上你这个修合欢道的。"

沈青奕眼眸睁大:"爸爸白陪你在外面晃荡一上午了,怎么说话的呢!"

"哈哈哈!"钟坤郅憋不住笑,朝江屿绥竖起大拇指,"不愧是咱江神,不管男女,都是一视同仁,杀人诛心啊!"

沈青奕一把推开钟坤郅的胳膊:"去你的!"

钟坤郅还忍不住犯贱,摸了摸沈青奕的脑袋:"别气啊,我觉得这评价挺中肯的。"

说罢,在沈青奕忍不住想动手时及时收回手,他转头看了眼食堂,"啧啧"两声:"这才第一天报到呢,怎么就这么多人了。"

被转移了注意力,沈青奕看了眼排着长队的窗口:"这食堂不是挨着新生宿舍吗，怎么也这么多人？"随口感叹了一句，他问身侧的两人，"想吃什么？"

钟坤郅："都行。"

而江屿绥，此时不知看到了什么，眼眸凝住，修长的腿下意识地往前迈了半步。

沈青奕察觉他的动作，疑惑地四处打量："怎么了？"

江屿绥喉结轻动，看着前方不远处的人，神色冷淡："吃什么都行，我先过去占位。"

说罢，他长腿迈开。沈青奕还来不及阻止，便见他已经走到前方一个空位上坐下了。

"这是怎么了？看到熟人了？"沈青奕面露疑惑。

钟坤郅耸耸肩："谁知道呢。"他重新伸手勾住沈青奕的肩，"行了，打饭去吧，饿死了。"

陶言的个子在北方算不上高，因此刚走到窗口，就被身后排队的人遮住了身影。

看不见人，温瑾收回视线，他垂眸回了几条消息，身侧突然多了一抹阴影。

他抬眸，对上一双漆黑的眸。

男人身形挺拔，眉目凌厉，一张脸帅得张扬。只是不知是不是温瑾的错觉，总觉得男人看他的眼神透着丝丝冷意。

两人对视一眼。男人率先收回视线，拉开凳子，在与他间隔一个空位的位置坐下。

温瑾并未多想，收回视线，垂眸继续和家里人聊天。聊了片刻，他关了手机，抬眸。

陶言正好点完餐，拿着单号走出队伍。

见她四处张望，温瑾起身挥了挥手，示意陶言。

座位离窗口不算远，陶言一眼便看到了温瑾，她眉眼弯起，拿着单号迈步走过去。临近时，她终于注意到同坐一张餐桌上的另一个人。

熟悉的身形让她不禁放慢脚步，她心跳一滞，下意识脊背发麻，却仍旧抱有一丝侥幸。

直至男人慢条斯理地抬眸。

四目相对，陶言倒吸一口凉气。

男人轮廓熟悉，眉眼冷淡，却在看清女孩时柔和了目光——正是江屿绥。

陶言僵在原地，脸上还残留着笑意，脑袋里却一片混乱，乱如麻的思绪中，不知怎的，突然想到之前张格格说的话。

食堂、操场、图书馆，三大绝佳偶遇地点。

她想，张格格果然没有骗人。

这才入校第一天，就在食堂偶遇了。

有那么一瞬，陶言想转身就逃，但为数不多的理智提醒了她。于是她只能稳稳立在原地，身体僵硬，面上却不露端倪。

她想，难道这就是偷拍的报应？

两人无声对视，几秒时间，陶言却像是煎熬了几个世纪。

温瑾察觉不对，视线一转，见身旁原本神情冷然的男人，此时正一瞬不瞬地看着陶言，眉眼柔和。

温瑾眼眸微眯，看向陶言："桃桃。"

熟悉的嗓音令陶言回过神来，她眼睫颤了颤，朝江屿绥尴尬一笑，而后不等人回应，便赶忙收回视线，余光都不敢多瞟一眼，只垂眸看着脚下的地砖，认真地朝温瑾所在的方向走。

十步的距离，还不到二十秒，便走到了桌前。

陶言心虚地抬眸，期间又朝江屿绥礼貌地笑了笑。

食堂的餐桌是八人桌，一面四张凳子。温瑾坐在左侧第一个位置，他右手边空出一个位置，再往右，便是江屿绥正坐着的地方。

没什么选择的余地，陶言只能坐在温瑾的对面。

温瑾问："认识？"

"嗯。"陶言低低应了声，"以前高中的学长。"

"这么巧啊。"温瑾随口感叹，没说别的，只意味深长地扫过一旁的男人，又注意到他不动声色看向陶言的目光。

温瑾唇角微勾，又问："不打声招呼？"

陶言觉得尴尬，连头都不敢抬，只局促地小声说道："刚刚已经打过招呼了。"

两人音量不高不低，但碍于只隔了一个位置，江屿绥还是听清了他们的对话。

陶言自认说的话没什么不妥，毕竟刚才微笑颔首的动作，在她看来已经算是打过招呼了。

她打定了主意要疏远，却不知听清两人对话的男人此时心中一沉，眼睑半垂，半遮的双眸蓦地变得黯淡。

而温瑾只余光瞥见男人此时微垂着头，看不清脸上的神情，只周身气场冷寂。他轻轻挑了下眉，转而叮嘱："军训要是坚持不了，也别强撑。"

军训为期半个月，说长不长，说短不短。

陶言幼时体弱，三天两头进医院，后来好不容易调养好些了，高二又出车祸伤到了腿，以至于现在家里人都还下意识拿她当玻璃娃娃看待。

"我知道。"陶言并不逞强，"如果不舒服，我会请假。"

"不舒服就打电话告诉我。"话落还不放心，温瑾又补充，"别瞒着，我可不想被奶奶唠叨死。"

陶言忍笑："你这话敢当着外婆的面再说一次吗？"

兄妹俩闲聊着，却不知一旁神色冷峻的男人在听到两人的对话后，微顿了一瞬，周身的冷寂竟莫名褪去了些许。

聊了几句，窗口很快叫号，陶言没给温瑾开口的机会，直接起身离开，很快便端着餐盘回到餐桌。

温家和陶家都没有食不言寝不语的规矩，不过陶言只想赶紧吃完离开，便没有主动开口，只埋着头认真吃饭。

注意到她略有些反常的举动，温瑾不明所以，但也没有在这时追问。

陶言平时吃饭都细嚼慢咽，虽然吃得不多，但一顿饭也差不多要二十分钟，可今天这顿午餐却像是被什么追着赶似的，不到十分钟就吃了八分饱。

咽下嘴里最后一口食物，陶言放下筷子，抽了一张纸巾擦嘴。

温瑾眉心微皱："怎么吃得这么急？"

"突然想到有东西落在宿舍了。"陶言说出想了许久的借口，"我先回宿舍一趟，等会儿联系。"

话落，她眼巴巴地看着温瑾。

被那双碧绿的眼眸看着，温瑾根本没法拒绝，只能点头："好，刚吃完饭，别跑太急。"

陶言："嗯嗯。"

她拿起餐盘，步履匆匆地往餐具回收处走。

女孩的身影消失在食堂，窗口的人终于端着餐盘走了来，沈青奕顺势坐在江屿绥对面，将其中一份推到他面前："大爷，您请用。"

钟坤郅注意到江屿绥冷硬的面色,疑惑地问道:"怎么了?脸色这么难看?"

江屿绥眼眉间一片冰凉,嗓音冷冽:"没什么。"

陶言逃也似的离开食堂后,没真的回宿舍。

温瑾的车停在离宿舍不远的停车场内,她索性往那边去了。她给温瑾发去信息,又一一回复了家里人,而后点开张格格的聊天框。

陶言幽幽叹了口气:我觉得,你有言灵体质。

张格格有些莫名,发了个疑惑的表情包。下一瞬,她好似猜到了什么。

张格格:你……

张格格:不会是我想的那样吧?

张格格:真这么倒霉?

张格格:你又碰见那谁了?

夏末的风带着些许燥热的气息,拂过脸颊,带来一阵灼热的温度。

陶言白皙的脸上染上一抹绯红,她咬唇敲屏幕,三言两语地讲了刚才的事情,话虽简短,但隔着屏幕也能看出她无处安放的尴尬。

张格格实在是没想到,报到第一天,陶言和江屿绥就能有这种偶遇的缘分。

虽然很不应该,但张格格还是想呐喊一句:什么都嗑,只会营养均衡!

不过这话她不敢说出口,因此只斟酌着感叹:这样也能遇见,那以后……

陶言欲哭无泪:那怎么办?

张格格:有句话说得好,只要你不尴尬,尴尬的就是别人。

张格格:你都说了,江屿绥没提过你偷拍的事,那你就当没记起,见面该打招呼打招呼,把他当普通学长看待就行。

办法是好的,主要是陶言忘不了自己傻乎乎和人坦白偷拍还诚恳道歉的画面。每次一见面,那段记忆就不受控制地在眼前循环播放,让她恨不得找条缝钻进去。

她艰难地回复:你的话有道理,但是我忘不了。

张格格:那就只有一个办法了。

陶言:什么?

张格格:冲到他面前,告诉他你全想起来了,然后再次为你的偷拍行为忏悔,诚恳道歉,得到他的原谅 or 被他黑脸骂一顿。

张格格：社死一次会尴尬，但社死两次，只会无所畏惧、百毒不侵！

陶言陷入沉默。她在车旁一棵树下蹲着，周身萦绕着挥之不去的颓丧气息。

她将下巴搁在膝盖上，垂眸看着手机，表情十分颓然，手指敲屏幕的动作却很用力：办法很好，建议下次不要再提了。

她又补充：社死一次会尴尬，社死两次只会想自杀。

身后传来脚步声。

"桃桃。"

她回眸仰头："哥。"

女孩小小的一团，蹲在树下，可爱又可怜。温瑾眼露笑意："怎么了这是？委屈成这样。"

"没什么。"陶言尴尬地笑笑。

夏末时节，车在露天停车场停放了半天，车厢内温度"感人"，温瑾插上钥匙开了空调，又关上车门，走到陶言身旁。

他学着她的样子蹲在树前，问："和刚才那位学长有关？"

陶言唇边的笑意僵住，眉眼耷拉下来，恹恹地应："嗯。"

温瑾循循善诱："刚才吃饭时就不对劲，为什么想避开他？"

陶言脚趾抓地，避开温瑾的目光，垂眸认真看着地上的落叶，卷翘的长睫在眼睑下方落下一抹阴影。沉默半晌，她抿了抿唇："就是……"

她纠结着，没办法直言，最后只含糊道："之前在他面前社死过一回，再见面，就觉得很尴尬。"

温瑾眉梢轻挑，回忆起之前江屿绥看自家妹妹的眼神。

他揉了揉陶言的脑袋，不动声色地提议："既然这样，那以后不见他就是，就算偶尔碰见了，也可以当作没看见。"

当作没看见似乎不太礼貌，也有些过分。陶言敛眸想了想，决定坚定执行逃避原则，若实在避无可避，那就本着我不尴尬尴尬的就是别人的原则，浅浅打个招呼，再立马离开。

当晚九点，男寝402宿舍。

老生开学和新生报到都集中在这两天，宿舍只剩一人还没返校。

沈青奕正坐在床上摆弄手机，不知是在和谁聊天，嘴里不时发出几句感叹。钟坤郅在连麦玩游戏，偶尔出口的话也异常激烈。

嘈杂声中，只有江屿绥一人安静地坐在桌前，面上没什么表情，暗沉如墨的双眸看着桌面上的手机，而亮起的屏幕，正停留在游戏界面。

突然，沈青奕爆出一声响亮的粗口。

这声音惊动了玩游戏的人，正好一局结束，钟坤郅摘下耳机，翘起凳子仰头看了眼他，轻"啧"一声："你叫屁啊。"

沈青奕扔下手机，瞪着坐在桌前的江屿绥，愤愤道："聊了半天，又是一个奔着你微信来的！"

钟坤郅没忍住嘲笑："就这？我以为你已经习惯了呢。"

这话一出，沈青奕的怨念一下转到钟坤郅的身上，两人你来我往地拌了几句。

室友吵得欢快，江屿绥却好似什么也没听到，只垂眸，直勾勾地看着手机屏幕。

沈青奕余光瞟到，原本势要让室友认输的豪气被疑惑替代："你最近怎么天天晚上登这游戏啊，也不玩。"

"嗯？"钟坤郅也将视线转向江屿绥，不怀好意地打趣，"怎么回事啊江神，在外面有别的狗子了吗？甘愿每天晚上苦守游戏做望妻石。"

话落，就见江屿绥不知看到了什么，倏地坐直了身，动作流畅地戴上耳机，近乎虔诚地拿起手机，随即薄唇微张："没有，好。"

两个人微怔，对视一眼，沈青奕率先开口："江……"

话刚出口，猝不及防对上江屿绥锐利凌厉的目光，他一滞，到嘴边的话又噎了回去。而后，他看到江屿绥收回视线，垂眸看着手机，向来淡漠冷冽的嗓音近乎温和："晚上好。"

沈青奕震惊地瞪大了眼，视线缓缓转向钟坤郅，却见钟坤郅同样震惊地张大了嘴。

两人不约而同地对视一眼，而后拿起手机，飞快地将另一位还未返校的室友拉进群聊。

刚一登上游戏，陶言就听到张格格雀跃的声音："大神居然也在线欸，正好三缺一，拉他一下试试，行吗？"

说话间，唐琰禹也被张格格拉进队伍。

想到之前是自己误会了对方，陶言也没了顾虑："好。"

于是张格格立马向对方发送了组队邀请。

下一秒，界面多出一位男性角色。

张格格问："大神有约了吗？没有的话一起玩啊。"

耳机里隐约地听到点模糊的声音，片刻后，传来一道低沉的男声："没有。好。"

得到肯定的回答，张格格又和唐琰禹讨论选什么地图。

而陶言看着界面上的男性游戏角色，想到之前对方几次三番地救自己，她却因为顾虑多想，对他不太礼貌。

若是因为这点事郑重其事地道歉又有些奇怪，于是她想了想，温声打了招呼："大神，晚上好。"

安静两秒，她听到对方低缓的嗓音："晚上好。"

顿了顿，他温声继续："不用叫我'大神'。"

想到之前对方也这么和张格格说过，陶言觉得他可能确实不怎么习惯这个称呼，又想到刚才听到的那声模糊的声音，她随口问："你是姓江吗？"

女孩嗓音温软，透过耳机传来，仿若江南四月的雨，轻柔绵密，润物无声，却让江屿绥心中一紧。

他呼吸微室，一下攥紧了手机。想到两次见面时女孩莫名对他避之如蛇蝎的态度，他陡然生出一抹无措和慌张来。

他掌心渗出了汗，想否认，却不愿也不敢骗女孩，于是只能迟疑地开口："我……"他眸底晦涩难明，嗓音微哑，"我是……"

"大神姓江？"江屿绥话未说完，一旁捕捉到关键词的张格格突然出声。

到嘴边的话又咽了回去，江屿绥沉默两秒，低低"嗯"了声。

原本没觉得有什么不对的陶言也因张格格这略微有些亢奋的语气，想到了某位她至今不想面对的江姓人士，甚至因为生出了这点联想，而荒唐地觉得两人的声音也有些相像。

被吓得一个激灵，陶言晃了晃头，赶紧将这荒谬的想法甩出脑袋。

她轻咳一声，略过这个话题，转而问张格格："格格，玩什么地图？"

被岔开话题，张格格也没再继续。

而没了之前的顾虑，陶言也没再刻意无视或避开对方。

不知是不是因为多了一位大神队友，四排游戏被张格格和唐琰禹玩成了甜蜜双排，两人根本不管陶言的死活，导致她只能一个人小心翼翼地搜物资，但她却没有一次被击倒。

几乎每次，在陶言刚看见敌人，还没来得及告诉其他几位队友的时候，那人就被"言归于好"淘汰了。

每次枪声响过之后,张格格才后知后觉:"有人吗?"

寸步不离跟着张格格的唐琰禹也开始四处观察:"在哪里?有几个?"

而这时,"言归于好"总是会从容地回答:"没人了,暂时安全。"

渐渐地,陶言也放开了手脚,没了一开始的畏手畏脚。

几人一边玩游戏一边闲聊,"言归于好"话不多,却从来不会冷场。

后面几局,许是看到唐琰禹一直和张格格待在一起,陶言只孤零零一个人,于是"言归于好"也有意识地一直跟在陶言身后,且只要一看到敌人,总会第一时间将敌人淘汰,而后风轻云淡地对陶言道:"没事,已经安全了。"再叫她去捡物资。

因着他的保驾护航,陶言难得体验到了从玩这个游戏开始从未体验过的安全感。

游戏几乎局局胜利,两小时很快过去。

最后一局游戏结束,陶言道:"有点困了,我就不玩啦。"

知道陶言的作息,张格格也没挽留,只做了个挥手的动作:"晚安啦。"

陶言"嗯"了一声,同大家道别:"我先退了,拜拜啦。"

退出队伍,陶言领取系统奖励,正准备退出游戏时,不知想到什么,眼眸微动,点开了好友列表。

玩这个游戏以来,除了张格格和唐琰禹这两个固定队友,陶言从未和别的陌生人组队玩过。一部分原因是她不太习惯和陌生人相处,更多的则是因为几乎每次匹配的队友总是给她一种殷勤难缠的感觉。

所以在最初和"言归于好"玩了一局游戏后,即使一开始被他的技术惊艳,游戏观感也还行,但因着张格格的话,又想到他游戏中送物资的举动,陶言还是因为心中的别扭,选择了远离。

直到后来再一次组队,她才后知后觉,是她多想了。

点开最近好友的列表,陶言一眼看到那个熟悉的ID,对方已经没在组队界面,却也暂时没下线。

两秒后,她抿了抿唇,点开头像,正准备发送好友申请,突然收到一封邮件。

陶言指尖微顿,点开系统邮件,正是对方发来的好友申请。她这次没再犹豫,直接点了同意。

几乎是在好友申请通过的下一秒,陶言就收到了对方发来的消息。

言归于好：下次再一起玩，晚安。

心跳突然漏了一拍，转瞬即逝，快到陶言还来不及察觉。她唇角扬起一抹微不可察的弧度，指尖轻快地打字：好，晚安。

第六章 /
毫无干系

吃过午饭，温瑾开车送陶言去学校。

报到的最后一天，学校里的人比起昨天明显增多，以至于连停车的位置都找不到。

找了一圈没找到停车位后，陶言索性道："我自己就行，你先回去吧。"

温瑾偏头看向她，目露怀疑："你真的可以吗？"

陶言无奈："就挂一个床帘而已。而且室友都到了，你再上去也不好。"

拗不过陶言，又因为实在找不到地方停车，温瑾最终还是妥协，只将陶言送到了宿舍楼下。

陶言到宿舍的时候，其他三个室友都已经到了。

其中两个已经收拾好行李坐在桌前玩手机，另一位还在铺床。听见门口的动静，三人皆放下手上的动作探头看过来。

A大宿舍是按院系专业分的，报到前宿舍分出来后，四人就加了好友，已经在网上聊了不短的时间，只是现在还是第一次见面。

宿舍气氛诡异地安静下来。被三双眼睛齐刷刷地盯着，陶言眨了眨眼，扯出一抹笑来："大家好，我是陶言。"

女孩软糯的声音一出，顿时打破了宿舍内的安静。

还在铺床的李曜希是A城本地人，留着一头短发。

一开始看到推门进来的洋娃娃般的女孩时，她愣了下，直到陶言出声，才将陶言和群聊中温和有礼但话不多的女孩联系起来。

她爽朗一笑，抬手热情地打招呼："你好，我是李曜希。"

坐在凳子上的两位室友也纷纷站起身。靠门的长发女生叫舒悦，和同坐在凳子上的另外一位鬈发室友向玮筠都是外省的。

几人互相认识了一番，舒悦拿出从家乡带来的特产分给陶言："这是我妈妈自己做的，你尝尝。"

陶言接过，礼貌地道谢。尝了一口后，她惊喜道："好好吃！"

向玮筠一早便吃过，闻言看向陶言，连连点头："是吧，我也觉得好好吃。"说着，她转头看向舒悦，摊手感叹，"舒悦你妈妈简直是神仙，不像我妈，完全是个厨房杀手。"

话落，还在铺床的李曜希也忍不住笑出声："我家也是。做饭全靠我爸，我妈的厨艺，仅限于把食材做熟。"

陶言没加入这个话题，只在旁边笑笑。

好在一早网上聊天时，三人就知道她话不多，因此也没有介意，再加上见她长得一副洋娃娃的乖巧模样，更是连说话都不敢大声。

几人聊着聊着，话题突然扯到了以后的择偶偏向上。

舒悦："我以后结婚，一定得找个会做饭的。"

"那倒是。"李曜希铺完床，从护梯下来，"我妈就跟我说，以后一定得找个会做饭的，女生千万别进厨房，进去一次，以后就再也别想丢开手了。"

"怎么就扯到结婚上去了？"向玮筠笑了笑，突然开始八卦，"话说，大家谈过恋爱吗？"

突兀转变的话题令宿舍安静了下，而后，舒悦双眼泛光地看向陶言，打趣："陶言，你谈过吗？"

一句话，再次令全寝人的目光都集中到了陶言身上，向玮筠目光灼灼地看着她，目露痴迷："看咱们陶言这模样，肯定不缺人追。"

"话不能这么说。"李曜希撑着下巴，眼眸微眯，分析，"陶言这样级别的，只可远观不可亵玩，一般人可配不上。"

陶言被几人说得脸颊染上一抹绯色。她轻咳一声，尴尬道："哪有你们说的这么夸张。"

"哎呀，别害羞嘛。"舒悦见她脸红，一双眼眸更加明亮，"咱们都大学了，可以光明正大地谈恋爱了。"

"就是就是。"向玮筠附和。

"哟。"李曜希听出端倪，"看来咱们寝有人经历过呀。"

于是全寝人的目光又集中到向玮筠的身上。

陶言松了口气，看大家开始追问向玮筠，没忍住笑，也跟着吃瓜。

话题逐渐私密，几人间略有些生疏的隔阂也在聊天中逐渐消弭。

陶言一边听她们聊天，一边将床帘拆开："我睡觉习惯开着小夜灯，所以准备了一个深色床帘。如果晚上还是有光透出来影响到你们，直接告诉我就行。"

之前网上聊天时，陶言就说过自己这个习惯，因此几人没有意见，都笑着点头。

从没弄过这东西，虽说一开始在温瑾面前夸下海口，但等到实际操作起来，还是有些手忙脚乱，好在最终还是完整地将床帘装好了，只是时间也到傍晚五点多了。

陶言从护梯处下床，坐在桌前喝水。她仰头看了下自己一下午的成果，拍了个照片发给温瑾：大功告成！

许是不忙，对方很快回了消息：哟，不错！想不到咱们的桃桃还有这手艺。

略显敷衍地夸奖一句后，温瑾又道：已经饭点了，快去吃饭吧。

陶言回复了句"好的"，不知怎的，突然想到昨天在食堂偶遇江屿绥的场景。

她倒吸了一口凉气，闭了闭眼，顿时冒出一个荒唐的想法，心想以后干脆都点外卖算了。

蓦地，她拍了拍额头，用仅存的理智让自己清醒过来，每天点外卖确实有些疯狂，但今天可以先不去食堂。

恰逢此时，手机铃声响起。陶言垂眸，指尖微蜷。片刻后，她起身走向阳台。

"桃桃，吃饭了吗？"

母亲温楠的声音透过电话，从遥远的大洋彼岸传来。

陶言的手指攥着衣角，顿了两秒，她低低"嗯"了声："你吃过了吗？"

母女两人熟稔又生疏地聊了几分钟，直至电话最后，温楠迟疑地开口："桃桃，还记得你之前见过的那位屈叔叔吗？"

陶言微怔："是……暑假一起吃过饭的那位屈叔叔吗？"

在国外和母亲一起度过的近两个月时间里，她多次见到那位屈叔叔送母亲回家，后来，母亲还带着她与屈叔叔一同吃过饭。

"嗯，就是他。"温楠的声音有些小心翼翼，像是在征询她的意见，又仿佛是在试探，"你觉得他怎么样？"

沉寂了几秒，母女两人都没出声。

陶言捏着手机的指节无意识地用力，骨节泛白，胸腔里的心脏沉重又迟缓地跳动，她张了张口，却没发出丝毫声音。

直至隔着阳台的玻璃推拉门，听到宿舍里传来向玮筠的声音。

她终于找回自己的声音，故作轻松地笑了笑，嗓音轻快："屈叔叔啊，我觉得他人挺好的。"

温楠没听出端倪，只是小心地接着问："如果妈妈和他在一起——"

"妈妈。"陶言打断她的话，温软的嗓音听不出什么情绪，"只要你喜欢就好，你有权利去追求你的幸福。"

夏末的傍晚，太阳的余晖还带着灼灼热意，被晒了一整日的阳台散发着阵阵热浪。空调外机发出"呜呜"的声响，夹杂着阵阵蝉鸣响在耳边。

陶言额侧的碎发被汗水濡湿，白皙的脸颊染上了抹绯色。她怔怔地看着不远处树枝上那只鸟儿，直至阳台门被拉开，舒悦探出头来："陶言，一起去吃饭吗？"

树枝上的鸟儿被惊动，发出一声清脆的鸣叫，振翅飞走，转瞬间消失在天空。

陶言回头，唇角下意识地扬起笑："好。"

几人一同去了离宿舍楼最近的三食堂，此时正是食堂人多的时候。

舒悦："一般好吃的窗口人都多，反正咱们也不赶时间，要不挑个人多的排着？"

向玮筠点头："臣附议。不过这么多人，是不是要先占个位？"

李曜希："那就排人多的。向玮筠你和陶言去占位吧，我和舒悦去排，行吗？"

被点到名字，陶言才恍然回神。抬眸看了眼人数众多的窗口，她点头应："好。"

刚相处不久的室友没有发现她情绪不太对劲。

陶言跟着向玮筠走到靠近出口的一张桌前坐下，手机轻轻振动了下，她垂眸，是张格格的消息：大学食堂都这么多人吗？

配图是一张刚拍的照片，偌大的食堂窗口排队的人一眼看不到尽头。

好友的消息让陶言从陌生的情绪中抽离。她抿了抿唇，刻意将之前电话中令她心乱的事情抛到一边。

她抬起手机，也想给对方拍一拍食堂人挤人的现状。

然而刚点开相机，就在屏幕中看到了一抹熟悉的人影。

她的动作突兀地僵住。

陶言缓缓放下手机。

原本因电话而混乱的思绪因那抹挺拔的身影，后知后觉地清醒过来，陶言终于想起自己最初的打算，原是不准备来食堂的。

她倏地垂首，自欺欺人地想：只要我不抬头看他，他就看不见我。

然而此刻的她还不知道，某人穿过大半个校园，来到靠近新生宿舍楼的食堂，就是为了她。

踏进食堂的那一刻，江屿绥便不停地往四周打量。

沈青奕看着排着长队的窗口，轻轻"啧"了一声，探究地看了江屿绥一眼："你这两天怎么总是爱往三食堂跑？"

话音刚落，江屿绥便看到了靠近出口坐着的女孩。

他眼眸微亮，脚步下意识地往前迈了迈，却在下一瞬，不知想到了什么，又迟疑地顿住。

沈青奕疑惑："怎么了，看见熟人了？"

顺着江屿绥的视线看过去，他的眼眸缓缓睁大，看了眼不远处坐着的女孩，又回眸看向江屿绥，再次顺着江屿绥的视线看过去。在确定自己没看错后，他倒吸了口凉气，声音都打着颤："你你……你在看什么？"

他颤颤巍巍地抬手，指向靠出口坐着的女孩，惊诧又惶恐道："你在看她？"

话落，"啪"的一声，他的手被江屿绥毫不留情地打了一巴掌，手背瞬间就红了一块。

一声痛呼还没来得及从嘴里发出，便听到江屿绥不沾一丝人气的冷冽声音："别乱指。"

"不是，我、你……"沈青奕瞪大了眼，表情扭曲，揉着手背控诉，"你可真'狗'啊！"

而回应他的，只有江屿绥冷漠的背影。

陶言坐立难安地攥着手机，克制住自己抬头的欲望，只不断在心里乞求某人别看见她。

谁知向玮筠不知看到了什么，激动地扯了扯陶言的胳膊，压低声音问："陶言，你知道咱们学校商学院那位鼎鼎有名的男神吗？"

陶言心不在焉："什么男神？"

"你没看学校论坛吗？"向玮筠随口感叹了一句，朝前方抬了抬下巴，"喏，你往前看，好像就是那位。"

本打算将缩头乌龟做到底的陶言，因着向玮筠的话，迟疑地抬头看向前方。

身姿颀长的男人正站在窗口排队。人群中，他挺拔的身形格外出挑，黑色的短发有几缕落在额前，眉眼深邃，鼻梁高挺。

陶言眼睫颤了颤，还没来得及收回视线，前方不远处的男人便蓦地转眸，直直地看向她。

陶言的心脏重重跳了下，刹那间，神情僵住。

身侧，向玮筠凑近陶言耳边，压低的嗓音克制不住激动："真的是他！之前只在论坛看过照片，没想到真人这么绝！"

向玮筠："奇怪，他好像在往我们这个方向看。"她疑惑地往四周看了看，却没看出什么来。

而陶言，早已慌到不知该摆出什么表情。

四目相对下，她被吓到表情僵硬，原本泛红的脸颊霎时褪去了血色，竟微微发白。

还不等她调整好表情，不远处的男人便神情平静地收回视线，仿佛并未看见她一般。

陶言微不可察地松了口气，慌乱跳动的心脏渐渐平息下来。她壮着胆子又往男人的方向看了眼，见他正和身后的棕发男人低声说着什么。

随即，她看见棕发男人离开窗口的队伍，抬步往她们的方向走来。

她呼吸一滞，看了眼四周，却见周围的桌子几乎坐满了人，只余她们这桌还空着几个座位。

她心中生出不好的预感。下一秒，棕发男人已走到桌前，在对面最右边的位置上坐了下来。

陶言的胳膊突然被紧紧扣住，她敛眸问身旁的人："怎么了？"

向玮筠凑近陶言耳边，压低了声音："他来我们这桌坐了！"

显然，一直暗戳戳看着那边的向玮筠也看到了江屿绥和棕发男人说话的场景。

陶言欲哭无泪："嗯。"

她有点想跑路了，但身旁坐着刚认识的室友，而前面的窗口另两位室友还在替她排队点餐，跑不掉，她只能强自镇定地坐着。

可不知是不是她的错觉，总觉得坐在斜对面的棕发男人在时不时地看她。

陶言没敢抬头，一双乌润的眸子直直地盯着手机屏幕。

直到李曤希和舒悦端着餐盘走来，在对面坐下。

"谢谢。"陶言小声道谢。

向玮筠脸上还残留着因激动而泛起的红晕，舒悦注意到，奇怪地问："你的脸怎么这么红？"

两人面对面坐着，因同桌还坐着另一位当事人，向玮筠倾身凑到舒悦面前，压低声音："你知道咱们学校商学院那位男神吗？"

入学前就混迹在论坛贴吧的舒悦显然比陶言要了解，一听这话，双眸倏地亮起："你看见了？"

"就——"向玮筠话还未说完，蓦地消了音。

"什么？"舒悦疑惑，待看清走近坐下的人后，惊讶地张大了嘴。

桌上的气氛诡异地安静下来。

陶言坐在左边第二个位置上，右手边第一个位置空着，再往右，正是男人刚坐下的地方。

在遭到陶言的美貌攻击后，另三位室友再次被惊艳到失声。

直到棕发男人吊儿郎当的声音响起："谢谢绥哥！"

向玮筠和舒悦对视一眼，从彼此的眼中看到了压抑的兴奋。借着盘子的遮挡，李曤希也朝着两人的方向竖起了大拇指。

然而人类的悲喜并不相同，这张桌上，只有陶言谨小慎微地端坐着，连余光都不敢乱瞟，认真到称得上是专注地吃着饭。

食不知味地嚼着嘴里的食物，陶言心里却在纠结地想，到底要不要打声招呼。

她兀自纠结了片刻，最终还是良好的教养占了上风，一边疯狂地用"只要我不尴尬尴尬的就不是我"给自己洗脑，一边偏头看向右侧坐着的男人。

她紧张地咽了咽口水，启唇："学、学长。"

女孩嗓音温软，声线压得很低，像是怕被别的人听到，带着一丝几不可察的颤意。

江屿绥指尖微顿，心跳一滞，侧眸看向女孩。

两人目光相接。他神色平静，只是那双漆黑的眸幽暗深邃，摄人心魄。

陶言尴尬地勾起一抹笑，不可避免地磕巴："好、好巧。"

"嗯。"江屿绥柔和了眉眼,低声应。

几位室友旁观完这一场景,人人双眼泛光,激动到攥紧手才能克制住不开口,只是免不了互相交换眼神,打定主意回到宿舍要好好"审问"某人。

男人的嗓音低沉磁性,莫名耳熟,总觉得好似还在哪里听过这声音。只是没空深究多想,在得到江屿绥的回应后,陶言便立马收回视线,逃避一般继续认真地吃饭。

注意到她的动作,江屿绥神情一滞,眉眼重新冷下。

男人的气场太过强烈,陶言根本没办法忽视,一顿饭终究还是没能安生吃完。

在勉强垫了肚子之后,她放下餐具,同几位室友道别,而后着急忙慌地端着餐盘离开餐桌。

在陶言离开的下一秒,江屿绥也放下筷子。

"先走了。"他嗓音冷冽地落下这句话,同样拿起餐盘,离开了食堂。

余下坐在桌上的几人,面面相觑后,心中皆被好奇和疑惑占满。

夏末的傍晚,橘红色的余晖映照着大地,给整个校园铺上了一层暖色。

食堂通往宿舍楼的小道两旁种着不知名的花儿,晚风拂过,带来阵阵清甜的淡香,萦绕在鼻尖,久久不散。

周遭人来人往,人声嘈杂。

陶言徐步走着,脑海里复盘刚才在食堂的表现,除去一开始有些慌张无措,到后面鼓起勇气打招呼直至离开,一切都很自然。

她在心里肯定地点头,决定以后若是再遇见江屿绥,都照今天这样办。

直到身后传来一阵略显急促的脚步声,随即,耳边响起一道熟悉的嗓音:"等等——"

男人像是疾步跑来的,低沉的声音带着几分克制的喘息。

陶言脚步微滞,眼眸瞬间睁大。

脚步声渐近,身后的男人几步跨到她面前。

他身量极高,此时站在陶言面前,毫不费力地就将她完全笼罩在他的影子之下。即使两人还隔着几步的距离,但陶言还是被男人冷冽的气场慑住。

"陶言。"

男人哑声开口,唤了声她的名字。

陶言下意识地往后撤了两步,两人间的距离被拉得更远。她指尖微卷,抬眸看了眼，又很快垂眸，目光专注地盯着脚尖。

"嗯。"她低声应，抿了抿唇，礼貌地问，"学长，是有什么事吗？"

江屿绥眼睑半垂，视线落在女孩的身上。

她低垂着头，让人看不清脸上的神情，卷翘的长睫在脸颊上落下一抹阴影，也遮住了那双绿宝石般灵动的杏眼，眨眼时，蝶翼般的影子跟着颤动。

一路走来，她原本白皙的脸颊被热气蒸腾，染上了一抹绯色，额头上渗出点点细汗，嘴唇却紧抿发白。

江屿绥喉结轻动："我……"

他启唇吐出一个字，却不知该怎么继续。

直到此时，她再次毫无遮掩地表露出对他的疏离，他终于没办法再欺骗自己。

顿了顿，他艰涩开口："你是不是……很讨厌我？"

她诧异地抬眸，猝不及防间撞进幽深的眼眸，她呼吸一窒。

无声地对视片刻，她眼睫轻颤，迟疑地开口："你……怎么会这么问？"

江屿绥俯首，一瞬不瞬地看着她，姿态近乎小心翼翼："那你为什么……"他停顿片刻，哑声继续，"这么不想看见我？"

陶言的瞳仁缩了缩。

小路两旁的树上传出阵阵蝉鸣，刺耳的鸣叫响在耳侧，无端地令人心也跟着乱了几分。

江屿绥眼眸漆黑，目光专注，那一刻，陶言竟荒唐地觉得他那一贯冷锐的眉眼似乎透出几分颤颤巍巍的无措来。

她慌乱移开视线，红唇微启，又无声闭上，最后，只干巴巴地应："没、没有啊。"

话落，气氛凝滞。

陶言仍旧没敢抬眼，只专注地看着地面，仿佛要盯出一朵花来。

傍晚的校园人来人往，余光里，几乎每个路过的人都会看两人几眼，陶言垂在身侧的手无意识地掐着指节。

良久，她终于忍不住抬眸，小心翼翼地觑着面前的人，轻声开口："那，我先回去了。"

江屿绥面上看不出什么情绪，只周身气场冷寂。迎上陶言的目光，他下意识地柔和了眉眼，扯了扯唇角，勉强扯出一抹略显僵硬的笑。

似是也察觉到了，他唇边的笑意无声敛下，薄唇绷成一条直线，微微发白。

最终，他只是低哑道："嗯。"

当晚，宿舍夜聊。
好不容易忘却傍晚社死记忆的陶言，又因为室友被迫回忆起当时的场面。
率先提起这事的，是舒悦："陶言，你认识商学院那位男神吗？"
空气无声地凝滞，却又好似压抑着汹涌的浪潮。
原本低声说着话的几人不约而同地安静下来，陶言隔着床帘仿佛也能感受到了另外三人灼热的目光。
等不及陶言回答的向玮筠压着吃到瓜的激动："据说这位男神是出了名的高冷难接近，但今天在食堂，我倒是觉着他对我们陶言的态度挺和蔼的。"
李曦希："岂止，他看咱们陶言的眼神也非常不一般呢！"
舒悦："坦白从宽，抗拒从严。"
对陶言来说，此时的场面着实有些稀奇，从未住过集体宿舍的她，在入住的第一晚，便被宿舍夜聊逃不过的话题堵个正着。
除却有些尴尬外，倒也不觉得有被冒犯的不适。
她轻咳一声，解释："我和他是同一所高中的。"
"居然是校友吗？"向玮筠好奇，"那他高中的时候是什么样的啊？"
"他高中的时候……"不可避免地，陶言想到了高中偶尔碰见时，江屿绥狼狈的模样，曾经孤僻冷漠的少年，如今早已脱胎换骨，一举一动皆透着矜贵疏离。
顿了顿，她抿唇，轻声道："不知道，我和他其实不太熟。"
"高中时肯定也是风云人物。"舒悦感叹，"他这样的人，谈起恋爱来，得是什么模样啊？"
"帅哥自然得配美女。"李曦希打趣，"说不定咱们以后能有幸见到高冷男神追人的模样呢。"
另外三人秒懂，都忍不住发出戏谑的笑声。
只余陶言一人，尴尬之余又免不了脸色涨红，只能庆幸有层床帘挡着。

与此同时，男寝402宿舍。
沈青奕正与另外两位室友谴责江某人傍晚的无耻行径。
"老张，你前两天没返校可错过了不少好戏，咱们这位薄情寡欲的高冷男神，怕是老房子都要着了。"

傍晚刚抵达宿舍的张谦瑞闻言诧异抬眸，看向一边从洗漱完后就一直坐在桌前盯着手机的男人。

原本沉迷游戏的钟坤郅闻言也探头好奇地瞅了眼江屿绥，余光看到亮起的屏幕上熟悉的界面，忍不住开口："江神，您每晚都守着游戏，难不成这游戏里有什么致富秘籍不成？"

沈青奕等不及地抢答："我知道我知道！"他清了清嗓，"有没有致富秘籍咱不知道，但漂亮学妹肯定是有的。"

张谦瑞疑惑："什么？"

钟坤郅也兴味盎然地挑眉，将目光转至沈青奕。

沈青奕抖了抖脚，饶有兴味："可惜你们今晚没在食堂，没看见咱们江神对刚入学的漂亮学妹……"

戏谑的嗓音戛然而止，原本专注地盯着手机屏幕的江屿绥不知何时转眸，眸光淡淡地看着正说个不停的嘚瑟男人。

他神情淡漠，只是一双眸幽黑如墨，令沈青奕莫名打怵，未尽的话就这么堵在了嗓子眼里。

张谦瑞左瞧瞧右瞅瞅，不怀好意地眨了眨眼，状似好奇道："什么漂亮学妹？"

在江屿绥堪称平静的目光下，沈青奕很有骨气地扛住了，将傍晚食堂发生的那一幕一五一十地描述了一遍。

末了，他咽了咽口水，耗尽最后一丝勇气，底气不足地问："江神，老实交代呗，那学妹和你什么关系啊？"

余下两双眼睛聚焦到江屿绥的身上。

一阵诡异的寂静后，江屿绥面不改色地收回视线，修长的手指在手机屏幕上轻划了下，退出游戏。

他薄唇微启，低沉的嗓音听不出什么端倪："没什么关系。"

至少现在，她与他，仍旧毫无干系。

A大的军训相比其他高校不算难，刚开始第一天，只是简单的踢正步和站军姿。但即使是这些简单的动作，也让陶言累得不行。

一整天的训练，虽然累，但好歹坚持了下来。

被灼热的太阳晒了一天，陶言原本白皙的脸颊染上了一层绯色，鼻尖沁着汗，累到手脚发软，反而没了什么食欲。

食堂的人依旧多，陶言没力气再排队。看着已经没剩几个空位的食堂，她有气无力："我不想吃了，先回宿舍。"

李曜希有些担心："多少还是吃点吧？"

向玮筠："或者有没有什么想吃的，我们给你带回去？"

舒悦："是啊，晚上还得集合呢，不吃能行吗？"

陶言有气无力地摆摆手："没事，我等会儿在超市随便买点吃的就行，晚上也不训练，没问题的。"

和室友道别，陶言拖着酸软的四肢往宿舍走。途中经过超市，她揉了揉空荡荡的肚子，进去买了面包和牛奶。

这个时间，新生军训刚解散，才开学的学长学姐也刚下课，路上人来人往，越往宿舍楼走，穿着便服的学长学姐越少，入眼的几乎都是穿着军训服的同学。

因此，当视野中出现一道穿着休闲服的身影时，陶言下意识抬眸看了过去，却不想，下一瞬，猝不及防对上一双漆黑深邃的眸。

陶言面色一僵，眼眸倏地瞪大，甚至还来不及看清对方眸中的情绪，就下意识地移开了视线。

然而，甫一转开目光，她便因自己没出息的反应而懊恼地咬了咬唇。

余光中，男人身姿挺拔，出众的面容在人群中格外显眼，即使神情冷淡，周身透着疏离，来来往往的人也忍不住将视线停留在他身上。

第七章 /
望妻石

　　陶言呼吸微滞，本就酸软的脚没站稳似的踉跄了一下，险些摔倒在地。她僵直在原地，一时竟不知道是该装没看见躲开，还是大方地上前去打声招呼。

　　踌躇的时间不过几秒钟，尴尬过后，陶言又想，躲都躲了，干脆一不做二不休，直接当没看见算了。

　　内心纠结不到两秒，陶言成功地说服自己，而后，她垂眸专注地看着手机，一边小心翼翼地用余光观察前方不远处的人，一边装作若无其事地拐进了路边的一个分岔口。

　　终于拐过弯，陶言缓缓舒出一口气，只是总觉得身后有一道灼热的目光紧紧跟随，脊背不受控地爬上烫意，脚步逐渐变得僵硬。她死死克制着想要回头看的欲望，近乎同手同脚地往前走。

　　而陶言身后……

　　一下课就急匆匆从教学楼往新生宿舍楼赶的江屿绥，在路口等了将近半小时，终于看见了熟悉的身影。

　　他眼底的冷意瞬间褪去，双眸微亮，唇角扬起一抹微不可察的弧度，脚步微动，却在下一秒，又突兀地停在原地——唇角的笑意无声敛下，嘴唇紧抿成一条直线。他神色晦暗，甚至眸中隐隐透出些许无措和张皇，垂在身侧的手紧紧攥着，骨节泛着青白，隐约可见手背上凸起的青筋。

　　他脚步微动，却前后不过瞬间，又僵硬地停在原地，只那双晦涩的眸，一瞬不瞬地看着前方不远处女孩的背影。

　　周遭人来人往，面容格外出众的男人孤寂地站在石板路中央，神情落寞。

　　这场景吸引了许多好奇和打量的目光，但他却恍若未觉，只近乎专注地死死望着女孩的背影，直到那抹纤细的身影消失在路口尽头。

他紧攥的手终于松开。

此刻，江屿绥终于没法再欺骗自己。

前两日食堂的场景还历历在目，只是在鼓起勇气问过女孩，并得到她否定的答案后，他还是选择性地忽略了所有不合常理的、与她的回答相悖的言行。

因此，在忐忑两天后，他还是没能忍住，想要来见她一面。却不承想，会有这一幕。在此刻，他终于认清现实。

女孩在看见他那一瞬躲闪的眼神、僵硬的表情和慌不择路逃避的背影，都深深地刻进江屿绥的眼底。

他慌乱无措，不明白为什么，却也没勇气去问女孩为什么，甚至恐惧得到答案。

刚才还满心欢喜，不过几分钟，心中便被无助和苦涩占据，他甚至卑微地想，既然她不愿见到他，那他就不要再出现在她面前让她为难。

自从这天后，无论是在食堂还是其他什么地方，陶言都没再见过江屿绥。

她从一开始的小心翼翼，走路都要时时小心"侦查"，到后来稍微放开了手脚。只觉得前几次碰面果然都是意外，正常情况下，在偌大的校园里，他们其实很少有机会碰面。

想明白这一点，陶言彻底放下心来。

只是虽然没再碰见过江屿绥本人，却没少听到他的传言。

军训几天后，陆续适应了这种强度，同学之间也稍微熟悉了些，休息时间的聊天内容也从一开始拘谨的话题，转变到天南海北八卦奇事什么都聊。

也是在这时候，陶言才知道，原来江屿绥在 A 大真的很有名。

第一次在同学口中听到他的名字，是军训五天后晚上拉歌，大家围坐在一起，低声闲聊着八卦。

几人聊起江屿绥，打趣着从他入学至今，追他的女生连起来可以绕学校五圈，又说起一些他拒绝女生的八卦。

尽管前几日才见过那人，尽管这几日陶言还时常想着他，可此时再次听到这个名字，却仿若恍如隔世。旁人口中的他，与她认识的那个人，好似是截然不同的两个人。

高中时，江屿绥总是独来独往，虽然一张脸格外出挑，可也没怎么听说过有许多女生追着他跑。

恍惚间,陶言听到有同学再次开口:"欸,你们看到前几天那张'望妻石'的帖子没?"

不知道此事的同学好奇追问,有知情者回答,是军训第一天,有人在回宿舍的路上看到了江屿绥,拍了照片发到论坛。并且那张照片里,江屿绥目光专注地看着前方,眼神之落寞,神情之无措,仿佛一只苦苦等着主人归家,却发现主人已经不想要他了的可怜狗狗。

那同学"啧啧"两声:"恍惚到连有人在偷拍都没察觉到,可见打击之大。"又补充,"有人觉得江学长的眼神无助中带着深情,于是'亲切'地给这张照片命名为'望妻石'。"

听完全程的李曜希、向玮筠等人,莫名地觉得不对劲,于是目光纷纷看向陶言。

同样在一旁跟着听完全程,且感受到室友视线的陶言目光转向室友们,露出一个无辜又茫然不解的笑。

同学们的描述陶言越听越觉得熟悉,不由得又想到了前几天她在回寝路上远远见到人,却落荒而逃的事。

稍微核对一下时间和地点,更觉得无比贴合。

陶言悄悄咽了咽口水,心中安慰自己,肯定是同学夸大其词,最多不过可能是他看到她一见他就躲,觉得奇怪……或许也感到了些许错愕。

想到这里,陶言社死地闭了闭眼,险些在草坪里抠出一幢别墅来。

只是事情已经发生了,再补救也无济于事,还不如当自己什么都不知道。

成功说服自己的陶言勉强放下了心,只是默默告诫自己,以后一定要谨言慎行。

这天之后,陶言偶尔还会从同学口中听到江屿绥的八卦,她谨慎地保持沉默,只默默听着,渐渐地,也了解到一个和高中时期截然不同的江屿绥。

默默听着别人八卦的陶言并不知道,她此时,也成了许多人关注的焦点。

从军训第一天起,陶言精致的面容就吸引了无数人的目光,只是刚到一个新环境,大家都还比较拘谨,又被每天沉重的训练压得没了多余的心思。

直到日子变长,大家慢慢适应了军训后,压在心底的心思又活泛起来,刚挣脱高中束缚的"单身狗"们各个如狼似虎。

这天,终于有人敢做第一个尝试靠近陶言的人。

军训中场休息，陶言正盘腿坐着和张格格聊天，面前突然落下一抹阴影。陶言抬眸，一个男生正站在她前方。

阳光炽烈晃眼，男生背光站着，以至于陶言不太能看清他的模样。

她眼眸微眯，站起身来。

面前站着的男生身材高大，面容俊朗，但确实是陶言不曾见过的陌生长相。

她眼里流露出些许疑惑，礼貌地询问："同学，你是？"

女孩嗓音清甜，绿宝石般的眼眸认真地注视着面前的男生。

直面美颜暴击的男生霎时红了脸，好在因军训而变成小麦色的肤色很好地遮掩住了他局促的反应。

对视不过两秒，男生就没了来时的勇气，甚至都没敢再直视陶言的眼睛，慌乱地移开视线，他拘谨道："你好，我、我叫胡锐，可以交个朋友吗？"

陶言有些许疑惑，不是很明白男生的意思，语气很是茫然："啊？"

"我是说……"胡锐顿了顿，直接拿出手机，在屏幕上胡乱点了几下，仍旧不敢直视陶言，只愣愣地将手机递到她面前，语气很是羞涩，"可以加个微信吗？我知道一家很好吃的餐厅，周末我们……我的意思是，我可以推荐给你。"

此时，陶言总算有点明白男生的意思了。

说实话，虽然陶言自小被人称赞容貌出众，但其实追她的人并不多。

高中时，一中校风严谨，对早恋这块管控比较严格，再加上陶言平时表现出的就是一副只要学不死就往死里学的姿态，学校里的男生基本不会往她跟前凑。

唯一印象比较深的一次，还是高一下学期，有个外校的男生，不知道从哪里见过陶言，直接跑到一中校门口来堵她，在被她拒绝后，还听不懂人话一般，三番五次来堵人。

直到后来，在陶言忍无可忍，准备直接告诉家长和老师时，那男生又不知道因何缘故消失了。

因此这会儿，严格来说，还是陶言人生中第一次正儿八经遇到正常人的搭讪。

尽管并没有谈恋爱的心思，但察觉到周遭隐隐的目光，陶言也没在大庭广众之下给男生难堪。

只是为了避免给男生希望，也没有必要加微信。

因此，她只是垂首看了眼面前的手机，而后抬眸，唇角微扬，礼貌地笑了笑，嗓音却透着疏离："谢谢。不过不用了，我不是很喜欢去外面的餐厅吃饭。"

而后，她看了眼不远处，微微颔首："要集合了，再见。"

话落，她迈步离开，甚至刻意地绕开了男生。

胡锐扭头看着女孩离开的背影，想到最后她对他露出的那抹礼貌又疏离的笑容，最终还是失落地收回了手机。

当晚，陶言被室友们打趣。

舒悦："不容易啊，军训这么多天，终于有人敢来和咱们306的室花搭讪了。"

向玮筠："放心，就冲咱们言言这颜值，以后来追求言言的人不说绕学校五圈，至少两圈是有的。"

自从那晚306宿舍的人听到江屿绥的八卦后，"绕学校五圈"就莫名其妙变成了一个衡量标准。

陶言沉默。

李曜希："不过也不一定，毕竟咱们言言这么好看，稍微有点自知之明的男人估计都没勇气来追求。"

舒悦："也是。唉，只怪咱们言言长得太好看了。"

向玮筠："依我看，估计也就只有商学院那朵高岭之花勉强配得上咱们言言。"

向玮筠话落的瞬间，陶言就感觉到三位室友灼灼的目光落到了她身上。

自从上次在食堂知道了两人认识，后来又发生了"望妻石"事件，几位室友凭借着敏锐的感知和逻辑推理，始终觉得陶言和江屿绥的关系不简单。

而真的和江屿绥没有什么关系的陶言，此时一把拉上床帘："好晚了，大家睡吧，晚安。"

与此同时，男寝402宿舍。

自从那晚沈青奕在论坛看到"望妻石"的帖子，当作乐子在宿舍提起后，整个402宿舍都被江屿绥的低气压笼罩着。

作为首个提起此事，且当时夸张地发出嘲笑的沈青奕，这几天一直夹紧尾巴做人。

直到今天，他又在论坛一个帖子里看到了熟悉的人。之所以说熟悉，是因为沈青奕严重怀疑，导致江屿绥这几天冷脸的主要原因并不是他提起的那个帖子，而是江屿绥当时望着的那个人。

因此，在看到这个帖子后，他直接转手分享，将帖子发在了宿舍群里，并试探道："绥哥，快看我分享的帖子，小陶学妹还挺受欢迎嘛！"

话落，宿舍里的几个人不约而同地停下手上的动作，克制住想要转头看江屿绥的冲动，纷纷拿起手机打开了帖子。

而江屿绥手上的动作微顿了一下，原本冷峻的神色因着"小陶学妹"四个字有了些许变化。

他垂眸，拿过手机。

还未点开帖子，便已经从分享的链接里看见了帖子主题：家人们，终于出现第一位勇士了！

点进帖子，首楼是两张照片。

第一张照片里，女孩穿着墨绿色的军训服，帽檐遮住了额头，露出了一双圆润的杏眼，碧绿的瞳仁在阳光下，如同绿宝石般精致。

因着训练，她两侧鬓角被汗水打湿，贴在脸侧，夏日里热气蒸腾，她原本白皙的脸颊被熏染上一层绯色。此时她正抬眸看着眼前的人，面上带着些许疑惑。

只是由于拍摄角度问题，并不能看清站在她面前的人是何模样。

而在第二张照片里，可以清晰地看到两个身着军训服的身影。

宽大的军训服遮不住女孩曼妙的身姿，她微微仰头，似乎专注地看着面前的男生，虽然照片中只有半张脸，但露出的侧颜清晰地展现了她微微扬起的唇角。

而在女孩对面，面带羞涩笑意的男生手上捏着手机，一瞬不瞬地看着女孩，那双眼睛仿佛都亮着光。

炽热的阳光下，女孩站在男生的影子里，一人仰头，一人俯首，皆面带笑意，画面美好得令人不忍破坏。

两张照片映入眼帘，江屿绥唇角抿直，似是被照片里的画面刺到一般，本就不豫的心此时更是像坠了石头一般堵得厉害。

他眼底划过一抹暗色，一目十行地扫过帖子内容。直到看到有人说男生被拒绝后，他紧攥着的手才缓缓松开，只隐约可见掌心被掐出了道道痕迹。

江屿绥没再看帖子，直接关掉手机，又继续处理手上的事情。

而一旁一直默默关注着江屿绥的几位室友，只看到他神色冷峻地点开帖子，而后，整个人没有丝毫情绪的起伏，扫了几眼帖子后，竟然就将手机关上了。

张谦瑞眼眸微眯，而后目光转向沈青奕，朝他使了个眼色。

沈青奕瞪大了眼，又想到这几天宿舍压抑的氛围，终究咬了咬牙，略有些做作地清了清嗓子，装作不经意地开口："那什么，绥哥……你也别太气了，小陶学妹这不也没答应那小子嘛。"

钟坤郅故作打抱不平："你哪只眼睛看到绥哥生气了？人绥哥都说了，他和小陶学妹没什么关系。"

两人一唱一和，却没能让江屿绥出现任何神情波动。

直到张谦瑞突然开口："这种事也正常。外边的人不都说追咱们江神的女生连起来可以绕 A 大五圈吗？小陶学妹这么漂亮，学校的'单身狗'们又都如狼似虎的，追她的人不说绕学校五圈，绕两圈应该也是绰绰有余的。"

话落，原本坐在桌前的男人突然起身，凳子在地板上划拉出一道刺耳的声响。

随后，江屿绥揣上手机，转身直接离开了宿舍。

门被关上，室内重归平静。

三人面面相觑。钟坤郅转头看向已经紧闭的房门，目瞪口呆："好家伙，这叫没什么关系？"

沈青奕摊手："我就说他俩关系不简单吧！"

张谦瑞推了推眼镜，语气莫测："也许……是小陶学妹和咱们江神没什么关系呢。"

一阵沉默后，沈青奕发出没见过世面的感叹："好家伙，薄情寡欲的江神居然也有今天啊。"

钟坤郅"啧啧"两声："小陶学妹可真是牛。"

而已经离开宿舍的江屿绥，此时正僵立在宿舍楼下。

因张谦瑞的一番话而心绪翻涌，克制不住生出的阴暗情绪此刻已经慢慢平静了下来，他垂眸看着手机。

亮起的屏幕上，微信聊天框顶上，跃然入目的正是"陶言"二字。

垂在身侧的手攥紧又松开，最终他还是克制地退出了聊天界面，在通讯录里翻找片刻后，找到了一个备注为"南省–袁岳"的人。

他点开聊天框，指腹微动。

翌日，休息期间，又有个男生凑到陶言面前来。她一视同仁，仍旧礼貌地拒绝。

挨到午休，陶言和室友们一起去食堂。甫一走出训练场地，几人便发现不远处聚集着人群。

陶言好奇地望了眼，只看到数不清的人。

向玮筠也探头看了眼，看见了帐篷旁的立牌："是学长学姐在给军训的新生发礼品。"

舒悦："好像写着老乡——是南省。"

李曜希转头看陶言："我记得陶言就是南省人。"

陶言点点头，这会儿来了兴趣，但还是被里三层外三层的人劝退："人太多了，咱们还是别去凑热闹了。"

正准备离开，舒悦突然激动地出声："你们看那边！"

闻言，几人皆抬头望去。

看清的刹那，几人的神情与舒悦如出一辙，只陶言一人，倏地僵硬。

不远处的帐篷边上，在人群外围，树荫下，一男一女相对而立。

穿着短裙的女生正仰头看着面前的人，不知道在说什么，唇角挂着笑意。

而站在她对面的男人与她相比，则显得十分冷淡。

只是尽管男人面色再冷，女生面上温柔的笑容依旧不减分毫，即使隔着一段距离，也能清晰看出她满脸的雀跃。

李曜希意味不明："那不是'江五圈'吗？"

虽然现在看到江屿绥仍旧觉得很尴尬，但听到"江五圈"这三个字，陶言还是有些绷不住，唇角微不可察地上扬了些许。

不远处，男人似是不想再和女生交谈，本就冷峻的神情隐隐透着不耐。

隔着不算远的距离，男人的嘴唇开合了下，听不清他说了什么，只见他说完这话便抬脚离开了。

注意到江屿绥似是要往这边看，陶言"唰"地垂下头，稍微移了下脚步，躲在了李曜希的身后。

她戳了戳身侧还探头往那边看的舒悦，低声道："没什么好看的，咱们快走吧。"

她专注地看着脚下的一点点路，只想着和室友赶紧离开这是非之地。却没发现，周遭原本嘈杂的交谈声不知何时突兀地停了下来。

几秒后,向玮筠颤着声:"言言啊……"

陶言疑惑:"怎么了?"

没等到回答,在她前面的李曜希突然移了一步。身前没了遮挡,陶言呼吸一滞,心中顿时生出一抹不好的预感。

下一秒,身侧的舒悦和向玮筠也纷纷向后撤了一步。

陶言眼睫颤了颤,迟疑且缓慢地转过头。

只见刚还站在树荫下的人,不知何时已经朝这边走来,且距离越来越近。

尽管步伐并不急促,却不过十来步就拉近了距离。

江屿绥一刻不停地往这边走,漆黑的眸直直地看着陶言。

四目相对的那一刻,陶言僵直在原地,惊得一时忘了动作,只呆愣愣地看着他。

直到江屿绥走到她面前。

男人身姿颀长,几乎毫不费力就将她笼罩在他的影子下。炽热晃眼的阳光被遮住,陶言却仍旧觉得有些睁不开眼。

"擦擦。"

他的声音低哑磁沉。

被那双暗沉深邃的眸望着,陶言只觉呼吸都有些困难。

她愣愣地垂眸,看到被递到面前的湿纸巾。

拿着湿纸巾的那只手修长,骨节分明。

陶言局促地往后撤了一小步,拉开距离,她抿了抿唇:"学长,你、你怎么在这儿?"

递出的湿纸巾没被接住,江屿绥却也没收回。

女孩只到他胸口,白皙的脸颊被热气蒸腾,染上了绯红,耳侧的碎发被汗水打湿黏在脸侧,像颗水嫩可口的水蜜桃。

江屿绥指尖微蜷,怕冒犯到她,克制住想要为她拭去汗水的欲望,低声解释:"那边在给新入学的南省新生发解暑礼品,我勉强也算是南省人,被拉来帮忙了。"

随即,他又将手中的湿纸巾往前送了送:"流了那么多汗,不难受吗?先擦擦。"

陶言知道学校里有老乡组织,只是她平日里不水论坛不看贴吧,因此根本不知道今天南省的学长学姐们组织了这场活动。

湿纸巾被递到眼前,陶言不好拒绝,只能抬手接过。两人指尖相触,传来细微的刺痒。

她蜷了蜷手,小声道谢:"谢谢学长。"

女孩指腹柔嫩,带着潮湿的热气,肌肤相触的瞬间,那抹热气仿佛顺着指尖跑到了心尖上。

江屿绥眼眸微暗,磁沉的嗓音带了些微不可察的哑:"你等我一下。"

话落,他收回手,随即转身,迈步往帐篷那边走去。

陶言怔怔地看着他的背影,还有些没反应过来,直到他走进帐篷,身形渐渐被那边的人群遮掩,她才眨了眨眼,收回视线。

她指尖动了动,手中的湿纸巾发出窸窣声响。她垂眸,绿色的包装薄薄一张,明明是艳阳天,却不知为什么,掌心接触的地方竟透着沁人的凉意。

被热气蒸得双颊发烫,脸上的汗水黏腻难受,陶言不再多想,拆开了手中湿纸巾的包装。

用湿凉的纸巾拭去脸上的汗珠,带来阵阵凉意,陶言舒服地舒出一口气。

身旁,刚才还毫无情义躲开的几位室友看到江屿绥离开后又憋不住凑近陶言。

向玮筠:"言言,江神是不是想追你啊?"

猝不及防听到这话,陶言险些被自己的口水呛到,连忙摆了摆手,慌张地否认:"别瞎说,怎么可能。"

李曜希:"怎么就是瞎说了,我倒是觉得很有可能嘛。"

陶言好不容易降温的脸又隐隐有要升温的趋势,倒不是因为室友的话联想到什么而觉得害羞,纯粹是尴尬。

正想说点什么反驳,踮脚往帐篷处看的舒悦突然道:"过来了。"

于是半秒内,刚刚还围在陶言身边的三人又飞速离开。

反驳的话刚到嘴边的陶言抬眸望去,后知后觉地有些尴尬,尤其是在对方也抬眸后,两人目光相接,她又掩饰一般垂眸。

她手上还捏着湿纸巾,认真地将它折好,又装回了包装袋里。

她动作很慢,只是为了缓解尴尬随便找点事做。

刚将湿纸巾塞进包装,眼前落下一道阴影。

陶言动作微顿,还不待抬眸,眼前就出现了一杯奶茶,还是她最喜欢的蜜桃乌龙。

"是常温的。"男人嗓音低沉,语调温和妥帖。

陶言闻言微怔,诧异地抬眸。

因着身体原因，冷热辛辣都会刺激到陶言脆弱的肠胃，所以即使忍不住想喝奶茶，她通常也只会喝常温的。

但这种小习惯，除了家里人，就只有高中几个要好的同学知道。

不知道怎的，陶言又想到了不久前向玮筠的话。她往后退了一小步，指尖微蜷，愣是没敢接。

捕捉到女孩后退的动作，江屿绥动作一滞，眸底晦涩难辨，却不过转瞬间，神情又恢复如常。

将奶茶又往女孩面前递了递，他喉结滚动，嗓音平静地叙述："拿着吧，南省新生人手一杯。"

陶言愣了下，下意识地扭头，果然，看到从帐篷处离开的同学几乎人人手中拿了一杯奶茶。

意识到自己误会的瞬间，窘迫和尴尬瞬间占据了陶言的思绪，脸上又开始升温，好在脸颊本就因为军训被晒红，因此这会儿红得也不算明显。

她眼睫颤了颤，小心翼翼地伸手，这次很谨慎地没再碰到他。她樱红色的唇动了动，小声道："谢谢。"

"嗯。"江屿绥应声，视线掠过女孩的掌心，"手上的垃圾给我。"

"啊？"陶言低头，看到手中捏着的包装袋，实在没这厚脸皮麻烦他。

她摇了摇头："不用麻烦了。"

只是没想到，他竟会直接伸手。

男人身高手长，稍稍往前倾身，手指轻轻一勾，轻易便将她掌心的包装袋拿了过去。

他指腹带着薄茧，从她掌心划过，带来细微的酥麻痒意，相触的那块肌肤仿佛被灼烧一般，生出一股莫名的烫意。

陶言突兀地一下将手攥紧往后缩了缩。

不知是不是错觉，她好像看到江屿绥面上闪过一抹类似无措懊恼的情绪，只是还来不及仔细分辨，他的神情又恢复了惯常的冷峻。

江屿绥缓缓摩挲了下指腹，心被女孩避如蛇蝎的动作刺了刺，眉心微蹙，又生出对自己的恼意，只是骨相本就冷的他此时一皱眉，神情便更显冷峻。

他克制地往后退开半步，拉开两人间本就不算近的距离："不麻烦，那边备着垃圾袋。"

都已经被他拿过去了，陶言总不可能再抢回来，便也没再说什么，只是点了点头："哦。"

落下这个字,一时没人再开口,气氛有些难言的沉默。

片刻后,江屿绥温声:"快去吃饭吧,我先过去了。"

陶言如蒙大赦,忙不迭地点头:"好。"后又补了一句,"谢谢学长的奶茶。"

待目送她离开,江屿绥才转身。

甫一走进帐篷,便听到坐在后侧的一个男生开口,声音不高不低,语气有些阴阳怪气:"啧,什么人啊,还要江神亲自去送奶茶?"

男生话音刚落,在他旁边坐着的女生便拉了拉他的胳膊,状似斥责:"朱磊,你胡说什么呢!"

说话的女生正是之前在树荫下和江屿绥说话的那人,她抬眸望向江屿绥,嗓音温柔:"刚才那学妹瘦瘦小小的,一看身体就不好,咱们这帐篷边这么多人,要是挤出毛病来了怎么办,绥哥也只是好心。"

两人的话说完,帐篷里的人神色各异,皆偷偷觑着江屿绥。

被众人有意无意注视着的人只不疾不徐地走到垃圾袋旁,俯身弯腰,将手中的包装袋小心地放了进去。

而后,他站起身,居高临下地看着刚才说话的男生,眸光寒凉如夜。

他轻嗤了声,毫不客气地嘲讽:"你是谁?我给谁送奶茶关你什么事?狗拿耗子。"

话落,那男生脸色倏地变得难看,却也只是咬紧后槽牙忍着。

而后,江屿绥的视线转向那男生旁边的女生,冰冷的目光刺得女生面色僵硬,她企图扯出笑来缓解凝滞的气氛,却只是让表情变得更加不自然。

"她身体很好。"江屿绥冷冷地开口,"还有,我和你不熟,麻烦你直接叫我的名字,或者'江同学'。"

像是看不见女生脸上盖愤难堪的表情,他一改之前在陶言面前的温和,语调冷冽,甚至称得上是残忍:"当然,我觉得以后也不会再有需要你称呼我名字的时候。"

撂下这句话,江屿绥没再管周遭神色各异的人,只转向袁岳,微点了下头,声音冷淡:"我还有事,就先走了。"

袁岳被江屿绥这番毫不客气的话震住了,闻言只呆愣地点头,反应过来他话里的意思,才忙道:"今天真是麻烦你了。这么多奶茶可不便宜,下次请你吃饭。"

江屿绥淡声拒绝:"不用。"

待到江屿绥离开帐篷,周遭诡异凝滞的气氛才慢慢缓和了些,隐隐听到有人窃窃私语。

"那新生和江屿绥到底是什么关系啊?还是第一次见他这么……"

就算不认识江屿绥的人,见面时也会被他周身冷漠疏离的姿态吓退,稍微熟悉的人也都知道他脾气不算好。

只是入学至今,就算他时常冷着脸,也没人见过他像今天这样,毫不留情面。

帐篷里,有的人直到现在还没缓过神来,心中满是震惊,外加抓心挠肺的好奇。

"不管是什么关系,总是要比某些人的关系近一些的。"

这话像是意有所指,音调不高不低,却能让帐篷里的人都听到。

本就因江屿绥的话而面色惨白的女生倏地起身,凳子在地上划拉出一道刺耳的声音。她眼眶泛红,一言不发地转身跑开。

"晓晴!"那位名叫朱磊的男生喊着女生的名字,也跟着追了出去。

两人一前一后地离开,帐篷里的人面面相觑,又是一阵沉默。

两秒后,有人看不过地嗤了声:"德行。"

第八章 / 我喜欢她

陶言和几位室友离开了那片是非之地。

刚到食堂坐下，向玮筠就憋不住："言言，我觉得江屿绥真的想追你！"

舒悦附和："就是！"

李曜希点头："不错。"

陶言尴尬："你们别瞎猜。"

舒悦煞有介事："这怎么能叫瞎猜呢。据我所知，在你之前，全校几乎没有哪个女生和他说话超过五句。"

向玮筠补充："而且他和其他女生说话时的表情永远是'说完没？搞快点，滚远点'，但和言言说话时，那叫一个如沐春风。"

李曜希继续点头："不错。"

陶言弱弱开口："也没有吧……"

高中听到这类话时，陶言从没当回事，毕竟她和江屿绥就算偶尔在学校里碰见，也就是点头打个招呼，几乎从未说过话。

两人交集变多，是从入学前在食斋偶遇开始。现在想来，那次后的其他几次碰见，江屿绥对她的态度都十分温和有礼，一直是一副谦谦君子的模样。

但陶言从未多想，毕竟一年未曾再见，只以为是他找回父母，性格也发生了变化。

又想到方才他在树荫下和那女生交谈时的场景，好像……的确神情冷峻，面露不耐。

突然，眼前又闪过她醉酒那次的画面。陶言面色隐隐有些扭曲，她猛地摇了摇头，像是要将那令人窒息的画面从脑海里甩出去一般。

她往嘴里扒了口饭，义正词严："食不言寝不语。快吃饭吧，下午还有训练呢。"

向玮筠傲娇地哼了声："等着瞧吧，我肯定不会看错。"

作为A大的风云人物，江屿绥在学校论坛一直占据着很大的讨论率。

因此白天发生的那一幕，很快便被好事者搬上了论坛，且因为他今天的反常举动，那人大着胆子偷偷拍了几张照片。

照片刚搬上论坛，很快便有了评论。

△我没看错吧，这是江屿绥？商学院的那个江屿绥？

△楼上的你没看错，确实是货真价实的江屿绥。

△江神不是被夺舍了吧！他那张万年不变的冷脸居然也会露出这种春风和煦的表情？

△三分钟，我要知道江神对面女孩的全部信息！

△我知道我知道，文保专业的新生，长得那叫一个甜，据说有望竞争今年考古学院的院花。

△楼上的保守了。何止院花，就是校花，这位小陶学妹也是够格的。

△大家别跑题，所以为什么江神会给她递奶茶？难道江神也是个看脸的人？之前那些美女铩羽而归只是因为还不够美？

△这题我知道，是南省的老乡活动，今天南省的同学组织给新生发奶茶。这位小陶学妹是去年南省的高考状元，而众所周知，江神是前年的南省高考状元，所以……这大概是学神之间的惺惺相惜？

△你管这叫惺惺相惜？是咱们A大的学神不够多吗？还是这种事情也讲究个地域吸引？你要不要再仔细瞅瞅江屿绥那不值钱的表情。

△也许两人以前就认识？毕竟也是一个省考出来的。

△楼上的可以再大胆一点，说不定江屿绥以前就喜欢这位小陶学妹呢，报考A大也是为了在学校里等她。

经过一下午的发酵，这条帖子毫不意外地被顶成了热帖。

当晚，男寝406宿舍。

沈青奕正在赶课题作业，手机突然弹出一条消息，他拿过一看，没忍住爆了句粗口。

宿舍其余两人闻言，转头看向他。

钟坤郅："怎么了？"

消息是同班的女同学发来的,她直接将帖子分享给了沈青奕。

张清:这帖子说的是真的?江屿绥真喜欢那位小学妹?

翻了翻帖子的内容,沈青奕内心大受震撼,下意识地抬头看了眼江屿绥空着的床位。

他立马将帖子转发到宿舍群里,语调藏着兴奋:"发群了,快看。"

自从大一因为一点蝇头小利没忍住暴露了江屿绥的信息而遭受了惨无人道的报复后,沈青奕就懂得了谨言慎行的道理。因此他现在应对同学的打探十分熟练,一边因着刚才的帖子心中无比激动,一边还敲着手机敷衍回复:绥哥的事儿,哪能瞎打听。是不是的,以后自然就知道了。

宿舍其余两人也大概浏览了一下帖子的内容。

钟坤郅感叹:"怪不得绥哥今天心情突然好转,原来是因为……"

后面的话没说完,一切尽在不言中。

沈青奕简直没眼看,"啧啧"说道:"瞧他对小陶学妹笑得跟只花孔雀似的。"

钟坤郅挑了挑眉:"这话你有种等他回来了当面说。"

沈青奕瞪眼:"你说你这人心肠怎么这么歹毒呢?"

钟坤郅挑衅地笑了笑,又低头认真地看帖子:"不过绥哥有点太不小心了啊,居然还被拍到了,现在传到论坛闹得沸沸扬扬的。"

将帖子看了大部分的张谦瑞推了推眼镜,抬头看了眼江屿绥空着的床位,意味不明地笑了笑:"说不准是故意不小心的呢。"

沈青奕:"什么?"

稍微反应过来点的钟坤郅:"不会吧……这么骚的吗?"

张谦瑞眉梢轻挑:"那谁知道呢——"

几人正说着话,宿舍门被推开,话题中心人突然回来了。

空气骤然安静下来。

三人互相使着眼色,最终缺心眼的沈青奕被推了出来。

"咳——"沈青奕干咳一声,状似不经意,"那什么,绥哥,今天论坛有个帖子,你看到了吗?"

刚拉开凳子的男人动作微顿。半秒后,他转头,瞥了眼满脸写着好奇和吃瓜的沈青奕,神情冷淡,不露丝毫端倪。

江屿绥收回视线,慢条斯理地坐下:"什么帖子?"

沈青奕催促:"我发群里了,你瞅瞅。"

江屿绥拿起手机，修长的手指在屏幕上慢慢划着。他背对着几人，只有与他同一侧的钟坤郅勉强能看到他的侧脸。

对面，沈青奕不停地给钟坤郅使着眼色，用力得眼睛都快抽筋了。

张谦瑞低头，指腹在屏幕上敲了几下。而后，寂静的宿舍内响起了两道突兀的铃声。

钟坤郅垂眸，看向手机。

看见这一幕的沈青奕震惊地瞪大了眼，隐晦地冲张谦瑞竖了竖大拇指，也低头拿起手机。

张谦瑞拉了个小群，问钟坤郅：看出什么了吗？

几人心照不宣地将手机调成静音，在小群里发消息发得飞快。

钟坤郅不动声色地用余光瞄着右侧的人，却只见江屿绥认真地看着手机，面色平静，甚至隐隐透出一股专注来。

他在心里"啧啧"两声：瞧不出什么来，倒是认真在看，不过表情很平静。

沈青奕奇怪：不应该啊，什么表情都没有？

钟坤郅肯定：什么表情都没有。

张谦瑞看不下去了，提醒：你们回忆回忆，要是以前有人拍了他的照片发论坛，他看到会是什么表情？

一语惊醒梦中人。

沈青奕激动地敲屏幕：要是以前，怕是早就冷脸举报了！

钟坤郅也悟了：懂了，表情平静，恰恰证明了他不对劲。

几人猜测半天，最终决定询问当事人。

估摸着时间应该差不多够江屿绥看完帖子了，沈青奕直接开口："绥哥，老实交代吧，你是不是在追小陶学妹？"

江屿绥指腹划拉着屏幕，回到主帖。他漆黑的眸微凝，指尖微顿，无声地按住屏幕，将照片保存。

听到沈青奕的话，他沉默片刻，一字一顿地平静开口："我喜欢她。"

话落，满室寂静。

江屿绥淡声继续，仿佛只是随意提醒："别去打扰她。"

其余三人面面相觑，脸上皆是遮掩不住的震惊。

他们从大一报到便同住一个宿舍，在以往一年的时间里，几人看多了江屿绥凉薄无情的模样，不论多漂亮温柔的女生在他面前，皆讨不了好。

他们曾一度觉得，江屿绥与爱情绝缘，似乎这人生来就该在云端，被人捧着敬着，不染尘埃，不沾情爱。

直到此刻，听到他平静地说出"我喜欢她"四个字，永远端坐云端的人终于为一人俯首，任由红尘沾染其身，且甘之如饴，沦陷得彻底。

自这天送奶茶事件后，往陶言身边凑的男生就少了许多。

对此，论坛活跃人士向玮筠表示："肯定是因为之前江屿绶和言言的照片被拍到论坛，大家都以为你们关系匪浅。那些男生自认为比不上江神，就知难而退了。"

舒悦点头附和："有道理。"

李曜希也表示："别的不说，江屿绶的颜勉强还是配得上言言的。"

对此，陶言不知道该作何反应，怕自己多想，又怕自己不是多想，最后决定，干脆什么都不要想。况且，自从那天之后，她也没再见过江屿绶。

为期半月的军训终于结束。

陶言自我感觉身体结实了许多，不过温瑾来学校接她时，开口第一句却是："瘦了。"

她无奈："哪里瘦了，我明明感觉身体结实了许多。"

温瑾又转头仔细将陶言上下打量一番，揶揄道："不然等会儿和奶奶视频，问问她的意见？"

"她哪次见着我不说我瘦了。"陶言哭笑不得，"有一种瘦，叫长辈觉得你瘦了。"

温瑾不置可否，只是笑笑，随即转了话题："感觉大学生活怎么样？"

"挺好的，室友们都很好相处。"

温瑾不动声色："除了室友呢，有没有男生向你告白？"

陶言尴尬沉默，攥了攥衣角。她轻咳一声，否认："这才开学多久，怎么可能。"

温瑾侧头看了眼，轻笑："我妹妹这么优秀，又这么好看，有男生喜欢不是很正常？"

陶言抿了抿唇："反正我大学没打算谈恋爱。"

温瑾指尖轻敲方向盘，意味深长："是吗？"

陶言转头看他，语调不高不低，却是十足的威胁："怎么，你觉得我应该大学谈恋爱？那等会儿我问问外婆的意见。"

"得得得。"温瑾就差举双手投降了，"真是越大越不可爱了，哥这不是关心你吗?"

"哼。"

最后,温瑾提醒:"总之,不管有没有大学恋爱的打算,如果有那种拒绝了却还是死缠烂打的男生,不要心软,解决不了就告诉我。

"当然,要是以后真有了喜欢的男生,想谈恋爱了,也给我说一声。我可是答应了奶奶,一定要照顾好你的。"

陶言小声嘟囔:"……都说了不会谈恋爱的。"

温瑾也哼了声:"最好是这样吧。"

当晚,和家里人通过电话后,陶言和张格格相约一起登录游戏。

唐琰禹有事没来,张格格看了眼好友列表:"再等等看能不能找到队友,就咱们俩,开局也是送。"

这点自知之明两人还是有的,陶言自然没意见。

于是没着急开游戏,两人先唠了会儿嗑。

两人前段时间都被军训榨得一滴不剩,也没怎么聊天,如今有时间了,张格格又问起江屿绥。

陶言艰难地开口:"一言难尽。"

张格格来了兴致:"详细说说。"

于是陶言把上次他送奶茶的事简单说了一遍。

张格格疑惑:"南省老乡组织,他居然也来了?"

"嗯。"陶言解释,"毕竟他也是南省考出去的。"

"也是。"张格格点头,又追问,"然后呢,只是送个奶茶也没什么吧。"

陶言补充:"送奶茶确实没什么,关键那奶茶——"

未说完的话戛然而止,屏幕右侧弹出一条消息:言归于好申请入队[接受√拒绝×]。

认真听着陶言话的张格格没注意仔细看,下意识地就点了"接受"。

陶言突兀地消了音,反应过来的张格格也沉默下来,耳机里一阵诡异的沉寂。

一秒后,对方率先开口:"晚上好。"

耳机里响起的嗓音低缓磁沉,经过电流的处理,带了些金属质感,陶言莫名地觉得有点熟悉。

还不待她想明白,手误将人拉进来的张格格就出声:"大神晚上好啊。"

还想再听陶言唠，但又不舍得这难得的"大腿"，何况是自己先同意的申请，总不好再将人踢出去，于是张格格问新入队的队友："大神，我和桃子今晚是娱乐局，唠嗑为主，游戏为辅，介意吗？"

对方的回复简单利落："不介意。"

也不好一直让人等着，于是张格格问陶言："桃子，要不咱们边玩边聊？"

"啊？"陶言迟疑，"要不下次聊？"

"哎呀，没事儿。"张格格实在是好奇后续，"你就简单打码说一下就行，反正咱们谁都不认识谁。"

说完，她还不忘问一下队友："大神，你说是吧。"

麦里沉默了两秒，男人低声道："如果有什么介意我会听到的，我们可以下次再玩。"

对方率先放低了姿态，陶言便又觉得有些过意不去。

毕竟就像张格格说的那样，只是面都没见过，也没有互通过姓名的游戏好友，一下线谁都不认识谁，信息稍微打码一下，对方也不知道她在说什么。

于是她抿了抿唇："也没事，不是什么不能听的。"

张格格连忙附和："就是就是。"

只是鉴于队伍里有两位声音惑人的队友，为了避免有陌生队友进来影响游戏体验，张格格便没有再勾选匹配队友，反正三人四排，相信以"言归于好"的实力也能带动。

三人很快进入游戏，跳了个地图边缘的野区。

张格格问陶言后续："然后呢？那奶茶怎么了？"

陶言一边操纵着游戏人物拾取物资，一边道："你们学校应该也有这种活动吧。一般不都是自己去帐篷那里拿吗，本来那天人太多了我不太想去挤，就没打算要，结果他不知道怎么看到了我，就直接给我拿了一杯。"

张格格分析："这行为要是放在其他任何一个普通学长身上，确实很正常，但放在他身上，啧——还真是有点不对劲。"

陶言迟疑："而且送奶茶前，他还……"

张格格好奇追问："还怎么了？"

"他看见我后，是先走到我面前来，给我递了一张湿纸巾。"陶言顿了顿，组织着语言，"然后回去拿了奶茶后，还把我用过的湿纸巾的垃圾从我手上拿走了。"

张格格惊叹："哇！"

陶言抿了抿唇:"而且从我入学至今,听到的关于他的事,都是说他……你知道吧?"

"我懂我懂。"张格格忙不迭应声,又接着分析,"我早就觉得他对你的想法算不上清白。"

陶言迟疑:"不知道是不是我想多了,我现在真的觉得他可能……"

"那必不是你想多了,事实证明,真相只有一个,那就是——他喜欢你。"张格格越说越激动兴奋,"妈妈呀,我嗑的CP居然是真的!"

陶言长长叹了口气:"唉——"

"叹什么气呢?"张格格宽慰,"那么帅一个人,和他试试又不亏。"

安静须臾,陶言挣扎:"还是别自恋了。再说了,那之后我就没见过他,说不定他只是顺手照顾下同一个地方出来的学妹而已。"

张格格无情打破了她的自我安慰:"你自己听听你说这话心虚不?"

沉默片刻,陶言冷酷:"别想太多了,反正我跟他又不可能。"

话音刚落,还不待张格格回应,耳机里突然响起了一道枪声。

陶言悚然一惊:"怎么了?有人来了吗?"

安静半秒,"言归于好"的嗓音莫名低哑:"抱歉,走火了。"

张格格:"吓我一跳。"

"言归于好"再次道歉:"抱歉。"

张格格:"没事,谁还没个走火的时候呢。"

而听到男人低沉嗓音的陶言却无端沉默了片刻,而后试探一般:"我怎么觉得,你的声音有点耳熟?"

话落,气氛无声凝滞。

只有张格格尚未意识到不对劲:"是吗?"

不知联想到了什么,陶言呼吸一窒,嗓音莫名艰涩:"我记得,你好像姓江……"

张格格后知后觉:"啊,好像是欸。"

两秒后,安静的耳麦里响起了男人略显喑哑的嗓音:"嗯。"

陶言一时有些胆怯,竟有些不敢再继续问。她咽了咽口水,最终,还是鼓起勇气:"那你……你是哪里人?"

时间在这一刻凝滞,好像过了许久,又仿佛转瞬几秒。

男人平静地出声,嗓音淡漠:"申城,你呢?"

与想象中截然不同的回答传进耳中,陶言胡乱跳动的心脏勉强恢复了平静,且不知是不是因为这个回答,先前从他嗓音中听出的那点似曾相识的感觉也好像淡去了许多。

总归是松了口气,陶言不再多想,只觉得应该不会有这么巧的事,礼尚往来地回答了对方的问题:"我是榕城的。"

只是虽然排除了内心堪称可怕的猜测,但陶言也莫名不想再聊关于江屿绥的事情,于是之前的话题就此停住。

但"言归于好"却好似因此打开了话题,接下来的游戏中,对方不再像之前那般沉默,主动开口:"我姓姜,生姜的姜。你呢?"

虽然没有点名,但陶言也知道对方是在问她。

于是,没见识过人心险恶的陶言再次本着礼尚往来的原则:"陶,陶渊明的陶。"

"言归于好"又问:"你的ID是'桃子爱吃桃子',是因为你姓陶还是因为你爱吃桃子?"

陶言礼貌地回答:"都有吧。我家里人说,我一周岁抓阄的时候,抓了个桃子,开始吃辅食的时候,最爱吃的水果也是桃子。"

"那咱们以后再一起玩游戏——"对方顿了顿,像是随口一提,清冷低沉的嗓音撩人耳弦,"我也叫你桃子,可以吗?"

闻言,陶言微怔。

刚玩这游戏时,因着ID和张格格对她的称呼,匹配到的野生队友也会叫她"桃子",但大多数人说这两个字的时候,语气或多或少都会让她有些许不适。

可当这两个字从"言归于好"口中说出时……

陶言想,也许是因为对方没有不客气地直接称呼她,而是迂回地用询问的方式,甚至用词有些过于礼貌和客气。

又或者,是因为对方的声音太过好听,明明是听惯了的称呼,但从对方口中说出时,却令她心间莫名一滞。

她眼睫颤了颤,亮起的屏幕上,被她操纵着的女性角色呆愣地站在原地,一动不动。

几秒后,陶言喉间咽了咽,低低应:"好。"

男生宿舍,江屿绥坐在桌前,视线一瞬不瞬地落在亮起的手机屏幕上,顷刻后,不知看到什么,眼眸微凝。

他抬手拿过手机，将耳机戴上。

指腹悬在屏幕上，他迟疑两秒后，最终还是点了下去。

甫一入队，原本还说着话的两人便突兀地停了下来，耳机里寂静一片。

江屿绶喉结滚动："晚上好。"

很快，耳机里传来女孩熟悉的嗓音。

知道二人在聊天，但许久未曾见过女孩，也未再与她说过话，最终，心底被刻意忽略的奢望还是占据了上风。

舍不得就这样离开，深谙女孩性格的江屿绶以退为进，放低了姿态。

只是他不曾想到，两人聊的话题，居然会是他。

游戏已经开局，这时候显然不可能再离开，况且……江屿绶卑劣地想，他实在很想知道，他在她心中的印象到底如何。

他心不在焉地玩着游戏，在听到那句"和他试试又不亏"时，紧张得心脏几乎停止跳动。

却不料，会在下一刻，听到女孩冷漠出声："别想太多了，反正我跟他又不可能。"

他呼吸一滞，悬在屏幕上方的手不知何时重重按在了手机上。

安静的耳麦里突兀地响起了一道枪声，那声音炸在耳边，震耳欲聋，好似心脏也被击穿，破了一个洞，呼啸地灌着寒风，冻得人四肢百骸都泛疼。

熟悉的嗓音再次响起，女孩好似又说了什么，江屿绶却没能听清。

他的指尖克制不住地带了些颤意，喉结滚动，嗓音喑哑："抱歉，走火了。"

他下意识又道了声抱歉，恍惚中，好似听到女孩再次开口，软糯的嗓音带着试探般的小心翼翼。

她说，觉得他的声音耳熟。

她说，她记得他姓江。

仿佛周身被莫名的寒意笼罩，江屿绶指尖冰凉，只凭着本能，从嗓子里挤出一个字："嗯。"

在女孩询问他是哪里人时，时间仿佛就此凝滞。

那一瞬间，江屿绶想了许多。

他想到高中时女孩温婉甜美的笑，她关切的低语。又想到后来重逢，她莫名的疏离和避如蛇蝎的态度。

最后，他想到那句令他如坠冰窟的"不可能"。

好似整个人分裂成了两半，一半的自己因女孩的话寒意侵骨，另一半的自己却冷静地抽离。

他冷眼旁观着另一半的卑微与绝望，看着自己因她的话而慌乱无措的狼狈模样。

最终，他掩下所有的苦涩和无望，好似所有情绪都抽离出来，只平静地开口："申城，你呢？"

江屿绥不知道那一刻他是怎么想的，只知道，当他回过神来的时候，他已经编造好了谎言，甚至刻意改变了声线，打消了女孩的怀疑。

时隔半个月再次玩游戏，许是因为有"大腿"抱着，除了第一局时"大腿"不知怎的有点不在状态，剩下的几局发挥一如既往的稳定，成功吃鸡。玩到晚上十一点，陶言的生物钟稳定地提醒着她睡觉时间到了。

和两位队友道完再见，队伍解散。

领取系统奖励的时候，看到游戏好友发来消息，陶言点开看了看。

言归于好：桃子，介意加个企鹅好友吗？

消息映入眼帘，陶言微怔。

下一秒，对方又继续发来消息。

言归于好：下次玩游戏如果我没在线，可以直接发消息叫我。

正在陶言迟疑要不要加好友的时候，屏幕顶端弹出一条消息。

张格格：大神加我企鹅好友了。

看到这条消息，陶言心里一松，随即回复对方：可以的。

游戏里可以直接加企鹅好友，没一会儿，陶言便收到了对方的好友申请。

对方的 ID 是大写的字母 J，头像是一棵小树苗，陶言点开看了看，好像是……一棵桃树？

通过好友申请，陶言随手发了个表情包打招呼。迟疑片刻后，她还是问：你的头像，是桃树吗？

很快，对方便回了消息：嗯。

几秒后，下一条消息紧跟着发来：是一个……很重要的人种的。

陶言指尖微顿，眨了眨眼，试探一般，突然敲下几个字：是你女朋友吗？

她知道这个问题其实有些冒犯，但不知为什么，陶言还是这么问了。

等待对方回复的间隙，陶言切换微信回复了张格格。

片刻后，她收到"言归于好"的回复。

言归于好：不是。

陶言怔了怔，还不待反应过来，对方很快接着发来消息：是我，喜欢的人。

简单的一句话好像还不足以表达他对那棵桃树种植者的喜欢，很快，他接着道：我喜欢她，很久了。

连着三条消息，陶言仿佛从这短短的三句话中透过屏幕感受到了对方对另一个人浓烈的喜欢。

那一刻，说不清心中是什么感觉，好似心中悬着的那颗石头终于落地，她彻底松了口气，却又莫名有些怅然若失。

最终，挑起这一话题的陶言礼貌地回复：那祝你早日追到她。

手机安静了几秒后，对方回复：好，我会的。

陶言微愣，莫名疑惑，一般不应该说"借你吉言"之类的吗？

不过她也没多想，确定了对方有喜欢的人，最后一丝顾虑也没有了，她主动结束话题：那以后想玩游戏了再联系。

言归于好：嗯，晚安。

两人结束聊天，陶言切换微信，看到张格格发来的消息：你居然也会加陌生的游戏好友，不像你啊。

陶言顿了顿。按以往的习惯，她在游戏里加陌生的好友就已经是意外了，更别说还和对方加上了企鹅好友。

只是想到与对方玩游戏以来发生的一系列事情，还有今晚莫名耳熟的嗓音，又因对方的回答打消了的恐怖猜测。

在对方说要加企鹅好友时，陶言有片刻的犹豫，而那点犹豫在张格格发消息来说对方也加了她时，便悄无声息地消失了。

一时又想到了对方说他有喜欢的人，陶言回复：他有喜欢的人了，以后咱们一起玩游戏时还是注意些吧。

张格格震惊：有喜欢的人？

陶言将聊天记录截图发给了张格格。她叮嘱：以后一起玩游戏，还是注意些，别让人误会了。

张格格：明白。

只是过了会儿，不知张格格想到什么，又道：不对，有点奇怪啊。

陶言疑惑：什么？

张格格：他既然有喜欢的人了，不去带妹，怎么还一直和我们一起玩游戏？

张格格：要不是他在骗你，要不就是他……是个渣男？

陶言陷入沉默，不得不承认，张格格的话很有道理。

陶言还记得刚开始玩游戏时，她因为"言归于好"的态度而产生多想的事情。

虽然误会解开，但后来玩游戏时，不管是对她还是对张格格，对方都十分温和有礼。

如果对方有很喜欢的女生，还会在游戏里对其他女生这样吗？

只是她刚因为张格格的话后知后觉地感到奇怪时，张格格又推翻了自己的说辞。

张格格：不过看他这说辞，好像还在暗恋阶段，也不知道是不是已经在追求了？如果还在暗恋，没追上，他喜欢的女生又不玩这个游戏的话，那倒也说得过去。毕竟他也没在游戏里胡乱撩妹。

张格格：总不能说喜欢上一个人，就得杜绝和其他一切异性的社交吧。

于是感情经验为零，且从未喜欢过任何人的陶言又顺着张格格的话想了想，顿时又觉得她后来说的这几句话也很有道理。

被张格格弄得有点糊涂的陶言最后选择不为难自己：总之，他既然告诉我说他有喜欢的人了，那以后咱们再玩游戏就注意些分寸。

不管对方是不是在骗她，就像张格格说的那样，他也没有在游戏里胡乱撩拨她们，以后正常交往就行。

况且只是一个不知姓名、相貌的网友，隔着网线，一起组队玩游戏而已，如果以后相处不舒服，好友一删，谁还找得到谁呢。

第九章 /
不太熟

军训过后，开始正常上课。

生活没什么太大的起伏，陶言没有加入什么社团或者学生会，每天教室、图书馆、食堂、宿舍四点一线。

舒悦和向玮筠加入了社团，李曜希也进了学生会，课余时间都在忙迎新晚会的事情。

于是整个宿舍，陶言反而成了最闲的那个，不过每天忙于学业，倒也过得充实。

这晚，在外面忙活了好几天的舒悦突然放出一个消息："明天下午四点商学院和法学院有场篮球比赛，姐妹们，要一起去看吗？"

向玮筠最近忙得都没时间放松休息，闻言惊喜得瞪大了眼："篮球赛？"

舒悦忙不迭点头："是啊是啊，希希去吗？"

李曜希想了想："四点啊，我应该没什么事，可以一起去。"

于是，三双眼睛齐刷刷地看向陶言，舒悦满脸期待："言言，去吗？"

想到刚才听到的关键词"商学院"，陶言略迟疑："我……"

向玮筠眨巴着眼睛："去嘛去嘛。"

舒悦也跟着复读："去嘛去嘛。"

"我就不去了吧……"一想到之前在各种地方的偶遇，更何况这次还是商学院的比赛，去了更是非常有可能会遇见江屿绥，陶言就浑身不对劲，"我明天还打算去图书馆。"

"哎呀，去什么图书馆。"舒悦不死心地继续劝，"言言你已经够优秀了，就给我们留一条活路吧。"

李曜希也加入劝说的队伍："这也算是咱们宿舍第一次集体活动了，一起去嘛。"

向玮筠没说话，只是满眼期待地看着陶言。

被三双眼睛注视着，陶言到嘴边的拒绝没再说出口，只能一边祈祷着不要那么倒霉，一边又想着要是真遇见了用什么方式面对才显得不那么尴尬。

篮球赛在学校体育馆举行。

甫一进入体育馆，陶言就放心了一大半。

A大的体育馆面积十分大，但陶言她们入场的时候，座席上几乎已经坐满了人。

看着满场的人头，陶言悬了许久的心终于放下，只觉得现场这么多人，就算江屿绥真来了，也没法从满座的人群中看见她。

然而一颗心还是松得太早，陶言还在看哪里有空位，舒悦就直接带着几人往前排走。

舒悦："我叫人给咱们占位了。"

看着前进的方向，陶言心中生出一抹不好的预感。

直至几人走到第三排正对着球场的几个空位前，她眼眸微睁："咱们……坐这儿？"

向玮筠同时出声："这是什么绝世好位置！"

一人的嗓音惊喜到不敢置信，一人的嗓音错愕到不敢置信。

和朋友道完谢的舒悦疑惑地看向陶言："言言，你不想坐这里吗？"

迎上舒悦不解的目光，陶言僵硬地笑了笑。察觉到一旁坐着的辛苦占位的同学视线也落在了她身上，陶言只能摇摇头："没有没有，挺好的。"

几人入座，比赛还没开始，球员也还没入场，周遭皆是嘈杂的人声。

身旁，向玮筠拆了一袋芒果干递到陶言面前："言言，吃吗？"

陶言摆手拒绝："谢谢，不用了。"

她拿出手机打发时间，耳边听到室友低声交谈的声音。

向玮筠："这么好的位置，悦悦你朋友怎么占到的？"

舒悦："嘿嘿，我朋友是商学院的，刚好这次比赛他们商学院的学生会负责场地这一块的布置。"

李曜希："牛！"

向玮筠探身，隔着两个人远程向舒悦的朋友表示感谢："同学，大恩不

101

言谢。来，吃芒果干。"

几人又闲聊了几句，陶言听到李曤希问："今天不是两个学院之间的友谊赛吗，怎么来了这么多人？"

舒悦压低嗓音笑了两声："小道消息，据说今天上场的球员有那个男人。"

向玮筠秒懂："哇，消息保真吗？"

李曤希同款低嗓音："什么，'江五圈'也在？"

舒悦"嘿嘿"两声："十之八九吧。"

一旁并未参与话题的陶言闻言没忍住呛咳出声。

被她突然的咳嗽声惊到，几位室友纷纷抬眸看向她。

舒悦面露关切："言言，怎么了？"

向玮筠："哪里不舒服吗？"

李曤希拿出一瓶还未拆封的矿泉水："要不要喝点水？"

内心复杂的陶言："……我没事。"

她只是突然很想离开这个是非之地，去安静的图书馆，沉浸在知识的海洋里。

然而终究只能是想想，还不待陶言就要不要直接离开而纠结出一个结果，两个学院的球员就陆续进场了。

在看到第一个进场的球员的身影时，陶言就条件反射地低下了头。

随即，她听到场馆内爆发出一阵激动的尖叫声。

身侧，向玮筠声音激动："不愧是商学院的门面男神，这也太帅了吧！"

舒悦："这身材，请把球服焊死在他身上！"

陶言下意识地抬眸看向球场。

两个学院的球员全进场了，场内站着无数个男生，但陶言还是一眼就看到了江屿绥。

在一众身材高大的男生中，他是其中最引人注目的那一个，身姿挺拔，鹤立在人群中。

他穿着蓝白色的球服，两条腿修长而富有力量，露出的胳膊肌肉线条完美，在一众男生中，气质卓然。

陶言心中突兀地冒出一个念头，莫名地想，身材的确很好。

下一瞬，意识到自己想了什么后，她像是被灼伤一般，倏地垂下眼。

直至身侧传来动静，左边一直空着的位置坐下了一个人。

"陶……学妹？"

耳边传来一道清朗的男声，陶言侧眸。

男人穿着白T恤和运动裤，面容俊朗，却是她不曾见过的模样。

她面露迟疑："你是？"

男人自我介绍："我叫袁岳，商学院大三的，也是南省人。上次军训咱们老乡送奶茶的时候，我见过你。"

因着这话，陶言不可避免地回忆起了当初被江屿绥送奶茶的场景，只是再怎么忍着尴尬回忆，也还是没有任何关于这位学长的记忆。她只能礼貌地笑笑："学长好。"

像是知道陶言在想什么，袁岳说："你应该不认识我，毕竟……"他顿了顿，打趣道，"你那天没到帐篷来。"

对此，陶言只能尴尬地笑。

"学妹好像还没进咱们老乡的群吧。"袁岳说着，拿出手机，"要不进一下群？"

陶言赶忙拿出手机："好。"

袁岳："企鹅群和微信群都有，要不都加一下？"

陶言点头："好。"

进了群，陶言又加了袁岳的好友。

比赛还没开始，像是对陶言很感兴趣，袁岳一直和她聊着天。

"听说学妹是南省去年的状元，真厉害！"

根本不擅长和人社交的陶言，对此只能礼貌地笑："谢谢学长。A大状元遍地，大家都很优秀。"

袁岳继续夸："不用谦虚。榕城一中在咱们南省可是数一数二的，想我高考那年，南省的状元就是一中的，去年也是，加上今年学妹你，这连续三年，状元可都被你们一中包圆了。"

对此，陶言仍旧只有继续礼貌地笑。

袁岳："去年的状元——江屿绥，学妹你应该认识吧？"

"啊？"陶言愣了愣，下意识地点头，"认识。"

袁岳饶有兴趣地问："他高中的时候什么样啊？也像现在这样不近人情吗？"

毕竟是南省考出来的状元，从江屿绥大一入学，袁岳就认识他了。

后来见他一直没进老乡群，袁岳好奇地去问，才知道他其实是燕城人，只是当初高考在南省考的。

虽说如此，但江屿绥毕竟在南省上过学，两人又在一个学院，因此也算是熟悉。

只是认识以来，江屿绥不管是对谁，几乎都是秋风扫落叶般无情。

就说今天这场篮球赛，按江屿绥以往的性格，是绝对不可能参加的。但因为前不久他突然找到他，要他帮忙组织给南省新生送奶茶，欠下了人情，才被他说动加入这场比赛的。

当初冲着江屿绥那张脸，无数女生搭讪追求，却全部铩羽而归。

袁岳曾亲眼见过，一个被拒绝多次，企图强行拉扯江屿绥的女生，被他冷脸呵斥，不知说了什么难听的话后，哭着跑开了。

不说远的，就说前不久，文学院的何晓晴，也被他毫不留情地斩断念想，甚至连一丝情面也没留。

而不管是上次的何晓晴，还是欠下他人情不得不参加这场篮球赛，几乎皆是因为……面前这位。

因此，袁岳十分好奇他们之间的关系。

只是他没想到，问出这话后，他会得到一个完全意想不到的回答。

身旁的女孩面色平静，甚至唇角的笑意都未变分毫，嗓音礼貌，语调却透着疏离："不知道欸，我和江学长其实不太熟。"

意料之外的回答，让袁岳怔愣片刻，直至场内爆发出一阵热烈的呼声，他才恍然回神。

比赛即将开始，啦啦队已经上场。

袁岳脸上的笑意带了点茫然："啊……不太熟吗？"

陶言"嗯"了一声，没说高中时在同学口中，江屿绥比现在更冷漠孤僻，只是道："我和江学长只能算是认识，高中时其实连话都没说过几句。"

顿了顿，她中肯地补充："不过江学长高中时在学校也很有名。"

被陶言意料之外的回答打击到了，直到比赛开始，袁岳还沉浸在自己的情绪中，不发一言。

他不找陶言聊天，陶言也松了口气，乐得自在。

比赛开始，场馆内呼声不断。

被这气氛影响，陶言心中别扭的抗拒也悄无声息地褪去，终于将视线放在了比赛场内。

说实话，即使是陶言这个不怎么懂篮球的人，也能一眼看出这场比赛没什么悬念。

商学院几乎是以碾压之势领先法学院，而这一切的关键，则是因为江屿绥。

男人身高腿长，运动天赋卓越，运球从法学院球员的围剿中冲出时，场内总是会适时爆发出一阵兴奋的呼声。

就连法学院的女生也几乎全部倒戈，在江屿绥一个又一个接着进球时，激动得鼓掌到手都拍红了。

一场比赛下来，耳边的尖叫声几乎从未断过，陶言抬手揉了揉耳朵。

比赛结束时，刚过六点。

江屿绥从队员手中接过一瓶水喝了几口。

得益于位置优势，陶言几乎能清晰地看见他喉结上下滚动的幅度，手臂上因运动而隆起的肌肉线条起伏流畅。

耳边又响起一阵压低的激动呼声。

陶言听到身侧的舒悦兴奋的嗓音："喉结，啊，这喉结！我死了！"

向玮筠同样兴奋："他长得真的好帅！"

场内，江屿绥拧紧瓶盖，拿起毛巾擦拭脸上的汗水。

陶言抿了抿唇，还是选择打断沉浸在男色中的室友："比赛结束了，咱们——"回去吗？

后面未说完的三个字，淹没在了身侧袁岳的呼喊声中。

袁岳站起身，面朝江屿绥所在的方向，朗声开口："江屿绥——"

到嘴边的话就这么哽在了嗓子眼，陶言倏地抬眸看向袁岳，面上的表情堪称惊恐，如果要用四个字形容，那就是——瞳孔地震。

袁岳的声音其实并不算大，只是他们的位置本就靠前，而"江屿绥"三个字又实在特殊，几乎是在他出声的瞬间，至少陶言他们周围，原本的嘈杂低语就瞬间消失了。

球场内，听到袁岳的声音，江屿绥放下毛巾，懒懒地抬眸，看向声音的来源处。

下一瞬，他眼眸定住，仿若失神一般，直勾勾地盯着那处。

许久未曾见过的女孩，此时正坐在那里，仰头看着身侧的人，露出的侧脸白皙精致。

江屿绥下意识地站直了些，甚至紧张到手脚都不知该如何摆放。

直至看到女孩收回视线，却垂首不曾往场内看一眼，他才恍然回神。

他捏着毛巾的手无声攥紧,手背青筋凸起。江屿绥眼眸微暗,两秒后,他迈开长腿,径直往座席处走。

刚才那一声后,陶言震惊地看向袁岳,在清晰地意识到自己没听错后,立马收回视线,垂下了头。

而后,她听到向玮筠压得极低却掩盖不住激动的嗓音:"他过来了过来了,往这边走来了。"

陶言心中惴惴,一时之间,社死尴尬和懊恼痛苦并存。

按道理,其实就算遇见,作为同一所高中后又考进同一所大学的校友,顶多不过大方打个招呼而已。

但陶言只要想到她当初偷拍骗人、事后醉酒又傻傻坦白的事,还有张格格和室友那些分析他如何喜欢她的话,她就浑身不自在,只恨不得能有个坑让自己躲进去。

在陶言忐忑不安之际,江屿绥已经走了过来。

他们坐在第三排靠近过道的位置,袁岳左侧挨着过道的人应该是商学院负责这次球赛的后勤人员,比赛结束的哨声一响,就离开了。

因此这会儿,袁岳左边的位置是空的,右边便是陶言。

江屿绥已经走到袁岳的面前。男人身形挺拔,在逼仄的过道中却不显得局促,只更显高大。

他运动后的声音略带沙哑:"学长。"

袁岳眉梢轻挑,还从没见过江屿绥这么"乖"地唤他学长。他的视线不动声色地掠过身侧的陶言,毫不吝啬地夸奖:"球打得真不错,真给咱们学院争气。"

江屿绥嗓音清冷:"都是大家一起努力的结果。"

袁岳不置可否,转而侧身:"对了,陶言学妹也在。"

垂首立志当隐形人却被突然cue到的陶言察觉到身上落下一道目光,灼热到似乎能将人烫伤。

陶言缓慢地抬起头。

四目相对,江屿绥沉沉地看着她,眼中的情绪晦涩难明。

陶言仰头,半秒后,又觉得似乎有些不礼貌,于是站起身来。

她唇角勾起一抹礼貌客气的笑,颔首打招呼:"学长好,恭喜比赛获胜。"

刚才和袁岳说话还声线清冷的男人这会儿的嗓音已经趋近温和,眉眼没了之前的冷淡疏离,神情也柔和了许多:"谢谢,我都不知道你也来了。"

陶言尴尬地摸了摸鼻子，解释："是和室友一起来的。"

围观吃瓜的几位室友于是也纷纷打招呼："学长好。"

江屿绥朝几人点了点头："你们好。"

江屿绥："你——"

陶言："我——"

两人同时开口，又同时消声。

江屿绥眼中的笑意一闪而过，目光近乎专注地看着陶言："嗯？"

这种事情没必要谦让，谁知道等会儿他会说出什么话来，于是陶言也不客气，继续刚才没说完的话。

她指尖微蜷，低声："我们也准备回去了。"

江屿绥唇边的笑意僵住，眼眸中划过一抹暗色，嗓音却仍旧温和："嗯……好。"

听到这话，袁岳诧异地看了眼江屿绥，而后视线又掠过陶言。他轻咳一声，侧身给陶言让位。

只是虽然袁岳让开了，江屿绥却堵在过道口不曾挪动脚步。

陶言一时僵在原地，进退两难。

她小心地觑了眼江屿绥，却见他神情自若，仿佛并未意识到自己堵了路。

于是，陶言鼓起勇气，再次开口："那……我们就先走了。"

江屿绥垂在身侧的手攥紧又无声松开，神情温和："嗯，好。"

话落，人却依旧没动。

陶言深呼吸了两下，最终还是抬眸，尴尬又不失礼貌地笑："那……麻烦学长让一让。"

江屿绥神情不变，只是垂下眸看着地面。细密的睫毛遮住了他眸中晦暗的情绪，少顷，他抬眸，眼中的情绪已经完全褪去。

他微微颔首，嗓音低哑："好。"后退两步，往一旁避开。

陶言扭头看向室友："咱们走吧。"

室友们都觉得气氛莫名诡异，偷偷打量的视线就没从陶言和江屿绥身上离开过，此时听到陶言的话，也都没有拆台，抑或不知轻重地打趣什么，只默默站起身。

于是，陶言故作从容地迈步。

她从袁岳身旁走过，而江屿绥虽然已经让出了路，却仍旧站在过道里。

她一走进过道，两人间的距离便骤然被拉近。

他刚打完球,身上的气味却并不难闻,只是周身散发着热气。因着男人身量极高,两人间距离猝不及防被拉近的瞬间,陶言便感觉好似整个人都被一股灼热的气息笼罩着。

耳根处染上烫意,陶言略有些不自在,眼睫轻颤,身子往后倾了倾,从他身前疾步走过。

女孩从面前擦身而过,他鼻翼间传来淡淡的馨香,却转瞬即逝,让人几乎以为是恍惚间产生的错觉。

他指尖微蜷,目光不受控制地追随着女孩的背影。

直到察觉身旁又有人走近,江屿绥倏地往后撤了一大步,为座席和过道间留出了一大片位置。

走在最前端的向玮筠脚步微顿,小心翼翼地瞄了眼视线仍旧落在陶言身上的江屿绥,又见这比起陶言离开时几乎多出一人宽的过道,紧紧攥着拳,才压制住了满心的激动。

而在一旁的袁岳,在江屿绥避如蛇蝎一般往后撤了一大步时,也没忍住,意味深长地看了他一眼。

待陶言和室友的身影完全消失在体育馆,袁岳才清了清嗓子,提醒某人:"别看了,人都走了。"

江屿绥收回视线,眸光淡淡,看向袁岳。

不知是不是错觉,袁岳从他那一贯波澜不惊的脸上似看到了些许落寞。

直至对上江屿绥淡漠的目光,他才恍然惊醒,摇了摇头,似想将刚才那荒唐的想法甩出脑袋。想了想,他还是试探地问:"你……喜欢她?"

沉默片刻,江屿绥喉结滚动,低声:"嗯。"

尽管是早已猜到的事实,但此刻听到江屿绥这么毫不避讳地承认,袁岳还是不由得震了震。

说实话,袁岳以前是从未想过江屿绥会主动喜欢上什么人的。

可此时,见江屿绥在喜欢的人面前表现得这般小心翼翼,堪称患得患失的模样,震惊之余,他心里也莫名地有了种"你也有今天"的不大道德的微妙感。

不过,出于认识的情谊,袁岳还是好心祝福:"陶学妹确实不错,那祝你早日追到她。"

话落,原本还一脸冷漠的人认真且诚恳地点了点头,郑重地道:"谢谢,我会的。"

九月下旬，国庆假期前，迎新晚会如期举行。

因着三位室友中有两位有节目，另外一位还是节目后勤人员，因此陶言难得早早到了现场。

期间，拒绝了五六位前来加微信的男同学后，陶言耐心告罄。在两位室友的节目表演完后，她和室友报备了声，果断选择离开。

回寝后，陶言和张格格约着一起玩游戏。

打开游戏前，她迟疑了下，还是点开了企鹅图标。

这段时间她和张格格也玩过好几次游戏，一开始并没有特意叫"言归于好"，但几乎每次上线时都看见对方在线，于是顺理成章地，几人每次玩游戏，都是在一起玩。

一起玩了几次，期间对方并没有什么出格的地方，陶言和张格格一开始担心对方是渣男的猜测也全然不成立了，再加上与对方一起玩时的游戏体验十分好，再后来，几人几乎已经成了固定队友。

于是，在询问张格格后，陶言特意切换到企鹅，给对方发了消息：要玩游戏吗？

几乎是瞬间，对方回复：好。

陶言上线时，大家都已经在线了。

游戏开局，"言归于好"的话一如既往的少，几乎不怎么开口，唐琰禹感冒嗓子疼，话也格外少。

于是，整个游戏期间，耳麦里只有张格格和陶言两人的声音。

张格格问："马上就是国庆假期，你回去吗？"

"应该是去外婆家。"陶言问，"你呢？"

"可能回家吧。"张格格的学校离家不是特别远，回去也很方便，"原本还打算去哪里玩的，但一想到处是人，也不想去挤了。"

陶言赞同："也是。"

两人随意聊着。

一局游戏结束，唐琰禹有事先下了，张格格也跟着离开。

于是，游戏界面，只余陶言和"言归于好"两人。

虽然两人一起玩过很多次游戏，但细数下来，这还是第一次两人单独玩。陶言有些不太习惯，也有些别扭，于是便想着结束今晚的游戏。

谁知对方率先开口："那我们双排？"

陶言沉默了一瞬,迟疑道:"要不下次再玩?"

"时间还早,再玩一会儿吧。"对方语气随意,开玩笑似的,"反正没什么事,这才被你召唤来一局,这么早结束,待着也无聊。"

听了这话,陶言想到是她主动叫对方上线的,于是拒绝的话便不那么容易说出口了。

她纠结着,耳麦里又再次陷入沉默。

对方好似并未察觉到她的为难,再次问:"那我们是双排还是四排?"

思绪还乱着的陶言不由得跟着对方的话思考。双排的话,只有他们二人,她怕气氛会更尴尬,但是四排的话,又怕遇到奇葩队友,况且她也不想和不认识的人玩。

还不待她想出个结果,对方又道:"免得遇到坑队友,不然我们先双排一局试试?"

陶言踌躇:"……双排吗?"

"嗯。"对方的嗓音干净利落,"先试一局。"

话落,还不待陶言想清楚,对方便催促:"先准备吧。"

下意识地,陶言指腹落在屏幕上,点了准备。

几乎是在她点下准备的瞬间,对方便点了匹配。

晚间玩游戏的人多,很快,两人就进入了游戏大厅。

他问:"跳 C 城可以吗?"

C 城是个大物资点,跳伞的人应该会很多,陶言对自己的技术有自知之明,于是诚实道:"我可能不太行。"

谁知他云淡风轻:"没事,跟紧我就行。"

他都这么说了,陶言也不好再说什么,于是"嗯"了一声,算是同意,还不忘给对方打个预防针:"我尽力。"

话落,耳机里传来一声低沉的轻笑:"相信我。"

陶言的耳郭莫名发痒,她轻咳一声,正色道:"那就靠你了。"

显然,这句话并不是谦虚,而是事实。

落伞的瞬间,耳机便响起了不绝于耳的枪声。

陶言跟着他进了一栋二层小楼,物资不多,且大多进了她的背包。

而他就靠着一开始捡到的一把枪,带着陶言扫荡了好几间屋子,最终成功在 C 城活到了最后。

期间,陶言唯一的作用,大概就是乖乖做着人形挂件,从不离开对方身边,在对方激烈战斗的时候,从不让他操心。

但即使作为旁观战局的人,陶言也不免全程提着心,紧张到连呼吸都放缓了。

其实之前几人四排的时候,也不是没有激战的刺激时刻,但他们很少会跳大物资点,几乎都是先跳野区,等到进入决赛圈了,才会遇见敌人。而每次遇见敌人,几乎是陶言还没来得及开枪,敌人就已经被队友解决掉了。

这也就导致,陶言几乎从未体验过这种被人围攻的紧张时刻。

更不用说,在这局游戏中,"言归于好"还给陶言送了好几个人头。

一局游戏结束,两人成功吃鸡,期间,也完全没有陶言自认为的与对方单独玩游戏时会有的尴尬情形,因着没怎么闲聊,几乎一直在战斗,反而让人感到酣畅淋漓,游戏体验感非常好。

这局结束后,回到游戏大厅,陶言没能抑制住激动的心情,忍不住夸道:"厉害!"

对方嗓音低沉,含着不甚明显的笑意:"再来一局?"

陶言几乎没有犹豫,声音里满是雀跃:"好!"

玩了几局后,两人换了地图。

选降落伞地点时,他问陶言:"想不想练习一下搜集装箱?"

玩游戏至今,陶言一直是搜集装箱的"苦手",速度慢不说,还容易掉下地。所以听了这话,她没有一丝犹豫:"好啊。"

于是这局,两人跳了一个偏僻的港口。

同陶言说了搜集装箱的技巧后,他也没有离她太远,虽说是个野区,但为了防止有人突然来,他一直跟在陶言旁边或身后。

因着前几局两人搜物资时一直待在一处,陶言也没觉得不对劲。

她动作慢,还没来得及将集装箱搜完,毒便来了。

第一圈毒掉血很慢,但陶言看了下地图,安全区有些远,因此她迟疑了下:"搜得也差不多了,要不先进圈?"

"没事,还可以再搜一会儿。"他说着,将刚捡到的一个医疗箱放到陶言面前,"等会儿我们开车进圈。"

不知何时,对于他投喂物资,已经不再那么敏感的陶言顺手将医疗箱捡进背包,闻言应道:"好。"

两人不紧不慢地搜着,直至第一圈毒完全缩完,才终于将物资搜集得差不多。

陶言吃完一瓶止痛药，他已经将车开到了她面前。

对方言简意赅："上车。"

"好。"陶言应了声，操纵着游戏角色坐上了副驾驶位。

没着急开车，他问她："还想去哪里？"

陶言没什么想法："都可以，先进圈吧。"

想了想，他问她："瀑布去过吗？"

陶言摇头："没有。"

"那我们去瀑布。"他顿了顿，低声征求她的意见，"可以吗？"

陶言点开地图看了看："可以呀。"

这个地图陶言以前没有怎么玩过，瀑布又是这个地图比较偏僻的地点，在此之前，她还从未来过这里。

两人开着车，很快便到了瀑布处。

耳机里传来阵阵水流声，陶言看了眼四周，不由得感叹："还挺好看的。"

"嗯。"男人嗓音低沉，带了几分哑意，"很多情侣玩这个游戏时都喜欢来这个地方。"

这话在此时说起，实在是有些突兀。

陶言眼眸微眯，指尖僵立地悬在半空。屏幕上，游戏中的女性角色呆愣愣地立在原地，一动不动。

气氛无声凝滞。

直至几秒后，对方像是什么都没察觉到一般，温声继续，语调不急不缓："你觉得这里怎么样？"

第十章 / 缘分

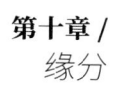

磁沉的男声从耳机里传出,陶言只感觉脑子好似都转不动了,根本想不明白他话中的意思,一时又觉得心如乱麻。她眼睫颤了颤,悬在半空的指腹无意识地落下。

"砰——"

安静的耳麦里传来突兀的一声响。枪声炸在耳边,陶言猛地一惊,整个人都不受控制地抖了抖。

思绪回笼,她脑子里蹦出的第一个念头却是——这场景似曾相识。

她张了张唇,干巴巴道:"抱歉,走火了。"

"没事。"

话落,又是一阵寂静。

之前玩游戏时的愉快气氛此时已不复存在。

陶言还没来得及开口,便又听对方道:"你喜欢这个地方吗?"

她沉默片刻,又想到他曾经说他有喜欢的人。于是,她没回答对方的问题,转而问:"你追上你喜欢的人了吗?"

少顷,男人低声回答:"没有,她——"

他顿了顿,原本平静的嗓音带了些许艰涩:"她总是躲着我。"

意料之外的回答,令陶言再次沉默了下来。

好似并不在意她的缄默,他缓声继续:"我不知道……她是不是很讨厌我。"

一直沉默着好像也不太礼貌,但实在是不知道该说点什么,于是陶言结合现实:"她玩游戏吗?"

"嗯。"对方低声应，喑哑的嗓音里仿佛透着些许委屈，"可是她应该不愿意和我一起玩。"

这话，陶言不知道该怎么接。她抿了抿唇，最终只能挑不出错地答："你技术这么好，应该没人不想和你一起玩。"

她本是随口应的话，谁知对方的反应却出人意料："你真这么觉得？"

陶言哑然，两秒后："……嗯。"

又觉得这么一个字有点过于敷衍，于是她接着说："而且，如果你不确定她是不是真的很讨厌你，你可以直接问她。"

对方语调迟疑："直接问她吗？"

陶言认真地替他想办法："直接问她，总比你自己胡乱猜测要好。"

沉默片刻，对方声音低哑："好。"

"其实……你和她的性格，很像。"他声音迟缓，组织着语言，"所以，我才想问问你，喜不喜欢这个地方。"

耳机里的嗓音喑哑，陶言听明白他话中的意思，觉得如释重负的同时，心中又莫名感到有些复杂。

她缓缓吐出一口气，玩笑一般试探："原来你是拿我做实验啊。"

"没有。"他很快否认，嗓音却平静无波，难辨情绪，"只是……你之前不是还祝我早日追到她吗，我觉得，你应该不会介意帮我这一点小忙。"

刚才紧张凝滞的气氛好似已经悄无声息地缓解了，陶言不再多想，也不愿再多想，操纵着游戏人物走到一旁拾取物资，轻声回答了对方一开始的问题："还行吧。"

对方声音低沉，疑惑出声："嗯？"

陶言抿了抿唇，耐心地重复："我是说，这个地方，还不错。"

话音落下，对方操纵着游戏角色突然跑到她面前。

屏幕上，高大的男性角色站在女性角色面前，狭小的道路被完全堵住。

男人轻咳一声，嗓音却遮掩不住愉悦："真的？你喜欢这里吗？"

明明是连面都没见过的人，此时看着屏幕上靠得极近的两个游戏角色，陶言却莫名觉得掌心发烫。

她拭了拭手心的汗，指腹划动屏幕。

屏幕上，娇小的女性角色转身，往另一处跑去。

她喉间咽了咽，最终还是低声应："嗯。"

国庆假期前一天，最后一节课结束，陶言回宿舍简单收拾了下东西，和室友告别后，就往学校门口走。

路上，她给温瑾发消息：哥，你到哪里了？

几秒后，对方直接打来语音。

"在路上了，大概还有十分钟，下课了吗？"

"嗯。"陶言应了声，"那等我到东门口你应该也到了。"

陶言一边和温瑾聊着，一边往校门口走。

路过食堂的时候，突然听到好像有人在叫她的名字。

陶言摘下一只耳机，疑惑地回头。

对方已经走到了她面前，见没有认错人，脸上扬起笑，看了眼她手边的小行李箱，问："是准备回家吗？"

看清来人，陶言礼貌地笑了笑："学长好。"

电话那头的温瑾听到两人的对话："遇见熟人了？"

"嗯。"陶言简单地回答，"我先挂啦，你开车注意安全，到了发消息。"

温瑾没再多言，只应了声"好"，便挂了电话。

陶言将另一只耳机也摘下，看着袁岳，点头回答："是要回家。"

想到刚才听到陶言和电话那头的人的对话，袁岳状似不经意地笑问："男朋友来接？"

"不是。"陶言笑着解释，"是我哥哥。"

袁岳恍然点头："这样啊。"

两人聊了几句，袁岳突然道："对了，国庆假后就是中秋节，收假后我们南省老乡准备一起吃个饭。"

陶言怔了怔，想到江屿绥可能也会去，她迟疑了下："南省的同学都会到吗？"

"不知道。"袁岳摇头，"不过按往年的情况，应该不会所有人都到。"

袁岳："到时候会在群里协调时间，尽量找个大家都有空的时候。"他顿了顿，笑道，"学妹你可是今年咱们南省的门面，不会不来吧？"

陶言只能尴尬地笑笑："学长你这话可太夸张了，而且我现在还不确定假后的时间安排。"

袁岳笑道："那到时候我先确定学妹你的时间。"

陶言干笑两声："不用顾虑我，还是得大家都方便。"

又继续尬聊了几句，陶言礼貌地告别，待走到学校门口时，温瑾的电话正好打来。

"我到了。"

陶言四处了望，随即见到不远处停着的那辆熟悉的车。

走到车前，驾驶位的人也下车，走到她面前接过她的行李箱。

陶言顺势松手，待温瑾将行李箱放进后备厢，才拉开副驾驶位的车门，凉气扑面而来，她俯身坐进车内。

温瑾问她："先去吃饭？"

陶言点头："好呀。"

"想吃什么？"

陶言没什么特别想吃的："都可以，我听你的。"

"行。"

车子启动，他突兀地开口："刚刚那人是之前那位学长？"

"啊？"陶言疑惑地出声，侧目看向温瑾，满脸茫然。

温瑾瞥了她一眼，提醒："是之前我们一起在食堂碰见的那位学长？"

反应过来他口中的人是谁，陶言眼眸蓦地睁大，温软的嗓音都不由得拔高了几分："才不是！"

温瑾眉梢轻挑："不是就不是，这么激动做什么？"

激动的陶言轻咳一声，没什么底气地小声嘟囔："我哪里激动了。"

温瑾不置可否，转而问："买明天上午的票？"

"好。"陶言没什么意见，"你是不是只能在家里待三天？"

"嗯。"温瑾应了声，语调不急不缓，"公司最近有点忙。"

陶言看他一眼，憋着笑打趣："哥，你别是怕舅妈催你谈恋爱吧。"

红灯，温瑾轻踩刹车，将车停了下来。

他扭头面无表情地看着陶言，倏地抬手捏住她的脸，眼眸微眯，嗓音透着凉："笑话，我会怕这个？"

他一点没留情，半边脸颊都被捏起，泛起轻微的疼。

"错了错了，我错了。"陶言说话都漏风，含糊不清地求饶。

温瑾冷哼一声，松了手。

绿灯亮起，车重新启动。

陶言揉揉脸，嗓音压得极低，愤愤道："你居然捏我的脸，我回去要告诉外婆！"

说着，她还不忘将另一边的脸也护住。

温瑾面色一僵，随即耸耸肩："那你赶紧说，最好现在就告诉他们，说不定明天他们连家门都不让我进了。"

说着，他伸手拿过手机，单手点了几下，扔到陶言怀里："喏，电话给你拨了。"

陶言垂眸，亮起的屏幕上显示正在拨号。

温瑾微笑："不用谢。"

陶言察觉不对，趁电话还没接通，赶紧挂断，若有所思地看向他："哥，你不对劲。"

温瑾唇角笑意不变："哦？"

陶言大胆地推测："不会是舅妈真给你介绍了相亲对象吧！"

温瑾意味不明："你猜。"

事实证明，陶言猜得没错。

回家当晚，舅妈就对温瑾说："你这次只待三天，我给你约在明天下午了。"

温瑾满脸掩饰不住的震惊："妈！您至于吗？"

温母没好气地瞥了他一眼，面露嫌弃："也不看你都多大年纪了。人家付小姐知道你忙，还特意赶到这边来，迁就你的时间。"

温瑾没忍住"啧"了声。

被耳尖的温母听到，于是一巴掌毫不留情地拍在他背上，威胁："你明天要是敢给我掉链子，这辈子就别回家了。"

温瑾不敢置信："妈，您可真是我亲妈！"

"你要不是我亲儿子，你以为我愿意管你？"温母撇了撇嘴，移开视线，"多看一眼都嫌烦。"

温瑾无奈地向父亲控诉："爸，您看看您老婆是怎么对您儿子的。"

"你妈说得没错。"温父煞有介事地点头，"明天见着人家女孩，你主动一点。"

被双重打击的温瑾生无可恋："我早该知道，你俩根本就是沆瀣一气。"

闻言，温母又是一巴掌："不会说话这嘴可以不要。"

温父同样一脸嫌弃："明天和付小姐说话，可别这么口无遮拦，滥用成语，让人笑话。"

一旁的陶言没忍住幸灾乐祸，捂嘴偷笑，只是弯起的双眸露出了马脚，被温瑾看到。

"你居然还幸灾乐祸！"温瑾痛心控诉，长手一伸，就想收拾她。

陶言赶紧跑到外婆身边寻求庇护："外婆，我哥要打我！"说完，还告状，"昨天他还掐我的脸，可疼了！"

原本专心插花的温奶奶停下手上的动作，将花枝放下，眉间一皱，喊："温瑾。"

温母再次一巴掌拍在他背上，声音拔高："你居然还欺负你妹妹！"

"我——"温瑾无言以对，只能生无可恋地控诉，"这家我是没法待了。"

然而家中没人关心他受伤的心灵，温奶奶爱怜地摸了摸陶言的脸："可怜的桃桃，他掐你哪儿了，还疼吗？告诉外婆，外婆给你出气。"

"不疼了不疼了。"陶言摇摇头，在外婆的手上蹭了蹭，眼睛弯成月牙，"还是外婆对我最好了。"

温母揉揉陶言的脑袋："以后他要再敢欺负你，就跟舅妈说。"

陶言看向温瑾，唇角忍笑，温软的嗓音透着乖巧："好哦。"

温瑾敢怒不敢言，只能眼神威胁，然而无果。

几秒后，温爷爷突然开口："温瑾，跟我来书房。"

温瑾面露难色，婉拒："爷爷，时间也不早了，有什么事明天再说吧，您该休息了。"

温爷爷面不改色，云淡风轻地道："少废话，看你写两个字的时间还是有的。"

挣扎无果被迫接受的温瑾生无可恋："……哦。"

两人一前一后进了书房。陶言看着温瑾悲壮的背影，想到他小时候被外公抓着写大字的悲惨经历，后知后觉地有点过意不去。

她轻咳一声，晃了晃外婆的胳膊："我也进去看看。"

外婆轻轻拍了拍她的手，嗓音带笑："去吧。"

陶言进书房时，温瑾正在被她外公训："看看你这字，绵软无力，歪七扭八。多久没练了？以前教的看来是全忘了。"

温瑾站在书桌前，一副不敢怒也不敢言的憋屈样，垂着头老老实实地挨训。

陶言见状，心里越发过意不去，赶紧上前，顺势拿起一支毛笔："外公，我也写两个字您瞧瞧。"

温爷爷的神情瞬间柔和下来："嗯，桃桃你来。"

幼时，陶言每年假期来海城，都会和温瑾还有其他几个温家的兄弟姐妹一起练字，小孩子不容易坐得住，更不用说静下心来练字了。

偏温爷爷要求十分严格，功课稍微差些，就会布置许多篇大字让他们练，弄得温家的孩子看见毛笔和宣纸就控制不住地手抖。

小时候的阴影留到了现在，温瑾最怕的，就是被爷爷叫进书房写字，即使现在他的字在普通人眼里已经算是顶顶好的了，但在爷爷口中，依旧是不堪入目。

唯一在温爷爷这里有优待的，大抵也就只有陶言一人。

在小孩子普遍静不下来的年纪，她能在书房练一天字不待停歇的。且因着幼时的经历，她总是不愿意去外边，反而更喜欢整日待在家里。

所以，不论是因为陶言的字在众人中的确是写得最好的，还是因为心疼她小小年纪全然没有别的孩子的朝气，温爷爷对她一直十分纵容。

就如现在，看着陶言写下的字，温爷爷眉眼舒展，唇角露出笑意："不错，行笔流畅，内劲外秀，比你哥强多了。"

陶言笑笑，探头看温瑾写的字，扭头对外公道："哪有您说的这么夸张，哥哥的字遒劲有力，藏锋处微露锋芒，露锋处亦显含蓄，明明极好。"

听了这一番称赞，温爷爷故作怒意："桃桃这么说，倒显得是外公没眼光了。"

"您只是要求太严格了。"陶言乖巧地笑，"名师出高徒嘛。"

"行行行，说不过你。"温爷爷哑然失笑，转身拿出一沓宣纸，放到温瑾面前，"练完，走之前给我检查。"

温瑾眼眸睁大，震惊："爷爷，这也太——"

一旁的陶言赶紧用胳膊肘拐了他一下。

未尽的话堵在了嗓子眼，温瑾硬生生将"多了"二字咽下去，扭曲地笑道："太辛苦您了，您放心，我一定好好练。"

像是没看出他的口不对心，温爷爷挥挥手："行了，走吧，时间不早了，我也该休息了。"

说完，他走出书房。

待温爷爷的身影完全消失在书房门口，温瑾颤抖着手拿着一沓宣纸，转向陶言，怒目而视："陶、言！"

陶言讪笑："哥哥。"

温瑾咬牙切齿:"我不是你哥,你是我祖宗。"

陶言赶忙摆手:"哥你还敢说这种话,被外公听到你不要命了?"

温瑾深呼吸好几下,分了一沓宣纸给陶言:"咱们一人一半。"

陶言接也不是,不接也不是,最终只能为难道:"哥,你觉得外公会认不出我俩的字迹吗?"

递出去的手又收了回来,温瑾勉强平静了心绪,冷静道:"明天和我一起出门。"

"啊?"陶言愣了愣,随即迟疑,"这不好吧。"

温瑾微笑,扬了扬手中的宣纸:"是谁把我害成这样的?"

陶言叹了口气,最终还是应道:"好吧。"

翌日,兄妹俩瞒着家里人,一同出门。

进餐厅前,温瑾侧目看陶言:"你知道等会儿该怎么做吧。"

陶言迟疑:"哥,这要是被舅妈知道,你会被打死吧。"

"怕什么,打死我,又不是打死你。"

陶言缓缓吐出一口气,语气颇有些视死如归的悲壮:"行吧,只要你不怕就好。"

两人一同踏进餐厅,而后望向预订的那处座位。

随即,兄妹两人脚步同时顿住。

温瑾微怔,看着不远处女人熟悉的面容,面露诧异,难得愣了愣。

而陶言,则是看着不远处坐着的男人,眼眸倏地瞪大,直接僵立在原地。

西餐厅内格调雅致,耳边是舒缓的音乐。

一桌四人,神色各异。

最终,是付小姐率先开口。

她红唇微勾,朝温瑾伸出右手:"温瑾,好久不见。"

从进餐厅就像是失了魂的温瑾这才如梦初醒,他定了定神,平静地伸手:"好久不见,时——"不太明显的卡顿后,他面色如常,接着道,"付时荣。"

两人掌心相触,短暂地相握后,又分离开。

掌心还残留着细腻温软的触感,温瑾眼眸微暗,看着付时荣身边坐着的莫名眼熟的男人,眼眸微眯:"这位是?"

付时荣笑笑,介绍:"我表弟,江屿绥。"

话音落下,温瑾冷硬的神情缓和了些许,视线移向江屿绥,礼貌地笑:

"你好。"

"你好。"江屿绥淡声应，目光只短暂在温瑾面上停留了一瞬，又落回到陶言身上。

可惜温瑾的心神已全然被一旁的付小姐占据，并未注意到他的异样。

还是付时茉察觉到了，见性子一贯疏离冷漠的人如今全部心神皆落在女孩身上，她眼眸微闪，目光转向陶言，疑惑地问："这位是？"

温瑾介绍："我表妹，陶言。"

付时茉若有所思地笑了笑，伸手将菜单递给陶言："妹妹好，看看吃什么，咱们先点菜。"

陶言有些无措地接过菜单，转头看温瑾。

温瑾嗓音温和："看看想吃什么。"

看温瑾这模样，陶言明白过来，今天自己来这里的目的已经不存在了。

于是她小心翼翼地瞄了眼对面的江屿绥，试探一般问温瑾："哥，外婆还叫我早点回去呢，不然我先回去？就不打扰你和付姐姐聊天了。"

温瑾不动声色："也行，那你打个车回去，到家了发消息。"

陶言如释重负地松了口气，忙不迭点头："好。"

而后，她看向付时茉，礼貌地道别："付姐姐，那我就不打扰你和哥哥了，先回去了，再见。"

说着，她站起身就要离开。

"欸——等等。"付时茉突然开口。

陶言停在原地，看着眉目满是笑意的付时茉，心中突然生出不好的预感。

果不其然，下一秒，她听到对方开口："要不就让江屿绥送妹妹回去吧，这边也不太好打车。"

说着，付时茉又询问温瑾的意见："温瑾，你觉得呢？"

陶言忙摆手："不用麻烦——"

与此同时，温瑾点头："也行。"而后看向江屿绥，"那就麻烦了。"

江屿绥慢条斯理地站起身："没事，应该的。"

陶言的推辞无人在意，其余三人三言两语就将这件事商定下来。

江屿绥迈开长腿，走到陶言身旁，垂眸看着她，嗓音低沉："走吧。"

陶言面色僵硬，仍旧试图挣扎："不用——"

话音未落，身侧的人已经迈步，往餐厅门口走了。

陶言瞪着温瑾，然而已经和付时茉聊起来的哥哥一个眼神也没给她。

左右为难，最终，她只能攥紧手中的包，拖着脚步，艰难地离开。

　　餐厅门口，江屿绥正等着她。
　　见陶言脚步缓慢，他也不催促，只耐心站在原地，眉目温和。
　　待人终于走到他身边，才俯首温声道："你在这里等一下，我去把车开过来。"顿了顿，又低声问，"可以吗？"
　　"太麻烦了。"陶言还是忍不住挣扎，只要想到等会儿两人同坐一车，就尴尬到头皮发麻，"我自己回去就好。"
　　"没事，一点都不麻烦。"江屿绥嗓音磁沉，语调温和妥帖，"这里不好打车，况且我答应了你哥哥，得把你平安送回家才行。"
　　还不待陶言想出要怎么反驳，江屿绥温声落下一句"等我一下"，就直接离开了。
　　男人身高腿长，几秒时间，就已经走远了。
　　无奈，陶言只能接受现实。
　　三分钟后，一辆黑色卡宴停在陶言身边。
　　驾驶位的人推开车门走下来，绕到副驾驶位打开车门："上车吧。"
　　都到这地步了，陶言也只能上车。
　　她俯身上车，低声道了句："谢谢。"
　　江屿绥的一只手挡在车顶，待女孩坐好，才将车门轻轻关上。
　　上车后，他侧目看向女孩，见她已经乖乖将安全带系好，指尖蜷了蜷，眼睫微垂。
　　安静的车内，尴尬的氛围继续蔓延。
　　陶言轻咳一声，再次道谢："麻烦学长了，谢谢。"
　　"应该的，不麻烦。"江屿绥应，而后，他拿出手机，点开导航，目光转向女孩，"地址是？"
　　"噢——"陶言侧身看向江屿绥，认真报地址，"在凰山区青水街……"
　　女孩碧绿的眼眸专注地看着他，粉润的唇一张一合，嗓音清脆，落进耳中，无端令人思绪乱了几分。
　　江屿绥喉结上下滑动，片刻后，他垂眸，将手机直接递到女孩面前。
　　还在认真说地址的陶言微怔："嗯？"
　　"你直接输一下。"江屿绥嗓音喑哑。
　　陶言愣愣地点头："好。"

她接过手机,很注意地没触碰到对方,垂眸认真将地址输入。

半分钟后,陶言将输好地址的手机还给江屿绥:"好了。"

黑色的手机衬得女孩的手越发白皙,指腹带着淡淡的粉。

江屿绥眼眸微暗,心中情绪翻涌,接过手机时,指尖不注意从女孩的手上轻轻擦过。

指腹下的触感柔软细腻,轻轻抚过时,那抹温热仿佛顺着神经末梢传到了心尖,连带胸腔也蕴出一抹烫意。

他手指攥紧,又无声松开。

江屿绥克制地收回视线,将车启动。

带着些微薄茧的指腹擦过手指时,传来一阵难以言喻的酥麻痒意,陶言眼眸微眯,心间一滞。

直到车辆启动,她才缓缓回神,却仍旧觉得相触过的那块肌肤仿佛不是自己的一般。

一时之间,两人都没有再说话,车内只有时不时响起的导航声。

回去的路上仍旧堵车,时间一分一秒地过着,陶言觉得尴尬,却又不想主动开口,只好垂首认真摆弄手机。

她给张格格发消息:救命!好尴尬!

张格格:怎么了?

陶言侧向窗户敲屏幕:我今天不是陪我哥相亲吗?你猜我遇到谁了?

一般能让陶言发出这种消息的,只有一人。

张格格大胆猜测:江某人?

陶言含泪回复:嗯!

张格格:[这是什么孽缘(×)缘分(√).jpg]

陶言刚想回复,身侧的人突然出声,她一惊,赶忙按灭了手机。

身旁的人从上车后就一直摆弄手机,江屿绥看了眼时间,低声问:"饿了吗?"

早上睡到九点多才起床吃的早餐,且外婆还投喂了她许多小蛋糕,陶言摇摇头:"没有。"

她转而想到什么,礼貌地询问:"学长饿了吗?"

知道女孩心软,江屿绥心中纠结了几秒,而后决定放纵内心的卑劣,低声道:"嗯,早上一直在忙别的事,还没来得及吃早餐。"

"啊……"陶言抿了抿唇,看了眼导航上好几段红橙色的拥堵标注,做不出让对方饿着肚子送自己回家的事来。

于是,她思考了半分钟,想出个两全其美的办法来:"那学长你把我在前面放下来吧,这边路段比较好打车,你先去吃饭。"

搬起石头砸了自己的脚的江屿绥深呼吸了下,无奈地笑:"我姐要是知道我把你半路扔下,一个人去吃饭,非收拾我不可。"

陶言没什么底气地小声道:"你不说,我不说,他们不会知道的。"

江屿绥哑然失笑,只能认输:"没事,我也不是很饿,先把你送回家。"

车内再次安静下来,导航尽职播报:"前方路段拥堵——"

陶言小心翼翼地觑了眼导航,再次被上面的橙红颜色刺了刺眼,轻声道:"还是先去吃个饭吧。"

再次因之前那话后悔不已,江屿绥苦笑:"没事,我真不饿。"

"我的意思是——"陶言顿了顿,手指不安地抠着手机壳。她垂眸,缓缓道,"可以等你先吃完饭,再送我回去。"

江屿绥指尖微顿,心中诧异,侧目看向陶言。

女孩面容乖软,眼睫低垂,细密的睫毛遮住了眸中的情绪。

心间仿佛有一处地方正悄悄塌陷,酸软得不行,他张了张唇,想告诉女孩不用迁就他,如果不愿意等,不用为了他勉强自己。

想告诉她,别对男人心软,他远远比她想的要卑劣得多。

然而,他最终只是哑声笑了笑,纵着心中的妄念和渴望,轻声应:"好。"

车停靠在路边,江屿绥问陶言:"淮扬菜吃吗?"

陶言点头:"我还不饿,选你想吃的就好。"

"嗯。"江屿绥轻声应。

餐厅不远,步行不过几分钟便到了。服务员迎上来,领着两人在临窗的一个位置坐下。

菜单拿过来时,江屿绥先递给陶言:"看看有什么想吃的。"

陶言:"我都可以,你点就好。"

江屿绥便也没再坚持,简单点了三菜一汤,只是每点一个菜时,都会低声问陶言的意见。

等待上菜的间隙,江屿绥随口问:"什么时候返校?"

"还没订票。"陶言避重就轻,"不确定哪天回。"

江屿绥嗓音温和:"听我姐说,温瑾哥后天就要回燕城?"

陶言点头:"……嗯。"

"我最近应该会一直待在海城。"江屿绥不急不缓道,"等收假,我们可以一起返校。"

陶言呼吸一窒,心脏重重跳了下。顷刻,她找回自己的声音,忙不迭摆手:"我还没确定哪天返校呢,你按自己的时间规划就好。"

早已预料到女孩的拒绝,江屿绥并不气馁,只是难免还是因她避之如蛇蝎的态度受到影响。

他薄唇紧抿,缓缓吐出一口气,突然开口:"陶言——"

他沉声唤着她的名字,嗓音艰涩:"我是不是……哪里做得不对,让你生气了?"

陶言茫然抬眸:"啊?"

此时的场景仿佛和曾经重合,那时,在从食堂回宿舍的路上,江屿绥拦在陶言面前,也是这么问她,问她是不是讨厌他。

这次,陶言也给出了和上次一样的回答。

她赶忙摇头,语调诚恳:"没有没有。"

只是那次被她敷衍过去,这次对方却没么好糊弄。

上次是在人来人往的校园,后来几次见面也都是在公众场合,两人周遭有许多认识的人,江屿绥就算有心想问个究竟,也没法太放肆。

可这次,是在没人认识的餐厅,两人独坐在一起,无人打扰,气氛正好。

听到回答,江屿绥自嘲地扯了扯唇角,嗓音带着一抹涩意:"我不是傻子。"

他一字一句,缓声道:"你每次碰见我,就满脸抗拒,恨不得有多远能离我多远。"

他嗓音不高不低,字字句句都是不解和迷茫。

第十一章 /
心乱

陶言听着,不由得想到之前几次偶遇,又想到她每次的态度,发觉他说得一点没错,于是越发无地自容。

尤其是对方每次对她和颜悦色,她却总是避之不及,甚至偶尔看见了还十分不礼貌地当作没看见一样直接无视。

"我……"陶言张了张唇,却只吐出一个字,又无端沉默下来,不敢再看对方,只垂眸近乎专注地看着面前的瓷白餐具。

江屿绥攥了攥手,目光凝在陶言身上,见她卷翘的长睫轻颤,像是振翅的蝶。

他喉结滚动:"如果我真的惹你生气了,那我跟你说一声抱歉。"他顿了顿,诚恳地道歉,"对不起。"

这三个字落下的瞬间,陶言倏地抬眸,满眼无措慌乱:"没有的——"

她看着他态度近乎卑微地为莫须有的事情道歉,又想到自己逃避他的原因,心中越发过意不去。

她抿唇,低声道:"你不用道歉,是我自己的原因。"

江屿绥沉默了下,温柔地注视着她,声线低沉,不动声色地引诱:"可以告诉我为什么吗?"

沉默片刻,陶言决定坦白,只是到底没脸,只很小声地开口:"我只是觉得……有点尴尬。"

"嗯?"江屿绥怔了怔,没明白她话里的意思,"什么?"

陶言闭了闭眼,心一横,索性直接道:"之前在食斋。我、我……偷拍了学长,后来喝醉了,还……还……"

她白皙的脸颊上爬上一抹绯色，后面的话实在是没脸说出口。

女孩嗓音极低，语调却软到不行。

听清她的话，江屿绥愣了愣，随即哑然失笑："就因为这个？"

陶言感到脸上阵阵发烫，忍住想要落荒而逃的窘迫感，专注地盯着眼前的水杯，好似要将它看出一朵花来。

她咬了咬唇，声音一如既往的低："嗯……"

女孩白皙的脸颊上染了红，完全不敢抬头，垂着脑袋像是恨不得能有个洞让她钻进去，无地自容的窘迫模样却又实在太过乖巧。

明白她一直以来的躲避不是因为讨厌或是对他的不喜，江屿绥心尖泛起痒意，他忍俊不禁，低笑出声。

陶言却越发觉得尴尬，只觉得对方是在嘲笑她。

她攥紧了手，只恨不得能立马起身走人。

见女孩连脖颈都染上了红意，怕她太过羞恼，也舍不得她为难，江屿绥放缓了声音："那次的事情，你都想起来了？"

陶言点头："嗯。"

江屿绥又问："什么时候想起来的？"

他心中隐隐有猜测，听到回答的那一瞬，猜测得到证实，他缓缓舒出一口气。

陶言："就是那次在飞机上，你说……我醉了只是说想吃火锅。"

回忆起当时的场景，想到害女孩疏远自己的原因竟是这个，江屿绥摇头苦笑。

"不用觉得尴尬。"知道了事情的缘由，江屿绥宽慰女孩，"这件事不是早就过去了吗？况且——"他顿了顿，失笑，"你不是也早就把照片删了吗？还是说……"

他眉梢轻挑，揶揄："那照片其实你还留着，所以才不敢见我。"

"没有没有。"陶言惊得抬头，不住地摆手摇头，"我都已经删了，真的！"

"好好好。"见女孩慌乱的模样，江屿绥忙温声应，"我只是开个玩笑，你别紧张。"

陶言这才松了一口气，后知后觉自己刚才的蠢样，她双颊又控制不住地发烫。

她喝了口水降温，终于鼓起勇气，为当初做下的蠢事而诚恳地道歉："对

127

不起,当初未经你的同意就拍了你的照片。"

"不用道歉。"江屿绥嗓音温和,"你当初已经说过对不起了,况且——"

他的视线从女孩白皙的耳垂上掠过,唇角染笑:"我也收过肖像费了。"

察觉到男人的目光,一时又想到当初的事,陶言的耳根刹那间红得彻底。

过犹不及,没让女孩羞赧太久,江屿绥不动声色地道:"那这个事情就算过去了,以后不会再躲我了吧?"

陶言低声:"嗯,不会了。"

误会解开,陶言之前那种无所适从的尴尬褪去了许多,再加上江屿绥也特别注意分寸,非常照顾她的心情,总的来说,还算愉快。

饭后,江屿绥将她送到小区门口。陶言下车前,他突然问:"我以后,应该可以给你发消息吧?"

陶言微愣:"啊?"

江屿绥扬了扬手机,唇角微扬,语调却故作委屈:"我们不是加了微信吗?之前以为你很讨厌我,我都不敢给你发消息。"

陶言的耳根又不受控制地泛红,她实在是没敢抬眸看他,只点头应:"可以的。"

回家时,外婆正在看电视,陶言陪着在客厅待了会儿,同时给因为没等到她回复而疯狂好奇的张格格回消息。

将在餐厅的事情简单描述后,看着张格格打趣的消息,陶言无情地结束此次聊天。

刚放下手机没多久,又感到它振动了下。

张格格的消息提示不是这个动静,陶言心突地一跳,下意识地想到了下车时江屿绥的话,她眼睫颤了颤,拿起手机。

下一瞬,心中的猜测得到证实。

江学长:到家了吗?

陶言指尖微蜷,眉眼微弯,唇角扬起一抹微不可察的弧度。

她指腹轻触屏幕,一字一句地敲下:嗯,到一会儿了。

顿了顿,她又补上一句:你开车注意安全。

几秒后,对方回复:好。

晚饭前,温瑾回到家。

温母盘问了些相亲的细节,温瑾糊弄过去后,拉着陶言走到花园凉亭。

陶言疑惑："你干吗？"

温瑾上下打量着陶言，意味不明道："付时茉那个表弟，你认识？"

陶言微愣，随即点头："是A大的学长。"

"我之前是不是见过？"温瑾仔细回忆了一番，"是之前咱们在学校食堂遇见的那位？"

"嗯。"陶言点头，"就是他。"

证实了猜测，温瑾反而不知该作何表情，只能道歉："怪哥当时没认出他。"

"没事。"说开了偷拍的事，陶言现在也不觉得难以忍受和江屿绥相处。

又想到温瑾见到付时茉前后的两副面孔，没忍住八卦："不过，你和付姐姐是什么关系啊？"

温瑾微顿，睨了陶言一眼，抬手揉了揉她的脑袋："大人的事，小孩子别瞎打听。"

陶言怒："你说谁小孩子呢！"

温瑾眉梢轻挑，一脸"你难道不是小孩儿"的臭屁表情。

陶言深吸一口气，哼了一声，没好气道："不说算了，我总会知道的。"

温瑾语调平静，侮辱性却极强："哦。"

陶言：……可恶！果然还是好生气！

她微笑着，转了话题问温瑾："明天就得走了，哥哥你的字练完了吗？"

温瑾咬牙。

当晚，陶言收到"言归于好"约玩游戏的消息。

她本想婉拒，谁知拒绝的话还没打完，对方紧跟着发来消息：有点事想跟你说一下，方便吗？

陶言想了想，回复：企鹅聊不行吗？

言归于好：反正闲着也是闲着，玩游戏也不耽误聊天。

于是，两人登录游戏。

甫一入队，他礼貌地问好："晚上好。"

对方嗓音磁沉，却让陶言再次感到莫名的熟悉，只是还没来得及细想，又听对方淡声问："还是双排，可以吗？"

思绪被打断，陶言的心神重新回到游戏上："我都可以。"

两人开局，跳了野区。

周遭一个人也没有，耳机里只能听到两人的脚步声和拾取物资的声音。

他突然开口："谢谢你。"

突来的道谢令陶言摸不着头脑："怎么突然说谢谢？"

他的嗓音里带着不甚明显的笑意："你之前不是让我直接去问她，为什么躲着我吗？"

陶言这才想起来，两人上次玩游戏时，她出于无奈和礼貌，给对方出的主意。

她问："你问了？怎么样？"

"误会解开了。"他嗓音清朗，"总之，结果是好的。"

"那就好。"陶言笑了下。

只是莫名地，她又因为对方的话想到了今天和江屿绥发生的事。

她动作微顿，张了张唇，刚想开口，对方操纵着游戏角色跑到她身前，一个三级头放在了面前。

陶言下意识想要拾取，只是在指腹落下的前一瞬，她怔了怔，动作突兀地停住。

她指尖微蜷，淡声拒绝："我不用，你拿回去吧。"

他风轻云淡，嗓音带了一丝打趣："就当是给陶老师的谢礼了。"

谢礼……

陶言在唇齿间缓缓碾磨着这两个字，最终，还是拾起了摆在面前的三级头。

之后的几局游戏，他时不时就给陶言送物资，且皆以谢礼为由。

陶言也没再推辞，全部坦然接受。

又一局结束，陶言道："我还有点事，先不玩了。"

他略感错愕，语气似乎有些不舍和失落："不玩了吗？"

"嗯。"陶言最后礼貌地道别，"先下了，拜拜。"

退出游戏，陶言垂眸，看着手机屏幕，脸上神情不明。

几秒后，她深深吐出一口浊气，一把将手机扔到床上，起身倒了一杯水喝。

一杯水下肚，乱如麻的思绪仿佛清晰了些许，她又捡起手机，顿了顿，还是点开微信，给张格格发了消息：有空吗？

很快，张格格回复：怎么啦？空着呢。

不知道该怎么用文字描述复杂的心情，陶言直接拨了语音电话，她深深地叹了口气："我觉得，我有点不对劲。"

"嗯?"张格格疑惑,"具体表现在哪儿?"

"咱们最近不是常和'言归于好'玩游戏吗,然后之前你和唐琰禹下线那次,我还和他双排了。"陶言组织着语言,缓缓道,"就是吧……我发现,和他一起玩游戏很有安全感,游戏体验也非常好。"

张格格心中猜到了什么,依旧耐心地倾听着:"然后呢?"

"我们双排的时候,他给我送物资,教我怎么搜集装箱,我都没觉得有什么不对劲。"陶言顿了顿,咬了咬唇,"然后他带我去了瀑布……"

她将在瀑布时发生的事陈述了一遍,然后艰难地开口:"我当时,误会他意思的时候,心情很复杂,我也不知道该怎么描述,但等他解释后,我松了口气的同时,竟然觉得有点……有点怅然。"

陶言:"重点是,今晚——"她的嗓音中带着无措,"他再给我送物资的时候,说那些东西是我给他出主意的谢礼,我……"

她深吸了一口气:"我竟然有那么一瞬间觉得有点生气,一点也不想要那些东西。"

陶言:"但这次不想要的原因,又和之前玩游戏时,不想接受他给的物资的原因不太一样。"她倒在床上,整张脸埋进玩偶里,闷闷出声,"我形容不出来当时的心情,总之,就是很复杂。"

听完这番话,张格格艰难又犹豫地开口:"桃……我觉得,你是不是对他,有好感了?"

一阵沉默过后,陶言语带慌乱:"不、不会吧。"

"那为什么,在一开始误会他的意思的时候,你没有像之前那么反感,甚至在解开误会以后,还觉得怅然。"张格格理性分析,"甚至因为他把送你的那些物资当成是谢礼,你还觉得生气,不想要?"

安静片刻,陶言低声:"可是……他有喜欢的人了。"

"你瞧。"张格格理智道,"你听完我这番话,最先想到的不是反驳我的观点,而是想,他有喜欢的人。"

这话像一把利刃,直直地刺进陶言的心里。

她张了张唇,却哑口无声。

一开始和"言归于好"玩游戏时,她因为他莫名殷勤的态度觉得不自在,默默远离,后来发现是自己想多了,觉得过意不去,又加了好友。

在无数次玩游戏的时候,因着对方对她的保护,因着他带给她的从未有过的安全感,她渐渐喜欢上了和他一起玩游戏。

也许是因为张格格和唐琰禹的特殊关系，他拾取到的物资从来都只给她一人。虽然不愿意承认，但她多多少少因为这一份特殊，心中生出了不该有的隐秘的欢喜。

直到第一次听到他说有喜欢的人，她短暂地清醒了一瞬。

可是后来，因为游戏中他带来的安全感，她又慢慢忽略了这件事情。在她没有意识到的时候，她和他之间的距离早就超过了她对普通陌生网友的距离。

陶言垂下头，下意识地点开了企鹅图标。

看着屏幕上那棵生机勃勃的桃树，她抿了抿唇，第一次，觉得心中如此茫然。

只是游戏中认识的好友，连名字容貌都不知道，甚至对方还有喜欢的人，张格格只能劝道："没事，你这顶多是因为游戏生出了一点点好感，很快就没了的，不用在意。如果觉得不开心，大不了删好友，以后不一起玩了就是。"

安静须臾，陶言低声道："你说得对。"

不过是一个不认识的游戏好友，不过是因为游戏中虚无的安全感而生出了一些不必要的、不该有的隐秘心思。

这点情绪浅薄得可怜，甚至不用她特意克制剔除，就会消失得无影无踪。

透过手机察觉到陶言失落的心情，张格格想了想，突然道："你要是真想找个男人谈恋爱，还不如找江屿绥。"

原本心中还空落落的陶言听到这话后，骤然一惊："你可别瞎说！"

"怎么就是瞎说了？"张格格不服气，"你就揣着明白装糊涂吧，江屿绥对你绝对不一般。"

就算是隔着电话，陶言也觉得尴尬："不是，我怎么就揣着明白装糊涂了？"

张格格清了清嗓子，开始了今晚的第二波分析："江屿绥是什么样的人你清楚吧？你想想他平时接人待物的态度，对比他对其他女生和对你时的差别，是不是两个极端？"

陶言再次哑口无言。

张格格继续："而且以你的性子，就算因为偷拍的事情觉得尴尬，现在事情说开了，你也应该直接把他当普通学长对待才是，可我看你下午聊起他时的态度，怎么觉得你对他也不太像是对待一个普通的、不算熟悉的学长呢？"

"我、我哪有？"陶言无力反驳，"我只是觉得，他对我态度挺温和的，我也应该对他礼貌一些。"

"啧。"张格格吐槽，"你就嘴硬吧。"

陶言噎了噎："本来就是嘛，你也别乱分析了。"

她振振有词："每次都说他对我态度不一般，说他喜欢我，可他也没对我有多不一般啊，我们见面的次数一只手都能数得过来，他也从来没表白，也没表露出有要追我的意思。"

最后，她道："所以，你以后别这么说了，被人知道了还以为我多自作多情呢。"

她说了一大段，张格格只煞有介事地总结："哦，我懂了——你就是嫌他没表白。"

陶言语塞："你——"

她气恼："不跟你说了，睡觉！"

挂断电话，她捶着枕头发泄情绪，因今晚发生的事情心乱如麻。脑子里乱成一团糨糊，最终，还是在强大的生物钟下，沉沉睡去。

只是，到底是受了影响。

这晚，陶言做了个梦。

在游戏中一比一还原的瀑布面前，看不清面容的男人将一个三级头轻柔地戴到她头上，嗓音低沉惑人："桃子，谢谢你，这是给你的谢礼。"

陶言唇角的笑意还未敛下，就因这话心中一空。

她听到自己淡声开口："不用了，留着给你喜欢的人去吧。"

下一秒，面前的男人突然有了脸。

熟悉的五官映入眼帘，男人深邃的目光专注地看着她。

他薄唇轻启："我喜欢的人就是你啊。"一字一句，嗓音喑哑低柔，郑重道，"陶言，我喜欢你。"

陶言的心重重一跳，猛地惊醒。

窗外，天光大亮。

陶言虚脱地躺在床上，深深地吐出一口气。

片刻后，勉强平静下来的她埋进枕头里，恼怒且无助地抓狂："啊——烦死了！"

陶言脸色涨红，眼睫不安地轻颤着，完全不明白怎么会做这种无厘头且离谱的梦。

都说日有所思夜有所梦，她苦皱着一张脸，不敢置信地想，难道她不止对"言归于好"有好感，还从心底里希望江屿绥是喜欢她的吗？

这念头刚一起，陶言就像是被踩了尾巴的猫一般，倏地将手中的被子扔开，直直摇头，喃喃自语："不可能，绝对不可能。"

不知是在说服自己，还是在自我安慰。

兀自挣扎了片刻，床头的手机突然轻轻振动了下。

陶言伸手拿过一看，面色微僵，几乎是瞬间就又将手机扔开了。

她闭了闭眼，平复了下心情，还是拿起手机。

消息是江屿绥发来的。

江学长：早上好，醒了吗？

陶言很想无视这条消息，只是想到昨天才答应了对方不再躲，最终还是回：早上好。

消息发出去，像是恐惧和对方聊天一样，陶言将手机扔在一旁，从床上爬起来，疾步进了洗手间。

慢悠悠地洗漱完，她才拖着步子回到床边，迟疑了下，拾起手机。

屏幕亮起的那一刻，便看到微信的图标右上角亮起了红点。

她深深叹了口气，指腹落下，点开消息。

江学长：有件事可能要麻烦你一下。

消息是十几分钟前发来的，陶言指尖微滞，心中松了口气的同时，又觉得因为自己多想而晾着江屿绥的行为有些不妥。

她轻咳了声，解释了这么久不回消息的原因：不好意思，刚刚洗漱去了。

而后，她又问：什么事？

没多久，对方的消息回复过来。

江学长：没事。

江学长：你知道温瑾哥是今天几点的机票吗？

没想到他问的居然是关于温瑾的事，不过想到昨天和温瑾相亲的付时茱，陶言猜想这事肯定不会是江屿绥替他自己问的。

她很快回复：稍等，我去问问。

她出了房间，到一楼时正好看到温瑾在餐厅吃早餐。

"哥。"她喊了声，见温瑾扭头看她，接着问，"你今天下午的机票是几点的呀？"

"四点，怎么了？"

"没事,你继续吃吧。"

她顺势走到客厅沙发上坐下,给江屿绥回消息:下午四点。

随即,她又问:学长找我哥是有什么事吗?

对方像是等着她的消息一般,很快便回了过来。

江学长:我姐有其他事,昨天就回去了,不过走之前给了我一件东西,让我转交给温瑾哥。

见自己猜得没错,陶言唇角微不可察地扬了扬。

江学长:不过我没有温瑾哥的联系方式,所以只能麻烦你了。

这解释合情合理,陶言没有丝毫怀疑,客气道:没事,不麻烦。

江学长:那我等下直接送过来可以吗?还是昨天那个地址?

聊天的间隙,温母从外面散步回来,见陶言坐在沙发上,柔声笑问:"桃桃起来啦,吃早餐了吗?"

"舅妈。"陶言仰头乖巧地笑,"还没呢,刚起。"

"那赶快去吃早餐吧。"温母叮嘱了一句,便要往楼上走,"我先上楼换件衣服。"

陶言点头:"好。"

随即,她想到什么,趁着温母还没走远,转头对着餐厅的方向:"哥,付姐姐说有东西要给你,等会儿送过来。"

话落,正在餐厅喝牛奶的温瑾没忍住呛咳出声,咳嗽声堪称惊天动地。

而原本已经踏上楼梯的温母三步并作两步走回来,声音好奇且惊喜:"桃桃,你刚刚说什么?"

陶言仍旧乖巧地笑,耐心地重复:"付姐姐说有东西要给哥哥,等会儿送过来。"

餐厅的温瑾已经大步走了过来,背着温母,不停地给陶言使眼色。

陶言面上笑意未变分毫,迎上温瑾的目光,只无辜道:"哥哥,你眼睛里进东西了?"

话落,温母倏地扭头。

温瑾僵硬地扯了扯唇角:"没事,我睫毛眨进眼睛里了。"

陶言:"哦,这样啊。"

温母没管身后事儿多的儿子,接着问陶言:"时茉有说什么时候到吗?"

"不是付姐姐来。"陶言解释,"付姐姐有事,昨晚就回去了,是她表弟送过来的。"

闻言，温瑾不由得松了口气。

谁知这口气还没松完，温母就扭头对他道："我记得你后面不是要去申城出差吗？我备份礼物，等桃桃走的时候让她带去燕城给你，你下次去申城就给时茉送过去。"

温瑾目瞪口呆："妈，您至于吗？这带来带去的多麻烦，您直接给她寄过去不就好了。"

"你懂个屁。"温母没忍住爆了句粗，翻了温瑾一个白眼，"必须你亲自给她送过去知道吗？"

她补充："到时候再一起吃个饭、看个电影什么的。"

这次温瑾没敢放肆，只小声吐槽："我和她又没什么关系，看什么电影。"

温母眼眸微眯："你说什么？"

"没什么。"温瑾立马开口，殷勤笑道，"妈，您快去换衣服吧。"

温母哂了声，转身慢悠悠地上了楼。

待人走了，温瑾才转向陶言："桃桃你可以啊。"

陶言眨了眨眼，无辜装傻："什么？"

温瑾意味不明地哼了声，抬手毫不留情地揉了揉陶言的脑袋："记仇的小屁孩儿。"

陶言眼眸弯起，只当没听到温瑾这话，抬手顺了顺头发，往餐厅走，只是嗓音里没遮掩住喝瑟："吃早餐去了。"

没多大一会儿，温母便换了身衣服下楼。

她走到餐厅问陶言："桃桃，时茉她表弟几点到？"又接着问，"对了，她表弟叫什么名字？"

陶言："江屿绥。我问问他几点到。"

说着，她拿起手机，给江屿绥发了消息。

见陶言这番动作，温母眉梢轻挑："桃桃，你和江屿绥很熟吗？"

陶言指尖微顿，放下手机，轻轻摇头："不是很熟，不过他也在 A 大上学，我们以前还是同一所高中的，他比我高一届，是学长。"

温母若有所思："这样啊。"

桌面上的手机轻振了下，陶言拿起看了看，而后对温母道："他大概十一点到。"

温母："那时间刚好，可以留他吃个饭。你问问他有没有什么忌口？"

陶言："啊？"

一旁的温瑾闻言眉梢微扬，忍笑点头，满脸正经："嗯，是该留人家吃个饭。"说着，还寻求陶言的意见，"是吧，桃桃？"

陶言僵硬地点头，干巴巴道："是、是啊。"

于是，在温瑾和温母两人的注视下，陶言艰难地敲着屏幕：学长，你有什么忌口吗？

江学长：除了香菜和动物肝脏，其他没什么不吃的。

仰头看向还等着答案的温母，陶言温声回答："他不吃香菜和动物肝脏，其他没什么不吃的。"

温母点头，随即"咦"了声："倒是和桃桃你一样嘛。"

温瑾轻轻"啧"一声，意味不明地摇头感叹："那看来桃桃你和他还挺有缘的。"

陶言尴尬地抿了抿唇，捏着勺子的手不受控制地加重了几分力道，直到冰冷的棱角硌在掌心，传来轻微的刺痛，她才恍然回神。

温母往厨房去，走到一半，又扭头问："对了，桃桃你问问小江他的车牌号是多少，我提前跟保安那说一下。"

"噢，好。"陶言掩饰一般低头，又拿起手机。

得到回复后，温母转身去了厨房，商定中午的菜单。

温瑾吃完最后一口煎蛋，也起身，临走之前，瞅了陶言一眼，饶有兴味道："这叫什么？搬起石头砸自己的脚？"

她仰头，对着温瑾笑得灿烂："哥，你放心，明天我就和舅妈一起去挑礼物，保证不损分毫地给你带到燕城。"

温瑾咬牙。

十一点，江屿绥准时到了。

他提着好些礼品进屋，给所有人都准备了礼物。

温母客气道："你这孩子，来就来，怎么还买这么多东西。"

江屿绥脸上的笑容礼貌谦卑："就一点小礼物，今天实在是叨扰了。"

他分发礼物，礼数周全，无可挑剔，得到无数声长辈的夸奖。最后，他走到陶言面前，将手中的礼盒递到她面前。

陶言垂眸，拿着礼盒的手骨节分明，手指修长。

耳边传来男人低沉的嗓音："看看喜欢吗？"

她脑子里不期然又想起了昨晚梦中的场景，仿佛画面重合，对方也是在她耳边低声说着喜欢。

陶言心跳漏了一拍，脊背发麻，骤然往后撤了一步。

脚步刚一动，她便意识到了不对劲。她尴尬地轻咳一声，赶忙伸手接过礼物，没敢抬眼看人，只小声道："谢谢。"

她没抬头，自然不知道，面前的人在看见她脚步后撤的那一刻神情一滞，唇边温和的笑都僵硬了一瞬。

没人察觉到两人间微妙的气氛，温母见陶言接过礼物，就一个劲儿招呼江屿绥。

江屿绥敛下情绪，转身看向温母，又从一旁拿过一个包装严实的礼品袋。

视线在周遭看了一圈，他朝着温瑾礼貌地笑："温瑾哥，这是我姐让我交给你的。"

在众人的注视下，温瑾面上的神情略显僵硬，不过还是硬着头皮从江屿绥手中接过袋子："谢谢了。"

江屿绥客气道："没事，应该的。"

温母从江屿绥拿出礼品袋开始，眼睛就没从上面离开过，不过尽管很好奇，鉴于客人还在，她还是很好地克制住了。

她不舍地移开视线，继续和江屿绥闲聊。

不多时，江屿绥就堪称乖巧地坐在了沙发上，被家里四个长辈围着话家常。

客厅内气氛和谐，只有陶言，脑子里不受控制地无限循环着昨晚的梦境，尴尬到脚趾抓地。

最终，她不堪折磨，趁他们聊得正好的时候，偷偷从旁边溜走了。

第十二章 /
手链

陶言走到二楼露台，坐下后，才后知后觉地发觉自己将礼物也一同带了来。

手中的礼盒小巧精致，明明没什么重量，陶言却觉得手酸软得几乎要拿不住。

她将礼物放到桌上，苦大仇深地盯着，直至身后传来动静，她才惊醒一般回神。

"怎么跑这儿来了？"

陶言扭头，见温瑾正朝这边走来。

她下意识地扭头将礼盒往椅子后面藏，只是这动作刚一做完，她就僵住了。

温瑾走到她身旁，若有所思地打量她一番："你藏什么呢？"

陶言轻咳一声："没什么。"转而又问，"你怎么上来了？"

温瑾皮笑肉不笑地扯了扯唇角："我国庆假期的作业还没做完呢。"

陶言先是一愣："啊？"随即反应过来，没忍住笑，"噗——这样啊，那你加油。"

温瑾眼眸微眯，趁陶言不注意，胳膊一伸，就将她藏在椅子后面的礼盒抽了出来。

陶言眼眸瞪大，赶忙伸手，却只是徒劳，只能眼睁睁看着温瑾将礼盒拿到手上，恼怒道："哥！你干吗？"

看着手上的东西，温瑾疑惑地皱眉："你藏这个做什么？"

陶言脸色涨红，从椅子上站起来，一把将礼盒拿回来："你管我！"

"啧。"温瑾眼神复杂地看着她，几秒后，意有所指道，"我记得某人好像说过，大学不谈恋爱。"

她攥了攥手，咬牙道："下午四点的机票呢，快去赶你的假期作业吧！"

话落，温瑾却是一脸"看被我说中了"的无奈表情。

最终，他只摇了摇头，转身离开。

脚步声渐行渐远，陶言虚脱地瘫坐在椅子上，捂着脸，小声懊恼地抓狂："啊——蠢死得了。"

待脸上的温度降下，陶言的视线重新落回礼盒上。

她神情纠结，片刻后，终究还是伸手，将礼盒拆开了。

包装打开，小小的首饰盒里面，米白色的丝绒布上，摆放着一条带着粉色桃子形状的手链，质感晶莹剔透，在阳光下熠熠发光。

这条手链，不论是材质还是形状，都与陶言曾经拥有过却又遗失的那条手链几乎一模一样。

心神完全被手链吸引，她情不自禁地伸手，轻触上去。指腹传来冰凉的触感，她眼睫轻颤。

半晌，她才终于回过神来，抿了抿唇，小心翼翼地将手链收好。

不知江屿绥与温母他们聊了什么，等到中午吃饭的时候，几位长辈口中就只有对他的称赞了。

其中，温母对他格外热情。

似是怕他拘束，她还不住地用公筷给他夹菜："小江，尝尝这个，这个可是王姨的拿手菜。"

江屿绥："谢谢伯母，我自己来就好。"

温家没有食不言寝不语的规矩，大家东一句西一句地聊着，不知怎的，就聊到了学校上。

期间，是温母先开的头："我记得时茉外婆家是燕城的，那小江你也是燕城人？"

"嗯，算是。"江屿绥点头。

温母感叹："昨天听桃桃提起，你是和她一个高中的。燕城和榕城还是有点距离，怎么去那么远读书？"

作为桌上唯一一知道内情的人，听到温母这话，陶言下意识地抬眸。

桌上的气氛仍旧一片和乐，坐在她斜对面的江屿绥低垂着头，长长的眼睫遮住了眸中的情绪。

陶言捏着筷子的手紧了紧,目光转向温母,不待江屿绥开口,便转移话题:"舅妈,学长去年还是南省的高考状元呢。"

温母本就是随口一问,听着这话,注意力完全被转移了,只惊叹道:"这么厉害啊!"

陶言点头:"嗯,是呢。"

温奶奶不甘示弱:"咱们桃桃也厉害呢,是今年的高考状元。"

温爷爷故作平静:"当着客人的面呢,还是要谦虚一点。"

温父也加入了夸夸群:"这有什么好谦虚的,桃桃就是很厉害嘛。"

温母附和:"是了,咱们桃桃也是状元呢。"

一桌七个人,其中五个人都在夸。夸别人,陶言能赞同附和,但这夸奖到了自己头上,她就有些不好意思了。

她耳根泛起红,抿了抿唇,还没想好怎么接话,桌子另一端,刚才还沉默的人就温声开口。

他嗓音低沉,却透着不容置疑的坚定:"嗯,学妹确实很厉害。"

这下,陶言连脸上都染上了绯色。

好在温母很快转移了话题:"那小江你现在是住校还是走读?"

江屿绥认真地回答:"还是住校。学校离家比较远,不过在学校外面备了一处住处,有时会去那里住。"

温奶奶:"那还挺方便的。"

温母也点头:"确实。"转而又问,"那小江你什么时候回燕城?"

话落,江屿绥手微顿,不动声色地看了陶言一眼。不等任何人察觉,他目光转向温母,眉眼带笑,温声道:"这次来这边是出差,具体回去的时间还没确定,不过应该是收假那两天。"

被亲生父母找回后,江屿绥就开始慢慢接触家里边的产业了,现在正接手了一家小公司练手。

听了这回答,温母突然道:"那到时候说不定可以和桃桃一起回去。"

陶言下意识地抬眸,震惊地看向温母,嘴里还含着一块排骨,半边腮帮都鼓了起来。

侧对面,一眼便见到她表情的江屿绥唇角微不可察地扬起一抹弧度,忍俊不禁。

他轻咳一声,看向温母:"嗯,应该可以。"

而后,他目光转向陶言,深邃的眸子带着近乎可见的温柔,问:"学妹什么时候回学校，确定了吗？"

陶言为难地握紧了筷子，嘴里还含着一块排骨，她没法说话，只能摇头。

她鼓着腮帮，艰难地咀嚼着嘴里的食物，只想赶紧咽下去，然后开口。

只是，在她还在努力往下咽的时候，温母已经开口了："要是小江你不着急的话，可以等七号那天和桃桃一起走。"

江屿绥："如果学妹不介意的话，我没问题。"

话落，陶言一惊，差点噎住，拍了拍胸口，她慌忙拿起一旁的水杯往嘴里送。

一直用余光注视着的她的江屿绥最先发现，他下意识地放下筷子，站起身来，嗓音带着遮掩不住的焦急："桃……陶言，你没事吧？"

下一瞬，全桌人的目光都集中到陶言身上。

离她最近的温瑾轻轻拍了拍她的背，低声关切地问："怎么了？"

陶言摇摇头，缓过劲来后，道："没事，就是差点噎着了。"

温奶奶关心道："桃桃慢点吃呀，别着急。"

陶言点点头，见桌上人的目光还聚在她身上，尴尬得脸色发红，小声道："真的没事了。"

"没事就好。"温母松了口气，收回视线时，余光瞥到江屿绥，又想到刚才聊的话题，于是视线又回到陶言身上，"桃桃，七号那天和小江一起返校，你觉得怎么样？"

陶言僵硬地扯了扯嘴角，试探着婉拒："不太好吧，万一学长有事想早些回去呢？"

温母一想也是，刚想开口，就听江屿绥道："不会，我这边最快也要六号才能结束。"

温父本也不放心陶言一个人返校，闻言不由得点头："那时间倒是正正好。"

于是，全桌人的目光再次聚集到陶言的身上。

温母问："桃桃，你觉得呢？"

陶言只能笑着点头："我都可以。"

温母转向江屿绥："那到时候就麻烦小江了。"

江屿绥摇了摇头，温声道："不会。"

一顿饭，宾主尽欢。直到江屿绥离开后，温母还在不停感叹，说他是个知礼懂礼的好孩子。

最后,她还同陶言感叹:"这孩子实在是太客气了,还给每个人都准备了礼物。这样,我给时茉挑礼物的时候,也给小江备一份,桃桃,到时候你替我送给他,可以吗?"

对此,陶言也只能乖巧地应下:"好。"

当晚,陶言回到房间,无意间又看到床头放着的礼盒,平复下来的心情再次起伏。

她眼睫颤了颤,给张格格发消息:你还记得我以前那条桃子手链吗?

张格格:哪条?

张格格:小时候阿姨送你的生日礼物,后来不见了的那条吗?

紧攥着的手链的棱角处戳中掌心,传来轻微的刺痛,陶言敛眸:嗯。

张格格:记得呀,怎么了?

斟酌了片刻,陶言将手链拍照发给张格格。

张格格仔细端详了下照片,片刻后,不由得震惊回复:一模一样欸,不过这款手链不是早就停产了吗?你在哪里买到的?

陶言的目光重新落回到手链上,敛眉瞬息,她指尖微蜷:这条手链,是江屿绥送给我的。

她慢吞吞地解释:他今天替付姐姐给我哥送东西,来了外婆家,还给每个人都带了礼物。给我,就是这条手链。

张格格:江屿绥送的?怎么这么巧,他就送了你这条手链!

陶言默了默:……不知道。

张格格:你这条手链好像是高一下学期的时候掉的吧?

每年生日,陶言都会收到很多礼物,但那条手链比较特殊,是母亲温楠送的。温楠常年定居国外,陶言很少有机会与母亲相处,因此母亲送的每一份礼物,她都格外珍惜。

所以,对手链的意外遗失,她记得很清楚。

她眼睫微垂:嗯,高一下学期刚开学不久那会儿不见的,后来我们还把沿途经过的地方都找了一遍,但没有找到。

张格格:我想起来了。

张格格:所以江屿绥为什么会送你这样一个礼物?难道你不见的那条手链在他那里?

张格格:嘶——不敢细想,有点变态。

心绪不受控制地因张格格这话受到影响，陶言顿了顿，倏地摇头，像是想将脑子里那些不着边际又荒唐的猜测甩出一般。

她深深吐出一口气：还是别胡乱猜测了。

于是张格格没再提这茬，却还是忍不住道：我觉得，江屿绥真的喜欢你。

数不清这是张格格第几次这么说，之前陶言都会义正词严地反驳，可这次，莫名地，她没了反驳的底气。

她以前能找出各种理由与事实来证明江屿绥并不喜欢她，但最近两次的相处，江屿绥的所作所为，却让她真的很难不多想。

接下来几天，除了和温母出去买过一次礼物外，陶言几乎一直待在家里。

日子悠闲地过着，唯一困扰着她的，也不过是某些并不是很想收到的消息。

在那晚荒唐的梦过后，陶言又收到了梦境主角之一的消息。

那时她正悠闲地看着纪录片，手机突然振动了下，拿起一看，她面色倏地一僵。

言归于好：玩游戏吗？

在对方没发消息之前，陶言可以很好地忽略掉他，可此时一看到他的消息，那晚玩游戏时因他那句"谢礼"而生出的心塞感觉仿佛又卷土重来，一并袭来的，还有因那荒唐的梦境而生出的无措。

她迟疑着，最终还是将手机熄灭，无视了对方的消息。

只是，接下来几分钟，她也没能再看进去纪录片。

手机再次振动，她微顿，闭了闭眼，还是拿起手机。可这次的消息，却不是"言归于好"发来的。

江学长：睡了吗？

如果说刚才"言归于好"的消息令陶言无所适从，那么现在江屿绥的消息，也不遑多让。

不过，在看见江屿绥消息的那一霎，陶言却不止想到了那晚的梦，还想到了解开偷拍误会时，他问出那句不会再躲他时的语气，想到了下车时他故作委屈地问以后可不可以给她发消息时的神态，想到了那条熟悉的手链，想到了那晚餐桌上，他那句不容置疑的温声夸赞。

心跳突然乱了节拍，陶言的手不受控制地握紧。

对于游戏网友，陶言可以直接无视，甚至冷处理一段时间直接删好友。

但对于江屿绥，不可能用这种办法。

而且，疏远"言归于好"是因为对方有喜欢的人，可对江屿绥……她却没有这种顾虑。

况且，说不定江屿绥喜欢的人……是她。

想到这里，陶言呼吸一滞，像是被吓到了，倏地将手机扔开。

她脸色涨红，连带耳根和脖颈处也染上了绯色。

她双眸睁大，不可置信地想，她为什么会生出这种想法？为什么江屿绥就可以？

难道，她真的打从心底里希望江屿绥喜欢的人是她吗？难道，她同时对两个男人都生出了好感吗？

她神情震惊且困惑，半晌，只喃喃摇头："不可能，我怎么可能是这种渣女。"

她决定脱敏治疗，努力镇静下来后，迟缓地按着屏幕，给江屿绥回消息：还没呢，学长有事吗？

对方像是守着手机等着她的消息，消息刚一发出去，界面顶端就出现了"对方正在输入中"的字样。

不多时，收到回复。

江学长：就是想问问你，七号那天，是想上午走还是下午走？

陶言垂眸，整理着思绪：我都可以，看你哪个时间方便吧。

江学长：好，那我后面确定时间了再问你。

陶言简短地回复：嗯。

她自觉今晚的任务已经完成，于是想通过这种方式结束聊天。

也不知是不是这办法真的奏效了，江屿绥再回复过来的消息真的如她希望的那般。

江学长：好，早点休息，晚安。

陶言松了口气，礼貌地回复：晚安。

本以为冷处理就过去了，谁知第二天晚上，陶言再次收到消息。

言归于好：要玩游戏吗？

看着与昨天相差无几的消息，陶言心慌无措，只是最终，她还是坚定地贯彻了疏离政策，只当自己没看到这消息。

但心情却不受控制地受到了影响，她深呼吸了几下，特意没带手机，去了书房。

研墨提笔,陶言努力沉下心来,试图用这种方式平静心绪。

练了十几分钟,被路过书房的外公看到,他问:"桃桃,怎么这么晚还在书房?"

陶言搁下笔:"随便写写。"

外公走近,目光落上,随即摇头:"桃桃,你心不静。"

陶言笑意微僵,微顿后,坦诚道:"所以才来练字静静心嘛。"

"怎么了?"外公摆出促膝长谈的架势,"有什么烦心的事,说出来,外公帮你出出主意。"

"哎呀,没什么。"这种事陶言没法和长辈说,只能糊弄过去。

她打了个哈欠,将毛笔放到笔洗里,软声道:"好困,我不练了。外公,您也赶快回去休息吧。"

见她这一系列动作,外公只能无奈摇头:"唉——孙女大了,有秘密也不愿意同外公讲咯。"

陶言只乖巧地笑笑,嘴却一点不松:"您快休息吧,别熬夜,小心外婆又念叨您。"

外公故作生气,哼了一声转身背着手就往书房外走,嘴里还嘟囔着:"真是越大越不可爱了。"

陶言无奈地摇头,将书桌收拾好,也回了房间。洗漱好躺床上,她才终于拿起手机。

近一小时没看,微信又多出了两条消息,第一条消息在五十分钟前。

江学长:我们七号下午回学校,可以吗?

第二条消息,在四十分钟前。

江学长:睡了吗?

陶言下意识地点开聊天框,指腹刚落在屏幕上,又无声顿住。

她眼睫微垂,半分钟后,还是按灭了屏幕。

直到第二天早上九点多,陶言才回复:抱歉学长,昨晚睡得比较早,没看到你的消息。

消息发过去不过半分钟,对方便给了回复。

江学长:没事。

江学长:我们七号下午返校,好吗?

陶言没什么意见:好。

她回复完,正打算退出微信,去看看七号那天有哪些时间段的票,江屿绥就又发来消息。

江学长：你的身份证号发我一下，我正好把票一起买了。

陶言微顿，随即赶忙拒绝：不用麻烦了，我自己买票就好。

江学长：没事，我正好就一块儿买了，不麻烦。

陶言攥着手，斟酌着要怎么拒绝。

江学长：还是说学妹信不过我，怕我利用你的身份信息去做违法的事？

看到这话，陶言来不及想别的，只忙不迭解释：没有没有，我自然是信得过学长的。

江学长：既然这样，那麻烦学妹把身份证号发一下。

顿了两秒，下一条消息紧跟着发来。

江学长：快，等会儿没票了。

稀里糊涂地，陶言就这么把身份证号发给了江屿绥。

没一会儿，江屿绥发来一张买票信息的截图，是七号下午三点半的机票：买好了，七号下午我来接你，我们一起去机场。

陶言默了默，最后回：好，麻烦学长了。

江学长：不麻烦。

陶言接连两天都无视了"言归于好"的消息，等到第三天，对方再迟钝也意识到了不对劲。

于是，六号那天中午，陶言再次收到对方的消息。

言归于好：桃子，你没什么事吧？

看到消息，陶言怔了怔，随即反应过来，也许是这几天没回消息让对方误会了什么。沉默瞬息，她终究还是回复：没事。

那……我是不是，什么时候惹你不开心了？

不知为何，这条消息令陶言有种莫名的熟悉感。还不待细想，对方的消息接着发来：你怎么这几天都不理我？

也许是这两天的冷处理让陶言想通了，又或许是因为这几天的思绪大多时候被另一人所占据，现在再看到他的消息，她已经没了之前那种无措慌乱。

只是，坚定远离对方的心还是没变。

她想了想，用指腹轻按屏幕：没有，只是这两天比较忙，没时间玩游戏。

不知道对方信没信她这说辞，界面安静了片刻后，消息再次发来：那等你空了，我们再约，可以吗？

没有质疑,没有追问,甚至没有表露出任何不悦,而是相安无事地,又问出了这么一句话。

陶言心里后知后觉地生出了些许歉意。

只是愧疚后,又转念一想,也许正是因为对他来说,她只是一个不太重要的游戏搭子,所以他仅在两次消息得不到回复时会出于人道主义关心问候一下,在得到她敷衍的回复后,也没有深究到底,甚至不会觉得哪里不对劲。

想到这点,陶言松了口气的同时,又不免觉得心里别扭不是滋味。

只是那点不甚明显的情绪转瞬即逝,在陶言的刻意回避和忽略下,甚至未曾在心里荡起丝毫涟漪。

她仍旧决定要远离对方,于是眼睫微敛,只礼貌且简短地回:嗯,我先去忙了。

这次聊过后,对方没再找过陶言。

期间,江屿绥偶尔会给陶言发消息。七号下午,江屿绥驱车来到温家。

陶言的行李上午便收拾好了,除了公司有事要忙的温父,一家人全部出动将她送到门口,叮咛嘱咐一通后,才放两人离开。

在陶言上车后,江屿绥先转向站在车旁的温家长辈,谦虚礼貌地应:"温爷爷、温奶奶、伯母,你们放心,我会照顾好学妹的。"

温奶奶的声音慈缓和蔼:"麻烦你了,小江。"

江屿绥:"不麻烦,应该的。"

靠着车窗的陶言听着几人的对话,小声在心里吐槽,她哪里需要人照顾,要不是外婆他们不放心,她自己一个人返校也是可以的。

几人没聊两句,温母就结束了对话:"好了,我们也不耽搁你们了。"她看着两人,最后叮嘱,"路上注意安全,落地了记得发消息。"

江屿绥点头:"好的,伯母。"

陶言也探头应:"知道的,舅妈,你们放心吧。"

绕过车尾,江屿绥从另一边上车。

车门打开,旁边坐下一人,刚才还觉得宽大的车厢似乎突然间变得逼仄,陶言不由得有些紧张。

她刻意扭头,看着窗外的温母等人,没看旁边才坐进来的人一眼。

两秒后,她听到身侧的人对司机开口:"走吧。"

话落,车子随即启动。

陶言朝车窗外的人摆手,乖巧地道别:"那我走咯,外公、外婆、舅妈,拜拜。"

话音刚落，身后突兀地感到一抹热源，她脊背一僵。

而后，低沉磁性的嗓音在耳边响起："温爷爷、温奶奶、伯母，再见。"

他灼热的吐息似乎就洒在颈侧，陶言一动不敢动，脖颈连着脊背都泛起一阵酥麻痒意。

她神经都紧紧绷起，视线无处可落地放在搭在车窗的手上，小臂上不知何时起了一层鸡皮疙瘩。

恍惚间，车窗外的人又说了些什么，可她完全没能听清，直到身后那人撤离，她才松了口气，恍然回神。

但她依旧没敢抬眼看他，目光落在车窗外，仿佛外边早就看过无数遍的景色格外吸引人，直到手机突兀地振动了下。

张格格：出发了吗？

陶言垂眸，认真看手机：嗯。

张格格：江屿绥来接的你？

陶言咽了咽口水，余光不受控制地落在了车厢另一侧的人身上。

许是才从什么重要的场合离开，男人身上的正装还没换下，头发梳在脑后，露出光洁的额头，只有几缕发丝落在额前，冷峻矜贵中意外透出一丝不羁的性感。

他将西装外套脱下，身上穿着笔挺的白衬衫，袖子挽到手肘处，懒散地靠在椅背上，腿上放着笔记本电脑，骨节分明的修长手指不时在键盘上敲几下，腕骨突出。

意识到自己在看什么，似是被烫到了一般，陶言倏地将视线收回。她下意识地往车窗的方向侧了侧身，拿着的手机也刻意往同方向偏了偏。

心脏还胡乱跳着，她缓缓呼出一口气，轻按屏幕：对，已经在路上了。

张格格：三个多小时的独处时间呢，机会难得，要不试探一下？

悬在屏幕上方的手迟疑地顿住，她下意识地想往身旁看，又硬生生克制住了侧目的欲望。

她慢慢地敲屏幕：还是算了。

张格格：试探一下又不吃亏。

陶言敛眸，心想，不管试探出什么结果，好像都不太好。若是误会一场，只会徒惹尴尬；若真试探出了什么……貌似只会更尴尬。

更何况，她现在还隐约觉得自己对另一个没见过面的网友有好感，在还没理清之前，还是不要自找烦恼了。

于是，她重复：还是算了。

她组织着措辞，和张格格说了下她的顾虑，聊天聊得入神，丝毫没注意到，身侧的人不知何时已经停下了手上的动作，将笔记本电脑合上放下了。

做好项目收尾工作，江屿绥抬手揉了揉眉心，不动声色地侧眸看向身旁从上车开始一直很安静的女孩。

她眼眸专注地落在手机上，细白的手指轻触屏幕，手背隐约可见青色的脉络。

喉间泛起细微的痒意，江屿绥低咳一声。

突兀响起的声音打破了车内的宁静，陶言像是被这声音惊到了一般，整个人哆嗦了下，虽说动静很小很轻微，却没能逃过一直暗戳戳关注着她的人的眼睛。

江屿绥眸中划过一抹懊恼，喉结滑动，嗓音低柔："抱歉，吓到你了吗？"

陶言下意识地按灭手机，转头。迎上江屿绥的目光，她眼睫颤了颤，说："没有。"

本以为简单回复后，两人间的交流就会停止，却不料顷刻后，江屿绥又接着道："礼物我很喜欢。"

"啊？"陶言蒙了下，才反应过来，他说的应该是之前温母送给他的那个礼物。

一枚袖扣，是温母和陶言一起挑的。当然，陶言的作用不大，她只是在温母询问意见的时候，点了头，说了句"我觉得好看"。

陶言下意识地弯了弯唇，客气道："喜欢就好。"

"嗯。"顿了顿，江屿绥薄唇轻启，"很喜欢。"

空气似乎都因这话凝滞了些许，陶言迟疑着，还没想好要怎么接，身侧的人又再次开口。

男人嗓音暗哑，莫名惑人："那条手链，你喜欢吗？"

陶言侧目，猝不及防地撞进一双深邃的眸中，漆黑的眸底情绪莫名，令人无从辨别。

她怔了怔，下意识地移开视线，指尖微蜷，低声应："喜欢的。"

而后，车厢内又安静下来。

女孩眼睫低垂，侧颜恬静，细白手指无意识地搅着。江屿绥指骨微蜷了蜷，不动声色地问："和以前那条比呢？有区别吗？"

来不及细想这话背后的意思，陶言嘴比脑子快，凭着本能回答："几乎一模一样，没什么区别。"

话落，反应过来，陶言蓦地抬眸，满目愕然。

却见身旁的人神情自若，只一双漆黑的眸一瞬不瞬地看着她，晦暗不明。

陶言微滞，想着话题都递到嘴边了，不问一下也太奇怪了。于是，她轻咳了下，迟疑地问："你怎么知道，我以前有条差不多的手链？"

江屿绥神色不变，片刻后，只缓声道："以前见过。"

陶言怔了怔，没多问："哦。"

干巴巴地落下这一个字，车内重新安静下来。

须臾，江屿绥垂下眼睑，喉结滚动："喜欢就好。"

之后的车程，陶言谨慎地没再开口，江屿绥不知在想什么，也一直沉默。

第十三章 /
欺骗

直到上了飞机,为了避免尴尬,陶言索性闭眼假寐,却不想,真睡着了。

一旁,回完助理消息的江屿绥再一侧目,看到的便是女孩恬静的睡颜。

女孩的脑袋偏向窗户,他只能看到她的侧脸,长而卷翘的睫毛安静地垂下,在眼睑下方落下一扇阴影。

江屿绥迟疑了下,低低唤了声:"陶言?"

回应他的,只有女孩浅浅的呼吸声。

他眸色一暗,默不作声地看着女孩,眼眸再没转动一下。

少顷,许是觉得窗外的光亮得晃眼,女孩下意识地转回了头。

恬静的睡颜毫无遮掩地映入眼帘,她安静地闭着眼,瓷白的双颊泛着淡淡的红,睡着后更显乖巧。

飞机轰鸣声夹杂着嘈杂的低语交谈,两人周围却好似有一层结界,将周遭一切隔绝开来。

江屿绥指尖微动了下,却不知想到什么,又无声地顿住。

直到女孩脑袋缓缓下滑,似是要往这边倒。

他喉结滚动了下,状似无意地往女孩那边挪了挪,两秒后,最终还是抬起手。

他薄唇微抿,骨节分明的手轻轻搭在女孩的脑袋上,不动声色地引导着她,在她因为无力支撑往这边靠的时候,顺势将肩膀送了过去。

肩上一重,温热的触感透过薄薄的衬衫传来,江屿绥心尖一滞,失神般,目光直直地落在女孩脸上。

良久,直到女孩动了下,他才恍然回神。

她指尖微蜷，缓缓收回手，只是在离开的前一瞬，没忍住顺着女孩发丝的方向，轻轻地抚了抚。

却不料，会有一缕发丝缠在他手上，被他带着往前，落在了女孩脸侧。

突然落下的发丝让睡梦中的女孩察觉到痒意，于是，闭着眼睛的女孩下意识地抬手，胡乱在脸上挠了挠。

猝不及防的动作令江屿绥呼吸一窒，近乎落荒而逃，倏地收回手，规矩得连视线都不敢再往女孩身上落。

直到身侧的人安静下来，他才缓缓地吐出一口气，目光重新落到女孩脸上。

那缕发丝被胡乱抓了一通，松松地散在脸上，随着她浅浅的呼吸，又在脸颊来回扫动。

睡梦中被扰了清静，女孩秀气的眉头微微蹙起。

江屿绥垂眸看着，墨色的眸中情绪难辨。

片刻后，他微启唇，声音低不可闻："对不起……这样是不是不舒服？我帮你把头发拨开，好不好？"

他的嗓音低且柔，连带一贯冷峻的神情也变得柔和。久久等不到女孩的回应，他的唇角扬起一抹微不可察的弧度，眸中也带着笑意："你不说话，我就当你同意了哦，陶……桃桃。"

最后两个字，近乎于唇间的呢喃，连他自己都没太能听清，却不妨碍在这两个字出口时，他眼眸躲闪，耳根都泛起一抹绯色。

他心尖泛起丝丝甜意，咽了咽喉，而后，抬起手，修长的手指落在女孩脸侧。

他轻轻地捻起那缕发丝，连呼吸都放缓，动作轻柔地将发丝别到了女孩耳后。

期间，他的指腹擦过女孩白皙软嫩的脸颊。异样的触感令他微顿，相触的那块肌肤仿佛跟着发了热，顺着血液流动的方向一路烫到了心尖上。

江屿绥克制地收回手，指腹轻轻捻了捻。

女孩就靠在他肩上，浅浅的呼吸洒在颈侧，脖颈上那块肌肤仿佛也跟着发烫，直至脊背也生出酥麻的痒意。

喉间莫名感到一阵干渴，江屿绥眼眸微暗，到底没能压抑住心间卑劣的妄念，他缓缓低垂下头。

鼻翼间闻到一阵淡淡的馨香，江屿绥闭了闭眼，小心翼翼地，像是怕惊扰了什么一般，近乎虔诚地、缓慢地将脸颊贴在了女孩的发丝上。

仿佛对待什么易碎的珍宝，他贴着女孩的发丝，轻轻蹭了蹭。

直至身后传来高跟鞋轻触地面的声响，他才如梦初醒。

而后，意识到自己做了什么，他骨节分明的手无声攥紧，手背青筋鼓起，昭示着主人心情的起伏。

逃避一般，他不敢再看女孩，移开视线，不期然间看到了从身后走近的空姐。

他声音放轻："你好，麻烦拿一条毛毯。"

空姐："好的，先生。"

少顷，空姐走了回来："先生，您要的毛毯。"

江屿绥声音依旧压得很低："谢谢。"

他将毛毯展开，小心翼翼地盖在女孩身上，而后克制地收回手，只一双眸，仍旧凝在她身上。

时间飞逝，盯着女孩看了两个多小时的江屿绥在飞机即将落地前，终于舍得收回视线。

看着女孩微微颤动的睫毛，他指尖微动，随即靠在椅背上，合上眼皮。

机舱内原本偶尔响起的低声交谈因即将落地突然变得嘈杂起来，陶言秀气的眉心微蹙，缓缓睁眼。

缓了几秒，她清醒过来，随即意识到这不对劲的姿势，蓦地一僵。她颤颤抬眸，入目是男人修长的脖颈，以及凸起的喉结，视线再往上，看到男人闭着的双眸。

倒吸一口凉气，她小心翼翼地从男人肩上离开。

待到坐直，她才缓缓吐出一口气。

察觉到女孩缓慢离开的动作，江屿绥心间一空，下意识生出了些许不舍的情绪。他克制地蜷了蜷手，喉间咽了咽，也缓缓睁开眼。

他抬手揉了揉眉心，侧眸，看向身侧的女孩，嗓音低沉喑哑："醒了，马上落地了。"

陶言神情僵了僵。勉强恢复镇静后，她轻声应："嗯。"

她指尖微蜷，察觉到柔软温热的触感，眼眸垂下，看到腿上的毛毯，低声问："这条毛毯，是学长给我盖的吗？"

江屿绥："嗯。空调温度低，万一着凉了就不好了。"

"哦。"陶言干巴巴地应了声，又察觉到这回一个字不大礼貌，于是尴尬地继续，"谢谢学长。"

"没事。"江屿绥抬腕看了眼时间，侧眸问，"晚上想吃什么？"

话音落下的同时，恰好飞机下降，耳边响起剧烈的轰鸣声。

周遭声音嘈杂，陶言看到江屿绥薄唇张合了下，却没能听清他在说什么。待这阵声响过后，她稍稍提了点音调："不好意思，没太听清……你刚刚说什么？"

下一瞬，陶言呼吸一窒。

男人突然俯身凑近，灼热的呼吸洒在耳侧，滚烫一片："晚上想吃什么？"

他嗓音低哑，像是耳边的呢喃，湿热的气息拂过她的耳郭，酥麻烫痒。

难耐的感觉令陶言控制不住地缩了缩脖子。几乎是瞬间，她耳根就变得通红，连带脖颈也染上一层绯色。

见那瓷白的肌肤被寸寸染红，江屿绥眼眸暗沉，喉咙克制地咽了咽。他稍稍往后撤了点距离，却没舍得离太远。

陶言张了张唇："我——"

刚开口，被莫名变得低软的嗓音吓了一跳，她蓦地闭上嘴。

她手指攥紧，克制着，不动声色地往后仰了仰，直至两人间的距离被拉开，才如释重负地舒了口气。

她轻咳了一声，提高声音："我还不饿。"

江屿绥心里失落了一瞬，面上神情却不变，不急不缓地道："我饿了。"

他揉了揉胃，垂眸看着她，眉眼耷拉下来："中午太忙了，只随便吃了点面包垫了垫。"

有那么一瞬间，陶言几乎觉得身旁的人是在故意装可怜。

可当视线触及他微微泛白的嘴唇，以及已经带了些许褶皱的白衬衫，想拒绝的话堵在了嗓子眼，陶言眼睫微垂，又抬起，最后只是道："那……那看你想吃什么？"

江屿绥一边暗自责备自己不择手段哄骗女孩，一边又忍不住因她的态度感到欢欣，心软得一塌糊涂。他眼底划过不甚明显的笑意，目光灼灼地看着她："火锅怎么样？"

"啊？"陶言微怔。

江屿绥唇角带着笑意："我们去吃火锅吧。"

陶言已经很久没吃过火锅了，听着这话，不可避免地生出了几分馋意。随即又因为这话想到了上次在飞机上时，她因为火锅回忆起醉酒后的社死场面。

她面色僵了僵。但误会已经解开,她又很快将情绪调整回来。

于是,只剩下馋意。

她点头的动作莫名乖巧:"好啊。"

唇边的笑意被克制地敛下,江屿绥轻声应:"那就吃火锅。"

说话间,飞机平稳落地,两人离开机舱,走过廊桥。

两人行李箱都是江屿绥拿着的,陶言手上只有一个没装什么东西的小挎包。看着他左手的绿色行李箱,她不好意思地挠了挠脸:"行李箱我自己拿吧。"

说着,她伸手想要接过行李箱。

像是早早察觉了她的意图,江屿绥左手往右一偏,小臂肌肉线条干净利落,行李箱跟着往右滑了一段距离,到了一个除非陶言追过去,否则怎么也够不到的地方。

他漫不经心地启唇:"没事,就几步路。"

她无奈地收回手。争不过对方,陶言只能看着江屿绥拿着与他格格不入的行李箱脚步不停地往出口走。

男人身姿颀长,修长挺拔,他一手拿着一个行李箱,却并不显局促,肩宽腰窄,迈步的姿态从容。

陶言三步并作两步走到他身旁,局促地道谢:"那,谢谢学长。"

江屿绥的嗓音不疾不徐,语调沉稳妥帖:"不用谢。"

助理早早就将车开到了机场,待见到江屿绥,便迎了上来,一边将钥匙给他,一边伸手要接过行李箱。

江屿绥顺势将右手的灰色行李箱给了助理,而后,拿着绿色行李箱往车后备厢走。

只拿到一个行李箱的助理愣了愣,又看到江屿绥手中那个风格软萌清新的行李箱,震惊地嘴微张,视线一转,注意到站在一旁的陶言,眼眸诧异地瞪大。

随即,他恍然,只在心里轻"啧"了下。

察觉到助理目光的陶言囧了囧,不由得有些脸红,只能强装镇定地移开视线,假装认真地看风景。

将行李箱仔细地放进后备厢,江屿绥转身走到副驾驶位,拉开车门,转向陶言:"陶言,上车。"

"噢。"陶言应了声,乖巧地上前。

待女孩坐好,江屿绥轻轻将车门关上,转向助理:"麻烦了,自己打车回去吧,车费报销。"

助理的视线隐晦地扫过副驾驶位,只看到漆黑反光的防窥车窗,他忙不迭地点头:"好的老板。"

江屿绥微微颔首,绕过车头,拉开驾驶位的车门。

见他坐上来后就启动车子准备离开,陶言诧异地往后看:"助理哥哥不一起走吗?"

女孩嗓音温软,但其中的两个字却令江屿绥微顿,视线掠过后视镜中的助理,他转向陶言:"他叫杨博。"

陶言微愣:"嗯?"

见她一脸蒙,江屿绥微顿,心中刚生出的莫名酸意无奈消散。他失笑地摇头:"没什么,他自己打车回去,我们也不顺路。"

陶言:"哦,这样啊。"

"嗯。"江屿绥应声,松了刹车。

车辆缓缓启动,江屿绥将手机扔给陶言。

熟悉的黑色手机被扔进怀中,陶言眼眸微眯,声音因为愕然而有些磕巴:"怎、怎么了?"

"导一下航。"江屿绥看着前方的路段,随意报出一串数字,"密码是190420。"

见他如此随意地说出密码,陶言震惊得嘴都快要合不上了。

她为难地看着手机,像拿着个烫手山芋:"这……学长,你这么随意就把密码告诉别人,不、不太好吧?"

江屿绥侧眸,唇角扬起一抹微不可察的弧度,磁沉的嗓音随意散漫:"你不是别人。"

陶言无语,她的重点是这个吗?

她面露难色,不知该摆出什么表情,最后只能勉强道:"也、也不是这个意思……"

"嗯,我明白你的意思。"江屿绥实在没忍住,低笑出声,他没再逗她,"就算你知道了我的手机密码,也会干坏事的,对吗?"

陶言默了默,好心提醒:"防人之心不可无。"

"好,听你的。"江屿绥点头,缓声地应下,又示意,"快导一下吧,等会儿我不认识路了。"

陶言噎了噎,见马上要驶出机场范围,只能垂首恨恨地按着屏幕,像是要透过屏幕戳到某人的身上一样。

点进导航系统,她扭头问:"导哪里?"

江屿绥温声道:"学校就好。我们在学校周围找个火锅店,可以吗?"

"好。"陶言没什么意见,认真地输入学校的地址。

女孩垂首的姿态十分乖巧,腮边有一抹淡淡的红晕,江屿绥余光看到,指尖莫名发痒。

他食指轻敲了敲,状似无意地开口:"袁岳前两天说要聚餐。"

刚把地址敲完,陶言一边按屏幕,一边低声应:"嗯。"

手机连着蓝牙,刚一点进路线,车内就响起了导航的机械语音。

陶言将手机熄屏,细心地放好,接着道:"国庆放假前袁学长也跟我说了。"

她应完这话,突然想到,好像不管是企鹅还是微信的老乡群,都没有江屿绥在。看了眼正专心开车的人,她迟疑地问:"你好像没有在老乡群里欸。"

"嗯。"江屿绥淡声应,解释道,"原本之前是在的,后来嫌麻烦,就退了。"

陶言不是很明白这个麻烦具体指什么:"啊?"

江屿绥失笑,故作苦恼:"因为太多不认识的人通过群来加好友,还有些看热闹不嫌事大的总是在群里点我。"

不可避免地,陶言也想到她企鹅和微信后台那一串陌生的好友申请,煞有介事地点点头,附和:"确实麻烦。"

话落,江屿绥的视线若有似无地扫过她,意味不明道:"看来,学妹也是很感同身受了。"

临近七点,到达火锅店。

江屿绥知道陶言不太能吃辛辣刺激的食物,于是问:"鸳鸯锅?"嗓音温和,询问的语气并不让人反感。

陶言点头:"好。"

两人有商有量地点好菜,锅底是菌汤锅和一个微辣的牛油锅底。

许久没吃火锅,陶言馋得不行,一时没了节制,连着夹了好几次红锅里的菜,虽然是微辣,但没吃几口,双唇也被辣得绯红。

她喝了口酸梅汁，小口吸着气缓解辣意。下一刻，碗里突然多了一块烫好的毛肚。

毛肚在菌汤锅中烫好，江屿绥嗓音低沉："红锅尝尝味道就好，若是等会儿难受那就是我的罪过了。"

闻言，陶言本就因被辣到而微微泛红的脸更是"唰"地红得彻底。

尴尬到脚趾抓地，她攥着筷子的手紧了紧，抬眸迎上江屿绥温和的目光，眼睫颤了颤，最后小声道："谢谢。"然后便垂头将那块毛肚塞进嘴里。

江屿绥应了声，将剩下的菜一一放进菌汤锅里。

陶言见状赧然："也、也不用全放到菌汤锅里。"她顿了顿，不大好意思，"我也不是那么……不、不节制的。"

"我不是这个意思。"江屿绥失笑，认真地解释，"只是菌汤锅味道确实不错，况且——"

他停顿片刻，嗓音含笑："总不好让你看着我一个人吃红锅。"

陶言掩饰般喝了口酸梅汁，莫名底气不足："那、那也没有委屈你迁就我的道理。"

江屿绥的嗓音一贯低沉柔和："不委屈，我愿意的。"

话落，陶言心尖一滞，刚咽下的那口酸梅汁从食道流进胃里，仿佛一并流经心脏，酸涩中带着回甘，连带心间也酸涩与甘甜交织。

一顿饭吃完，已经临近八点。

江屿绥开车将陶言送到宿舍楼下，从后备厢拿出行李箱。

陶言接过道谢："谢谢学长，那我先上去了。"

"嗯。"江屿绥应了声，眉眼柔和，"累了一天，回去早点休息。"

陶言乖巧地点头："学长也是，早些休息。"

说着，她指了指身后，示意："那我就走啦，再见。"

江屿绥喉结滚动了下："嗯。"

返校后的日子没什么变化，如果说有什么不一样的地方，大概就是以往好友列表里安静的某人不再沉默。

A大真的很大，返校后，陶言和江屿绥没怎么见过面，却每天都会聊几句。

周三晚，陶言和张格格一起玩游戏。

两人上线，等待唐琛禹的时候，不太意外地收到了另一条入队申请。

看着屏幕右侧弹出的系统消息，陶言指尖微顿，还未来得及有动作，便听张格格问:"要接受吗?"

显然是还记得之前陶言和她说的那些话,因此没有直接接受。

陶言沉默了一瞬,摇头:"不要。"

张格格没多说什么:"行。"随即,毫不留情地点了拒绝。

安静了没多大一会儿,系统消息却再次弹出,对方再次申请入队。

张格格:"这……他不会以为刚才是我们手误吧?"

陶言抿了抿唇,低声道:"……有可能。"她说着,放在屏幕外侧的手指微动,毫不犹豫地按下了拒绝。

她拒绝得不留一丝余地,却不知,与此同时,手机的另一端——江屿绥看着屏幕上弹出的系统消息,指尖微滞,半垂的眸晦暗。

连着两次被拒绝,他再没办法自我安慰第一次是对面误点。

他神情冷寂,沉默地看着手机,指腹悬在屏幕上方,停滞了许久。半响,他指腹落下,还是点开了企鹅图标。

点开熟悉的聊天框,上次的聊天记录映入眼帘,江屿绥喉间滚动了下,迟疑着敲下:在玩游戏吗?

正在游戏中的人看到屏幕顶端弹出的消息,指尖一错,耳机里炸出一声剧烈的响。

张格格一惊:"怎么了?"

陶言猛地回神:"走火了。"

她敛眸,指腹在屏幕顶端划了下,直接无视了这条消息,只是暗暗想,再冷一段时间应该就可以删好友了。

一直没等到回复,书桌前的男人心中生出了些惶惑不安,前几次被女孩无视的经历不由控制地浮现在眼前。

他几乎有些控制不住地胡思乱想,甚至猜测,会不会是她已经发现了他的身份。

这念头一出来,心中像是猛地砸进了一块石头,钝痛后便只余空落落的不知所措。

江屿绥喉间发涩,随即又否定。毕竟前几次女孩不曾回复他企鹅消息时,微信上还是正常的态度。

想到这儿,他紧了紧手,点开微信。

游戏进行到一半,心不静的陶言被淘汰。她观战着张格格的视角,直到屏幕顶端再次弹出消息。

江学长：周五晚上有安排吗？

陶言敛下思绪，没有多想：没有，怎么了？

发过去的消息几乎是秒回，江屿绥薄唇紧抿，心中乱成一团麻。

他想不明白，在另一边，他究竟是何时惹了女孩不开心，却也知道这个问题根本没办法问出结果。

只是这时，他恍然意识到，他是怕的，怕她生气，怕她不理他，而他甚至不敢问她理由。

他的怕来源于他的不诚恳，来源于他的欺骗，来源于他在她那里的两个"身份"。

江屿绥的心沉了沉，他想，他不能也不愿再欺骗她了。只是……应该怎么坦白。

另一边，全然不知江屿绥心中想法的陶言还无知无觉地等待着他的回复。

江学长：聚餐安排在了周五。

江学长：周五那天一起去饭店，可以吗？

江学长：我有点事想跟你说。

陶言呼吸微顿，迟疑地敲下：什么事啊？

江学长：周五告诉你。

手指悬在屏幕上方，陶言缓缓吐出一口气，最后只是回：好。

因着江屿绥这几句话，直到周五，陶言只要一闲下来，就免不了胡思乱想。

她苦恼地和张格格倾诉："你说他到底要说什么事啊？"

张格格猜测："表白！肯定是表白！"

也这样想过，所以导致魂不守舍的陶言艰涩开口："还是别了吧……"顿了顿，又不确定，"应该不会吧。"

"你到底怎么想的嘛。"张格格问，"如果真表白了，要答应吗？"

陶言下意识地不愿深想："不一定是表白呢，这个假设毫无意义。"

"怎么就没有意义了。"张格格反驳，"要是他真表白了呢？"

陶言的思绪不受控制地开始发散，她沉默着没回答。张格格不知想到了什么，突然问："你不会还喜欢那个'言归于好'吧？"

陶言猛地一惊："怎么可能！"

不可否认，她之前确实因"言归于好"受到了影响，甚至怀疑过自己是渣女，因此深受良心的谴责。但自从她决定割舍，没再同他一起玩游戏，并且……被江屿绥占据了大部分思绪后,她想起对方的时间便越来越少,再看到对方发来的消息时,也没了之前的心慌意乱。

陶言抿了抿唇:"我才不是那种会同时喜欢两个人的渣渣,我等会儿就去把他好友删了。"

话落,她自己还没反应过来这话里的意思,张格格便激动出声:"喜欢?"

陶言被张格格兴奋的声音震得发蒙,又听她接着道:"你说了喜欢!你还说你不会同时喜欢两个人!除了'言归于好',那就不是江屿绥了吗!"

张格格有理有据地分析,最后激动地下结论:"你现在承认了吧!你就是喜欢他!"

这次倾诉,没能让陶言平静下来,反而令她更加忐忑。

导致周五在等待和江屿绥碰面的间隙,她坐立难安到甚至想直接反悔一个人先走。

不知道是不是上天听到了她的心声,最后一节课下课后,她收到江屿绥发来的消息。

江学长:不好意思,临时有点事,你先去吧,我可能会晚点到。

看见消息的那一刹,陶言下意识地松了口气,只是迟疑片刻,还是没忍住问:那学长你要说的事?

江学长:晚上聚餐后再说吧。

一边想着早死早超生,一边又想着能拖一刻是一刻,纠结片刻后,陶言还是没多问。

聚餐地点在学校东门外的一家私房菜馆,人不算少,订了个大包厢,一共四桌。

陶言到的时候,大多数人已经到了。包厢里不算安静,到场的人已经热络地聊了起来。

正想找个位置坐下,突然听到有人叫她的名字,抬眸看过去,是袁岳。

陶言脸上扬起笑,迈步过去,被他招呼着坐在了旁边的位置。

袁岳笑着解释:"还有些人没到,咱们得先等等。"随即又问,"喝点什么?"

人没到齐,所以并未上菜,不过每人面前都已经点好了喝的。

陶言不挑:"椰汁就好。"

袁岳便从一旁拿了一罐椰汁放到她面前。

陶言接过道谢:"谢谢学长。"

袁岳张口想要说点什么的时候，坐在另一侧的男生突然开口："死了死了！"

注意力被转走，袁岳垂眸看了眼放在桌上的手机，屏幕正好显示出游戏结束的字样。他笑了声，戏谑："老王你不行啊。"

男生不服气，乐道："你行你咋开局就死了。"

两人斗了几句嘴。准备再开局的时候，袁岳扭头问陶言："小陶学妹，要一起玩两局吗？"

陶言正小口喝着椰汁："什么游戏？"

"吃鸡。"袁岳扬了扬手机，"还要等会儿才上菜，干等着也没意思。"

就在准备答应的前一秒，陶言想到了自己那糟糕的操作技术，微滞了下。她摇头婉拒："不了，我不太会玩。"

袁岳打趣："都是超级王牌二星了，还叫不会玩？"

陶言愣了愣，想到两人加了好友，因此袁岳可以看到她的段位信息。

她游戏中的段位是超级王牌不假，但这段位……百分之九十都是靠"言归于好"带上去的。

实在不好用"菜"到不忍直视的技术去坑人，她略有些尴尬地解释："段位全是靠别人带的，我真的很'菜'。"

谁知听到这话，袁岳却意味不明地笑："哦，有人带啊……"

陶言莫名觉得有些奇怪，她迟疑着，还没开口，又听袁岳揶揄道："和'别人'玩了那么久，技术还没进步吗？"

陶言微蒙："啊？"

袁岳打趣："也是，肯定是江屿绥全程保驾护航，哪里需要你亲自动手杀敌。"

这句话每个字陶言都能听懂，但连在一起，却很难理解是什么意思。又或者说……她不敢深思这话里的意思。

她脑袋里一片空白，心中的不解疑惑越发深，心跳似乎都慢了几拍。她眼睫颤了颤，迟疑地问："……什么意思？"

她心中忐忑，但面上神情却没多大变化，因此袁岳并未察觉不对。

他嘴唇刚张，一旁的男生捕捉到关键词，激动地开口："绥哥那技术，找他玩游戏都得预约，还是小陶学妹有面子！"

袁岳挑眉看男生一眼，轻轻"啧"一声："人家小陶学妹是什么身份，你是什么身份？有点自知之明好吗？"

"说的是,是我太不自量力了。"男生转眼看向陶言,善意地打趣,"小陶学妹,一起玩两局嘛,这样四舍五入,我也是和绥哥组过队的人了。"

话到这里,陶言再怎么迟钝,再怎么自欺欺人,也意识到了不对劲。她掐了掐掌心,心乱如麻,思绪却前所未有的清明。

她强自镇定下来,若无其事地开口:"你们玩的企鹅区,还是微信区?"

袁岳:"都玩,现在玩的企鹅区。"

陶言咽了咽喉:"江学长他,还玩微信区吗?"

袁岳:"以前玩,最近不怎么玩了,毕竟小陶学妹玩企鹅区嘛。"

陶言垂下眼,遮住眸中的神色,状似随意地问:"那他微信区的 ID,也是'言归于好'吗?"

问出这话的那瞬间,周遭所有声音好似都被隔绝在外,只余身侧人的回答,一字不漏地传进耳中。

"之前是,不过前段时间已经改了。"

像是等待着审判,直到清朗的嗓音响起,悬在头顶的铡刀终于毫无悬念地落下,耳边好似响起剧烈的轰鸣,脑袋一片混沌,心跳却倏地变得又重又急。

血液因心脏剧烈的跳动涌向全身,陶言蜷了蜷手,指尖发麻僵硬。

她不知道自己面上的神情是什么模样,但大抵也是僵硬的,喉间莫名干涩,她扯了扯唇:"这、这样啊。"

之后,袁岳又说了几句,陶言只凭着为数不多的理智,拒绝了一起玩游戏的请求。

直到袁岳和那男生重新开局,她缓缓闭了闭眼,抬手握上椰汁的罐身,冰凉的触感令她慌乱无措的思绪清醒了几分。

她指尖紧了紧,仰头灌了一大口椰汁。

喉咙咽了好几次,她才放下拉罐,大口喘了几下,她敛眸拿起手机,点开企鹅图标。

消息列表里,熟悉的桃树头像映入眼帘。

陶言指尖停滞,良久,她深吸一口气,指腹落下。

将加上好友后所有的聊天记录都一字不落地看了一遍,再回忆起一起玩游戏时说的那些话,陶言后知后觉地发现——从一开始,她就在被他骗。

江屿绥从一开始,就认出了她。

第十四章 /
拉黑

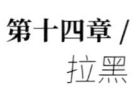

想清楚这一点时,陶言没有深思江屿绥骗她的原因,也没有来得及想其他,脑袋里生出的第一个念头,是她一直被他耍得团团转。

厌恶被骗的陶言瞬间被汹涌而来的恼怒占据了一切。她紧紧攥着手机,用力到指骨泛白,深呼吸了好几下,才勉强平复了心绪,只是眼尾因为憋闷还泛着浅浅的红意。

她咬着牙,直接将企鹅好友删除,又点开微信,将微信的好友也一并删除。

按下"删除"的那一刻,她吐出一口浊气,指腹似乎还残留着一阵麻意。

又喝了几口椰汁,想到等会儿江屿绥还会来,两人还会一起吃饭,陶言甚至连坐也不想坐在这里。

袁岳还在游戏,陶言克制地压着嗓音:"学长,我突然有点事,抱歉,得先走了。"

话落,她第一次不顾礼节,还不待袁岳回答,便起身直接离开。

游戏中的袁岳甚至还来不及挽留,只看到陶言离开的背影。

走出餐厅,夜风拂来,将满腔的恼意也吹散了些许,陶言脚步顿住,站在原地冷静了几秒,她垂眸,转身换了一条路,平静地迈步。

从南门走进学校时,陶言手机轻响了下,是张格格发来的消息:怎么样?江屿绥跟你说什么了?

好不容易平静下来的心情,又因这三个字受到影响,想到自己傻乎乎被骗了这么久,甚至还因为那个伪造出来的身份忐忑纠结,陶言心中又涌上一阵羞愤难堪。

强烈的恼意甚至逼红了她的眼眶,陶言按灭屏幕,脚步匆匆地继续往宿舍楼走。她不愿再想这事,但紧攥在手中的手机安静了没几秒,又继续响起。

张格格:所以是表白吗?

脚步突兀地停住,陶言深呼吸了好几下,按在屏幕上的指尖却还是抑制不住地轻颤。她攥紧了手,用力到修剪的圆润整齐的指甲都掐进了掌心。轻微的刺痛令她清醒了几分,她索性关掉了输入框,直接发送了语音。

夜晚安静的校园,陶言压低嗓音:"不要提他!他就是个骗子!"

原本软糯的嗓音带着遮掩不住的恼意和愤怒,甚至隐隐透着几分颤抖的哭腔,愤愤地指责着另一个人。

餐厅,见江屿绥一进门就四处张望,袁岳解释:"小陶学妹突然有事,先走了。"

江屿绥一怔,心里莫名地不安。

片刻后,他拿出手机,修长的手指在屏幕上轻按了几下,下一瞬,神情突兀地凝滞。

映入眼帘的符号令江屿绥瞳孔微缩,脑袋中一片空白。待反应过来后,他指尖颤抖着落在屏幕上,似是不敢相信,又急切地再次输入。

下一秒,与先前别无二致的符号再次浮现在眼前。

克制不住轻颤的指尖倏地攥紧,江屿绥死死捏着手机,猛地站起身,座椅在地板上划出一道刺耳的声响,即使在喧嚣的包厢内,也异常明显。

周遭安静了一瞬,无数双眼睛有意无意地望向江屿绥所在的方向,神情隐含探究。

然而内心惶惶的人此时已无暇顾及。他眼睫颤了颤,深呼吸了几下,竭力克制住心中的惶惑,紧攥的手艰难地松开了些许,他退出微信,点开企鹅图标。

指腹悬在屏幕上方,仍旧控制不住地轻颤,良久,他闭了闭眼,落下指尖。

下一秒,意料之中的提示映入眼帘,江屿绥眼睑微垂,薄唇紧抿,整个人怔忪在原地。

须臾,他闭了闭眼,再抬眸,神情已恢复冷静,眸中情绪平静,却好似压抑着汹涌风暴的海面。

他喉结滚动,嗓音暗哑:"陶言走之前,有说什么吗?"

袁岳见状,茫然道:"就说突然有事,得先走了,走得特别急,我都没来得及把人叫住。"

江屿绥张了张唇，嗓子却像被什么哽住一般，有那么一瞬间竟发不出丝毫的声音，片刻后，才艰涩开口："那……她来这里后，都做过些什么？或者，和谁联系过吗？"

"没做什么啊，也没和谁联系。"袁岳疑惑，"到底怎么了？"

心还悬在半空，江屿绥指尖蜷了蜷，下意识地摇头："没什么……你、你随便给她发个消息，看能不能联系上。"

"你……"袁岳本想问他怎么不自己联系，但见他这模样，到嘴边的话又咽了回去，只点头应，"好。"

袁岳点开微信，当着江屿绥的面给陶言发了消息。

一分钟后，收到回复。

将屏幕朝江屿绥倾了倾，余光瞥见他苍白的唇色，袁岳神情滞了滞："这……到底怎么了？"

视线从手机移开，江屿绥的神情是压抑到极致的冷寂，嘶哑的嗓音透出刻意伪装的平静："她来之后，发生的所有事情，麻烦学长仔仔细细地同我说一下。"

他顿了顿，一字一顿地强调："一字不漏，全讲一遍。"

虽然他的神情已趋近于平静，但周身的气势却莫名瘆人。袁岳咽了咽口水，忍着心中莫名发毛的感觉，低声开口。

谁知听了他的话，江屿绥的神情越发冷锐阴沉。被那双野兽般阴鸷的眼眸盯着，他的嗓音越来越低，直至说到陶言询问江屿绥游戏微信区的ID时，哑然失声。

意识到自己可能闯祸了，袁岳神情僵硬，舔了舔唇，艰难地发出声音："就、就这些了。"

明白了一切，悬在头上的铡刀终于落下。

江屿绥神情晦暗，猝不及防地被打乱计划，捅破一切，他心中生出一抹想要毁掉一切的暴戾。但又明白，造成这一切皆是他自己的原因，所以死死压抑着那些不该有的情绪。想找出解决的办法，却只是徒劳，于是只余无解的空茫。

曾经想方设法才加上的联系方式已经被单方面删除，比起因这一切生出的阴郁愤怒，更多的，是发现女孩生气后的惊惶无措。

身侧的手攥紧又无力松开，江屿绥竭力抑制住不安，勉强恢复镇定后，对袁岳道："你问问，她是不是回学校了。"

袁岳忙不迭补救："我马上问。"

等待回复的间隙，袁岳甚至没敢退出聊天框，两分钟后，消息发来，他连看都没看，直接将屏幕递到江屿绥面前。

看清消息，江屿绥眼眸暗沉，喉结上下滚动，因压抑太过，嗓音带着哑："我先走了。"

话落，他直接离开包厢，脚步近乎急切。餐厅到学校十几分钟的路程，硬生生被他缩短到几分钟。

待到了女生宿舍楼下，深秋的季节，额上早已渗出了细密的汗水，他平复着有些急促的呼吸，仰头望向楼上。

并不知道具体房号，也怕再冒犯她，因此他只能无助地待在原地。深呼吸了好几下，他收回视线，拿出手机。

女孩的号码他早已熟记于心，此时却每按下一个数字，都要犹豫良久。半晌，十一位数字终于完整输入，指腹却悬在拨号键上，许久也不敢按下。

时间一分一秒地过着，江屿绥僵在原地，仿佛等待审判的囚徒，指尖无法控制地开始轻颤。

他不敢落下指腹，怕女孩不接他的电话，更怕……号码被拉黑。

周遭不停有人进出，几乎每个人都会隐晦地看一眼路边伫立的男人。他站在阴影处，路灯昏暗，除非靠近，否则看不清他的面容，但高大挺拔的身形却莫名引人注目。

直到终于有个女生没忍住，走近男人，羞赧地小声问："同学，可以加个微信吗？"

江屿绥这才如梦方醒。他神色冷峻，没了往日刻意维持的风度和礼貌，连带嗓音也透着刺骨的寒："不行。"

女生唇角一僵，险些维持不住脸上的表情，也没了再开口的打算，转身逃一般地跑远了。

江屿绥全然没有注意到这一场景，只是因为这事，也终于压下了心中的惊惶和忐忑，鼓起勇气拨出了电话。

手机贴近耳郭，他一颗心悬在半空，连呼吸都忘了继续。

耳边传来"嘟嘟嘟"的声音，他惶惑的心勉强放下了一半，号码……没被拉黑。

他眼睫半垂，遮住了眸底的晦涩，不安地等待着，一边希望女孩接起电话，一边又害怕听到她的声音。

十几秒的时间，却好似度过了漫长的时节。

听筒里的"嘟"声突兀停住，江屿绥呼吸一室。他张了张唇，嗓子却好似哑了一般，没有勇气出声。

直至女孩的声音响起："喂，你好。"

往日乖软沁着甜意的嗓音此时却透着哑，情绪也好似不高，恹恹地没了生气。

江屿绥眼睫颤了颤，突然明白，她不是没拉黑他的号码，而是……根本没存他的号码。

于是，更不敢发出丁点儿声音。

但也不敢一直沉默，在女孩又一次疑惑出声时，他喉结不安地滚动了下，嗓音喑哑不堪，控制不住地磕巴："陶、陶言，我……"

却不料，话刚一出口，耳边就被"嘟嘟嘟"的忙音占据。

苍白的唇徒劳地张了张，江屿绥眼底茫然一片，好似所有情绪都被抽离，僵立在原地全然不知该往何处去。

铃声响起时，陶言正登录游戏，准备把游戏好友也一并删除。突兀响起的铃声将她吓了一跳，看到陌生的号码，她愣了一瞬。

号码归属地是燕城，虽然担心是那个骗子打来的，但迟疑片刻，她还是选择了接听。

耳麦里安静一片，除了因收音好传来的浅浅杂音，并没有人开口说话。

陶言疑惑加重，顿了顿，率先开口，等待了几秒时间，却没人回应。她眉心微蹙，再次出声。

两秒后，手机里传出声音。

男人嗓音嘶哑，唤她名字的时候，有些控制不住地迟疑。

直到此刻，将两人的身份联系起来，陶言才骤然发现，那个游戏中的男声，和现实里听到的声音，其实并没有太大的区别。

手无意识地攥紧，陶言没有丝毫犹豫，径直挂断了电话。顿了顿，她又拿起手机，将这个号码放进了黑名单。

而后，她再次点进游戏，毫不迟疑地将游戏好友也一并删除掉。

做完这一切，陶言放下手机，深呼吸了几下，调整好心绪，索性拿出课本，专心学习。

刷完一套四级试卷，手机再次响起，陶言一惊，还以为又是江屿绥打来的，直到看到来电显示，才松了口气。

她接起电话:"格格。"

"发生什么事了?"张格格心里担心,回寝后的第一件事,就是给陶言打电话。

陶言言简意赅:"'言归于好'就是江屿绥。"

这一炸裂的消息导致耳麦里诡异地安静了几秒。

张格格情绪难辨:"好家伙。"

仍旧很生气的陶言开始细数江屿绥的过分之处,愤愤道:"他明明一开始就知道我是陶言,却一直骗我!把我耍得团团转!然后我还因为不知道'言归于好'是他,纠结难受了那么久!"

陶言想到之前的种种,心中不可避免地觉得难过,沮丧地说:"他怎么能这么可恶!还用'言归于好'的身份告诉我他有喜欢的人,难道看我因为他忐忑不安他很开心吗?"

张格格觉得这里面应该有误会,更觉得江屿绥说的喜欢的人就是陶言,但知道陶言最厌恶别人的欺骗,更何况还是被自己有好感的人欺骗,还被骗了这么久。知道她这会儿正在气头上,张格格也没有说什么安慰的话,只和她一起骂江屿绥心机阴险。

陶言最后总结:"总之,他真的很过分!"

张格格附和:"就是!怎么能这么骗人!简直无耻狡诈至极!"

"我这辈子!永远!都不想再看见他了!"陶言气上头放狠话。

张格格:"咱们这辈子都不理他了!"

陶言不忘嘱咐:"你把他游戏好友也删掉。"

张格格应:"好,这就删!"

两人又闲聊了几句,张格格问:"那你今晚岂不是没吃饭?"

陶言:"气都气饱了,哪里还吃得下饭。"

张格格担心地叮嘱:"那可不行,再怎么生气,也不能亏待自己。你那玻璃胃,可禁不住饿,还是得吃点东西。"

"哦。"她说得有道理,陶言勉强听了进去,"宿舍里还有点面包零食,我一会儿吃点垫垫。"

挂断电话,她摸了摸瘪下去的胃,还是找出存粮,填饱了肚子,又怒刷了两套试卷。

宿舍楼下，再次听到耳麦里"嘟嘟嘟"的忙音，江屿绥的手无力地放下。

仰头看着灯火通明的窗口，他抿了抿唇，半响，才终于鼓起勇气，再次按下熟悉的号码。

却不料，这次拨过去，听到的会是"对方正忙"的提示音。意识到了什么，他指尖微蜷，却还是强忍着，勉强镇静地守在楼下，只是一双暗沉的眼眸一瞬不瞬地望着楼上。

几分钟后，江屿绥垂眸，指尖轻颤着再次按下拨号键，意料之中，再次听到了熟悉的提示音。

之后的时间，每隔几分钟，江屿绥便垂眸，指腹按在屏幕上，姿态认真且专注到有些病态，尽管每次，耳边听到的提示音都没变过，但他还是自虐一般，像是被锁链拴住脖颈的疯犬，从这一行为中得到了短暂的慰藉。

直到门禁时间，江屿绥才茫然地收起手机，从女生宿舍楼下离开。

带着一身寒气回到宿舍，江屿绥坐在桌前，登录游戏，意料之中地发现游戏好友也一样被删除。

仿佛浑身的力气都被抽走，他颓然地靠在椅背上，周身气息阴郁，却又夹杂着莫名的落寞，手一松，手机直直砸在桌上，发出一声闷响。

周末的晚上，宿舍里只有张谦瑞在，静谧之中突然发出的声响令他从电脑面前抬起头，扭头看了眼，却不料，会见到江屿绥这般姿态。

意识什么，张谦瑞试探地开口："怎么了？"

猝不及防听到室友的声音，江屿绥怔了下，忽地想到什么，转头直直看向张谦瑞。

两人目光撞上，张谦瑞往后仰了仰头，面露迟疑："绥哥？"

江屿绥站起身，几步走到他面前，喉结滚动，因久未开口，又吹了一晚的风，他嗓音干哑："借一下手机，我发个短信。"

视线从他桌上的手机上掠过，张谦瑞明智地没过多询问，只将手机解锁，递到了他面前。

"谢谢。"江屿绥落下两个字，转身回到桌前。

点开短信，他一字一顿地按下那串熟记于心的号码，却在输入短信内容时，久久停顿。

斟字酌句又小心翼翼地按着屏幕，每输入一个字，都要停下来思考措辞。最后，好不容易编辑好，看看几乎占满屏幕的文字，又担心女孩没有耐心看，忧虑良久，还是删删减减，将一长段的话减至只有几句。

江屿绥攥紧了手,将短信发送。

时间缓缓流逝,直至手机熄屏,江屿绥仍旧一眨不眨地盯着手机,像是等待审判的囚徒。不知过了多久,手机终于响起了提示音,江屿绥倏地站直,目光灼灼地看向屏幕。

却发现,是沈青奕发来的微信。

原本包含期待的眼眸又恢复一片死寂,他将手机还给张谦瑞,嗓音冷寂:"沈青奕的消息。"

张谦瑞旁观了江屿绥前后的姿态,神情却未变分毫,只"哦"了一声,接过手机回复。

待聊完,他抬眸,看着还站在身侧一动不动的江屿绥,试探一般,将手机往江屿绥面前递了递。

江屿绥垂眸,骨节分明的手接过,神情冷淡,但还是维持着基本的礼貌:"谢谢。"

张谦瑞心中感叹,忍不住咂舌。

这晚,江屿绥一直守着手机,期间还不停地用自己的手机拨打那串熟悉的号码,直到过了半夜十二点,那条经他思虑良久、小心忐忑编辑好的短信,也没有等到女孩的回复。

忍着心底的绝望,江屿绥最后再编辑了一条消息,才终于将手机还给了张谦瑞。

夜半时分,万籁俱寂。

窗外路灯昏黄,穿过透明的玻璃,在室内洒下昏暗的光,窗外的枝丫透过灯光,在屋内落下狰狞的影子。

室友都已熟睡,室内响起了此起彼伏的呼噜声,江屿绥躺在床上,却久久难以入眠。

心中惶惑不安,忐忑煎熬,几乎一闭上眼,耳边便不停地重复响起在女孩宿舍楼下听到的手机提示音,带来梦魇般的恐惧。

他在黑暗中打开手机,戴上耳机,点开那段几年前存下的音频——是高中时他录下的女孩广播的声音。

温软的嗓音传进耳中,他继而点开相册,目光近乎专注地看着女孩乖巧甜美的笑颜,才稍稍缓了些许心中的张皇和苦涩。

这晚,艰难入睡的江屿绥辗转到天明,几乎彻夜未眠。

宿舍楼六点开门,江屿绥五点半起床,洗漱后,他揣上手机,直奔女生宿舍楼下。

还是昨晚的位置,他安静地守在楼下,周身神色冷寂,目光却直直望向宿舍楼的出入口。

昨晚,沉浸在学习的海洋中,直到室友们陆续回寝,陶言才合上试卷。

向玮筠见状,发出敬畏的感叹:"言言你也太卷了吧!周五晚上也要刷题,还让不让我们活了!"

舒悦揶揄了向玮筠一句,又好奇地问陶言:"晚上聚餐怎么样,帅哥多吗?"

向玮筠同款好奇脸:"不是说江屿绥也去了吗,怎么样怎么样?"

"我有点事,先回来了。"陶言抿了抿唇,摇头答,"没见到……江屿绥。"

她垂眸,不想再被问到关于江屿绥的问题,又没法和室友们说她和他之间发生的事,只好拿上洗漱用品,进了卫生间。

二十分钟后,她洗完澡出来,听到两位室友在热烈地讨论什么。

舒悦遮掩不住震惊:"好像现在还等在楼下,我们之前回来,居然没看见!"

向玮筠:"怪我们看路太专注了。"

"言言,你快来看!"见陶言出来,舒悦连忙招呼她。

陶言走近:"怎么了?"

下一秒,看清舒悦手机屏幕的她神情僵住。

舒悦的嗓音在她耳边响起:"据说江屿绥不到八点就在宿舍楼下守着了,直到现在还没离开,而且还一直在打电话,不过好像一直没人接。"

向玮筠分析:"不到八点,那他岂不是也没参加聚餐?"

话落,两位室友目光灼灼地看向陶言:"言言,他不会是在楼下等你吧?"

陶言扯了扯唇,试图扬起一抹笑,却发现面部肌肉僵硬,根本不受控制,最终只能放弃,无力开口:"不知道,我和他又不熟。"

顿了顿,她垂眸,遮住眼中莫名的情绪,语气带着少许心虚地补充:"而且,我也没接到他的电话。"

舒悦点头:"也是。"

为了避免被追问更多,陶言转身离开:"我有点困,先睡了。"

见状,两位室友没再追着问。

拉上床帘,躺在床上,早早便说困了的陶言却没有丝毫睡意。一想到今天发生的事,她就辗转反侧,难以入眠。

她点开黑名单,看着那串有些陌生却又熟悉的号码,想到室友的话,指腹悬在屏幕上方,有那么一瞬间想将它放出黑名单,但在指尖落下的前一秒,想到自己被欺骗了那么久,最终还是放下了手机。

直到十一点多,她手机振动了下,突然收到一条短信。

号码是陌生的,但归属地是燕城,只有短短的几句话,内容却字字诚恳:对不起,我没有要故意骗你,本来今天想和你说这件事。可不可以先把我放出黑名单,我会解释清楚所有的事情。——江屿绥

她眼眸微凝,盯着这条短信看了半晌。最终,陶言还是关了手机,像从没看过这条短信一般,闭上眼专心酝酿睡意。

然而,直到半夜十二点,她依旧没能睡着。

宿舍已经安静下来,两位室友也都熄灯躺上了床,一片静寂中,放在枕边的手机再次振动了下。

陶言心有所感,拿起来看了看,果不其然,还是那串号码发来的短信:我们明天见一面,好吗?我早上在宿舍楼下等你。——江屿绥

她眼眸微睁,咬了咬唇内的软肉,想着他今晚只是在宿舍楼下守那么一会儿,便被人拍照发到了论坛,若是明天再守在宿舍楼下等,还不知道会传出什么话来。

而且她根本不想见他!

她愤愤地关上手机,心想,她明天一定要早早出门,去图书馆学习一天!晚上也不回来了,就去温瑾那里,正好舅妈给付姐姐带的礼物,她还没有给温瑾。

陶言设下闹钟,带着这个念头,重新闭上了眼睛,不知过了多久,终于缓缓入睡。

翌日,清晨六点半,枕侧的手机闹钟响起,陶言从睡梦中醒来。

睡得太晚,陶言按下闹钟,脑子却还没清醒过来,艰难地睁开睡意蒙眬的双眼,她从床上坐起来,揉了揉脸。

两分钟后,她清醒过来,动作轻柔地下床,轻轻洗漱后,背上包离开。

天色朦胧,路灯还未熄灭。

不到七点,周六的清晨,几乎整栋宿舍楼的同学还沉睡在梦乡,陶言一路下楼,走到宿舍楼门口,都未曾看见人。

直到踏出宿舍楼,甫一抬眸,前方不远处站在路边树下的男人映入眼帘。

猝不及防撞进一双深邃暗沉的眸，只是那双眼睛相比以往憔悴了许多，像是彻夜未眠，生生熬出了一抹红。她脚步顿住，迟疑地站在原地。

而后，她看见他长腿迈开，直直地朝她这边走来。

陶言下意识地垂下眼睑，避开了江屿绥近乎灼人的目光，垂在身侧的手紧了紧。趁着他还没走到面前，她脚步一转，几乎有些慌不择路地从另一边疾步离开。

江屿绥颓然地僵住脚步，满目错愕。

下一瞬，他下意识地抬步，想追上前，却在踏出几步的距离后，又无力地停在原地。

他艰难地意识到，她此时并不想见他，也不愿听他解释，就算追上去，也只会惹她生厌，令她更厌恶他。

可是担心女孩从此不再理他同时又迫切想要求得原谅的心仍在不安地跳动，鼓噪难安。

他满心苦涩，却还是死死压抑着，僵在原地。

天际映出一道红霞，太阳慢慢升起，女生宿舍楼出入的人渐渐多了起来，江屿绥仍旧守在原地，等待女孩归来，直到中午，他接到助理的电话。

"老板，合同已经拟好了，我现在来接您吗？"

想到昨晚就是因为这个项目，才导致他不得不推迟和女孩坦白的时间，江屿绥眼底一寒，险些被心底的不甘和愤怒影响，直接毁掉这次合作。

但最终，还是理智占据了上风，他清醒地认知到，导致如今这个场面，仅是他个人的原因。

他闭了闭眼，哑声开口："合同发我邮箱，两点半到学校东门。"

助理应下："好的。"

挂断电话，江屿绥依旧没离开。担心如果她中午回寝，他错过，他硬生生等到了两点二十分，才失望地垂眼，迈开僵硬麻木的双腿离开。

另一边，学习到中午时分，陶言去食堂吃了午饭，又和温瑾说了今晚回去。原本想回宿舍睡午觉，看到宿舍群里的消息后，又打消了念头。

一上午没看手机，宿舍群内的消息已经刷了一百多条。

她简单翻看了下，没料想室友们一上午讨论的消息，竟与江屿绥有关。他居然从早上一直在宿舍楼下等到现在没有离开。

陶言紧了紧手，退出微信，勉强收拾好心情，吃完午饭，也没有再回宿舍，而是直接去了图书馆。

下午五点，陶言接到温瑾的电话，她收拾好包，直接往学校南门去。

她在宿舍群里发消息：我今天回我哥家一趟，明天再回来。

期间，看到群里下午室友们的讨论，发现江屿绥在宿舍楼下等到了两点多，又看到室友们仍在猜测，他晚上还会不会来。

陶言垂眸，想了想，索性告诉室友：我和江屿绥有些矛盾，如果后面他找到你们，希望你们不要插手，谢谢。

回复完，她收起手机，继续往前走。

到校门口时，安静了许久的手机发出动静。

舒悦：收到，明白。

向玮筠：放心，我们肯定是站在你这边的。

李曜希：了解。

看到三位室友的回复，陶言眼里流露出微不可察的笑意。

上车后，温瑾看了眼陶言，眼眸微凝，眉心皱起："发生什么事了？"

陶言微怔："没什么啊。"

"黑眼圈那么重，昨晚失眠了？"温瑾看着陶言眼下的青黛色，语调带着沉，"到底怎么了？"

陶言作息一直很健康，到点就睡，到点就起，由于肌肤白皙，所以一点黑眼圈都很明显，并不显难看，只是看着更加憔悴，带着惹人怜惜的娇弱。

她抿了抿唇，坦言："也没什么特别的事，就是发现被一个人骗了，所以昨晚有点睡不着。"

温瑾眼眸微眯，沉吟片刻，突然开口："江屿绥？"

不料会被一下猜中，陶言来不及遮掩面上的震惊，诧异地看向温瑾。

温瑾冷笑一声："果然。"

第十五章 /
我喜欢你

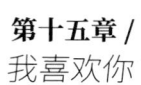

周日傍晚，陶言返校，回寝路上，她不忘先在宿舍群里问了一句：江屿绥还在吗？

昨晚，她又收到了那个陌生号码发来的短信，内容与之前大差不差，除了认错道歉，就是希望她能将他放出黑名单，或者能见一面当面解释清楚。

因为还在气头上，且温瑾还不动声色地上眼药，陶言不仅没回消息，反而将这个号码也一并放进了黑名单。

又因为昨天陶言在群里说的那些话，室友们也没在群里讨论关于江屿绥的事情，因此这会儿她并不清楚江屿绥还有没有继续在宿舍楼下守着。

奔跑在吃瓜前线的舒悦很快回复：在，今天也守一天了。

消息映入眼帘，陶言脚步顿住，随即，她看到群里接着弹出的消息。

向玮筠：论坛里面现在好多八卦吃瓜的。

她的手无意识地捏紧。因江屿绥的固执和略显偏执的行为，陶言心间微不可察地颤了颤，又不受控制地生出了少许厌烦。

不想见到他，也不想在宿舍楼下被他看到，更不想被别人看到他俩站在一起拍照放进论坛。

陶言咬了咬唇，迟疑片刻，将在黑名单待了两天的某个号码放出来。

她垂眸，斟酌着编辑：你不要再守在宿舍楼下了，好多人在讨论，很烦。而且，我不想看见你。

目光凝在这句话上，陶言停滞了几秒，最终还是狠了狠心，将短信发送出去。

而后，她重新迈步，缓慢地朝宿舍楼的方向走。

短信发出去不到半分钟，手机铃声便响了起来。看着屏幕上那串熟悉的号码，陶言顿了顿，还是选择了挂断。

随即，她收到一条短信。

陌生号码：对不起，我马上离开。

之后，手机没再响过。

十分钟后，陶言走到宿舍楼下，不露痕迹地四处看了看，果然没了他的身影。她收回视线，敛下多余的情绪，平静地迈步，走进宿舍楼。

前一天下午，助理两点二十分抵达学校门口，两点半，江屿绥上车。

去往公司的路上，他整理好心绪，将合同仔细看了一遍，又修改了少量细节，对助理道："合同发你邮箱了，通知秘书部的人提前整理好，新通的人到哪儿了？"

"约的时间是三点。我来接您的时候，新通的人已经出发了，这会儿估计快到了。"

"嗯。"江屿绥嗓音淡淡，"签完合同我马上返校，后续工作你处理好。"

"好的。"助理应声，想到刚见到江屿绥时对方苍白的面色，刚想说点什么，注意到他已经闭目靠在了座椅上，最终还是将到嘴边的话咽了回去，谨慎地闭了嘴。

车内一片沉寂，处理好工作上的事，江屿绥心中被强制压下的惶惑重新浮现，熬夜和没吃饭的后遗症后知后觉涌上来。

他太阳穴突突地跳得厉害，眼睛微微胀痛，连带着脑袋也一并胀得厉害，胃也发出抗议的疼痛。

他抬手揉了揉太阳穴，闭目靠在座椅上，眉心微蹙。

抵达公司正好两点五十五分，从地下车库直接乘坐电梯上楼，合作方也已经抵达会议室。

二十分钟后，双方签好合同，江屿绥直接离开公司。

回到学校，还不到四点，路过超市时，江屿绥脚步微停，最终还是进去简单买了点东西糊弄肚子。

而后，他重新走到女生宿舍楼下，继续苦等。

时间缓缓流逝，期间，有人忍不住走到江屿绥身旁，问他："学长，需不需要我帮你叫一下人？你都等好久了。"

女生嗓音温婉，是真心实意想要帮忙。

但江屿绥拒绝的态度却一如既往不留情面："不用。"

他知道陶言还在生气，她早上的态度更是令他胆战，因此根本不敢让别人去打扰她。

冷淡的两个字，不仅逼退了面前的女生，还将一旁不露痕迹旁观的其他人也一并逼退。

女生离开后，再没有人靠近江屿绥身边。只是这晚，他一直守到门禁时间，仍旧没有看到女孩回来，于是只能猜测，可能在他离开的那段时间，她已经回了宿舍。

电话依旧在黑名单中，回寝后，江屿绥又用张谦瑞的手机发了短信，意料之中的没有回应。

这晚，他躺在床上，久久难以入眠，听着耳机里熟悉的嗓音，辗转到深夜，终于迷迷糊糊睡了片刻，第二日一早，又继续守在女孩的宿舍楼下。

他不知道她其实已经没在学校了，只期盼着，如果她稍微没那么生气了，那今天出门看见他的时候，也许愿意停下来听一听他的解释。

所以，他像前一天一样，苦守在宿舍楼下，甚至连脚步都不愿意挪动一分。

从周五晚上得知陶言知道他隐瞒身份骗她开始，江屿绥的心中就生出了无尽的惊惶。

因为曾经靠近过，和女孩之间的距离拉近过，所以在被删除好友、被拒接电话、被拉黑号码后，他已然方寸大乱。

他来不及想别的，没法再顾虑周全地思考，该用什么样的办法才能完美地解决这件事情。只想着能见到她，能当面和她认错解释，无论怎样，只要她能消气便好。

却没料想，他这样近乎疯狂的偏执行为，会造成什么样的后果。

直到收到女孩的短信。

收到消息时，江屿绥甚至还没来得及感到高兴，就因短信内容而心中惶惶，可内心却还抱着万分之一的期望，于是，他连忙拨了她的电话。

结果毫不意外，被拒接了。

江屿绥僵硬地放下手机。他想，他好像将事情弄得更糟了，不仅没让她消气，反而惹得她更加厌恶。

女孩的话像一把锋利的匕首，狠狠地刺进他的心中，带来尖锐疼痛的同时，也令他清醒了几分。

他突然意识到,他这两天不管不顾,丝毫不顾忌她的意愿,像个疯子一样死死守在她宿舍楼下的行为有多么变态。

想到曾经的一些事,江屿绥瞳孔微缩,本就苍白的脸色更是因陡然生出的恐惧而失了血色。

那一瞬间,他甚至比女孩更害怕两人会碰面,因此,他甚至不敢逾矩地多说什么,只小心翼翼地回复:对不起,我马上离开。

随即,他再不敢逗留,迈着僵硬的步伐,近乎慌乱地离开。

之后的日子,陶言果然没再看见过江屿绥,日子好像恢复了往常的平静。只是偶尔,从别人口中听到他名字的时候,会怔愣一下。

在和张格格一起玩游戏时,她也会不受控制地想到他,进而想到和他一起玩游戏时那种被密不透风保护的愉悦和心悸。

陶言唾弃自己的不争气,又不可避免地因为以前的记忆受到影响。

当初得知被骗时生出的怒气好像随着时间的消逝而慢慢消散了些许,只余一点淡淡的烦闷,憋在心头,擦不净去不掉。

后来,陶言想,就这样吧,只是被骗了而已,也没什么实际的不可挽回的损失,大不了以后恢复原状,只当他是一个陌生的、没有交集的、曾经的校友。

只是一个不相干的人而已,她不要再在别人身上浪费情绪。

这般自我开解后,陶言成功地将自己劝慰好,于是,日子过得更平静了。

这天,陶言收到班里团支书代岳森的消息。

因为小组作业,她和代岳森负责资料收集这一块,因此最近课后他们时常一起泡图书馆查资料。

有一份数据资料陶言上午刚整理好,代岳森说他下午来拿。

下午体育课下课后,陶言回了宿舍,路上,接到温瑾的电话。

温瑾:"我后天要去申城出差,可能要小半个月才回来。"

"申城?"陶言偷偷地笑了下,揶揄,"那你记得把给付姐姐的礼物带上噢。"

耳麦里安静了几秒,温瑾意味深长地问:"姓江那小子没来烦你吧?"

这次换陶言沉默了片刻,才小声回:"我和他早就没联系了。"

温瑾不置可否:"嗯,没联系了就好。"随即他转了话题,叮嘱,"你周末不想待在宿舍就过来住,一个人在家把门锁好,注意安全。"

陶言踩着落叶,温声回:"我待在宿舍就好。"

"也行,有什么事就跟我打电话。"

陶言乖乖地应:"好。"

她挂断电话,正好走到宿舍楼外,猝不及防被一道声音叫住。

"陶言。"

陶言扭头看了眼,见到来人,唇边扬起礼貌的笑:"代岳森,你来多久了?"

代岳森走近,站在陶言面前,眉眼柔和:"刚来。"

陶言不好意思:"资料还在宿舍,我马上去拿,你等一下。"

代岳森嗓音温和:"没事,不急。"

陶言应了声,但还是赶忙回了宿舍,拿到资料后立马送了下来。

因为一路小跑,她气息微微有些急促,将资料递到代岳森面前:"给。"

代岳森接过,却没看资料,反而踌躇着试探问:"你等会儿还有事吗?"

陶言没多想,只以为有什么作业上的事:"没有。"

却不料代岳森会说:"那一起吃个饭吧?"

陶言微怔:"啊?"

随即,她眼眸微闪,抿了抿唇:"不好意思,我和室友约了一起吃饭。"

代岳森面上失落,嘴里却说:"没事。"

顿了顿,他又开口:"陶言……"他轻咳一声,从兜里拿出一个小盒子,递到她面前,"这个送给你。"

盒子没有过多的包装,logo还印在上面,是一个价格不算低的品牌。

陶言下意识地后退了半步,摆手拒绝:"我不能要。"

"只是一个小礼物而已,我、我挑了好久的。"代岳森磕磕绊绊,"我觉得特别适合你,你肯定会喜欢的。"

"无功不受禄。"陶言摇头,态度坚决,"况且这么贵重,我不能收。"

谁知,见陶言执意不收,代岳森竟上前一步,拉过她的手,就要将盒子强塞进她手里。

陶言想要摆脱他的钳制,却因男女之间的力量差异,根本挣脱不开,只能急道:"代岳森,我真的不能收。"

代岳森将盒子放到她手上,抓着她手腕的右手没松开,反而脸色涨红,闭了闭眼,仿若宣誓一般郑重且急促道:"你拿着,我、我喜欢你,我想追你!"

话音落下,陶言顿时瞪大了眼,对上代岳森灼热的目光,她下意识躲开视线,却猝不及防,撞进不远处一双深邃晦涩的眸中。

时隔多日,再次见到江屿绥,陶言一时怔在原地,看着他无端瘦削了许多的身形,愣愣地忘了反应。直到耳边再次响起代岳森的声音,她才猛地回过神来。

"我、我真的很喜欢你。"

男生赤诚的表白令陶言有些不知所措,桎梏在她手腕间的手更是令她无所适从。

她再次挣了挣手,皱眉:"你先放开。"

话音落下,代岳森还未来得及松手,他抓着陶言的那只胳膊就突然被另一只骨节分明的宽大手掌扣住。

与此同时,耳边落下一道冷冽森寒的嗓音:"她让你放开。"

扣住代岳森的那只手力道极大,强烈的痛感传来,他痛呼一声,那只手再也提不起任何力气,只能无力地从陶言手腕上松开。

随即,那只手将他往后一扯,他踉跄两步,被扯到一个离陶言稍远的位置。

这一系列的动作发生在瞬息之间,快到所有人都来不及反应,代岳森的位置就已经被另一人取代。

震惊之下,陶言手中本就没有拿稳的盒子坠落在地,发出一声闷响。

作为喜欢陶言的人,代岳森当然知道论坛里曾传过她和面前这个男人的绯闻。因此在被江屿绥拉开,迎上对方森冷的目光时,他竟诡异地生出了几分心虚。

只是下一瞬,他便将这种没有来由的情绪压下,视线越过江屿绥,看向江屿绥身后的陶言,他揉着被捏痛的手腕,不高兴地问:"陶言,他是谁?"

他质问的语气令陶言面色淡了淡。在她心里,代岳森只是一个普通同学,她的人际关系与他毫无关系,他也没资格用这种质问的语气问她。

只是她又清楚地明白,代岳森是由于她才会被江屿绥针对,尽管一开始,是因为他执意要强迫她收下礼物。

于是,她脚步微抬,从江屿绥身后走出,面色平静,看向代岳森,只是道:"不好意思,他不是故意的。"

顿了顿,她又淡声补充,话里带着不加遮掩的责怪:"也是因为你一直抓着我。"

话落，深受打击的代岳森顿时没能控制住自己，露出了难以置信又失落伤心的表情。他不承想，陶言和江屿绥的关系会亲近到这般地步，以至于，陶言竟会代江屿绥向他道歉。更没想到，一向温和乖巧的女孩，会如此这般，不留情面地说出后面那句话。

而站在陶言身侧的江屿绥，看着她因为他而向前面的人道歉时，同样眼眸晦涩，心中泛起难堪的苦涩。只以为，她在恼怒他的突然出现，不满他打扰了他们，而且还对她的……同学动手。

这两人的心理活动陶言均不知晓，说完这话，她也并未关注这两人的神情，只是俯身，想将掉落在地上的盒子拾起。

却不想身侧的人比她更快，在她刚有俯身时，就伸手拉住了她的胳膊，制止了她弯腰的动作，一边还迅速俯身将盒子拾起，而后递到她面前。

江屿绥仍旧没敢看她，拉着她胳膊的手都带着僵硬，却不敢用力，只是虚虚扣着。

还有另外一个人在，陶言没和江屿绥多说什么，只是平静地接过盒子，又动了动被他扣着的那只胳膊。

而后，原本虚虚扣着她的那只手就像是被什么东西刺了一般，慌不择路地收了回去。

陶言放下胳膊，指尖微微蜷缩了一下，随后，她将盒子递到代岳森身前，面色平静，却坚决地道："抱歉，我不能收。"

既是拒绝他的礼物，也是拒绝他的表白。

代岳森显然也明白了她的意思，他不露痕迹地看了眼她身侧的男人，紧了紧手，最终还是拿回礼物，却难以维持基本的体面，脸上不可避免地显露出被拒绝后的伤心。

他张了张唇，失落地道："我明白了。"

然后，他转身失魂落魄地离开。

男生身影渐远，陶言抿了抿唇，迟疑片刻，还是转身，看向江屿绥。

一直默默注视着她的人先一步发现了她的动作，下意识躲开视线，不敢看她，但逃避的动作却慌不择路，很容易就被陶言发现了端倪。

于是，陶言睫毛颤了颤，最终什么都没说，只转身迈步，同他擦肩而过，就要往宿舍楼走。

刚迈出两步，耳边响起男人艰涩的嗓音："……陶言。"

陶言脚步停住，垂在身侧的手紧了紧，却没回头。

低哑的嗓音很快再次响起："对不起，我……"那道声音顿了顿，才哑声继续，仿佛每一个字都用尽了他全部的力气，"我不是故意，要来、要来打扰你的。"

话落，陶言倏地转身。

好不容易遗忘的事情又浮到台面上，消逝的怒意再次升起，她抬眸看向他，一双乌润的杏眼里却满是执拗的、连自己都没意识到的怒火。

她瞪向身前的人："你就只是要说这个吗？"

不承想，江屿绥却误会了她话里的意思。

他闭了闭眼，遮住眸底晦暗阴鸷的情绪，双手死死攥着，修剪整齐的指甲陷进掌心，却盖不过心脏仿佛撕裂一般的疼痛，忍着不甘的嫉妒，艰难地开口："对不起……我不是，不是……故意对那位同学……"

明明是很简单的一句话，他却没办法顺利说出口，仿佛每说出一个字，都是在往他心上插刀子。难以忍受的绞痛令他微弯下腰，再难以维持体面的姿态。

"谁要听你说这个。"陶言打断他的话。

刚得知被骗时难以忍受的怒意在这段时间已经消散了许多，明明打定主意与他井水不犯河水，不要继续在他身上浪费情绪，却在看见他的那一瞬间，心里重新叫嚣着不甘与忿懑。

于是，陶言终于想且也愿意听他的解释。

她移开视线，状似不在意，语气却生硬地说："你之前不是说，要当面和我解释吗？"

面前的人像是被这话钉在了原地，怔怔地看着她，仿佛所有情绪都被抽走，全然没有反应。

直到受不了这诡异沉默的陶言终于转回视线，圆润的杏眼虚张声势地瞪向他。

江屿绥眨了眨干涩的眼睛，似是不敢置信，又仿佛虔诚乞求的信徒终于得到了回应，小心翼翼地道："你、你愿意……听我的解释吗？"

陶言脸上有些挂不住，又垂下眼，愤愤开口："不愿意说就算了。"

"我、我没有！"江屿绥急切道，"我愿意解释的！"

话落，他又眼巴巴地看着陶言，患得患失地等待她的答案。

陶言默了默，干巴巴地道："哦。"

然后，又是一阵诡异的沉默。直到陶言再次抬眸，瞪向江屿绥，他才终于扯出一抹笑,却好似很久不曾笑过,唇角扬起的弧度都带着些许僵硬。

似是也注意到了自己僵硬的表情,他敛下唇角的笑,低声道:"我、我一开始……没有想过要、要骗你。"

明明说要解释的是他,现在说完一句话就沉默的也是他。

久久听不到下一句,陶言没了耐心,索性懒得再听,转身就想离开。下一刻,却突然被拉住了衣袖。

江屿绥急促开口:"别走。"

他不敢强留下她,怕态度强硬一些会令她更加反感,却又不舍让她就这么离开,于是只能小心翼翼地拉住她一点衣袖,力道轻柔,只要她态度坚定一点,便能毫不费力地挣脱。

但就是这么一点小小的、几乎可以忽略不计的动作,令陶言停下了脚步。

她转身站定,抬眸望向他。

没敢再继续沉默,江屿绥缓缓松开手,闭了闭眼,将埋在心底的不安尽数袒露出来:"一开始玩游戏,我听出了你的声音,本想着熟悉一点,就告诉你我的身份。

"可是后来,你一直避开我。那时我不知道你为什么一见我就躲,不明白……你为什么那么讨厌我,更怕、更怕你知道我的身份后,我们在游戏里的那点联系也会断掉,我怕……我会连最后一点靠近你的机会都没了。

"所以……在你问我姓什么的时候,我选择了撒谎,然后,不得不用更多的谎言去圆这个谎。"

"后来,我又想着,如果没有'江屿绥'这层身份,只是作为一个普通网友,等我们慢慢熟悉以后,我会不会有机会知道……知道你疏远我的原因。

"所以国庆假期,我知道你回了海城,知道了我表姐的相亲对象是温瑾后,我跟着表姐一起去了餐厅,只是想……想有个能见到你的机会。

"然后我终于知道了你疏远我的原因,可是、可是我尝到了甜头,所以更加不舍得脱下那层身份,我卑劣地希望,如果以后再发生什么,我能够用另一层身份了解你的心情、你的喜恶。

"直到不知道为什么,你又疏远了'言归于好'的那层身份,那时候,我才开始怕。所以周五那天,我本来是想……是想和你坦白的,可是,因为公司有事,我不得不离开,却没想到……"

他的嗓音越发暗哑,却仍坚持着,一字一句吐露出事情的原委。

陶言眼睫颤了颤，忽地开口，打断他的话："却没想到，我会从袁学长那里，知道你'言归于好'的那个身份。"

未尽的话被堵了回去，江屿绥唇色苍白，不敢看她，却又忍不住想要看她，好似只要能看见她，便能给自己提供一些勇气。

于是，他眼睫半垂着，晦涩的眸落在她的唇上，他看到她红润的唇一张一合，温婉的嗓音传进耳中，却令他心颤。

尽管眼睫不住地颤动，陶言却仍直视着他，执拗地问："你今天为什么会来这里？"

浑身的血液好似都因女孩的话变得凝固，江屿绥莫名发寒，却不敢再骗她。垂在身侧的手死死攥着，指骨泛白，他嘶哑着嗓音，艰涩地开口："我……对不起。"

他低垂下眼眸，不再抵抗狡辩，却在坦白前，乞求苍白无力的道歉能令她不要太生气，至少……不要再像之前一般，判他死刑。

"我其实……其实……"只是坦白还是太过艰难，他磕磕巴巴了许久，才终于说出了这句完整的话，"我其实，还是经常会偷偷来、来找你。"

他知道陶言不想看见他，却忍受不了好不容易拉近距离后又被疏远，所以明知她不喜他的靠近，却还是偷偷找来，无耻又卑劣地偷窥着她的生活，好似只要看见她的身影，心底那头疯狂叫嚣的野兽便能被暂时安抚。

江屿绥喉间颤了颤，嗓音低哑不堪："我知道你不想看见我，只是……我受不了。"

他受不了她的疏远，也受不了他们真的就此变回陌生人。

所以，他仍旧每天守在宿舍楼下，守在每条女孩上下课的路上。只是这次，他谨慎了许多，如果有人拍照，会冷漠地让人删掉，如果看到论坛或者其他地方讨论这件事的时候，会让发帖的人删掉帖子。

因此，这么长时间以来，陶言从未知晓，在她不知道的地方，有个人仍旧执着地、近乎病态地注视着她。

虽然早有猜测，却没想到江屿绥会比她想象中更加疯狂。

陶言心尖颤了颤，无意识地后退了半步："你……"

只是简单的一个动作，却令本就惴惴不安的人瞬间失了态。

心中那头从看到陶言和代岳森站在一起后就开始疯狂嘶吼的野兽终于再无法关住，那些无法控制的卑劣嫉妒像扎根在阴暗处的野草，在看见别人可以毫无顾忌地靠近女孩后便开始生根发芽，更是在听见别人能够肆意表白时，放肆生长。

他死死压抑着，只克制地往前靠近了半步，女孩刚刚拉远的距离又被重新拉近。

"我……"他苍白的唇张了张，鼓起勇气，晦涩的眼眸直勾勾地看着她，一字一顿，仿若宣誓，"我喜欢你。"

怕吓到她，所以将另一个字藏于心止于唇。

珍之重之地将这四个字说出口，苦苦压抑着的所有妄念如海啸一般铺天盖地涌来。

江屿绥眼睫颤得厉害，却仍旧执拗地、一瞬不瞬地看着面前的女孩，嘶哑着嗓音，一字一顿地重复："陶言，我喜欢你。"

锁住野兽的笼子被打开了一个口子，于是，那只野兽再也无法忍受继续被关在阴暗无光的角落，疯狂地叫嚣着冲出了牢笼。

"我喜欢你，所以隐瞒身份接近你，所以怕你生气、怕你疏远。

"因为发了疯地想见你，又知道你不想看见我，所以只能像个变态一样偷偷地跟着你，不敢被你发现。

"因为喜欢你，所以嫉妒每一个可以靠近你的人，嫉恨那些……可以肆意向你表达爱意的人。"

所以，在听到代岳森红着脸，局促却赤诚地告白时，他控制不住地走近。在听到女孩让代岳森放手时，他如溺水的人抓住了最后一根稻草，怀着卑劣丑陋的私心，不顾一切地上前，将代岳森狠狠撕扯开。

像一只失了智只会凭着本能标记的野兽，隔开了女孩和代岳森的距离，将她圈在了自己身后。

他的嗓音喑哑，语调却缓慢且郑重，吐露的每一个字都透着对她的珍重。

从听到他说出"喜欢"二字时，陶言就开始发蒙，她脑袋里一片空白。

他近乎剖心剜腑地袒露出的每一句话，就像一颗颗小石子，砸进她的心湖，让她本就不算平静的心底荡起层层涟漪。

陶言心乱得厉害，眼睫蝶翼一般不住地颤动。落在脸上的目光灼热得好似要将人融化，她抿了抿干涩的唇，柔软的唇张合了下："我——"

才刚吐出一个字，就被面前的人打断："你不用着急给我回复。"

仿佛害怕从她口中听到什么，江屿绥猝不及防地打断她，强撑着说："也不用……因为我的喜欢而觉得困扰、有负担。

"如果、如果你不那么反感我这个人,那我……我……"他的声音颤得厉害,"我可以追你吗?"

心乱得一塌糊涂,陶言完全没了思考的能力,脑袋晕乎乎的,舌头都好像打了结,只能磕磕巴巴地吐出一句:"随、随便你。"

第十六章 /
和好

那天，陶言手足无措地回了宿舍，进门时险些被门槛绊了一跤。

她坐在书桌前，全然没了学习的心情，直到手机轻轻振动了下，才将她飘远的魂拉了回来。

却不想，在看清手机屏幕后，刚回笼的思绪会飘荡得更加厉害。

是微信的好友申请，头像是熟悉的简笔画桃子，名字却变成了"言归于好"。

好友申请：可以把好友加回来吗？——江屿绥

当"言归于好"和"江屿绥"一同映入眼帘时，陶言的心不受控制似的剧烈地颤了颤，耳边仿佛又回荡着那句"我喜欢你"，她指尖轻蜷，近乎慌乱地通过了好友申请。

熟悉的头像又出现在好友列表里，陶言舔了舔唇，指腹悬在屏幕上边，良久，轻轻落下，点进了聊天框。

看到屏幕顶端"对方正在输入中"的字样，她心尖又是一颤，视线落在屏幕顶端，失了神一般，久久不曾转动。

手机另一端的人似是也和她一般慌乱，过了许久，反复"输入"了数次的聊天框终于弹出了加上好友后的第一条消息。

言归于好：明天早上想吃什么？

很简短的一句话，对面的人却斟酌了许久，才能发送出来。

而看到这句话的陶言，同样久久地怔愣，不知该怎么回复。

她好似透过这句话明白了江屿绥背后的意思，却又因明白了他的想法，觉得无措。

于是,她下意识竟回复了句:我明天上午没课,要睡懒觉。

消息发出去的下一秒,她便懊恼地抓了抓头发,深深叹了口气。

界面恢复了安静,许久,才再弹出新消息:那明天中午,想吃什么?

呼吸都乱了节拍,以至于耳根都漫上一层绯红,陶言被这种从未有过的、陌生的情绪扰得心慌意乱。

她咬了咬牙,直接回复:那得明天才知道,我先去学习了。

回复完,她直接关了手机,平复胡乱跳动的心脏。

刚将书打开,安静了一会儿的手机又发出动静,陶言动作微顿,眼眸落在手机上,迟疑了片刻,还是没忍住拿了过来。

言归于好:好,那我明天再问你。

这晚,陶言不出所料地又失眠了。

她躺在床上,一闭上眼睛,耳边就会重复回荡那带着颤意的嘶哑嗓音吐露出的"我喜欢你"。

辗转半晌,她深深叹了口气,睁开眼,给张格格发消息:睡了吗?

张格格:没呢,怎么了?

陶言沉吟片刻,指腹落在屏幕上,斟酌地按下:我今天,又看到江屿绥了。他……向我表白了。

屏幕安静了两分钟,随即疯狂地弹出消息。

陶言脸上的温度不受控制地升高,她简单将下午的事描述了一遍。

张格格:救命!他不会真的是以前就开始喜欢你了吧?

看着这话,陶言不可避免地也回忆起了当初刚加上企鹅好友时和江屿绥聊天的内容,而后想到了那棵桃树。

被埋在记忆深处的某件事情缓缓浮现出来,陶言眼睫颤了颤,心间一滞。

她迟疑地打字:你还记得我们高一下学期那次植树节吗?

张格格:那棵桃树!是你种的!

陶言气息不稳:好像是。

张格格:什么叫好像是!肯定是!

张格格:等等,"盲生"又发现了一个华点!言归于好!这是以前CP帖里同学们给你们俩起的CP名!

陶言茫然:什么……CP名?

张格格:言(陶言)归于(江屿绥)好!

"咚"的一声,是手机砸在床板上的闷响,在寂静的宿舍里显得尤为明显。

190

"言言，怎么了？"听到动静的舒悦关心地问。

陶言慌乱地拾起手机："没、没什么，手机没拿稳掉床上了。"

她看着屏幕上张格格发来的关于"言归于好"的解释，脸上一阵发烫。

下一秒，张格格的消息接着弹出。

张格格：这么说的话，当初那条手链，就值得深思了。

张格格：啧啧，想不到，江屿绥居然是走深情暗恋路线的。

张格格：所以你是怎么想的？

陶言眼睫垂下，圆润的杏眼里满是迷茫：我不知道，其实我觉得，我和他，应该……不太合适。

张格格：不太合适是指？

陶言抿了抿唇，坦诚：我现在其实并没有谈恋爱的打算。就算谈恋爱，我想象中的另一半，也是那种性情温柔包容的谦谦君子，和他……应该完全不沾边。

陶言当初会对"言归于好"的这层马甲生出好感，也有很大一部分原因是对方在游戏中真的很温柔，而且对她……实在是纵容。

张格格：虽然温柔包容这个特性，看起来是和江屿绥完全不沾边。但是……你就说，江屿绥对你、独独是对你，够不够温柔包容吧？

陶言默了默，却也没法反驳张格格这话。只是……顿了片刻，她还是道：况且，你知道的，我接受不了异地恋，如果明知这段关系有很多不稳定因素，那我宁愿不开始。

其实关于恋爱的话题，以前张格格就和陶言谈过，比起张格格这种喜欢享受人生的激情型，陶言则要古板谨慎得多。

究其原因，是受家庭的影响。

陶言的母亲温楠和父亲陶知行结婚就是因为一次异地旅游相遇，兴许是受异域的浪漫氛围影响，两人恋爱谈了不到两个月，就直接结了婚。

他们一个在榕城，一个在隔了半个中国的海城。因为陶知行工作的原因，温楠妥协了，跟随陶知行来了榕城。

陶知行性格严谨，对婚姻生活有着传统的向往，而温楠则喜欢自由，作为画家，她一年几乎有十个月的时间都在不同的地方采风。

两人凭着一腔激情结了婚，结果可想而知。婚后没多久，随便一点事情就能生出巨大的分歧。

一开始温楠想要分开,陶知行却舍不得,一直挽留,就在两人还在磨合的时候,温楠发现自己怀孕了。

她其实没有决定好要不要留下这个孩子,但看着陶知行的欢喜,还有温家人和陶家人的期待,她最终还是选择了妥协。

只是她低估了怀孕对女性的影响。因为孕激素的影响,她的情绪变得更加不稳定,如果说孕早期的厌食、恶心等症状还能忍受,那么到了孕后期,堪称痛苦的反应就更令她后悔当初留下孩子的决定。

后来,看到自己因怀孕而变得浮肿的双腿,看到以往平坦白皙的小腹如今因为怀孕大得几乎要被撑裂,看到那些丑陋的妊娠纹,她总会控制不住情绪,莫名其妙地开始流泪。

因为情绪不稳定,因为孕期的痛苦,孩子早产了,温楠熬过了漫长的七个月,可生产后刀口撕裂的疼痛,还有堵奶等一系列的后遗症,更加深了她的痛苦……她患上了产后抑郁。

甚至,控制不住地想要伤害陶言。

温楠积极地配合治疗,两家人也给了她最温暖的关怀,她的情绪渐渐好转,只有一点,她害怕看到陶言,甚至不敢接近这个自己历经千辛万苦几乎耗尽生命生下来的孩子。

她无疑是爱陶言的,可是她怕自己心底还藏着责怪陶言的念头,怕那头野兽什么时候再次跑出来伤害陶言,更是因为当初的伤害,愧疚到不敢看陶言。

陶言从小,其实很少和母亲相处。

一开始,是因为温楠配合治疗,怕控制不住伤害陶言,所以不敢靠近她。

待到病情好转,温楠打定主意要离婚,于是不想和女儿牵扯太深,再加上愧疚,她认定自己不是一个好母亲,所以更是选择远离。

陶言记得,幼时,她曾听过小区里一些知道他们家事情的人偷偷说,她母亲曾经差点杀死她,更是有些人在她耳边碎嘴,说妈妈不要她了。

那时,小陶言哭着跑回家,问遍了身边所有的人,妈妈是不是讨厌她,是不是不想要她,是不是因为她,妈妈才会生病。

可所有人都告诉她,不是那样,妈妈很爱她,她是所有人期待珍爱的宝贝。

那次之后,他们搬离了那个小区。到了新家,小陶言仍旧很少见到母亲,直到三岁那年,她偷偷听到了父亲和母亲的电话,说离婚的事情。

三岁多的孩子,已经隐隐懂得了离婚的含义,她不明白,既然所有人都说妈妈爱她,那为什么妈妈还是不愿见到她,要离开她和爸爸。

她听到陶知行问温楠:"真的要抛下孩子吗?"

更是听到温楠冷声回答:"我更不想因为孩子,一辈子被绑在这里。没有我在,她跟着你们,会生活得更好。"

才三岁多的小陶言不能完全理解这话的含义,只知道听到这两句话时,她的心脏蓦地变得很难受,喉咙比生病吃药时还苦,哽到发痛。

小陶言偷听到了陶知行和温楠约定好去民政局的时间。亲近母亲是每个孩子的天性,她终是没忍住,那天,她偷偷从家里跑了出去,想要去民政局挽留妈妈。

明知道小孩子不能一个人离开家,可小陶言还是鼓起勇气,拿上存钱罐里的钱,偷偷从家里跑了出去。

她一个人跑到街上,茫然地站在路边,思考了半天,才想起来,可以在路边招手打车。

她观察了半天,终于迈开小腿,紧紧攥着手中的钱,走向马路边。然后,一个陌生的叔叔走到了她身旁,脸上挂着奇怪的笑,温声问她要去哪里、是不是要打车,还说可以坐叔叔的车。

小陶言有些害怕,下意识地摇头说不用。

只是在她转身想要离开的时候,那个陌生的叔叔直接将她抱了起来。小陶言开始挣扎,开始哭闹,可是小孩子的力量太小,那个男人把她按在怀里,嘴里还说着"昨天已经吃了好多糖了,今天真的不能再吃了,不然妈妈要骂人了"之类的话。

小陶言终于还是被抱走了,因为她不停地挣扎哭闹,那个叔叔拿了一块什么东西放在她的鼻子前,然后,她渐渐失去了意识。

中途,她醒了过来,却发现自己被关在一个黑漆漆没有光的地方。小陶言怕得止不住发抖,疯狂地拍打着周围能触碰到的一切。也许是被外边的人听到了动静,漆黑的地方被打开了一条缝,漏进来了一缕光亮,然后,小陶言被提溜了出去,那个陌生的叔叔打了她,让她安静些。

小陶言被打怕了,再次被关进那个黑漆漆的地方的时候,尽管怕得浑身发抖,她也没敢再发出动静。漆黑得像是笼子一样的地方,透不进一点光,小陶言眼泪都流干了,眼睛胀痛,渐渐失去了力气,昏了过去。

再次醒过来,她发现自己躺在医院,身边守着爸爸、爷爷奶奶、外公外婆、舅舅舅妈,几乎所有亲人都在,却唯独不见母亲。

看见家人的瞬间，小陶言的眼泪像开了闸一般停不下来，被陌生人带走、被打、被关进漆黑笼子的恐惧好似都因为有了家人在身侧而变得更加明显。

可是，在家里人哽咽着声音安慰她的时候，她还是忍住了哭腔，期待地看向父亲，问他："爸爸，你和妈妈离婚了吗？"

问出这话的时候，他们的表情，陶言已经记不清了，只记得，这话落下后，病房里只剩下死一般的寂静。

而后，陶知行颤抖着声音问她："桃桃，你告诉爸爸，你为什么要一个人跑出去？"

小陶言只是哭着说："对不起爸爸，我偷听了你和妈妈的电话，我想去民政局，我想让妈妈别走。"

那时的小陶言不知道，因为她突然走丢，温楠和陶知行并没有来得及办理完离婚手续。报完警，温楠就满大街地找人，在小陶言被营救时，看到她浑身是伤的模样，更是直接昏死了过去。

在小陶言醒过来的时候，温楠正躺在另一间病房里。

母女俩前后脚醒来，听到小陶言醒来的消息，温楠第一时间赶到了她的病房，却恰好，在门口听到了她这句话。

于是，好不容易好转的病情又有复发的迹象，温楠将小陶言险些被拐卖的错归咎到自己身上。

她不敢再靠近小陶言，甚至看到女儿的照片，都会产生强烈的负罪感。想到小陶言受到的伤害，她会忍不住自残，好似这样能赎罪一般。

陶知行终究还是和温楠离了婚，温楠出国前，见了小陶言最后一面。

那时的她，完全不知道该怎么和女儿相处，在小陶言问出"妈妈，你是因为我才会生病吗"的时候，她只是强忍着泪，摇了摇头。最后，她留下一句"我不配做你妈妈，往后，你跟着爸爸好好生活"，就头也不回地离开了。

那时的小陶言还不能完全理解这话的意思，只知道，妈妈不要她了，妈妈要去很远很远的地方，她可能再也见不到妈妈了。

她那时把自己锁在屋子里，哭着想，爸爸他们都是骗子，他们全在骗她，妈妈明明就、明明就……不爱她，也不想要她。

所以，她十分厌恶别人的欺骗。

所以，尽管家里人都很宠爱她，陶言依旧养成了乖巧的性子，被母亲抛弃的不安一直伴随着她，她怕她不够乖巧，怕她会再次被抛弃。

所以，因为幼时那次的经历，她畏惧黑暗，患上了轻微的幽闭恐惧症。

后来，长大的陶言渐渐明白了当初的事情，她理解了母亲为什么会选择离开，也渐渐接受了母亲生病很大一部分是因为自己的事实。

其实她到现在仍旧不知道，母亲到底爱不爱她。陶言想，大抵是爱的，可除了作为一个母亲，她首先是她自己。

陶言很感激母亲让她来到这个世界上，所以，她并不怨恨母亲的选择，她只是希望，母亲往后余生，能过得开心些，更开心些。

因为父母这段感情，陶言的择偶观受到了很大影响。

她觉得合适比喜欢更重要，她希望如果要恋爱，彼此的性格、习惯、观念，甚至是地域都应该是合适的，她希望另一半性情温柔、懂得包容、情绪稳定。

只是，这样的人，可遇不可求。

失眠到深夜，陶言第二天真的被迫睡了懒觉。

快十一点才醒来时，手机里好几条江屿绥发来的消息。

八点三十分。

言归于好：早安。

十点整。

言归于好：醒了吗？

十点四十分。

言归于好：我得先去一下公司，中午赶回来，可以一起吃饭吗？

原本还有些睡意蒙眬的陶言看到这三条消息，完全清醒过来。

看到"言归于好"四个字，又不可避免地想到昨晚张格格说的那些话。

陶言的心急促跳动了下，葱白纤细的手指触上屏幕。修改备注的时候，却又停顿下来。

良久，她才咬着唇，认真地敲下"江屿绥"三个字。

而后，她回到消息界面，纠结半响，还是回复：好。

消息发出去不过几秒时间，界面就弹出了新的消息。

江屿绥：醒了吗，我大概十二点能回学校，你下午有课吗？

没料到消息会来得这么快，陶言怔了片刻，轻轻落下指腹：下午三点半有一节课。

另一边的人仿佛一直守着手机，不过十几秒的时间，又再次回复过来：中午有什么想吃的吗？

拒绝的话落下了一半，陶言眼睫半垂，不知想到什么，又将那敲到一半的话尽数删除，回复：都可以。

江屿绥：学校外面有一家淮扬菜还不错，就去那里可以吗？

陶言：好。

江屿绥：那我回学校了来接你，我们一起去。

陶言：不用接，我们约个时间，我自己过去就行。

江屿绥：可是，我想来接你，可以吗？

指腹悬在屏幕上方，陶言眼眸睁大，白皙的脸颊因为这句话渐渐染上了绯红。

尽管江屿绥每一条消息都是温柔的询问，但一想到他的脸，这些询问就莫名多了几分不容拒绝的味道。

陶言最终没有回答这个问题，只是道：我去洗漱了。

半分钟后，江屿绥回复：好。

接下来的时间，陶言都没有办法静下心来做事。

好似从昨天下午听到江屿绥表白开始，她的心就没有安静下来过，脑袋都成了一团糨糊，根本没有办法冷静地思考。

十一点五十分的时候，她收到江屿绥的消息：我到宿舍楼下了。

视线从手机屏幕上移开，落到桌上一个小时都没能翻几页的课本上，陶言耳根热了热，"唰"地合上了书。

她倏地站起身，凳子在地板上划出一道声响。

恰好向玮筠从阳台走进来，看到陶言从书桌前离开，随意地问："言言，要去吃饭吗？"

李曜希社团有活动，一早就走了，舒悦也出去约会了，宿舍就只有陶言和向玮筠在。

陶言微不可察地僵了僵，竟莫名有种背着室友去做坏事的心虚感。她轻咳一声："嗯，我和朋友约了一起。"

向玮筠没多想，只是失望地"啊"了声："我还说我们一起去吃呢。"

本就心里有鬼的陶言更觉心虚，脑子还没反应过来，嘴巴已经先一步张开："我们去学校外边的那家淮扬菜馆，要不我给你打包？"

话刚一出口，她就闭紧了嘴巴，心中后悔不已。

好在下一秒，听到向玮筠的拒绝："不用麻烦了，我随便去食堂吃点就行。"

怕自己再说漏嘴，陶言不敢再多话，只揣上手机往宿舍门走："那我先走了，拜拜。"

还不待向玮筠回应，她已经打开了宿舍的大门，疾步走了出去。

只留向玮筠一人，看着几秒内打开又被合上的宿舍门，奇怪地嘟囔了句："怎么这么着急？"

小跑着到了一楼，陶言的脚步才慢下来。因为着急，她带着些微的喘，又想到宿舍楼前还等着的人，更是莫名紧张，连呼吸都觉得困难。

她紧了紧手，深呼吸了几下，神情勉强恢复平静。踏出宿舍楼，对面路边站着的人映入眼帘，身姿颀长，峻拔硬挺。

她脚步微滞，眼睫颤了颤，却还是故作镇定地朝人微微领首算是打招呼，只是视线刚一相触，便像是被烫到了一般倏地半垂下眸。

重新迈步，步伐却无意识地变得缓慢。

与陶言相反，江屿绥一见到她，胸腔里那颗原本平稳跳动的心脏便不受控制地开始疯狂跳动，滚烫的血液流经四肢百骸，令脊背生出难以言喻的战栗，促使他急促地迈步，不过几秒的时间，便走到了女孩面前。

走下台阶，陶言刚一抬眸，便看到原先还在对面的人已经走到了她跟前。

她眼眸微微睁大，局促地开口："学、学长……"

江屿绥目光灼热，却又压抑克制着，不敢让更多的渴望倾泻，只怕会吓到面前的人。

他喉结上下滚了滚，只溢出低沉的一个字："嗯。"

两人间的氛围有了些莫名的变化，仿佛被浓厚的雾霭裹挟，看不清前路，也无法后退，只能局促地站在原地，忐忑地观察着周围，却不敢轻易踏出一步。

陶言喉间莫名干涩，轻咳一声，小声说："我们走吧。"

怕关不住心中压抑着的浓烈感情，以至于连话也不敢多说，江屿绥只一错不错地看着女孩，简单地应答："好。"

话落，他转身迈步。

陶言跟在他身后，隔了两步远的距离。

两人一前一后地走着，如同往常，却又与往常有着细微的区别，比如走出宿舍楼外的小路后，原本两步远的距离不知何时渐渐被缩短，变成了并肩走着。

江屿绥控制着步伐，直至与女孩并肩，唇角扬起一抹微不可察的弧度，只一瞬，又克制地平复下去。

还没到下课时间，一路走来，只零星地看到几个人。但得益于两人出众的颜值，还是吸引了很多目光。

只是两人一个满心满眼都是身旁的女孩，全然看不见别的，一个内心局促，根本无暇顾忌其他。

于是，在这种莫名的氛围下，两人一路无话却又莫名和谐地到了餐厅。

正值饭点，餐厅里面的人不算少，江屿绥提前订了位置，服务员领着两人上了二楼，进了包间。

窗户是向内开设的，从二楼往下看，能看到对面的回廊和中央的小池塘，几尾红鲤在水中游弋，偶尔能从荷叶的间隙看到橙红色的尾巴尖。

窗户边挂了一串风铃，微风拂过时，会轻轻碰撞发出清脆悦耳的响。

陶言还在看那几尾红鲤，又被耳边响起的风铃声吸引，下意识地收回视线，仰头望向那串简单的铃铛风铃。

直到耳边突然传来一道低沉的男声："喜欢这个吗？"

陶言骤然醒神，猝不及防撞进江屿绥漆黑的眸中，深邃得仿佛能将人溺毙。

胸腔里的那颗心蓦地重重一跳，传进耳朵里的话没能顺利地被脑袋分析出含义，陶言指尖轻蜷，喉间莫名发涩："什、什么？"

江屿绥哑声低笑了下，眉眼间透着柔意："喜欢风铃吗？"

陶言眼睫颤了颤，白玉般的耳垂不受控制地漫上绯色。她垂下眼睑，握着茶杯，含糊地低喃："还好。"

"嗯。"江屿绥嗓音磁沉，含着莫名的笑意，"知道了。"

知道了？知道什么了？

低哑惑人的嗓音传进耳中，陶言耳根莫名发痒，微凉的掌心被透着暖意的茶杯焐热了些许，她掩饰一般喝了口茶。

唇齿间残留着微涩又带着回甘的茶香味，陶言慌乱地移开视线。

包间里安静一片，气氛莫名胶着。

陶言无意识地喝着茶，缓解难掩的局促与尴尬。她脑子里乱糟糟的，好似想了很多，却又说不出到底想了什么。

思绪糊成一团，以至于她完全没意识到，每次在她一杯茶快要喝完的时候，江屿绥都会不动声色地给她续上。

不知道到底喝了多少，直到再次抬手想要将茶杯送到唇边时，一只骨节分明的手掌伸过来，掌心轻触她的手背。

江屿绥缓缓声提醒:"别喝太多茶。"

他的掌心带着一层薄薄的茧,肌肤灼热,让相触的手背也漫上一股难以言喻的酥麻烫意,陶言眼睫轻颤,那只手不受控制地蜷缩了下。

她胳膊轻轻往后缩了缩,动作小心翼翼,姿态却慌不择路,将那只手从男人掌心撤出。

白玉般细腻微凉的肌肤从掌心抽离,江屿绥指尖轻蜷,心中蓦地生出抹不舍。他喉结滚动,克制住想要将人紧攥在手心的渴望,不动声色地收回手,规矩地落在桌前。

他喉间干涩,灌了一口冷茶,眼眸暗沉,嗓音却不疾不徐,为自己有些冒犯的举动给出冠冕堂皇的解释,从容地道:"马上吃饭了,喝太多茶对胃不好。"

陶言手背还在发烫,心尖颤颤,稀里糊涂哪里理得清思绪,只能跟着他的话顺着往下想,胡乱地点头:"哦,我不喝了。"

看她堪称乖巧的模样,江屿绥喉间发痒,险些没能忍住。他心底暗骂一声,狠狠掐着掌心,才克制住那些现在还不该出现的汹涌情绪。

他轻咳一声,嗓音莫名发哑,兀自转了话题:"周末有安排吗?"

来不及思考,陶言下意识地回答:"没、没有。"

"那……"江屿绥喉结滚动,面上强装镇定,嗓音却透着忐忑,"我可以约你吗?"

话落,周遭莫名寂静,气氛几乎凝固。

陶言下意识又想拿起茶杯,指腹触到冰凉杯身的那一瞬,手背莫名泛起一股酥麻痒意。仿佛被烫了似的,她倏地松开手,涩声道:"我周末要、要去图书馆学习。"

也不算骗人,陶言理直气壮地想,她本来也是打算去图书馆的。

却不料,下一刻,会听到这么一句话。

"那我们一起。"

陶言诧异地抬眸。两人的视线相撞,她眼睫颤了颤,却强撑着没移开,艰难挤出一句:"你周末,不用去公司吗?"

江屿绥唇边笑意未显,眉眼间却流露出一丝笑意:"嗯,这周不去了。"

陶言哑然:"那、那也不用,和我一起去图书馆。"

"难道只准你一个人爱学习吗?"江屿绥玩笑似的,朝陶言眨了眨眼。

"不、不是。"陶言无措地摇头,怕被解读出别的意思,造成误会,"我不是这个意思。"

江屿绥缓缓声道:"嗯,好了,不逗你了。"

他一瞬不瞬地看着她,语调温和妥帖:"可是我在追你。"他认真道,"陶言,我想陪你一起。"

顿了顿,他哑声继续:"不管是去图书馆,还是别的什么地方,我只是不想和你分开,只是想……能一直和你在一起。"

一字一句,拨动心弦,平静的心湖泛起阵阵涟漪。

仿佛被这几句话灼伤,陶言近乎窘迫地躲开了他的视线。可两人之间不过隔着一张并不算大的桌子,尽管视线不再相接,她却仍旧能感受到他炽热的目光。

陶言脸颊发烫,漫上一层绯色,像皑皑白雪里绽放的红梅。

终是没忍住,她瞪了对面的人一眼,咬唇没好气道:"你、你不准看我。"

明明是气恼至极的蛮横警告,经她的口中说出,却好似羞赧的撒娇。

江屿绥齿尖发痒,目光在她腮边那抹红上凝了一瞬,才不动声色地移开些许,只是那抹艳色还残留着,不时浮现在眼前,让本就不算平静的心绪起伏得更加厉害。

他捏紧了手,又无声松开,反复几次,才沉声道:"抱歉。"

气氛再次凝固。

陶言攥了攥手,酝酿半响,才终于鼓起勇气,问出了这次赴约最想知道的事情:"你之前……"

她抬眸,组织着语言:"送给我的那条手链,为什么会和我之前丢的那条一模一样?"

时隔半月,在江屿绥以为她根本不在意的时候,又猝不及防听到她提起,以至于那一瞬间,他根本没法控制自己的情绪。

一贯淡然的神色露了端倪,死死压抑着风暴的平静海面被汹涌而来的浪潮掀起了波澜。

江屿绥眼眸幽深,不知回忆起了什么,漆黑的眸中隐隐流露出一丝隐忍到极致的渴望和疯狂的爱欲来。

那些莫名的情绪转瞬即逝,快到陶言还来不及反应,便没了踪迹。

第十七章 / 纸条

片刻后，陶言听到江屿绥沙哑着嗓音开口："你还记得你那条手链是什么时候不见的吗？"

不知为何，陶言心尖莫名发紧，如实回答："高一下学期开学后不久。"

江屿绥看着她，一字一顿："是2019年4月20日。"

莫名熟悉的数字，令陶言呼吸微窒。她眨了眨酸涩的眼，嗓音微微发哑："好、好像是这个时间。"

江屿绥一瞬不瞬地看着她，意料之中地没从她面上看到一丝额外的情绪。

少顷，他哑然失笑，却好似在自嘲："你应该不记得那天的事了……"

一直在思考这个日期为什么熟悉的陶言，在江屿绥说出这句话后，终于回忆起了这串数字的特殊之处，于是在还没反应过来他这句话的意思的时候，下意识地脱口而出："190420是你的锁屏密码？"

两句话一前一后地落下，中间间隔不过一秒时间。

周遭气氛凝滞，江屿绥失神地看向她，薄唇张合了几下，嗓子却发不出丝毫的声音。

而陶言，在说出这句话后，后知后觉地反应过来江屿绥那句话的意思，随即意识到这串数字背后的意义，眼睫发颤，怔怔地僵在原地。

良久，江屿绥终于找回自己的声音，艰涩的嗓音带着颤："嗯，是密码。"

陶言疯狂回忆，企图找出这个特殊的日子到底发生过什么事，却只是徒劳，除了能回忆起当初意外丢掉手链后的慌张，便只余找不回手链的伤心和无措。

她的指腹无意识地在茶杯上摩挲："为、为什么？"

有一阵微风轻拂而来，抚过窗边悬挂的风铃，铃铛轻轻摇晃碰撞，发出清脆悦耳的响。

江屿绥缓缓启唇，似是怕惊扰了什么，低哑着声音轻轻道："那是我……喜欢上你的日子。"

一晃几日过去。那天被勾起了好奇心，抓心挠肺想要知道事情前因后果的陶言，没忍住问张格格：你还记得我丢掉手链那天，到底发生了什么吗？

突然收到消息的张格格一脸蒙：什么？那天有发生什么吗？

已经仔细回忆了好几天，却还是没有任何头绪的陶言也很无奈：你仔细想想？

沉默了几秒，张格格回复：给点线索？

这回换陶言沉默，且沉默的时间更久。

半晌，她迟疑着，如实道：江屿绥说，这一天，是他喜欢上我的日子。

界面安静了几秒，不出所料，又被张格格兴奋的感叹词刷屏。

直到心中的激动情绪尽数吐露，张格格勉强恢复平静，镇定地分析：首先，咱们先来理一理那天的时间线。

陶言这几天已经反复回忆了多次，能想到的，除了得知手链丢失的慌乱，就是和张格格沿路寻找手链却无果后的伤心与沮丧。

没什么建设性的意见，陶言坦诚：我只知道那天是周五。

张格格：首先，那天我们肯定都在上课。

陶言无奈：嗯。

张格格：其次，上课期间……完了！上课期间有发生过什么吗？脑袋空空，完全想不起来！

陶言沉默了几秒，发出了六个黑点。

张格格：没事，我们可以先跳过这个步骤，快进到放学后。我记得你丢手链的时间也是在下午放学后。

张格格：那条路线我们来回找了好几次，我现在还记得清清楚楚。

陶言也清晰地记得：是从学校到冰品店再到公交站。

那时学校后门大约一千米远的地方开了一家冰品店，卖凉糕、凉虾、冰粉等各种小吃，口味丰富，品种繁多，张格格去了好几次，陶言也馋，所以那天放学后准备去尝一尝。

两人从学校后门离开，穿过小巷，一路直奔冰点店，之后从冰品店离开，往几百米远的公交站走。在等公交车的间隙，陶言发现手链不知什么时候不见了。

两人慌慌张张地又沿路返回，从公交站到冰点店再到学校后门，走了不下三遍，却什么也没找到，最终只能无奈地放弃。

张格格到现在都还记得，当初陶言伤心了好久。

可惜的是，张格格绞尽脑汁地回忆了许久，也还是和陶言一样，没有任何头绪。

最后，她索性道：都好几年前的事情了，现在哪里还能想得起来，只能想到你丢了手链眼泪汪汪的模样。要是实在想知道，直接问江屿绥不就行了嘛，多简单。

其实那天吃饭的时候，被江屿绥那话勾出了好奇心后，陶言就因为想不起来，而起过直接问江屿绥的念头，只是当时……

当时是怎么回事呢……陶言想了下，想到江屿绥说出那句话后，她露出了震惊且茫然的表情，而后，江屿绥低沉短促地笑了声，漆黑的眸晦涩，却兀自转了话题。

他不再说这件事，话题也被转移，她也就没有再提。

之后，她再想到他说的话，后知后觉地开始好奇，好像有根羽毛不停地在她心上挠着，痒得她几乎要睡不好觉。

但出于莫名的别扭，她又不想直接问江屿绥。仿佛主动开口问了这件事，就显得她在意他喜欢她这件事了一般。

于是她宁可折腾自己，折腾张格格，也不想主动去问江屿绥。

她抿了抿唇：我才不要问他。

从这短短的几个字看出了什么，张格格发了个偷笑的表情，敷衍又揶揄：好好好，那不问他，我们自己想，想到天荒地老都想不起来也没关系，反正是他喜欢你，又不是你喜欢他嘛。

陶言眼眸睁大，因这话心跳突然变得不听使唤，耳根泛起热意。她愤愤地敲屏幕，颇有些恼羞成怒：张格格！

张格格见好就收，也怕把人惹毛了，立马安抚：好了，我们慢慢想，总有想起来的那天，要实在想不起来，那就算了，反正也不是什么非知道不可的事。

陶言冷静了下，结束话题：好了，我先去吃饭了。

她刚走到楼梯口，收到消息。

江屿绥：吃饭了吗？

这几天两人经常聊天，江屿绥很有分寸，挑起的话题也在安全范围内，从来不会说什么冒犯的话，两人维持着这种和谐友善的关系。

陶言慢吞吞地抬步下楼，回复：正在去食堂的路上。

江屿绥：我刚下课，正往三食堂走，你一个人吗？

看到这话，陶言指尖微蜷。

两人聊天，多数是江屿绥主动挑起话题，即便陶言只是简单回复，他也能顺着话题往下聊，而且在聊天时，不知是有意还是无意，会不露痕迹地向她坦白行踪。

陶言按灭了屏幕，没急着回消息。她垂眸认真地看着脚下的阶梯，等走出宿舍楼后，才重新拿起手机。

不到两分钟，江屿绥又发了几条消息。

江屿绥：三食堂新增了个过桥米线的窗口，听人说很好吃。

许是怕陶言误会什么，他又连发了几条。

江屿绥：听沈青奕说的，他是我室友。

江屿绥：如果你一个人的话，我们等会儿一起去试试？

江屿绥：或者你想吃别的？

三食堂是离她宿舍楼最近的一个食堂，步行过去，只需要五分钟。

还没想好要吃什么，但看到"过桥米线"几个字，陶言被勾起了馋意，不想让江屿绥轻易得逞，又莫名不想拒绝，于是只回：我马上到食堂了，不想等。

手机另一边的人像是会读心术一般，看到这话没有觉得自己被拒绝，反而眼底闪过一抹笑意。

江屿绥：好，那就不等，米线在46号窗口。

陶言在心里小声地哼了一下，没再回复，直接收起了手机。

食堂的人没多到满座，但也没多少空位，陶言先找到了46号窗口，点了一份米线后在就近的位置坐下。

却不料，她坐下不到两分钟，刚才还在手机上和她聊天的人就走到了她面前。

商学院靠近学校西门，距离三食堂大约十五分钟的路程，陶言没想到江屿绥来得会这么快，一时没遮掩住脸上的惊讶。

她瞪圆了眼："你不是才下课吗？"

"嗯。"似是来得太急,他低沉的嗓音中带着微不可察的喘,语调却含笑,"我跑来的。"

江屿绥站在她对面,目光灼灼地看着她:"我可以坐这里吗?"

陶言呼吸一滞,眼睫颤了颤,略有些慌乱地避开他的视线:"你想坐就、就坐呗。"

食堂也不是她开的。

她低垂着眼睑,因此没看到,在她说出这句话后,他倏然亮起的双眸,还有唇角扬起的遮掩不住的笑意。

江屿绥克制地清了清嗓子,放轻了声音,仿佛怕惊扰了什么:"好。"

他随手将包放到凳子上,又报备似的说:"那我先去点餐。"

陶言:"……哦。"

等人走远了,她才抬眸,小心地觑着他的背影,没忍住小声腹诽,是幼儿园的小朋友吗,做什么都要先同她说一声。

一分钟后,江屿绥拿着号牌回来,视线若有似无地从她桌面上的号牌扫过,闲聊一般提起:"温瑾哥是不是去申城了?"

"嗯。"陶言点头,后知后觉地疑惑起来,"你怎么知道?"

"我昨天和表姐通了电话。"江屿绥说,"她收到伯母送的礼物了。"

陶言这才了然:"哦。"她顿了顿,不动声色地问,"你怎么知道礼物是舅妈送给付姐姐的?"

江屿绥眉梢轻挑,不急不缓道:"是表姐说的。她说她收到了伯母送的礼物,她很喜欢。"

陶言想到当初舅妈对温瑾千叮咛万嘱咐,让他千万别多嘴说礼物是她要送的。结果现在……

猜到了是温瑾阳奉阴违,她漫无边际地想,要是以后这事被舅妈知道了……她克制地抿了抿唇,憋住快到唇边的笑。

她故作镇静:"付姐姐喜欢就好。"

说话间,不远处的窗口传来叫号声,陶言还没来得及反应,面前的号牌便被江屿绥拿走。

他骨节分明的手指一勾,就将号牌拢到了手中:"我去拿。"

不给她拒绝的机会,他长腿一迈,就离开了桌前。

陶言伸了伸手,唇微张,却只看到他修长挺拔的背影,指尖微蜷,她徒劳地放下了手。

不多时,热气腾腾的米线放到她面前。陶言低声道谢:"谢谢。"

"不用和我道谢。"江屿绥温声叮嘱,"小心烫。"

陶言不再多话,埋头专心吃。

没等两分钟,江屿绥也去窗口将自己的那份米线取了回来。

两人安静地吃着,默契地没有多话。陶言是猫舌头,怕烫,因此吃这碗米线的时间格外长,本想着江屿绥先吃完,就让他先离开。却不想,他的速度竟和她差不多。

两人一前一后放下筷子,甚至陶言还要先他一步。于是理所当然地,江屿绥将她送回了宿舍楼下。

离开前,江屿绥问:"明天早上想吃什么?"

"不用。"陶言下意识地拒绝,"我明天早上路过食堂随便吃点就行。"

江屿绥也没再坚持:"那我明天早上在图书馆等你。"

翌日。

陶言早上七点准时醒来,看到手机上江屿绥发来的消息:今天降温了,多加件衣服,小心着凉。

消息是十四分钟以前发来的。

陶言打开天气看了眼,温度比昨天要低些,心底划过莫名的情绪。她轻轻打字:好。

陶言轻手轻脚地收拾好东西,离开宿舍。

已是深秋季节,晨风带着凛冽的寒意,陶言加了件外套,但没有任何遮挡的脸颊仍旧被风吹得冰凉。

呼吸间都是凉意,她在食堂吃了早餐,就去了图书馆。

她到的时候,江屿绥已经在图书馆门口了。她走近,仰头问他:"等很久了吗?"

江屿绥摇头:"没有,刚到。"

陶言却察觉到了他周身的寒意,分明像是在外站了许久。她抿了抿唇,没多说什么,转身往图书馆入口走:"走吧。"

图书馆人不算少,却十分安静。比起在其他地方,这样不用说话的环境显然令陶言感觉更加自在。

两人在相邻的位置坐下,江屿绥从包里拿出一个与他自身气质格格不入的保温杯。

将保温杯放到桌上,他凑近她耳旁压低声音:"我准备了红枣茶,已经不烫了，可以喝。"

周遭静谧，他刻意压低的嗓音更显磁沉，仿若耳边的呢喃。

灼热的气息洒在耳侧，泛起阵阵酥麻痒意，陶言缩了缩脖子，耳根漫上一层绯色。她抬手揉了揉耳朵，同样压低的声音带着恼意："你别凑这么近。"

"抱歉。"江屿绥目光落到她耳垂上，原本白嫩的肌肤染上了红，像熟透的樱桃，轻轻一抿，便能溢出酸甜的汁水。

他喉头颤了颤，眼眸暗沉，认真地道了歉，又解释："我只是怕太远了你听不清。"

陶言眼睫垂下，翻开书："认真学习。"

江屿绥喉结滚动："好。"

接下来，两人都没再说话。

令陶言有些意外的是，江屿绥特别规矩。

其实他们的距离不算远，甚至只要稍微伸伸胳膊，就能触碰到。一开始，陶言特别小心地留意着，生怕不注意，两人就会碰到。

可后来她发现，身侧的人似乎比她更小心，每次她稍微有点动作，他便会不动声色地往旁边挪一挪，仿佛生怕被她碰到似的。

注意到这点，陶言动作微滞。

随即，她敛眸，神情自若地接着学习。只是连她自己都没意识到的，她捏着笔的那只手，无声地收紧了些许，粉润的指尖都泛着青白。

一小时后，突然从旁边伸过来一只手，骨节分明的修长手指轻轻敲了下桌面。

轻微的响动惊醒了沉浸在学海中的陶言，她侧眸。

他没像之前一样凑近，只将一页纸推了过来，覆在她翻开的书上。他眉眼温和，视线往下点了点，示意她看。

陶言垂眸，那页洁白的纸上，被黑色签字笔写下了一句话：别一直盯着书看，休息一下眼睛。

笔锋锐利，遒劲有力。

陶言盯着这句话，看到那个"别"字，心底突然涌上莫名的恼意，她想，他又不是她什么人，凭什么管着她、凭什么命令她。

可又明白，这话只是善意的提醒。

于是不合时宜的恼意被她强压下去，但神情却不可避免地冷淡下来，连带看这页纸也不顺眼。

她将这页纸原封不动地推回他桌上,一言不发地起身,离开了座位。

敏感地察觉到她情绪的变化,江屿绥神色一变,见她离开,也赶忙放下笔,跟着走了出去。

等陶言从洗手间出来时,就看到站在走廊尽头窗口的江屿绥。

看到她的身影,江屿绥站直了身子,疾步走近。

两人站在走廊边,周遭没什么人。

陶言抬眸看向拦在自己面前的人,神情平静。

江屿绥略有些迟疑:"你怎么了?"

虽然这里不需要保持完全的安静,但周遭静谧的氛围,还是让江屿绥下意识地压低声音。

陶言眼睫垂下,避开他的目光:"什么怎么了?"

"你不开心。"江屿绥没用疑问句,而是肯定地说出了这句话。

陶言眼睫颤了颤,下意识地否认:"我没——"

江屿绥第一次打断她的话:"是我又做错什么了吗?"

陶言诧异地抬眸:"什么?"

江屿绥指骨微蜷,语调近乎小心翼翼:"对不起……是不是因为我之前说话离你太近了?"

反应过来他指的是两人刚坐下时他凑近她说话,陶言面露愕然:"不、不是。"

不说他已经道歉了,陶言当时也没有生气,更多的是羞恼。

只是因为这个,她突然反应过来,所以……后来他一直小心翼翼怕碰到她,可能是因为怕她生气?

她神情微滞,心底一松,突然问:"你很怕我生气?"

江屿绥颔首,一动不动地看着她,面色沉静,声调却近乎卑微:"我很怕。"

怕她生气,怕她不理他,怕两人好不容易拉近的关系再被她舍弃。

平静的心湖拂过一道暖风,荡起一阵涟漪。好似喝了口蜜桃味的气泡水,一个个小小的气泡在嘴里炸开,舌尖都是迸出的酸甜。

陶言克制又克制,才压住了唇边快要溢出的笑意。

她轻咳一声,又游离开视线:"我没生气。"

江屿绥不太相信,但仔细观察她的神色,见她心情似乎好了很多,虽然仍旧不明白她刚才是怎么了,但还是松了口气。

他还不大放心地问:"真的?"

陶言重重地点头:"真的。"

两人一同回去。

江屿绥拿起保温杯,拧开瓶盖,倒了一杯红枣茶,递到陶言桌边,语气并不强硬:"要喝点吗?"

陶言点头,伸手接过。

茶水暖热,温度正好,舌尖尝到了一丝香甜醇厚的味道,她眉目舒展。

一杯喝完,她视线从他桌面掠过,这会儿也不觉得那页纸不顺眼了,反而心中微动,主动伸手拿过那页纸。

她拿起笔,认真垂眸,笔尖落在纸张上,发出"沙沙"声响。

十几秒后,那页纸重新回到了江屿绥的桌面上,原本的黑色字体下方,又多出了一句话:很好喝,谢谢。^_^

看着那个简单的笑脸表情,江屿绥心尖泛甜。

他拿起笔,在这句话下面,一字一句地认真写下:还要喝吗?

已经还过去的那页纸重新回到陶言的桌面上,她侧目看了眼江屿绥,对上他含笑的双眸,压着唇角的笑意回眸。

安静的书桌上再次响起"沙沙"的书写声。

那页纸被两人当成纸条来回传送,洁白的纸张渐渐被黑色的字迹覆盖。

最后,那页纸被江屿绥动作轻柔、小心翼翼地夹进了一旁的书里。

周末很快过去,大一课程不多,但大二正是课多的时候,江屿绥空闲时还要处理公司的事情,时间更是紧张。

陶言本以为等到上课,两人可能很少有机会碰面,毕竟不是同院系,也不是同年级,两个学院一个在东边,一个在西边,宿舍也是南辕北辙的两个方向。

却没想到,她几乎每天,都至少能见到江屿绥一面。虽然见面的时间很短暂,有时只是远远看见点头打个招呼,抑或是短暂交谈两句,又彼此前往不同的地方,偶尔时间凑巧,能一起吃顿饭。

见面时间虽短暂,每天微信里的消息却不少。

又是周末,温瑾在申城还没回,陶言也不打算一个人回去。

周五那天,下课后她收到江屿绥的消息。

江屿绥:晚上一起吃饭吗?

消息映入眼帘，舒悦正好在她旁边说："言言、玮筠，地址我已经发给希希了噢，你们等会儿一起去就行。"

陶言点头应："好。"

舒悦恋爱了，本来上周六准备和男朋友请宿舍里的人吃饭，但因为李曜希有事回不来，就改到了这周五。

她垂眸敲屏幕：晚上和室友约了一起吃饭。

江屿绥：那晚上可以见一面吗？有个东西想给你。

陶言还没来得及回复，他又解释：我今晚的机票，要去州城出趟差，周一才能回来。

陶言想了想，问他：一定得今天给我吗？

片刻后，她看到他发过来的消息：我只是想在离开前见你一面。

陶言指尖微滞，耳根热了热，一时间不知道该怎么回复。

很快，那边又发来消息：可以吗？

仿佛眼前浮现出他在她面前温声问出这句话时的姿态，陶言抿了抿唇，最终还是问：你几点从学校出发？

江屿绥：机票还没订，等见了你再走。

这会儿刚踏出教室，舒悦还没走远，陶言叫住她："悦悦，我们晚上几点去、几点回？"

舒悦："怎么了，你晚上有其他事吗？"

陶言顿了顿，摇头："没有，就是随便问问。"

舒悦便也没多想："和饭店约的是七点，就在学校门口，六点半出发也来得及。今晚就是吃饭，也没有别的安排，吃完咱们就回。"

"好。"陶言应下。

她垂眸打字：我们应该是六点半从宿舍出发，什么时候回来还不确定。

江屿绥：我等下还有一节课，六点下课。那我下课后直接来你宿舍楼下找你，可以吗？

陶言想了下，觉得时间应该来得及：好。

傍晚六点十分，她收到江屿绥的消息。

她揣上手机，同两位室友说："有朋友找我，我先下去，在楼下等你们。"

向玮筠没多想："好。"

李曜希："那等会儿微信联系。"

"嗯。"陶言点头，拉开宿舍门走了出去。

宿舍楼下，江屿绥还是等在以前那个位置。

看见陶言，他抬步走近。下课后急着跑来，他呼吸略有些急促。两人走到一侧的小路，在长椅上坐下。

注意到他手上没拿东西，陶言侧头看着他："你想给我什么？"

来得太急，连书都是让室友帮忙带回宿舍的江屿绥看了眼空空的双手，哑然失笑。

他坦白："着急来见你，东西还在宿舍。"

陶言张了张嘴："那你来……"

话说到一半，她自己消了音，想到他之前发的消息，莫名滞了滞，又有些无措。

下一秒，她听到他说："我只是想来见你一面。"

他一瞬不瞬地看着她，眼眸晦暗，像幽深的潭，仿佛能将人溺毙："我周一才能回，整整两天都见不到你。"

陶言耳根又有发热的迹象，她避开他的目光，瞳仁慌乱地颤了颤："只是两天而已，而且可以、可以发消息。"

"嗯。"江屿绥声线低哑，没再继续这个话题，转而问："这周末还是去图书馆学习吗？"

陶言点头："应该是。"

"我可不可以……"江屿绥薄唇微张，话到一半，又突兀地改了后半句，"周一晚上能一起吃饭吗？"

顿了顿，他又不确定："提前三天预约，应该能轮到我吧？"

陶言险些又要控制不住想要上扬的唇角："我周一晚上没安排。"

江屿绥松了口气："你想吃什么？"

陶言无奈："现在才周五，周一再讨论吃什么这个问题。"

"好。"

周遭安静下来。陶言余光看着身侧坐着的人，又想到他刚才只说了一半的话，没忍住侧过身，抬眸望向他，乌润的杏眼里藏着好奇："你刚才原本想说什么？"

两人的目光撞上。江屿绥神色平静，眸中却晦涩难明，薄唇微张，嗓音低哑："真想知道？"

陶言心一跳，听了这话，反而不确定到底要不要知道，但又确实好奇。

她眼睑半垂，语调有些飘忽："嗯，想知道。"

"那——"江屿绥轻咳一声,"我说了你别生气。"

陶言看他一眼,抿唇轻声道:"我不生气。"

"我是想问……"江屿绥顿了顿,小心翼翼地觑着她,声调含糊,"我不在的这两天,可不可以,和你视频。"

话落,周遭寂静。

陶言被这话震住,一时来不及反应,只怔怔地看着他。

江屿绥薄唇微抿,眼里闪过心虚,却还是执拗地看着她,小心又谨慎地开口:"你答应了不生气的。"

"你……"陶言终于反应过来他话里的意思,一时又局促又羞恼,别开视线,小声哼,"我才不要和你视频。"

"我知道。"江屿绥神情不变,语调低沉,"我现在还没资格。"

"我不是——"话到一半,陶言又咽了回去,依旧别开视线,迟疑着缓声继续,"我只是……不习惯和人视频。"

他的目光一直紧紧追随着她,将她所有情绪尽收眼底,漆黑的眼眸染上了纵容和暖意,温声附和:"嗯。"

两人坐在长椅上,气氛安谧。

直到陶言的手机轻响一声,是李曘希发来的消息。

她侧眸:"那我走了?"

江屿绥看了眼时间,虽然不舍,但也没说什么,颔首低声道:"好。"

两人同时站起身,江屿绥高大挺拔的身躯能将陶言完全笼罩,看起来充满压迫感,但他却无声无息地收敛了周身的气势,像是凶猛的野兽甘愿俯首,将唯一能桎梏自己的缰绳交到了女孩手上。

他的目光凝在陶言脸上,喉结滚动,嗓音温和:"回去吧。"

"嗯。"陶言最后看了他一眼,转身抬步,往宿舍楼门口走,迈开两步,又迟疑地停下。

她站定回眸,碧绿的杏眼清澈透亮,认真地看着他,轻声说:"路上注意安全,一路顺风。"

江屿绥终是没忍住,唇边漾出了一抹笑,宛若冰雪消融,漆黑的眸里藏匿着汹涌的爱意:"好。"

第十八章 /
语音

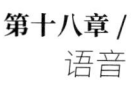

虽然要不要视频这个问题被暂时搁置,但每天的消息却不会缺席。

两人聊的话题不会出格,不外乎吃了没、吃的什么、做了什么、天气凉了、注意加衣这一类日常保守且不会触及高危线的话题。

陶言每天宿舍、食堂、图书馆三点一线,没什么特别的。

江屿绥好似怕她觉得这些话无趣,也怕她回复他的消息时觉得无聊,所以几乎是事无巨细地向她说着他的生活细节,希望能引起她的兴趣,哪怕只是一分。

周六中午,看着他发来的图片和他夸张的描述,陶言知道了他住的那家酒店做的西湖醋鱼很难吃。

周六下午,他拍了一匹小白马的照片发给她,陶言知道他和合作方去了马场,知道他原来还会骑马,且骑术精湛,赢了合作方一行所有人。

照片中的小白马长得很漂亮,陶言没忍住感叹了句,江屿绥便立马抓住机会,似是随口提议:它性情很温顺,等以后有机会我带你来试试。

他的话总是点到为止,许是怕陶言反感,没敢过多赘述"以后",只是自然而然地转了话题,又说起他和合作方的人打麻将,只消遣几局,但赢了钱,回来可以请她吃饭。

周六晚上,他发过来的照片是摆满了资料的书桌。

周日早上,陶言醒来,看到他的消息,是说今天预报有雨,让她记得加衣、带伞。

中午,他似乎有些忙,消息没那么频繁,只说吃到一家很好吃的松鼠鳜鱼。

这晚,陶言在图书馆待到快闭馆,离开时,天色昏暗,落下了绵绵细雨,在昏黄灯光下，连绵如丝。

秋风萧瑟，带来阵阵凉意，她拢了拢身上的外套，从包里拿出伞。

撑开伞的时候，她顿了几秒，从包里拿出手机，点开聊天界面那个简笔画桃子的头像。雨伞搁在肩头，她微抬起拿着手机的那只手，拇指轻动，拍了一张路灯下细雨如丝的照片发过去。

她垂眸，轻摁着屏幕，分享着这件微不足道的小事：真的下雨了。

却不料想，消息发过去不过两秒，安静的界面突然弹出了申请语音通话的提示。

她还戴着耳机，舒缓的音乐突然被铃声占据，惊得她手指一颤，误触了屏幕上的绿色接听键。

下一秒，男人低哑沉缓的嗓音从耳机里传出，仿佛耳边的呢喃。

"陶……桃桃。"

亲昵的称呼从江屿绥口中说出，喑哑的嗓音传进耳朵里，陶言呼吸一滞，昏黄的路灯下，蝶翼般的眼睫颤了颤，原本白玉般的耳垂突兀地漫上一层绯色。

天色昏沉，秋末的夜风带着寒意，女孩僵硬地站在原地，攥着伞柄的手紧了紧，指节泛白。

直到手机另一边的人再次开口，低哑惑人的嗓音令人脊背发麻——

"桃桃。"

他像是打开了什么不得了的开关，从第一声开口唤出这个称呼后，便停不下来了。

"桃桃……"他又唤了一声，全然不知道手机另一边的女孩听到他唤出这个名字后是怎样的模样，许是久久没能得到回应，又迟缓着低问，"桃桃，你在吗？"

陶言眨了眨眼，原本被寒风冻得冰凉的脸颊后知后觉地涌上热意，她近乎有些语无伦次："你……你怎么突然、突然给我打语音？"

耳机里安静了几瞬，江屿绥缓声认真地回答道："因为你不习惯和人视频。"

他答非所问，陶言一时不知道该说点什么。

她沉默着，江屿绥的话却没停："桃桃，我好想你。

"我想见你，听你的声音。"

他近乎赤诚地、将自己苦苦压抑了两天的思念尽数吐露："桃桃，我已经和你分开,整整两天了。"

他的话让她感到无措,慌乱间,只能嗫嚅着,小声问:"你怎么突然、突然这么叫我?"

"我不可以叫你'桃桃'吗?"他好似不太明白,也疑惑地问出了这么一句话。

顿了顿,还不待陶言回应,他又自问自答一般接着继续:"对不起,我现在好像还不能。"

他一字一顿,语调沉缓:"只有很亲近、很亲近、很亲近你的人,才可以这么叫你。"他将那三个字咬得很重,且很在意地重复了三遍。

沉默瞬息,他自言自语似的低喃:"虽然……我已经在心里这么叫你很多次了。"

陶言喉间干涩,因他的话面上涌起一阵热意,又敏感地察觉到了不对。

她轻咳一声,原本温软的嗓音带着几分哑意,迟疑着问:"你怎么了?"

"桃桃。"江屿绥没回答她的问题,而是低喃着问,"我可以这么叫你吗?"

陶言唇张了张,嗓子却像是被什么堵住了,没能发出丝毫声音。

他得不到她的回应,又追着问:"桃桃,可以吗?"

一边问着可不可以,一边又直接将这两个字从嘴里说出。

陶言有些恼,更多的是不知所措的羞赧。她咬了下唇,重复他之前说的话,轻哼:"这是很亲近、很亲近、很亲近的人才可以唤的称呼。"

"那——"江屿绥的声音好像更哑了,"我可以成为你……很亲近、很亲近、很亲近的人吗?"

耳根发烫,陶言紧攥着伞柄,细密连绵的雨丝不时会被斜风吹落几滴砸在手背上,带来阵阵凉意,手背冰凉,但攥紧的手心却发烫。

两人都没再说话。耳机里安静一片,只余浅浅的呼吸声,一道略重,一道略轻,交缠在一起,在静谧的氛围中滋生出莫名的暧昧。

直至手机另一边,突然响起一道模糊的声音,打破了两人间的沉默。

透过耳机传来的声音不算清晰,只隐隐约约能听到"醒酒汤"几个字。而后,那边传来窸窸窣窣的声响,没一会儿又重归寂静。

陶言眉心微蹙,迟疑着问:"你喝醉了?"

江屿绥回应的速度很快:"没有。"

过了几秒,他缓声解释:"我只喝了一点点。"

陶言沉默着,对他说的"一点点"生出少许怀疑。

像是从她沉默的态度中察觉了什么,江屿绥又忐忑地补充:"那我以后都不喝了,一点点也不喝。"

虽然没见过他喝醉的样子,但他这与往日大相径庭的模样,怎么也不像是才喝一点点没醉,再想到刚才模糊听到的话,陶言眼里溢出星星点点的笑意,语调藏着几分无奈和纵容:"嗯,那你先把醒酒汤喝了。"

江屿绥安静了两秒,又低声重复:"我没喝醉。"

"好,你没醉。"陶言近乎劝哄,轻声道,"但是醒酒汤都送来了,还是先喝了,好不好?"

"哦。"江屿绥嗓音低缓,竟透着几分诡异的乖巧,"那好吧。"

耳机里响起了窸窸窣窣的声响,随后,轻微的吞咽声传来。

瓷制器具放到桌面,发出清脆的一声响,江屿绥认真地道:"我喝完了。"

"好。"陶言温声应,连自己都没意识到,眉眼带着笑意,"那你现在去洗漱,然后早点休息。"

沉默了一瞬,却是难得地,他第一次反驳她的话:"……我不要。"

他呼吸声略沉,哑声道:"我不想休息,我想和你说话。"

陶言指尖轻蜷了下,细声呢喃:"已经很晚了,你该休息了。"

几秒钟后,江屿绥试探般轻声问:"那……可以先不挂断吗?"

不挂断……

不知想到了什么,陶言原本稍稍降温的脸又一下涨得通红:"不行!

"你、你早点休息。"

她略有些僵硬地落下这话,而后不待他回应,直接挂断了语音。

直到回到宿舍,陶言的脸都还没能完全降温,神色也带了几分羞恼。

舒悦一眼看见,觉得奇怪:"言言,你怎么了?"

陶言神情微僵,像被踩了尾巴的猫一样,浑身的毛都乍开了:"没、没怎么。"

她脚步急促,将包放下,拉开衣柜,三两下拿出睡衣,转身就走:"我先去洗漱了。"

见状,舒悦挑了挑眉,朝向玮筠道:"有情况。"

想到最近时不时在论坛刷到的消息,向玮筠嘴角压着笑:"看来过不久咱们寝又有人要请吃饭了。"

这晚,陶言因江屿绥醉酒后的举动不可避免地心慌意乱。

却不知,在相隔两千多公里的州城,同样有一人,在酒醒后因为自己唐突大胆的举动而局促难安到彻夜难眠。

周一的课排得很满,上午、下午都是满课。

陶言上午的课结束,得空看手机,将未读消息都看了一遍,才发现前两日一天消息恨不得发无数条的人今天却意外沉寂。

陶言目光落在那个简笔画桃子上,停顿了几秒,才若无其事地移开视线,将手机关上。

难免受了影响,下午上课时,一贯认真的她难得走神,会不自觉地时不时看一下手机。

只是直到最后一节课结束,沉寂了一天的聊天框里也没有弹出新的消息。

陶言抿了抿唇,莫名心烦意乱的同时,又免不了胡思乱想,生出了些许担忧。

什么都想了一通,在指腹忍不住要落下,想发消息问一下时,安静的手机突然响起了铃声。

霎时,仿佛时间回到昨晚,在昏黄的路灯下,连绵的细雨中。

陶言眼睫颤了颤,指尖停滞了半瞬,落在绿色按键上。

手机贴近耳边,陶言垂眸,安静地站在原地。

室友下课后都去食堂吃饭了,而陶言,因为上周的约定,在一整天都没收到消息的时候,拒绝了室友的邀请,独自回了宿舍。

此时,她站在回宿舍的小路上,周遭人来人往,间或传来的嘈杂交谈,更显出手机另一端的静谧。

终于,他启唇出声。

"陶、陶言。"江屿绥唤了声她的名字,声音却有些磕巴。

陶言的食指在手机壳背上轻轻挠了下,低声应:"嗯。"

许是从她这声简短的回应中听出了什么,再开口,他语调中原本不确定的忐忑褪去了许多:"我回来了。"

他低沉温和的嗓音里带着微不可察的笑意:"等会儿想吃什么?"

陶言顿了顿,这次没说都行:"火锅。"

"好。"江屿绥语调不疾不徐,"我在宿舍楼下等你。"

陶言先是应:"嗯。"随即一下站直了身子,一贯沉静的嗓音带了几分急切,"你已经到了?"

江屿绥默了默，没敢骗人，温声坦白："刚到。不着急，你慢慢来，我等你。"

三分钟后，陶言回到宿舍楼下。

还是往日那个位置，男人身姿修长挺拔，站在路边，无端引人目光。他神色冷峻，却在看见女孩的瞬间，冰雪消融，眉目间展露出温和的笑意。

彼此向着对方的方向走了几步，两人距离拉近。

陶言仰头看他，明明才三天没见，却不知是不是受他昨晚那些话的影响，竟生出了些许无措的生疏。

她眨了眨眼，注意到他眼下的青色，迟疑地问："你昨晚——没睡好吗？"

话刚出口，江屿绥刻意维持的温和表情僵了僵，直至听到后半句，才轻轻舒出一口气。

他低低"嗯"了声，目光一瞬不瞬地凝在她脸上，小心翼翼觑着她的神色，哑声说："我……我昨晚，有点醉了。"

昨晚语音时还嘴硬说自己没醉的人，这会儿却站在她面前，一副生怕她生气的忐忑模样，坦白自己昨晚是喝醉了。

陶言忍了忍，还是没忍住，杏眼中流露出细微笑意："嗯，我知道。"

见她眉眼间的笑意，江屿绥悬了一天的心终于放下了些许，悄悄松了口气。

他缓声问："所以……你没生气吧？"

昨晚江屿绥并没有醉到失去意识，签订合同后，免不了和合作方的人喝了些，后来醉意上头，那些压抑着的思念就格外难挨。

以至于在收到陶言的消息后，没能控制住自己的行为，唯一想到的，是她之前说过的，不习惯和人视频，于是在按下视频通话的前一刻，他转而拨了语音。

只是没想到，刚一接通，他会没忍住将在心底唤了无数次的称呼说出口。

听到透过耳机传来的她略微慌乱的呼吸声，他的脑袋似乎更晕了，心跳如擂鼓，心底关着的那头名为妄念的野兽趁着醉意挣脱了锁链。

他彻底失了智，那些放在心里最深处，因为怕吓到她，从不敢说出口的话，也尽数吐露。

在喝下那碗醒酒汤，洗完澡后，终于酒醒的他回忆起之前所做的一切，心里涌上后怕，担心吓到女孩，担心她会生气，以至于辗转一夜，也没能睡着。

无数次想发消息解释，又怕解释不清，像上次一样被删好友，被拉黑。

所以，他抓紧时间将工作收尾，订了最早的一趟飞机赶回来。

到学校后，直奔女孩宿舍楼下等着。

又等到下课时间，忐忑难安了几乎一天一夜，想到离开前女孩答应的事，终于鼓起勇气，试探地拨了个语音过去。

他强自镇定地开口，从她的语气里敏锐地察觉到她似乎并没有生气，悬着的心终于落下了些许。

直到两人见面，有了上次的教训，他直接坦白，小心观察着女孩的神色，不安地问她是否会因为昨晚的事情生气。

他眉眼深邃，眸底晦涩，薄唇抿成一条直线，姿态紧张地等着身前人的宣判。

因为他的话，陶言耳边似乎又听见他低沉喑哑的嗓音，亲昵地唤着她的名字，呢喃着说想她。

她白皙的脸颊慢慢爬上一抹红晕，眼神飘忽，试探一般："如果我、我生气了呢？"

明明只是一句假设，却令身前的男人倏地变了神色。

因为太过在乎，太过害怕，因为忐忑难安到事先想了许多女孩生气后会发生的事情，以至于在陶言说出这句话后，江屿绥并没有反应过来这只是一句玩笑假设。

于是，他慌乱无措地俯首，语调都带着颤："对、对不起。"

虽然设想了许多她生气的场景，但真到了这一刻，江屿绥却发现，他还是束手无措，只能笨嘴拙舌地道歉："对不起。"

他慌张地表达着歉意，却又不知道要怎么做才能令她消气，最后只苍白道："你别生气，我以后、以后再也不喝酒了。"

他的态度令陶言怔了怔，杏眼微睁。她张了张唇："不是，我没生气。"

她的语调近乎安抚，温声细语："我没有生气。"

见他骤然亮起的眼眸，她抿唇压住笑意，又想到他后面那句保证，移开了视线，轻哼："而且，你喝不喝酒，和我有什么关系。"

江屿绥心跳得厉害，泵出的滚烫血液流经四肢百骸，脊背战栗。他目光灼热地看着她，嗓音带着刻意压制的哑："嗯，现在和你没关系。"

他不会反驳她，却也抠着字眼，只说"现在"。

又怕自己的小心思被发现，他不动声色地转了话题："已经订好火锅店的位置了，现在走吗？"

"我先上去放一下包。"拎着好几本书,陶言指了指一旁的宿舍楼。

江屿绥颔首:"好,我等你。"

周二还有早八,两人没走太远,就在学校不远处的火锅店。

散步一样的速度,到达火锅店时,时间也还不到七点。

还是与之前一样点的鸳鸯锅,期间,江屿绥和陶言分享了这两天发生的一些趣事。

虽说他这两天做了些什么,都已经在微信上和她说过,但总是能从同样的事里面说出点不一样的东西来。

两人边吃边聊,气氛和谐,全然没了以往独处时的尴尬。

回去的路上,途经校内停车场。

江屿绥停下脚步,侧身对陶言说:"等一下,我拿个东西。"

陶言点头,见他转身走到车旁,拉开副驾驶位的车门,拿出一个小纸袋。

深秋的季节,太阳落得早,此时天色早已暗了下来,几盏路灯亮着,洒下昏黄的光。

陶言的目光落到江屿绥手上,不甚明亮的灯光下,素色的纸袋映入眼帘,什么 logo 标识都没有,完全看不出是什么东西。

她有点好奇:"这是什么?"

话落,她又觉得这么问有点不好,怕是他的隐私,于是补充:"如果不能说就算了。"

江屿绥深邃的眼眸紧紧凝着她,拿着纸袋的那只手无意识地捏紧,骨节泛白,似是有些紧张,以至于说出口的话都格外简短:"礼物。"

陶言先是愣了愣,随即反应过来,不确定地问:"送、送我的?"

"嗯。"江屿绥颔首,将纸袋递到她面前,"送给你的。"

看不出里面装的是什么,陶言指尖轻蜷,没急着接过:"是什么?"

像是看穿了她心里的顾虑,江屿绥轻声道:"不是什么贵重东西。"

仍旧怕礼物被拒绝,他微微俯身,放低了姿态,近乎哄劝:"收下好吗?你肯定会喜欢的。"

犹豫片刻,陶言最终还是伸手接过了礼物。

纸袋稍微有点重量,她垂眸看了眼,里面是一个同色系的盒子,同样没有任何标识。她心里越发好奇,问:"可以现在打开吗?"

江屿绥喉结颤动:"好。"

余光掠过他紧攥的手,陶言微顿,眼眸动了动,又敛下手上的动作:"算了，我回去再看。"

心里紧张，江屿绥也没追问她改变主意的原因，只是愣愣地重复："好。"

之后的路程，格外安静。

陶言是好奇礼物到底是什么，以至于除了看路，视线大半时间都落在手里的纸袋上。

而江屿绥，则是在忐忑，忐忑她会不会喜欢这份礼物，忐忑她拆开礼物后会是什么心情。

直到走到宿舍楼下，两人分别时，江屿绥才开口："明天晚上有安排吗？"

沉默了下，陶言还是摇头："没有。"

"那……"江屿绥抿了抿唇，"下午有几节课？"

陶言如实回答："满课。"

"我下午一节课。"江屿绥顿了顿，又补充，"明天也不用去公司。"

陶言看了他一眼，又移开视线，干巴巴地道："哦。"

"所以——"江屿绥眼巴巴地看着她，试探地问，"我可以来找你吗？"

陶言脚尖碾了碾地上的落叶，没话找话似的，小声问："找我做什么？"

江屿绥鼓起勇气，大胆道："就是想，想和你待在一起。"

这一记直球令陶言一下心跳失衡。得到回答，她却红了耳根，眼睫颤了颤。她最后也没说好还是不好，只是道："我回去了。"

虽然没得到肯定的回答，但女孩的态度也让江屿绥心尖似吃了蜜一般甜。他压着唇角快要溢出的笑意，目光灼灼地看着她的背影，直至她走进宿舍楼，消失在视野范围内。

宿舍里三位室友都在，见陶言回来，不约而同将视线转向她。注意到她手上的纸袋，向玮筠眼睛一亮，却克制着没多问，只是随口一般道："言言，你回来啦。"

陶言心跳还有些急促，"嗯"了声，她走到书桌前，将纸袋放下。

她的手悬在纸袋中的盒子上方，原本想要打开，迟疑片刻，又收回了手，转身拿出睡衣。

等到洗漱完，她怀里揣着盒子，做贼心虚似的，迅速上了床。

深色的床帘被严严实实地拉上，不漏一丝缝隙，她打开台灯，眸光带着自己都不曾察觉的暖意，仔细地将盒子打开。

盒子里的礼物终于展露在眼前，陶言眼眸倏地亮起，她指尖轻缓地，落在了礼物上。

是一匹小白马的手办摆件。

做工精致，惟妙惟肖，与她在照片中看到的那匹小白马几乎一模一样。

几乎是瞬间，她就喜欢上了它。

小白马只有巴掌大，很轻易就能将它握在手里，她爱不释手地把玩了许久，才珍惜地将它放回盒子里。

她拿出手机，想要拍张照片，这才注意到江屿绥发来的消息。

是十七分钟前发来的。

江屿绥：礼物……怎么样？

在被床帘遮挡的床上，陶言没藏住心中的欢喜，眼角眉梢都是温软的笑意。

她拍了张照片发送过去：是小白马！

江屿绥几乎是秒回：喜欢吗？

陶言手指轻快地敲着屏幕：嗯！

透过这简短的一个字看出了她的喜欢，江屿绥心里也涌出无限欢喜，几乎要藏不住眼里的柔情。他一字一顿地敲击着手机屏幕，承诺一般：以后，带你去骑真正的小白马。

那匹小白马被陶言很珍惜地收了起来。

周二最后一节课结束时，向玮筠问陶言："一起去吃饭吗？"

自从舒悦谈了恋爱，就很少有时间能和室友一起吃饭，李曜希今晚也和朋友有约了。

向玮筠一边收拾包，一边说："东门外面新开了一家烤鱼店，要不要去试试？"

陶言刚要应下，突然想到昨晚分别时江屿绥问她的话，于是又迟疑了下。

没等到回答，向玮筠看向身侧的人："言言？"

"我……"陶言顿了顿，不动声色地点开了微信。

一下午没看手机，那个简笔画的桃子头像右上角果不其然已经出现了红色数字。

第一条消息是下午两点半发来的。

江屿绥：晚上一起吃饭，可以吗？

第二条消息在下午三点四十分。

江屿绥：我下课了，先去图书馆。

许是因为没等到她的回复,过了十几分钟,他又发来一条消息。

江屿绥:等你下课。

最后一条消息,是刚发来的。

江屿绥:下课了吗?我在图书馆门口等你。

陶言的手指蜷了下。她侧目看着向玮筠,默了默,还是抿唇道:"玮筠,抱歉,我晚上和朋友约了。"

"啊?"向玮筠先是失落地叹了一声,随即不知想到什么,眼眸亮了亮,"和朋友约了啊——"

她的尾音有些荡漾,"朋友"二字咬得很重,而后挥了挥手,嗓音带笑:"行,没事儿!你去吧。"

陶言觉得有点不对劲,却也没多想,应了声,便背上包离开了。

回宿舍和去图书馆是两个方向,她和向玮筠分开,从教学楼另一边离开,垂眸看向手机。

并没有新的消息发来,她点开聊天框的时候,却发现屏幕顶端出现了"对方正在输入中"的字样。她指尖微滞,脚步顿住,目光凝在屏幕上,久久不曾移开。

没料想,屏幕顶端重复出现了好几次"输入中",却一直不曾弹出新的消息来。

她眼眸弯了弯,关闭了静音设置,捏着手机,轻快地迈步。

走到半途,安静了许久的手机终于轻轻响动了下。

陶言唇角几不可察地扬了扬,带着些许自己都不曾察觉的期待点开了微信。

安静了许久的界面中,先是出现了两张照片,紧接着,消息弹出:看小猫。

第一张照片里,黑白两色的奶牛猫睁着圆圆的大眼睛,脸蛋圆润,毛发蓬松,看起来憨态可掬。第二张照片里,男人修长的手指轻轻挠在小猫的下巴上,似是被摸得舒服了,小猫原本明亮圆润的眼睛微微眯起。

奶牛猫是 A 大的校猫,同学们取名为"警长",有很多同学投喂逗弄,只是"警长"比较神出鬼没,平常很少能看见,也不常愿意被人摸,入学这么久,陶言只见过照片。

她眼睛亮了亮,看着那根挠在小猫下巴上的手指,想到那毛茸茸的触感,指尖蜷了蜷,心中意动。

她没忍住敲屏幕感叹:好可爱!

江屿绥：在图书馆外面的草坪上见到的。

紧跟着，他又发来一张照片，是小猫在吃火腿肠。

江屿绥：要来喂喂它吗？

全然没反应过来他在打什么算盘的陶言几乎是秒回：我马上来！

江屿绥：不着急，我看着，它不会跑的。

陶言：嗯嗯。

她收起手机，加快脚步往图书馆的方向走。

另一边，看着屏幕上的两个字，似乎能想到她说出这话时乖巧的语气，江屿绥唇角微扬，放心地收了手机。

视线落到面前吃着火腿肠的小猫身上，他眼眸微动，将火腿肠拿走，只掰下很小一块放在它面前。

蒙蒙的小猫吃下那点还不够塞牙缝的火腿肠，抬头看着面前的两脚兽，冲他疑惑地"喵"了一声。

江屿绥又掰下一小块放到它面前，骨节分明的手指落在它脑袋上，敷衍般地揉了两下，淡声道："少吃些，等她来喂。"

小猫咽下火腿肠，喉咙发出"喵呜喵呜"的声音。

两分钟后，陶言到了图书馆外，远远便看到图书馆右侧的草坪边，半蹲着的熟悉人影。

她眼眸微亮，小跑着过去，一下便看到了他面前的小猫。她的目光凝在猫咪身上，嗓音清脆地唤人："学长！"

江屿绥侧眸，见到女孩的身影，瞬间柔和了眉眼。

他一只手还放在小猫脑袋上，防止这只只认食不认人的小猫跑走，嗓音含笑地应："来了。"

他又将手中剩下的半根火腿肠递给她："给。"

陶言接过火腿肠，顺势蹲在江屿绥旁边。

撕开火腿肠外衣，她将火腿肠递到小猫面前，在它埋头专心吃着食物的时候，没忍住伸出另一只手轻轻摸了摸它的脑袋。毛茸茸的温热触感令她扬起唇角，颊侧漾出两个甜甜的酒窝，看着小猫的眼神温柔。

她一瞬不瞬地看着小猫，蹲在她身侧的人同样一错不错地看着她，一贯冷峻凌厉的眉眼此时轻柔到不可思议。

半根火腿肠很快被小猫吞下肚，在陶言摸了几分钟后，已经在这里待了许久的小猫耐不住性子，"喵"了几声后趁她不注意，直接撒腿跑开了。

看着它跑远,直至再也看不见,陶言才依依不舍地收回目光。

江屿绥眉心微动,问她:"你……很喜欢小猫吗?"

陶言不大好意思地笑了笑,轻声道:"毛茸茸的,很可爱。"

他宠溺的目光落在身侧人的脸颊上,久久不舍得移开。几秒后,他眼眸微动,低声应道:"嗯,是很可爱。"

不知是在说小猫,还是在说身边的人。

第十九章 /
我愿意的

小猫已经离开了,两人从草坪边站起身。

江屿绥问:"想吃什么?"

"没什么特别想吃的。"她侧眸看着他,"你有什么想吃的吗?"

她一双杏眼圆润,眼巴巴地看着他。江屿绥喉结上下滚了下,不动声色地移开视线,问她:"去食堂还是到外面吃?"

"去食堂吧,不想走太远。"

"那我们去……一餐?"

一餐是离陶言宿舍最远的一个食堂,入学至今她很少去过那边。想着可以尝尝新口味,她点头:"好。"

她不知道他的小心思,因为想和她待得久一些,所以特意选了一个稍远的地方。

于是,本不想走太远的陶言,最后还是和江屿绥步行了十多分钟,才到了食堂。吃完饭,又走了快半个小时,才回到宿舍。

周四那天,温瑾从申城回来,给陶言打了电话,约好周五来学校接她。

晚上,江屿绥问她周五晚上有没有安排时,陶言告诉他:这个周末回我哥家。

几秒钟后,江屿绥回复:温瑾哥回来了?

陶言:嗯。

江屿绥:明天什么时候走?

温瑾估计得等工作做完才能来,陶言如实道:还不确定,估计晚上七点左右。

江屿绥：那……晚上见一面？

这话似曾相识，陶言一下想到上次的情形，心中微动，她突然问：你上次说要给我的东西，是什么？

隔了几秒，江屿绥回她：明晚给你。

没等陶言回复，他接着道：我明天下午只有一节课，下课了联系你。

周五下午四点，陶言就收到消息。

江屿绥：我现在来找你，可以吗？

才下课回到宿舍，三位室友都在。等下李曜希会直接回家，舒悦的男朋友会接她出去，向玮筠好像也和朋友约了，如果和江屿绥在楼下见面，估计会被室友看见。

其实看见也没什么，只是……陶言想了想，还是问他：在二食堂旁的奶茶店见？

江屿绥：好。

十几分钟后，陶言到了奶茶店。只是远远看到奶茶店门口的人时，她后知后觉地开始后悔。

江屿绥此时正站在奶茶店门口，手上拎着一个蓝色礼品袋。这个时间，奶茶店里几乎坐满了人，几乎所有人的目光都似有若无地落在他身上。

陶言脚步顿住，下意识地停在了原地。

远远地看到她，江屿绥唇角微不可察地勾起，刚想迈步过去，便见她面色僵硬地垂头，转身想离开。

他唇边的笑意僵住，下意识地想要追过去，脚步刚一迈开，又突兀地停住，只无措地僵立在原地，全然不知是怎么回事。

并不知道被误解的陶言走远了些后，才拿出手机给江屿绥发消息：奶茶店的人太多了，我们去莲湖小桥吧。

特设的提示音响起，江屿绥急切拿出手机，看到消息，紧紧提着的心放下了些许。只是待反应过来话里的意思，他的手又无声攥紧，心底悄然漫上一抹晦涩。

他敛眸，指腹落在屏幕上：好。

他迈开修长的腿，脚步急促，还没等陶言走到莲湖小桥，便追上了她。

几步走到女孩身侧，他张了张唇，唤她名字："……陶言。"

余光见到熟悉的身影，陶言脚步放缓："嗯。"

"刚刚——"江屿绥嗓音发涩，想问，却又不敢问，"你是不是……"

怕不合时宜的话惹恼她,最终,他还是没能问出来。

听到一半没了下文,陶言疑惑侧眸,却见他紧抿着唇,眉眼间一片冰凉。

她迟疑:"怎么了?"

本不打算再问,但在听到她温声询问时,他压在心底的苦涩和不甘终究还是露了痕迹。

他停住脚步,眼睑半垂,鼓起勇气将视线落在她脸上,不错过她分毫神情:"你是不是……不愿意让别人看见我们在一起?"

气氛凝滞,陶言的神色僵住。

她突然转变的面色被他尽收眼底。江屿绥敛眸,移开视线,指骨骤然收紧,嗓音喑哑,却还刻意地维持着镇定:"我明白了。"

"我不是——"陶言心中一慌,什么也没来得及想,只脱口道,"不是你想的那样。"

她组织着措辞:"我只是……只是……那里人太多了。"她抿了抿唇,"我不想被人围观。"

她移开视线,小声说:"反正……不是你想的那样。"

早在她脱口反驳的时候,江屿绥那颗心便高高悬着,直到她将话说完,原本悬在半空的心又被一根绳子给紧紧系上了。

因为有绳子系着,不用担心高悬着的心会摔成碎片,却依旧没有着落,喜怒哀乐皆有那根绳子控制,而控制绳子的人,却还一无所知,生怕被误会,急切地解释着。

忐忑无措间,又生出难言的甜,心难耐地鼓噪着,催促着他做些什么。

于是,他迈步靠向她。两人间的距离再次拉近,他俯身凑近,又艰难地克制着,没有真的触碰到她。

晦暗的目光凝在女孩脸上,江屿绥喉结颤动,缓声轻问:

"我想的……是什么样?"

被骤然拉近的距离惊得双眸睁大,她白嫩的脸庞一下涨得通红,连带纤细的脖颈也染上绯色。他灼热的呼吸洒在她耳侧,她耳根泛起酥麻烫意,顿时呼吸一窒。

她慌不择路地后退两步。

两人间的距离拉开,她才好似找回了呼吸的节奏,眼睫颤了颤。她躲开他的视线,近乎语无伦次地小声道:"我、我不知道。"

白皙娇嫩的肌肤漫上了惹眼的红,江屿绥呼吸微滞,喉结滚了下,他不动声色地站直了身，神情晦暗不明。

那些阴暗卑劣的心思被撕开了一道口子，得以窥见天光，于是迫不及待地汹涌而出。

他忍了又忍，终是没克制住，擅自改了措辞，压抑着的嗓音带着些微的哑："我想的是——你不喜欢我，所以……不愿意让人看见我们在一起。"

两人站在湖边，周遭没什么人，只湖面上两只天鹅静静地游弋。

话落，气氛凝滞。

江屿绥的目光紧紧地随着陶言，小心试探般，低声问："所以，你不是不喜欢我，是——"

他顿了顿，鼓足了勇气，喉间颤动："是……"喜欢我？

"你手上拿的是什么？"

未说完的话被陶言的突然出声打断。她脸颊绯红，慌乱地躲开他的视线，眼睫控制不住地颤动，掩饰一般，抬手指着他手中的礼品袋，生硬地转移话题。

江屿绥指腹微动，终究还是咽下了到嘴边的话，既害怕听到回答，也不想勉强她。

他索性顺着她的心思，将礼品袋递到她面前："给你的，看看？"

骨节分明的手出现在眼前，陶言指尖微顿，片刻后，伸手接过。这场景和之前有些相似，礼品袋中同样装着一个盒子。

攥着礼品袋的手紧了紧，她努力平息心绪，涌着热意的脸降了些温。

她小声问："送我的？"

"嗯。"江屿绥应完，又补充，"不是什么贵重东西。"

除去第一次送的那条手链比较贵重，后面江屿绥一直很有分寸，不管是两人一起吃饭，还是他送的那匹小白马，都不会让陶言觉得不自在。

她心中微动，迈步往一旁的长椅走："那我拆开看看？"

江屿绥在她身后半步远，双腿修长，却配合着她，脚步迈得迟缓，嗓音轻柔："好。"

气氛静谧，陶言坐在长椅的一侧，将礼品袋放到腿上。

身侧，江屿绥挨着她坐下，中间隔了些距离，没有离得太远，但也不至于让她感到不自在。

她小心地打开盒子，一串熟悉的风铃映入眼帘。

陶言动作顿住，神情微怔。

江屿绥手指蜷了蜷,语调紧张,低声问她:"喜欢吗?"

"这个……"陶言不太确定,"我之前是不是见过?"

"嗯。"江屿绥轻声道,"上次那家淮扬菜馆。"

陶言回忆起当时他问她喜不喜欢风铃,她随口应下后,他接了一句知道了……到此时,她终于明白,他说的知道了,是什么意思。

好不容易降温的脸又有升温的趋势,她掩饰般,将风铃拿起。

风铃悬在半空,被湖边拂来的风拨动,发出清脆悦耳的响,陶言的目光凝在铃铛上,唇角带着连自己都未曾察觉的笑。

她轻声道:"谢谢,我很喜欢。"

江屿绥微蜷的手指松了松,眼底闪过微不可察的笑意:"喜欢就好。"

陶言将风铃收好,正想说点什么,突然想到之前在图书馆旁喂猫时,他问她是不是喜欢猫……

她动作微顿。尽管可能是自作多情,她还是转眸,不确定地问:"你不会……送我猫吧?"

江屿绥微怔。明白她为什么问这个问题后,他神色自若道:"不会。"

他怎么可能将那种会撒娇卖萌、会将她注意力完全吸引走的生物送到她面前。

"哦。"陶言点头,又想到宿舍那匹小白马。

默了默,她还是没说什么,毕竟,如果他送其他娃娃之类的猫类衍生品,她还是……挺喜欢的。

两人在湖边坐着了半个多小时,又一起去食堂吃了饭,最后江屿绥将陶言送回宿舍楼下。

分别前,江屿绥问:"是周日晚上回学校吗?"

"嗯。"

沉默了一瞬,江屿绥神色沉静:"又要有两天,不能见面了。"

他语气平淡,话里却透着怅然若失的不舍。

陶言不知该说什么,心里仿佛有只小鹿在活蹦乱跳,以至于她根本没法冷静下来,最终,只是磕磕巴巴道:"也没有必要,每天都、都见面吧。"

"嗯。"江屿绥嗓音不疾不徐,并不反驳她,只是将心底的渴望尽数袒露,"只是我想每天都能和你见面。"

尽管对他时不时的直球发言习惯了许多,但也免不了在听到这种话时心慌意乱。

陶言的眼睫颤了颤,脸颊又有升温的趋势,轻咳了声,只干巴巴道:"哦。"

"所以……"江屿绥得寸进尺,"可以视频吗?"

陶言错愕地抬眸,猝不及防撞进那双温柔到几乎溺死人的眸中。她瞳仁颤了颤,无措地移开视线,眼睫止不住地颤动。

江屿绥直勾勾地盯着她,目光露骨又直白,眼底的渴望与妄念一览无余。

见她羞赧的模样,他喉结滚了滚,又低声问:"可以吗?"

陶言刚要开口,突然想到上次见温瑾时,她正因为江屿绥骗她的事生气,还被温瑾猜到了。

耳边似乎又响起了温瑾冷笑着的那句"果然",陶言神色僵了僵,倏地摇头:"不行。"

拒绝的姿态太干脆,她竟有些心虚,没敢直视江屿绥的表情,她只留下一句:"下周见。"便直接转身小跑着回了宿舍。

女孩的身影渐远,直至消失,江屿绥收回目光,顿了片刻,他唇角溢出一声无奈的低笑。

当晚离开时,陶言瞥见桌上放着的两个盒子,迟疑了片刻,还是伸手拿了起来……

"拎的什么?"看到她手上拎着的纸袋,温瑾好奇地问。

陶言神情微僵,转瞬又恢复如常:"两个小摆件。"怕温瑾追问,她没话找话,"哥,你和付姐姐说了礼物是舅妈买的?"

温瑾动作微顿,随即意识到什么,不动声色地瞥了她一眼,若有所思道:"你和江屿绥和好了?"

这话炸得陶言猝不及防,以至于没能掩饰住表情,瞪大了眼,满脸震惊。

温瑾冷笑:"果然。"

她神情僵了僵,很快反应过来,自己刚才那话露了馅。她轻咳一声,掩着心虚,生硬地转了话题:"小心付姐姐和舅妈说这事,那你就惨了。"

"哦。"温瑾面无表情,"我好怕啊。"

陶言无言。

车内尴尬地沉默了片刻,温瑾侧目:"安全带。"

陶言:"哦。"

她将安全带系上,安静的车内发出"咔嗒"一声响。

随即引擎启动,一同响起的,还有温瑾漫不经心的声音:"这两个小摆件,是江屿绥送的?"

气氛凝滞了一瞬，本就厌恶别人欺骗的陶言抿了抿唇，还是选择坦白："嗯。"

"我记得有人说过——"温瑾顿了顿，视线掠过陶言搅在一起的手指，挑眉继续，"不会谈恋爱的。"

陶言小声反驳："我又没有、没有……谈恋爱。"

"嗯，现在是没谈。"温瑾慢条斯理，意有所指道，"这不马上就不一定了吗？"

"我……"陶言磕磕巴巴，"我以后、以后……"

"行了，也别以后了。"温瑾打断陶言艰难组织的措辞，吐槽，"我就知道那江屿绥不是什么好东西。"

陶言下意识地反驳："你怎么能这么说别人。"

温瑾"啧"了声，恨铁不成钢："你能不能争口气。"

陶言觑了他一眼，小声哼："我哪里不争气了？"

"还哪里？"温瑾分析，"你和他相处才多久？开学至今不足两个月，就已经快沦陷了，你说你哪里争气？"

陶言虚张声势地反驳："我、我什么时候就……就沦陷了？"

温瑾冷笑："之前还因为他骗你生闷气，现在才多久，不仅气消了，还收他的礼物。"

正是因为了解陶言，他才知道，被欺骗在她这里是多么大的罪名，更何况，她从不会随便收人礼物，尤其还是喜欢她的人的礼物。

"我以前骗了你，你和我冷战了足足一个月，还把我送你的礼物全部快递寄给我。"他没好气道，"你这胳膊肘拐得也太厉害了。"

听着他的话，陶言莫名又想到江屿绥和她表白的场景，那些话好似还在耳边响起。她神情微僵，眼神慌乱，耳根竟隐隐泛红。

恰好红灯，温瑾将车停下，侧目见她一脸羞恼交加的表情，震惊地瞪大了眼："你想什么呢？"

想到某种可能，他一下攥紧了拳头："他不会对你动手动脚了吧？"

"怎么可能！"陶言反驳，下意识地道，"他很尊重我的。"

温瑾一噎，露出"没救了"的表情来，最后无奈地道："你要是和他在一起了，记得告诉我一声。"

顿了顿，他又不放心地叮嘱："就算在一起了，相处也要注意分寸，知道吗？"

陶言终是没忍住脸红："哥！"

因和温瑾的聊天，她后知后觉地反应过来，江屿绥在她这里享受了多少特殊的待遇，如今两人的距离又究竟有多近。

意识到这一点，她心里陡然生出了对陌生关系的无措和茫然。

定位在朋友、学长关系上的人，突然在她心里有了不一样的位置，且这种关系超出了她以往的认知和计划，以至于她下意识就想要逃避。

那匹小白马和那串风铃突然变得烫手，当晚陶言坐在床边，看着那两个盒子，最终还是没把东西拿出来，而是锁进了柜子里。

恰逢此时，手机轻轻振动了下。

江屿绥：到家了吗？

以往看起来再正常不过的聊天，此时却莫名引出她别样的情绪，陶言的心乱了。

胡乱回了句消息，她扔下手机，逃一般进了浴室。

虽然还不知道该怎么处理这段关系，但江屿绥每天的消息却没有缺席，因他时不时发来的消息，陶言的那颗心几乎没有安静过。

她找张格格倾诉。

张格格对此，先是道："你终于明白了，其实你的心思早就不单纯了。"

陶言哑然："我……真的很明显吗？"

"那不然呢。"张格格细数，"你自己想想，以往那些喜欢你的人，哪个有江屿绥这种待遇？"

张格格："他骗你后表个白你就消气的事先不说，就说你们每天聊天的频率，都赶上我俩了吧？还有，你以前从来不会收追求者的礼物，但对江屿绥呢？你要不要翻翻我俩的聊天记录，看看你当时收到小白马有多喜欢，多高兴。"

陶言无言。

张格格好奇地问："所以，你终于要接受他了吗？"

"我……"陶言沉默片刻，为难地道，"我不知道。"

张格格循循善诱："首先，你觉得你喜欢他吗？"

陶言："……应该是，喜欢的吧？"

张格格又问："那你觉得他对你怎么样？相处这段时间，你觉得他性情够温柔吗？对你够体贴纵容吗？又哪里让你难受过吗？"

陶言："嗯……都挺好的。"

"所以——"张格格反问,"为什么不接受呢?"

沉默了半分钟,陶言小声道:"我害怕……格格,我害怕。"

她害怕关系的转变会改变现在这种自然舒适的相处模式,害怕在一起后,他们彼此会发现对方不堪的另一面,害怕两人最终会遗憾收场。

她没有信心和人组建一段长久的关系,却又渴望着能有人包容她的所有,希望有人永远坚定地选择她,希望能有人陪她到生命尽头。

所以,她放任自己接受江屿绥的好,也在这种相处中渐渐沦陷,却还是不敢迈出最后一步。她太胆小了,不敢轻易尝试,也不愿尝试。

她因这样的念头而愧疚,忐忑又不安地问:"格格,我这样……是不是很过分?"

安静了片刻,张格格轻声说:"不,桃桃,一点也不过分。"

她明白陶言所有的顾虑,也坚定地站在她这边:"你值得最好的。江屿绥如果想走进你心里,本就应该包容你的一切。"

她没有再劝陶言,只说:"那就维持现状,就算让他再追你三年,也是他的荣幸。"

陶言被这话逗笑了:"这么说,是不是有点太厚脸皮了。"

"哪里厚脸皮?"张格格扬声,"咱们女孩子!就是值得最好的!"

意识到已经喜欢上对方,陶言始终没法做到坦然享受江屿绥对她的好,却还不接受他。

她不可避免地变得别扭,回消息的频率降低了,如果江屿绥约她,也是能推则推,偶尔见面,也注意着分寸,没有了之前那种自然闲适的感觉。

她疏远得不动声色、循序渐进,因此一开始江屿绥并没未发觉不对,毕竟两人都不算闲,陶言也几乎每周末会去温瑾那里。

两人很少再见面,偶尔在学校碰面,不过说一两句话,又分开。

直到两周后,忙过这一阵的江屿绥在又一次想要约她却被拒绝后,才突然发现,他们已经好几天没见过面了,翻看之前的聊天记录,又敏锐地发现她回消息相距的时间越来越长。

他的指尖停在屏幕上方。半晌,他敛眸,看似平静地放下手机,只是打开电脑的动作泄露了几分心绪的不平。

接下来几天,在数不清第几次被拒绝后,他终于确定,之前并不是他的错觉,陶言的确在疏远他。

他茫然又无措，以为是自己哪里做错了，惹她不高兴，可想了许久，也没有头绪。

于是，他只能用最笨的方法。

这天下课后，陶言和向玮筠一起去图书馆。

向玮筠想吃二食堂的烤冷面，两人绕路先去了另一边。在路过商学院教学楼的时候，陶言下意识加快脚步，想要快点离开。

向玮筠挽着她的胳膊，察觉她突然加快的速度，疑惑问："怎么了？突然走这么快？"

陶言面色僵了僵："没什么。"

正值下课，教学楼周围人来人往，她的目光不动声色地转向四周，没见到熟悉的人影，松了口气的同时，心里又生出抹说不清道不明的感觉。

谁知下一刻，突然被一道声音叫住。

"陶言。"

陶言脊背一僵，被迫停住脚步。

"好像有人叫你。"向玮筠一无所觉，转头看了眼，下一瞬，她眼眸倏地睁大，挽着陶言那只胳膊激动地晃了晃，"是江屿绥！"

陶言不自然地扯了扯唇："……嗯。"

说话间，江屿绥已经走了过来，停在她们身前。

他的视线似有若无地掠过两人挽在一起的胳膊，而后直勾勾地落在陶言身上。

向玮筠心中暗笑，面上礼貌地问好："江学长。"

江屿绥一瞬不瞬地看着陶言，闻言只随口应了声。

对上他灼热的目光，陶言不动声色地移开视线，神情平静看不出端倪，但也乖乖地喊人："学长。"

刚对向玮筠敷衍的人，这会儿却柔和了语调："嗯。陶言，我——"他顿了顿，迟疑着低声道，"我有点事想和你说。"

陶言微怔，没有第一时间拒绝，而是下意识地看了眼向玮筠。

于是，察觉出她没有抗拒的人见缝插针，终于舍得将目光从她身上移开，短暂地看了眼她身侧的人，嗓音平淡，却带着疏离，礼貌道："这位同学，可以麻烦你先离开一下吗？"

陶言还没反应过来，向玮筠就一下松开了手，忙不迭点头："好的好的，不麻烦。"

她又扭头对陶言道:"那我先走了,等会儿图书馆碰面。"而后便有些迫不及待地离开了。

陶言眼睁睁地看着她走远,手指蜷了下。她抬眸看向江屿绥,抿唇问:"你要说什么?"

"先换个地方?"江屿绥眼睫半垂着,原本略显凌厉的眉眼无端地柔和了许多。

此时人来人往,两人堵在路上,回头率确实有些高。

陶言沉默了一瞬,点头:"好。"

两人走到教学楼后方的草坪边,远离了喧嚣的人群,周遭骤然安静下来。

江屿绥启唇淡声道:"本来正想要去找你的,没想到会直接在这里碰到。"

"刚下课,正要陪室友一起去二食堂。"

"等下还有课吗?"

陶言眼睑微垂,迟疑了几秒,如实回答:"没有了。"又想到他这会儿出现在教学楼,转而问,"你呢?是等下有课吗?"

他的唇微张,想到上次骗人的惨烈后果,到嘴边的话又咽了回去。江屿绥顿了顿,终是低声回:"嗯,还有一节。"

离上课不过几分钟了,陶言心里莫名生出一抹类似遗憾不舍的情绪,却转瞬即逝,快到她还来不及察觉,就被因他很快就会离开而松了口气的感觉占据。

她主动问他:"你想和我说什么?"

江屿绥没错过她神情细微的变化,指尖微蜷了下,最终还是没有将一开始想要问的话问出口。他胆怯了,因为她还愿意维持平和的表象而选择了退缩。

沉默片刻,他喉结滚动:"等下一起吃饭,好吗?"

"我——"陶言刚开口,猝不及防对上他小心翼翼的双眸,那双漆黑的眸中似乎藏着卑微的恳求。

没见面时,隔着冰冷的手机屏幕,拒绝的话可以没有顾虑地说出口,可现在面对面,听到他低沉喑哑的嗓音,心里仿佛有一块地方软得塌陷了,她迟疑着,终是应下:"……好。"

江屿绥紧攥着的手松了松,试探般问:"那……我下课了,去图书馆接你?"

陶言点头:"好。"

两人无声对视几秒，陶言率先移开视线，状似不在意地问："就只是要说这个吗？"

江屿绥薄唇微抿，顿了半瞬，摇头否认："不是。"

"哦。"陶言干巴巴地应了声，想问又不想问，一时为难地沉默着。

将她所有的情绪尽收眼底，江屿绥呼吸放缓，低声问她："晚上再说，好吗？"

陶言指尖微蜷，轻轻点头："哦。"

两秒钟后，她试图结束这次谈话："是不是马上要上课了？那……你先去吧。"

他咽了咽喉咙，敛下心中叫嚣着的不舍情绪，故作平静地点头："好。"

这天傍晚，陶言准时收到江屿绥发来的消息：我下课了，你还在图书馆吗？

陶言轻轻敲着屏幕回复：嗯，还在。

江屿绥：等我。

收起手机，陶言压低声音对向玮筠说："我先走了。"

向玮筠小声应："好。"

过了立冬时节，天暗得越来越早，陶言走出图书馆时，已经完全黑了。

她走到上次喂猫的草坪边，路灯昏黄，洒下一片暖色的光。

夜风微凉，她拢了拢身上的外套，将手揣进衣兜里，一分钟后，远远看到一个熟悉的身影。

两人目光遥遥对上，男人原本冷峻的神情瞬间柔和，长腿迈开，脚步显得有些急切，不过半分钟，便走到了她面前。

江屿绥低沉的嗓音带着些微的喘："等很久了吗？"

"没有。"陶言摇摇头，"我也是才出来。"

两人许久没有这样相处过，路上，江屿绥将脚步放得十分缓慢，只希望能延长些和她相处的时间。

夜晚的校园与白天并没有什么分别，同样喧嚣，从图书馆到食堂的路上，一路都能看到人，两人安静地走着，没怎么说话，气氛却意外融洽。

陶言没急着问下午江屿绥想说的到底是什么，江屿绥也没有主动提起。

直到吃完晚饭，又以缓慢的速度走到宿舍楼下后，江屿绥才启唇轻声道："坐一会儿？"

陶言本也不急着回去，点头应下："好。"

237

两人走到一侧的小路上,在之前经常光顾的长椅上坐下。

江屿绥喉结滚了滚,踌躇了许久,鼓起勇气开口:"你最近,是不是……不想见到我?"

气氛蓦地凝滞。

陶言眼睫颤得厉害,本就因疏远他有些局促难安,这下更是心虚。

见她一副被说中的表情,江屿绥心里一坠。

他指骨无声收紧,手背上青筋凸起,修剪整齐的指甲掐进掌心,他却好似察觉不到疼痛,竭力维持着平静的神情,却克制不住嗓音的哑:"……为什么?"

他满心慌乱,喉间泛起苦意,却只是无措地问:"是我又……做错什么了吗?"

他面色苍白,漆黑的眸中盈满哀戚,失落地望着她,仿佛被抛弃的小狗。

陶言心尖一颤,慌乱地摇头,下意识地否认:"不是。"

她否认得急促又慌张,慌乱中,并未察觉他在听到她的否认后,眼眸微动,不露痕迹地松开了悄然紧攥的手。

江屿绥仍旧是那副小心翼翼的模样:"那是为什么?"

"我只是……"陶言喉间咽了咽,却别扭地没法说出原因,张开的唇又无声地合上,沉默再次蔓延。

许是之前相处时女孩的态度给了他底气,又或是她下意识的否认行为让他惶恐不安的心安定了些许。

江屿绥终是没忍住,放任了心底的不甘奢求,低声追问:"只是因为什么?"

他太想从女孩口中得到答案,想知道她莫名推拒他的缘由,他根本没办法忍受在一无所知的情况下被她疏远。

心中充斥着各种阴暗卑劣的念头,都在叫嚣着,是她自己给了他靠近的机会,那么这辈子,他都不可能离开,就算她后悔了、厌恶了,他也会用尽手段拼命留在她身边。

陶言眼睫不住地颤抖,想到疏远他的原因,心尖发烫,面上不受控制地涌上一阵热意。

她踌躇着,樱红的唇瓣张了又合,好半晌,才小声开口:"我、我只是……想冷静一下。"

她小心组织着措辞,为难地继续:"你对我,太好了。"

江屿绥难得愣了愣，一时没能理解："我对你好……不是应该的吗？为什么，需要冷静？"

话落，突然想到某种可能，他倏地坐直了身子，心脏在胸腔里如擂鼓般剧烈地跳动，他漆黑的眸直勾勾地盯着女孩。

"陶言……"他唤着她的名字，因心中汹涌着的无处安放的悸动，嗓音嘶哑，"是我……想的那样吗？"

他紧攥着手，用力到指甲掐进掌心，却根本察觉不到那细微的痛意，又因为某种可能，掌心发烫，渗出了点点汗水。

两人都没有挑明，却似乎又都明白了对方的言外之意。

昏黄的路灯洒下暖色的光，落在女孩的脸庞上。

陶言眼睫颤得厉害，映在眼睑下的影子像扑闪的蝶翼，被他灼热的目光注视着，她脸上不受控制地染上绯红。

她抿了抿唇，终是乖乖地点了点头，紧张到有些发涩的声音轻轻地应："……嗯。"

真的听到肯定的答案，江屿绥反而不敢相信，生怕这只是自己做的梦。他指骨收紧又松开，许久，才找回自己的声音。

他嗓音沙哑，像是怕惊扰了什么，自问一般低声道："所以，你不是厌恶我的追求，反而是……"

后面的话，他没说出口，也没敢说出口，仿佛怕那几个字说出来后，这梦境般美好的一切便会不复存在。

见他这副模样，陶言反而镇静了许多，尽管还是羞赧局促，却有了开口的勇气。

"我、我现在……不想谈恋爱。

"因为不想开始一段新的关系，所以我觉得……再继续接受你的好，会很过分。

"我只是想，先冷静一下，等想明白了，或许，我会有勇气……有勇气，接受。"

她磕磕巴巴地将自己的顾虑，将自己别扭的心思尽数坦白。

女孩藏着羞赧的嗓音响在耳侧，江屿却早已失了神，好半响，才终于找回自己的声音。

"我愿意的。"他呢喃般，低声道，"我愿意对你好。"

他全然没了一开始的惶然，一颗心像是浸满了蜜，甜得冒泡。

"不用觉得有负担,也不用觉得愧疚。"他眼里盛满笑意,放缓的语调里尽是珍重,"我很庆幸,你愿意给我对你好的机会。"

他说着近乎卑微到尘埃的话,神情却没有丝毫不甘勉强,只有骤然得知女孩心意的欢愉。

"我甘愿一辈子追在你身后,只要……你还愿意给我,靠近你的机会。"

第二十章 /
你要牵起我的手吗？

抛开了顾虑，两人恢复了以往的相处模式，却又和以往有细微的区别。

不复从前的平淡，再见面时，往往某个瞬间不经意间的一次对视，就能让两人心尖悸动。

临近元旦，江屿绥问陶言假期的安排。

温瑾有事不回去，外婆他们也不让陶言一个人回去。

陶言想着前两天和父亲的电话，压下心里末末的怪异，不确定道："还不知道，可能会回榕城。"

江屿绥垂眸，眼底微不可察地划过一抹失落，又很快敛下："你一个人回去吗？"

元旦小假期，除非家在附近，很多同学并不会回去，陶言大概也找不到同学同路，想了想，她点头应："应该是。"

他不动声色地问："机票订了吗？"

陶言摇头："还没有。"

"那……"终究是不舍得，想到会有三天没法见面，江屿绥沉默片刻，还是问，"我陪你一起回去？"

"啊？"陶言睁圆了的杏眼里满是茫然。

江屿绥轻咳一声，故作平静地道："我元旦没有安排，正好可以回去看看老师。"

陶言迟疑："不用回去……陪陪家人吗？"

她知道江屿绥才被亲生父母找回没两年，按理说，节假日应该会更想要和家人相处吧。

"不用。"江屿绥唇角带笑,温声道,"我爸妈元旦要过二人世界。"

"哦。"陶言点头,下一瞬,想到什么,又提醒,"可是元旦,学校也不上课。"

她不解地问:"怎么看老师?"

安静了一瞬,江屿绥哑然失笑:"嗯,好像是这样。"

他倾身凑近,眉眼间皆是忍俊不禁的笑意:"所以,看老师只是我找的借口。"他温柔地看着她,坦承,"陶言,我只是不愿和你分开。"

他低缓磁沉的嗓音响在耳侧,陶言眼睫慌乱地颤动,白皙的脸颊几乎是瞬间就变得通红。

江屿绥轻声笑了下,见好就收地站直了身,只微微俯首,轻柔的目光一动不动地落在她身上:"可以吗?"

陶言想拒绝的,可被这几乎要将人溺毙的温柔眼神看着,最终只慌乱地移开视线,小声嗫嚅:"再、再说吧。"

这晚,陶言和陶父通话,在说起订哪个时间的机票合适时,陶父却说:"先不着急。"

陶言莫名觉得不对,还没来得及细想,又听陶父说:"我看元旦能不能空出时间,要是不行,就让你杨姨来机场接你。"

想到江屿绥大概率会和她同行,所以其实不用人接,陶言下意识地想拒绝:"不——"

话刚出口,想到什么,她耳根漫上绯色,未说完的话又硬生生咽了回去,转而道:"好,那你先确定时间。"

挂断电话,陶言不可避免地想到了江屿绥之前说的话。

一颗心不受控制地"扑通"乱跳,她急需做点什么来缓解,于是给张格格发消息,两人聊了几句。她动作小心地打字:格格,我觉得,如果是他的话,我应该是愿意的。

她原本惧怕担忧的一切,在这段时间两人的相处中,都无声无息地消融在了他的纵容下。

聊天界面安静了几秒。

张格格:如果愿意的话,那就去尝试。

张格格:桃桃,并不是所有的爱情都是遗憾收场。

张格格:你可以尽情去体验爱情的美好,享受爱情带来的欢愉。就算最后结局不那么尽如人意,但至少这段感情的过程,会让经历过这一切的你不留遗憾。也许以后回忆起来,想到那些快乐的时光,你也不会后悔试过一次。

张格格:你可以相信自己,或许,也可以试着相信一下江屿绥。

急促跳动的心脏因这番话渐渐平息下来,却仍旧一下一下,缓慢又坚定地跳动着。

陶言轻轻将手放在胸前,感受到掌心下规律的跳动,指尖轻蜷了下,她呼吸放缓。

也许……她真的可以试着勇敢一次。

就像格格说的那样,至少去经历一次,也许过程,并不会如她所想的那样。就算不敢全然将信任交付给江屿绥,也可以试着,相信自己。

决定要勇敢一次的陶言开始计划着要怎么行动,想了许久,最终决定用最简单的方式。

所以,她想在江屿绥陪她一起回去后,在榕城,在两人第一次见面的那条小巷,如同他从始至终都坚定地选择她一样,也勇敢地走向他。

周三晚上,陶言正要给父亲打电话,告诉他不用来接她的时候,意外接到另一个电话。

看着熟悉的来电显示,陶言指尖颤了颤。两秒后,她接起。

"……桃桃?"手机另一端很快响起了熟悉又陌生的声音。

陶言眼睫垂下,轻声应:"妈妈。"

"我回来了。"温楠的声音一如既往的温柔,语调却有些小心翼翼,"明晚,可以见一面吗?"

陶言微怔:"您在燕城?"

"嗯。"温楠顿了顿,低声继续,"还有……屈叔叔一起。"

陶言眼睫颤了颤,下意识地应:"哦。"

温楠试探般,征询着她的意见:"那我们明天,来学校接你?"

听见母亲说的"我们"二字,陶言心尖微滞,脑子乱成一团,什么也来不及想,只茫然地应:"好。"

挂断电话,她忘了要给父亲打电话的事,胡思乱想了一整天,期间,江屿绥问她回去的时间,说他来订机票时,她也只是愣愣地说:"再说吧,我晚上还有事。"

隔着手机,江屿绥听出她情绪不对,不动声色地问:"怎么了?晚上有什么事?"

"我妈妈回来了。"陶言低声说,"我晚上要和她一起吃饭。"

他松了口气,却还是不怎么能放下心,只是道:"好,那晚上我来找你。"

陶言还没反应过来他话里的意思,只下意识地应下:"好。"

下午下课,陶言收到温楠发来的消息。到学校门口,一下便看到了站在车前的温楠,以及她身边的……屈叔叔。

上次见面,已经是几个月前了,温楠没什么变化,看见陶言时,她眸子亮了亮,走近几步,却又没有靠得很近,嗓音一贯的温柔:"桃桃。"

屈叔叔跟着温楠,唤她的名字。

陶言礼貌地点头,也应声唤人。

简单打过招呼,三人上车。

虽是亲生母女,相处间却处处透着局促。温楠怕陶言不愿和她待在一起,选择了在副驾驶位坐下,而陶言看到温楠和屈叔叔之间流露出的熟稔,也没有开口说其实想和母亲待在一起,于是去了后排坐下。

餐厅是温楠选的,迁就陶言的口味,选了一家清淡的中餐厅。

期间,温楠和屈叔叔几乎是无微不至地照顾着她,可陶言却越发觉得别扭,简直坐立难安。

她不知道为什么会生出这样的感觉,只是每每看到屈叔叔给温楠布菜,给温楠挑鱼刺、剥虾壳,再看到温楠看向屈叔叔时,眼角眉梢流露出她从未见过的温柔的、充满爱意的笑,她的心就乱得厉害。

直到一顿饭接近尾声,温楠和屈叔叔对视一眼,转眼看向她。

陶言的心重重一跳,恍惚间,竟有种尘埃落定的踏实感。

她看到温楠面上闪过为难的神色,迟疑地张开唇,却只是轻声叫了她的名字,便没了声音。

陶言怔怔地看着面前熟悉又陌生的母亲,其实她们二人很少相处,但也许是所谓的母女天性,陶言在这时,竟诡异地明白了温楠的心情。

母亲在担忧,母亲怕自己会伤心。

而在下一瞬,陶言也终于明白,这件在温楠看来会让她伤心的事情,到底是什么。

"陶言——"因温楠久久没能出声,屈叔叔主动开口。

却在陶言的视线刚一转向他的时候,温楠又一把抓住了他的手,低声道:"我来说。"

温楠终于抬眸,尽管面露歉意,却还是坚定地看着陶言,轻声说:"桃桃，我和屈叔叔……准备结婚了。"

她说完，见陶言神色没什么变化，不安地转眸看了眼旁边的男人，而男人则是安抚似的对她笑笑。

于是，温楠好似又从男人的态度中汲取了勇气，她转向陶言，眼里还残留着不安的歉意，却还是看着女儿，等着女儿的回答。

而陶言……

在听到温楠轻声说出那句话后，脑子里便"嗡"的一声，失去了所有思考的能力。

因为什么都没想，所以神情没有分毫变化，只是在看到母亲和屈叔叔对视时，她轻轻眨了下眼。

那双碧绿的眸中竟露出一丝笑意来，她像一台被设定好的机器，得体地扬了下唇："恭喜妈妈。"

说出这话后，后面的话越发顺畅："婚礼什么时候办？"

对面不常和陶言相处的两人没察觉不对，见到她反应，微不可察地松了口气。温楠肩膀一松，虚虚靠在椅背上。屈叔叔拍了拍她的手背，语调妥帖地回答陶言的问题："就在元旦那天。"

"哦。"陶言点头，"好。"

她下意识地想，原来就在两天后，现在才和她说，是怕她阻止吗？

温楠小心地问："桃桃，那天，你愿意来吗？"

陶言下意识地道："我元旦要回榕城。"

下一瞬，她突然想到这两天和父亲通话时他的态度，心重重一颤。她指尖发麻，却刻意忽略掉心中的不安。

她唇弯了弯，轻声道："我明天再回复您，好吗？"

"好。"温楠点了点头，唇张了张，原本还想说什么，却还是没说出口，只是道，"没关系的，看你时间方便。"

陶言点头："嗯。"

离开时，温楠要送陶言回学校，陶言想了想，说："我明天上午没课，想去哥哥那里拿点东西，可以送我去那边吗？"

温楠："当然可以。"

吃饭的餐厅离温瑾的住处不远不近，半个多小时的车程后，车停在了小区外。

"那我先走了。"陶言推开车门，对温楠道，"您路上注意安全。"

"好。"温楠应,"到了记得发个消息。"

"嗯。"陶言点头,转身离开。

她走进公寓楼,游魂一般,按下电梯,到门口,一边按下指纹解锁,一边给温楠发消息报平安。

转过玄关,偌大的客厅灯火通明,却没有人,陶言视线转了下,看到书房开着门亮着灯。

她走过去,却还没靠近书房的门,便听到里面传来的温瑾震惊且不满的声音。

"那你们就都瞒着桃桃?"

她脚步一滞,眼睫颤了颤,竟下意识地害怕再听下去,可一双腿却好似被钉死在了原地,无法挪动分毫。

而后,她听到了舅舅的声音,从手机里传来的声音有些失真,隔着不算远的距离,没有门板阻隔,很轻易便能听清。

"这也是你陶叔他们和你外公一起商量的,这种事,只能等小楠自己向桃桃坦白。"

舅妈的声音也一并响起:"就算我们提前告诉桃桃又有什么用,平白惹她伤心罢了。"

他们都不愿当那个恶人,不愿让陶言伤心,于是一拖再拖,直到临了,温楠回国,才终于有勇气和陶言坦白。

温瑾噎了下,顿了两秒,才道:"那你们也不应该骗桃桃。"

"这怎么叫骗,我们只是没告诉她而已。"舅舅反驳的声音有些气弱。

后面他们又说了些什么,陶言却没再听下去了。

她转身,脚步落得很轻,悄无声息地离开了这里。

时间还早,夜晚的街道霓虹闪烁,人声喧嚣嘈杂,陶言却觉得自己好似被困在孤岛,周围所有人都与她隔着一层玻璃。

明明能清晰地看到一切,却无法触摸到真实。

怪不得外婆不让她回去,怪不得父亲总是推托,原来,他们都知道……这个元旦日子很特殊。

他们什么都知道,却偏偏都选择瞒着她。

是怕她不乖吗?怕她提前知道了妈妈要结婚的消息,会闹吗?

其实不会,她很乖的,她一直很乖,不管是小时候父母离婚,母亲远走国外,还是父亲再婚,杨姨生了弟弟,她一直都很乖。

她希望身边的人都开心，所以幼时母亲离开，她没有闹过。她希望父亲能够幸福，所以从来没对杨姨表露过不满，也爱护陶嘉。

她明明一直很乖，她会尊重母亲的选择，也由衷地希望母亲能得到幸福，她以前一直做得很好的……所以，他们为什么要瞒着她？

陶言扯了扯唇，露出的笑却比哭还难看。

她有些不理智，很想质问他们，为什么要瞒着她。可她死死忍住了，攥紧了手，指甲掐进掌心，那点刺痛却恰好让她更清醒。

她不知道该去哪里，也不想被人看见她不乖的样子，所以走了一段距离后，她随便进了一家酒店。

她把自己关在一个陌生的房间，周围没有认识她的人，所以她能放肆地发泄情绪。

憋得通红的眼睛终于落下了泪，她把头埋进膝盖里，无声地抽噎着。

扔在床上的手机响了起来，陶言却好似没有听见，直到眼泪流干，她才抬起头。

房间里的灯光太亮，让她眼睛有些刺痛。

她拿过手机看了看，微信里多出了很多消息，未接电话更是有无数个。有张格格的，有室友的，也有温瑾的，还有父亲的、母亲的，更多的是……是江屿绥的。

她被泪水泅湿的睫毛黏成一缕一缕的，安静了片刻的手机又再次响起。

看着屏幕上熟悉的那三个字，陶言指尖颤了颤，最终还是接了起来。

她哭得太久，以至于呼吸都带着鼻音，通过听筒传到另一人的耳朵里，让手机另一端的人心也跟着揪起。

"陶言？"他轻声唤着她的名字，语调低柔，小心翼翼。

陶言张了张嘴，却没能发出声音，只是泄出的呼吸声颤了颤。

细微的声音让另一端的人慌了神，他着急地唤着她的名字："陶言，你怎么了？发生什么事了？你在哪儿？"

"我——"陶言才刚开口，好不容易止住的泪又憋不住落下，"啪嗒"一声砸在了屏幕上。

因为被人关心着，所以心底那些委屈不管不顾地倾泻而出，她不想再一个人，她迫切地想知道，他会不会坚定不移地选择她，会不会在见过她所有的狼狈不堪后，依旧愿意包容她的一切。

她竭力忍着哭腔，嗓音却还是控制不住地带了几分哽咽："江屿绥，来找我。"

她用着以前从未有过的任性腔调，命令一般，不客气地对手机另一端的人发号施令。

听着女孩带着哽咽的颤抖嗓音，江屿绥心里一揪，指骨无声收紧。他克制着，竭力放柔了声音："好，我马上来，你在哪里？"

仿佛命令的话刚出口，陶言抿了抿唇，心里隐隐有些后悔，只是还不待这情绪发酵，他低沉温和带着安抚的嗓音便从手机里传来。

陶言鼻尖一酸，眼眶又隐隐发热，她尽量维持着声线的平稳，说了酒店的地址。

"好，等我。"江屿绥很快应。

"陶言——"他又唤了她的名字，声音放缓，仿若恳求，"电话先不要挂，好吗？"

沉默几秒，陶言闷闷地"嗯"了声。

电话不曾挂断，寂静的房间里，只有手机里传出的窸窣声响，一开始是急促的脚步声，而后车门打开，引擎启动，导航的机械语音……

陶言坐在床边，听着手机里传出的动静，酸涩发痛的眼睛眨了眨，那股一直憋在心里的情绪仿佛又有了要发泄的趋势。

滚烫的泪像断了线的珠子，一滴一滴地落下，她抬手擦了擦眼睛，喉间却没忍住溢出了一声颤抖的哽咽。

"陶言。"

手机里突然传来轻柔的嗓音。

陶言眼睫颤了颤，视线落在屏幕上，却紧抿着唇，没有回答。

他好似也不在意，仍旧温声说着话："我今晚又看见'警长'了，在上次送你风铃的莲湖边。

"莲湖里不是养了锦鲤吗？我正好碰见'警长'想捞鱼。"他低沉的嗓音里带着笑意，在密闭的车厢里显得格外沉静温和，"就是可惜那会儿我手里没有能喂它的东西。

"我拍了好几张照片，还有视频。"他缓声问她，"要看看吗？"

陶言仍旧没说话，她死死咬着唇，嘴角尝到了咸涩的味道，鼻息控制不住地颤抖。

顿了几秒，他一如既往地温柔出声。

"学校一食堂新开了个买生煎包的窗口，钟坤郅——我另一位室友，他说味道还不错,我们下次可以一起试试。"

隔着手机,陶言并不知道,另一端的人的表情与他刻意放缓的嗓音截然相反。昏暗的车内,他神色冷峻,捏着方向盘的手用力到骨节发白。

他絮絮叨叨地说着话,直至导航传来目的地已到达的声音,而后,刹车声响起,车门被推开,脚步声急促……

陶言缓缓转头,望向门口。

片刻后,门被轻轻敲响,一并响起的,还有手机里的轻柔声音。

"陶言,我来了。"

她眨了眨眼,泅湿的眼睫仿佛带着难以承受的重量,让她眼睛泛起难以言喻的酸涩,她站起身,迟缓地走到门后。

真到了这一刻,意识到他正守在门外时,陶言却反而胆怯了。她细白的手指搭上门把手,指尖轻颤着,僵硬地停住了动作。

因为流了太多眼泪,鼻塞得厉害,她小心翼翼地吸了口气,胸腔内感受到一阵凉意,艰难出声:"江屿绥……"

她涩声喊出他的名字,却没了下文。

门外的人温声应她:"我在。"

他不催不问,一直以温和包容的情绪对她,不管她给出什么样的反应,都照单接受,且回馈无底线的纵容。

陶言呼吸颤了颤,紧闭的心防被撬开一条缝。她僵硬的手指紧了紧,终于将门锁打开。

他背光站在门前,看不清神色,周身气息森寒。

陶言松手,眼睫垂下,后退两步。他顺势迈步,走进房间。

他在她身前站定,一瞬不瞬地看着她,嗓音微哑,又一次重复:"陶言,我来了。"

陶言指尖轻蜷,缓缓抬眸。

房门被关上,暖色的灯光从顶端洒下。被这层昏黄的光晕笼罩,他原本锋利冷锐的眉眼仿佛也被浸润出会纵容她一切的温柔来。

喉咙好似被堵住了,陶言心间再次泛起难言的酸涩。她眼睫颤了颤,下一瞬,冰凉的脸颊被一抹温热浸湿。

突来的眼泪让江屿绥慌了神,他稍稍俯身,垂在身侧的手抬起一半,在将要触上女孩脸颊时,又无声顿住。

他指尖轻颤了下,指骨收紧,却只能无措道:"……别哭。"

女孩白皙的脸颊被泪水洇湿，鼻尖通红，抿着唇，无声地掉着眼泪。江屿绶喉间发涩，却束手无措，连替他擦拭眼泪的资格都没有。

"别哭。"他竭力维持着平静，哑声安抚着委屈到不停掉泪的女孩，手却攥得死紧。

陶言语调不稳，满是委屈地控诉："江屿绶，他们、他们都瞒着我……"

没有前因后果的话，却让他心尖酸涩。终是没能忍住，他缓缓抬手，轻柔地抚了抚女孩的头发，小心安抚她的情绪："嗯，是他们不对。"

话落，江屿绶的手机铃声突然响起。

看清来电显示的那一刻，陶言倏地伸手，攥住他的衣袖，指尖用力到泛起青白。

她抬眸，执拗地看着他，碧绿的瞳仁被泪水浸润，像是无垢的宝石，漂亮却易碎，神情固执又任性，色厉内荏道："不准接。"

江屿绶柔和了眉眼，语调低缓："好，不接。"

他没再看手机，任由它不停地响起，直至重归寂静。

女孩强撑着不愿示弱的眼神令他心颤，他竭力克制着，唯恐不小心泄露的情绪会让她反感。

温热的手掌抚在头上，动作轻柔，小心翼翼又充满珍视，那双漆黑的眸中藏匿着仿佛能将人溺毙的纵容，陶言心中蓦地涌出一股冲动，激得她指尖发麻。

她没再克制，倏地上前一步，直直扑进他怀中。

江屿绶措手不及，蓦地僵住，怀中温软的触感让人恍若梦中，他没敢发出丝毫声音，生怕惊扰了什么。

男人的怀抱宽厚温暖，令陶言莫名安心，好似一叶孤舟终于寻到了可以停靠的港湾。

她埋进他怀里，带了些许哽咽地闷声道："江屿绶，你带我走吧。"

安静了一瞬，她听到江屿绶低哑的声音："好。"

她没抬头，因此没有看到，被她抱住的人耳根漫上绯色，在听到这话时，眼眸更是慌张地乱颤。

回去的路上，陶言给温瑾发了消息，之后便一直沉默。

江屿绶领着她进自己的住处，将她带到沙发坐下，又倒了一杯温水，温声道："喝点水。"

陶言迟疑地伸手，冰凉的掌心触到温热的杯身，暖意传来，顺着血液涌进心中，让她无端生出抹冲动。

她抬眸，直直望向江屿绥："江屿绥，我其实和你想的一点都不一样。"

她不管不顾地，想要将自己最不堪的一面全数展露在他面前。

"我胆小、别扭、固执、任性。

"我心眼很小，占有欲强，根本忍受不了自己在意的东西被别人沾染。

"我也忍受不了欺骗，即使只是一点无关紧要的谎话，我也无法接受。"

她越说，声音越颤得厉害，却还是固执地、一错不错地看着他。

"这样的我，你真的还喜欢吗？"

原本站着的人在她说出这些话时，半跪在了她面前，他眉眼深邃温柔："不管什么样的你，我都喜欢。"

江屿绥："你和我想的没什么不一样。"他缓缓启唇，"你心软、善良、有同理心，不愿意为难别人，所以总是什么都憋在心里。

"你聪明、坚定，也不缺毅力，只要是你想做的事，要达成的目标，总是很轻易就能完成。"

好不容易停下的眼泪又有要下落的趋势，陶言喉咙哽到发痛，固执地摇头："……我很差劲。"

"不，你很好。"江屿绥轻声说。

乌润的杏眼又泛起盈盈水光，这次，他终于抬手，温热的指腹落在了女孩绯红的眼尾。

指腹下的触感细腻，仿佛稍一用力便会揉碎，他喉间颤了颤，动作轻柔地擦拭掉她眼角的泪水，无奈地低哄轻叹："别哭。"

带着薄茧的指腹灼热，那股烫意好似顺着眼角蔓延至全身，陶言脖颈耳根都漫上绯色，脊背酥麻。

温柔的轻声安慰，让那颗惶惑不安的心渐渐平静下来。

她悄然蜷紧了手，鼓起勇气看着他："江屿绥，我们——"

她话未说完，便被他打断："已经很晚了。"

他神情未变，眉眼依旧温和，揉了揉她的脑袋，不动声色道："去洗漱一下，早点休息。"

他站起身，脚步刚一迈开，就被揪住衣袖，她眼尾带着艳丽的绯色，鼻尖通红，嫣红的唇瓣微抿起，一副可怜又可爱的模样。

江屿绥眸底微暗，指骨难耐地蜷了蜷，隐隐猜到了她想说什么，心中那头名为卑劣的野兽嘶吼叫嚣着要挣扎而出，蛊惑着他趁虚而入。

他的神情晦暗不明，沉沉地看着她，一秒后，艰难地克制住那些不理智的念头，不露痕迹地把衣袖从她手中抽出来。

他艰涩地开口，哑声提醒对方，也是告诫自己："陶言，别说让自己后悔的话。"

可他不知道，陶言为了这句话做了多久的心理建设，鼓足了多大的勇气，在今晚接起他的电话前，她已经想明白了自己的心意，只等一个合适的时机告诉他。

在接起电话后，抱着自己也说不清的心思，她将所有不愿展露人前的不堪心思毫无保留地袒露在他面前。

而后，如愿以偿。

胸腔里那颗心脏躁动不安，强烈的情绪激荡着，促使她想做点什么，想说点什么。

第一次开口被打断，她不知哪里来的勇气，在他即将离开时，又止住了他的动作。

直到听到他说，别说让自己后悔的话……

会后悔吗？

陶言不知道以后会如何，但至少现在，她很清楚地知道自己想说什么，也清楚地知道，自己并不会后悔。

所以，她只是执拗地望着他，被泪水洗过的碧绿瞳仁清亮透彻："我现在很清醒，也不会后悔。"

她的声音里带着哭泣后软糯的鼻音，可怜巴巴，可态度却异常固执。

揪着他衣袖的那只手缓慢地往下移，而后，小心翼翼地触上了他微凸的腕骨，她指尖轻颤了下，却仍旧坚定地往下，直至微凉的指尖触上他灼热的肌肤。

她细白的手指缓缓收紧，握住了他的手，尽管紧张到眼睫止不住颤抖，却仍直直望着他，一字一顿，轻声说："江屿绥，我们在一起吧。"

带着几分涩意的微哑嗓音从女孩口中说出，江屿绥呼吸微窒，几乎是瞬间，被她小心翼翼握住的那只手便一个用力，将她的手紧紧攥进了掌心。

掌心下的肌肤细腻，指骨柔软无力，他眸色渐深，用尽了所有力气，才能克制住那些卑劣不堪的念头，轻而缓地将手松开。

他喉间咽了咽，艰难地开口，嗓音嘶哑不堪："明天，明天再说，好不好？"

他小心地征询着她的意见，近乎是在乞求，唯恐自己空欢喜一场，又生怕她明天醒来后悔，因此不敢轻易答应。

因为他清楚，一旦得到，他便不可能再放手。

周遭静谧异常。

两人一站一坐，一人居高临下，一人眸中残留着水光，眼尾绯红。

但却是站着的那人，小心俯首，眉眼流露出近乎卑微的惶惑不安。

良久，陶言缓缓将手松开，启唇轻声应："好。"

掌心一空，江屿绥指尖徒劳地蜷了蜷，又无声收紧。

他刻意忽略掉心中的不舍，强压下那些不安躁动的情绪，重新开口："我去给你拿洗漱用品。"

他转身离开，将新的毛巾和牙刷放进浴室，而后走到她面前，迟疑地将手中的衣服递到她面前："……T恤和裤子是新的，我没穿过。"

陶言敛眸，接过："嗯。"

指尖轻蜷，他带她走到浴室，仔细讲解各种用品摆放的位置后，又指了指外间："烘干机在那儿。"

陶言点头："好。"

"那……"江屿绥轻咳一声，"你先洗漱。"

浴室门关上，他眼眸微暗，转身离开的脚步带着近乎落荒而逃的急促。

隐隐听到浴室传出水声，他喉结滚了滚，不敢往后看一眼，猛地灌了一杯冷水后，他拿上手机，去了阳台。

推拉门关上，窗外霓虹闪烁，深冬季节夜晚的寒风凛冽，吹散了心中不合时宜的燥热。

江屿绥打开手机，看了眼未接电话和未读消息，先简单回复了张格格，在将要拨出温瑾的电话时，眼前不期然又浮现出女孩哽咽着不准他接电话的画面。

他悬在屏幕上方的手指顿了顿，转而点开短信编辑：不用担心，她现在很好，我会照顾好她。

短信发出去不到一分钟，手机突兀响起，是温瑾打来的电话。

江屿绥眼睑微敛，下一秒，毫不犹豫地挂断了电话。

江屿绥：抱歉，她不准我接。

短信发出，他没再看手机，全然不知手机另一端的人看见这话时气到差点失去理智，却只能无能狂怒。

253

江屿绥这处住所是三室两厅的格局，除了主卧，另外两间卧室被改成了书房和衣帽间。

他将主卧的被褥挪到客厅的沙发上，又拿出新的被褥铺上。

从主卧出来时，浴室的门被打开。

陶言穿着到大腿根的T恤，裤脚往上不知卷了多少，露出白皙纤细的脚踝，鬓角微湿，被水汽蒸红的脸颊莹白剔透。

江屿绥眸光微凝，而后不动声色地移开视线，领着人走到主卧："明天早上有课吗？"

"有，上午十点。"

"那早点休息。"他温声问，"早餐想吃什么？"

"都可以。"陶言想到刚才看到的沙发上的被子，"我睡沙发就行。"

"被褥我已经换过了。"江屿绥垂眸，眼角微微下垂，故作伤心地问，"还是说，你嫌弃那是我睡过的床？"

她下意识地否认："不是。"

"那你早点休息。"江屿绥神色自然转换，不给她拒绝的机会，"我先去洗漱了。"

随即他转身就走，只留给她一个背影。

翌日，早上八点半陶言自然醒来。

昨晚哭得太狠，醒来时眼睛有些酸胀，她洗漱时特意冷敷了下。走出主卧，她听到厨房那边传出轻微的声响，走近一看，是江屿绥在做早餐。

听到身后的动静，他转头，眼里流露出笑意："醒了，早餐马上好。"

"好。"

几分钟后，两人坐上餐桌。

早餐简单却很丰富，南瓜粥、煎蛋、蒸饺、煮玉米、三明治、豆浆还有牛奶。

江屿绥盛了碗南瓜粥放到她面前："都做了些，吃你想吃的就行。"

"谢谢。"陶言夹起蒸饺咬了口，"很好吃。"

两人安静地吃完早餐，期间，江屿绥不动声色地看了她好几眼，似是想说什么，纠结迟疑了许久，最终还是没开口，只是在前往学校时，神情隐隐透出失落。

将一切尽收眼底，陶言只是敛眸，并未多说什么。

两人在教学楼前分开时，陶言问他："你还要和我一起回榕城吗？"

江屿绥微愣，却没有多问，只是颔首："嗯，你想去哪里，我都陪你。"

陶言微不可察地松了口气，轻声说："那你把身份证号码发给我，我订机票。明天上午回，可以吗？"

"好。"

周五的课程不多，下午早早便下了课，陶言回了宿舍。李曜希已经回家了，舒悦和男朋友一起出去玩，向玮筠也和朋友去了莲城。

冷静了一天，她情绪平复了很多。

终于有心情联系家里人，却还是不愿通电话，只是给所有人都发消息报了平安。

最后，她迟疑着，编辑了一条短信发给温楠：抱歉，昨天让您担心了，我并没有反对您和屈叔叔在一起的意思，我只是……有些难受，外婆他们都瞒着我这个消息。明天的婚礼，我就不来了，祝您往后幸福安康。

几分钟后，她收到回复。

妈妈：好。桃桃，我不是一个合格的母亲，你可以恨妈妈，也可以尽情发泄你所有不满的情绪，妈妈不奢求你的原谅，唯愿你往后余生长乐无忧。

翌日一早，江屿绥来宿舍楼下接陶言。

两人一同前往机场，三个多小时后，飞机降落在榕城机场。

时间正好，江屿绥拉着两人的行李箱，问她："先去吃午饭，然后我送你回家？"

陶言摇头："我不回去。"她抬眸，对上他暗含担忧的目光，淡声说，"我已经订好酒店了，先去放行李。"

江屿绥抿了抿唇，最终还是没说什么，只跟着她去了酒店。

放下行李，两人简单吃了午饭。

午睡后，陶言起床，先给他发了消息，而后敲了敲隔壁房间的门。

几秒后，房门打开。

陶言问他："一起去走走？"

江屿绥："好。"

她带着他离开酒店。两人沿着河边往前走，路边的香樟树郁郁葱葱，萧瑟的寒风未曾给它带来分毫变化。

十几分钟后，两人来到一家饭店。店面尽管装修老旧，却打扫得很干净，不是饭点，店里只有一个年龄较大的阿婆守着。

陶言启唇轻声道："高中那会儿，我和格格经常来这儿。"

江屿绥脚步顿住，看着周遭熟悉的街景，嗓音不知为何，带了几分哑："我知道。"

陶言迈步，往一侧走去。

酒店是她订的，特意选了一家离一中不远的。

道路渐渐变窄，两人踏进一条小巷。

几年过去，这条小巷依旧没有任何变化，好似飞逝的时光唯独将这处遗忘。

陶言缓步往前，直至走到当年那个拐角。

她停下脚步，转身，望向江屿绥。

身侧的人不知何时，一贯冷峻寡淡的神情竟隐隐透出几分晦涩来。

他看着周遭熟悉又陌生的景色，转而目光落在女孩身上。

"当初，我们第一次见面，就是在这里。"陶言轻声开口。她仰头，目光平静而又温柔。

江屿绥喉结轻滚，垂在身侧的手无声攥紧。

"我在这里，见过你最狼狈的模样。"

她往前迈了一步，两人间本就不算远的距离转瞬间被拉得更近。

"你说我心软善良，但其实我这个人胆小怯弱，很怕惹事。可那次，我却不知哪里来的勇气，拨了报警电话。"

江屿绥呼吸放轻，眼眸晦涩，浑身不受控制地变得僵硬。

"其实从第一次见面起，我就只是对你心软。"

她轻轻吐出一口气，缓缓伸出手。

"我们都见过彼此最狼狈不堪的一面。"

她眉眼弯起，颊侧漾出两个甜甜的酒窝，如同两人第一次相遇时，眸中盛满星光。

"所以……江屿绥，你要牵起我的手吗？"

深冬的风萧瑟寂寥，小巷中，两人的心跳却慌乱急促。

紧攥的指骨无声松开，江屿绥缓慢又坚定地伸手，骨节分明的宽大手掌牵过女孩柔软的手。

掌心相触，温热的触感透过掌心，顺着血液流经四肢百骸，引起难言的战栗。

他喉间发涩,却仍旧执拗地开口,不知是在威胁还是在郑重地宣誓,只是嗓音喑哑,带着些微的颤意:"我牵上了,这辈子都不会再放开。"

而陶言,只是紧紧回握住他的手,仿佛在纵容他卑劣的占有,又好似在陪他一同起誓,笑颜明媚,嗓音清甜:

"好。这一辈子,都不放开。"

江屿绥番外 /
彼时年少

1. 检讨

从派出所离开，江屿绥拎着药回到老旧狭小的廉租房，屋里没人，桌上还有中午吃过的剩饭剩菜，在夏日暑气的蒸腾下，似乎空气中都弥漫着腐朽破旧的味道。

少年垂眸，面无表情地穿过客厅，推开阳台的门。

逼仄的阳台上挤放着各种杂物，在一堆杂物中，有一张矮小的旧式课桌，木料表面已经开始脱漆，桌面布满黑色的划痕。

紧挨着桌旁，是一张狭小的单人床。

床尾处，洗得发白的床单上已经洇出一团深色的水迹，挂在上方的衣服还时不时往下滴水。

他神情冷淡，将药随手放到桌上，拿起挤在一堆编织袋中的撑衣杆，将那几件还在滴水的衣服移到另一边。

没管那处湿着的床单，他在桌前坐下。

少年的脊背单薄却挺拔，两条长腿支着，越发显得此处的逼仄。

身上的伤隐隐作痛，少年却习以为常，视线掠过那袋药，耳边好似又响起女孩温柔关切的话。他闭了闭眼，最终还是抿唇，伸手将药拿过来。

药品算得上齐全，除了处理外伤消毒消炎的，还有治疗跌打损伤的。

他眼底情绪难明，将棉签蘸上药水，粗糙地往伤处上抹，没去找镜子，只凭着大概，将脸上的伤处简单处理了下。

而后，又处理了手上和胳膊上的伤。

已是傍晚时分，周遭渐渐染上喧嚣的人声。

待伤口处的药水干了后,他将药装回袋子里,顿了片刻,没将药放回桌面,而是放到枕侧,又用枕头盖在了上面。

他起身,离开阳台,将桌上的碗筷收到厨房,放进水槽,又把饭焖进电饭煲,准备晚饭。

刚将菜端上桌,房门发出动静,他面色平静地抬眸。

下一秒,门被推开,走进来一位身材矮小的女人,是养母王秀英。

王秀英先是看了眼屋内,没见到其他人,才将目光落到江屿绥身上,像是没见到他脸上的伤,只是问:"你爸和你弟呢?"

江屿绥敛眸,淡声回:"不知道。"

他转身去厨房,听到身后响起骂骂咧咧的声音。

直到晚饭做好,另外两人也没有回来。江屿绥没等,盛了饭就径直坐上桌。

见他动筷,王秀英皱眉,嗓音放大:"你弟他们还没回来!"

江屿绥动作没有丝毫停顿,神情冷漠:"我等会儿还有事。"

王秀英一噎,见他自顾自吃着,心里不舒服,但也知道管不住,于是只阴阳怪气道:"天天往外跑,也没见拿几个钱回来,尽给别人做白工。"

江屿绥面色不变,几下吃完。洗好碗筷后,他揣上钥匙,直接出了门。

夏季的晚风带着令人难以忍受的燥热,江屿绥走出脏乱的巷子,二十分钟后,到了烧烤摊。

烧烤摊开在夜市,人流量很大,每天生意都很火爆,尤其现在还是暑假,几乎每天要凌晨四五点才收摊。

江屿绥和老板打招呼:"李叔。"

"小江来了啊。"李叔回头,见到他脸上的伤,微愣了下,急问,"怎么脸上有伤?是不是你爸他……"

"不是他。"江屿绥摇头,却也没多做解释。

李叔叹了口气,也没再多问。两人简单聊了几句,江屿绥开始忙碌起来。

洗菜、串烤串、烤串,几乎什么都要做,忙起来的时候,连喝口水的时间都没有。

直到次日凌晨四点半,烧烤摊才收摊。离开前,李叔将这周帮忙的钱给了江屿绥。

不多,也就几百块。

九年义务教育一结束,养父养母就不乐意再继续供江屿绥读书,李叔和江屿绥是同一个村子的,知道他家里的事,也可怜这孩子,所以才让他每晚来帮忙，给他点生活费。

李叔将钱给他，又叮嘱："还有两天就开学了，后面就别来了，调整下作息，上着学可别天天熬夜。"

江屿绥没应这话，只是接过钱："那我先回去了，谢谢李叔。"

少年将几百块揣进兜里，计算着下学期的学费和生活费，踏着夜色回去。

到出租屋时，已是凌晨五点多。

隔音不算好的屋内，卧室里的呼噜声传出，在寂静的夜色中显得格外明显。

他没开灯，就着月色和窗外昏黄的路灯，进了卫生间。

被烧烤摊的油烟熏了一晚，T恤上都染上味道，他冲了个凉水澡，又将换下的衣服洗了。

待到收拾完，已经快要六点了。

安静的廉租区渐渐响起了鸟鸣声，间或夹杂着几句低声交谈，天际的云层染上了淡淡的橘色。

江屿绥关上阳台的窗户，躺上那张狭小的单人床。

枕上枕头时，感到头下凹凸不平的触感，才想起枕下放着的那袋药。

他闭了闭眼，却不合时宜地想起了巷子里初见女孩的情景。

眼前又浮现出那双绿宝石般的眸，以及那白皙的脸庞、小巧的鼻子、嫣红粉润的唇瓣——精致乖巧得好似橱窗里的洋娃娃。

他喉结滚了滚，半瞬后，轻哂一声，似是对自己的嘲弄。

两天时间一晃而过，很快便到了开学日。

江屿绥走到学校门口时，碰见了同学蒋恒。

"绥哥！"远远见到他，蒋恒唤了一声，跑到他身边，见他脸上还未完全消散的伤，小声又震惊地问，"你前几天真和那几个浑蛋打架了？还进局子了？"

江屿绥脚步未停，只淡声"嗯"了下。

蒋恒怒骂了声，想到昨天听到的消息，愤愤不平："他们自己先惹事，还闹到老师那里。"

顿了顿，他迟疑："绥哥，老班已经知道这事了，今天怕是轻易过不去。"

江屿绥未置一词，神色冷淡地往前。

报名后，他被班主任叫去办公室，并被告知，要在周一那天做检讨。

对于做检讨这事，江屿绥现在已经算是驾轻就熟，毕竟从高一至今，他已经做过大大小小好几次检讨了。

只是那时他不知道，这次检讨，与以往不同，会令他死寂已久的心不受控制地生出莫名的卑怯难堪。

周一，江屿绥早早到了教室，趴在桌上补觉时，听到教室内叽叽喳喳的讨论声。

"你见着高一新入学的年级第一没？"

"没呢，怎么了？"

"你居然没看到，等会儿升旗仪式的时候你好好看看！那妹妹，长得太好看了！"

"能有多好看？"

"巨好看！骗你是狗！那妹妹是高一新生代表，等会儿要上台发言的，你赶紧把眼睛擦亮点！"

"对对对，长得跟洋娃娃似的，笑起来还有酒窝，睫毛又长又密，眼睛还是绿色的。"

在听到眼睛是绿色时，江屿绥搭在后颈的手微动了下，又想到她会上台发言，而他也要上台做检讨。

他呼吸微滞，心底生出几分说不清道不明的烦躁。

他"嚯"地站起，凳子腿划过地板，发出刺耳的一声响，嘈杂的教室霎时诡异地安静下来。

江屿绥满脸恹色，转身离开。在走廊尽头的厕所洗了好几下冷水脸，才将心底的躁意压下。

早上八点，升旗仪式准时开始。

江屿绥站在班级队列里，浑身散发着刺骨的寒意，本就冷峻的神情更是仿若笼了层寒霜。

升国旗，唱国歌，随后是校领导讲话。一行流程过后，终于到了新生代表讲话的环节。

江屿绥眼睫半垂，眸底晦暗难明，心中生出的第一个念头是——原来她叫陶言，很好听的名字。

女孩乖软的嗓音透过话筒，从学校劣质的音响中传出，队列里安静了一瞬，随即响起低声却兴奋的讨论。

好不容易平静下来的心绪，似是又因周遭嘈杂的声音而浮躁起来。

261

身侧的手无声收紧,他眉眼冷峻,周身气势更是凛冽了几分。

直到班主任走来让他准备上台,察觉到少年浑身的冷意,只以为他是不想做检讨,还苦口婆心地劝:"既然知道丢脸,以后做事就别那么冲动,动手前先想想后果。"

江屿绥一言不发,迈步往主席台去。

他走上台,站在后侧,目光无意识地落在前方,看向女孩。

她扎了个可爱的丸子头,脊背纤薄,后颈的碎发被微风吹拂,轻轻扫过她白玉般的耳垂。穿着寡淡的校服,却好似挺立在春日枝头的花苞,青涩又鲜嫩。

听着她恬静的嗓音,少年心中像是坠了铅块,竟诡异地生出些许无地自容的卑怯来。

修剪整齐的指甲掐进掌心,他企图用这点不足为道的疼痛盖住心中莫名生出的难堪。

却不料,女孩在发言结束后,会退到他身侧的位置。

他脊背僵硬了一瞬,余光察觉到她脸上一闪而过的惊诧。他指骨一松,心中竭力想要掩盖的难堪骤然间溃不成军。

下一瞬,他的手无声收紧,面上神情更加冷漠。

教导主任嗓音严厉地说着校风校纪,随即点出江屿绥的名字让他检讨。

少年冷着脸,长腿迈开,却才走出半步,便被面前突然出现的手挡住了去路。

女孩纤细的手指握着话筒,递到他面前,小声提醒:"话筒。"

江屿绥顿了半秒,指骨收紧,又无声松开。他面色冷然地伸手,接过话筒。

肌肤有瞬间的相触,温热柔软的触感令他指尖微僵,他喉结轻滚了下,攥紧话筒,掌心似乎还残留着暖意。

他唇微张:"谢谢。"

2. 徇私

这天之后,江屿绥陆续听到了许多关于女孩的消息。越听得多,他越清晰地明白他们之间的差距。

偶尔,他会在学校里看见她,却不曾察觉,每次余光里出现那抹身影时,他总是会无意识地放慢脚步,漆黑的眸不动声色地从女孩身上掠过。

九月末中秋连着国庆假期,学校放了八天长假。

江屿绥白天在商场发传单，晚上去李叔的烧烤摊，他将自己的时间排得很满，几乎没留下任何空隙。

这天回去，难得地，屋里三个人都在。

视线从正吃饭的三人身上掠过，他迈步往阳台走。耳边响起江武粗粝的嗓音，骂骂咧咧不带停歇，他神情却未变分毫。

直至拉开阳台门，看到狭小的单人床被翻得乱作一团，洗得褪色的床单有一半掉在地上，被好好放起来的那袋药散落在地，包装盒已经被撕烂。

他指骨收紧，面色一沉。

将散落在地的药一一拾起，整齐地放到桌上，他回到客厅，冷声问："谁动了我的东西？"

话落，江武倏地摔了筷子，怒声呵道："你吃老子的，喝老子的，住老子的，你倒是说说，这屋里有什么东西是你的？啊！"

看着这位名义上的父亲破口大骂，江屿绥眉目间皆是冷色，嘲弄般嗤道："我没给钱？"

一提到钱，江武更是来劲，拍着桌子怒骂："钱钱钱！你天天不着家，挣的钱拿回来了几分？生活费早就不够了！要我说，那破高中你就不该去读，在家帮着做做家务，带带弟弟，年龄到了随便进个厂，挣的钱不比现在多？"

他左手边坐着个十一二岁的男孩，是江屿绥名义上的弟弟江炜，此时听到父亲这话，一边咽下口中的鸡肉，一边点头附和："就是。"

江屿绥眼里漫上更深的厌恶，扯了扯唇，没什么情绪地说："行啊，不去上学。"

他的视线从江炜头上掠过，意味不明："不过没学历也找不到什么工作，倒是可以去江炜的学校收保护费。"

江炜顿时惊恐地睁大眼，急忙看王秀英，说："妈！你看他居然敢说这种话！"

"哎呀，好了好了。"听江屿绥扯上宝贝儿子，王秀英立马开口，"父子俩吵吵就行了，怎么话还越说越过分。"

她没什么感情地劝了句，又转回话题，目的性极强地说："不过小绥，生活费确实该涨些了，上个月房东又涨了房租。"

江屿绥嗤了声，只撂下句："怎么，急着攒钱给自己买骨灰盒？"而后也不管三人是什么反应，就直接离开了。

还没到烧烤摊营业的时间，江屿绥先去了银行，将这几天拿到的钱都存进卡里。这张卡是他十六岁后拿着身份证自己去银行办理的。

他不是江家亲生的孩子，五岁那年被江武、王秀英捡回家，那时他发着高烧，醒来后就记不清以前的事了，只记得自己的名字。

江武、王秀英当时结婚多年，一直没有孩子，去榕城医院检查回来的路上，捡到了他。

那个年代的农村人法律意识淡薄，许是鬼迷心窍，又或是出于什么别的心思，总之夫妻俩没有报警，而是将他带回了家。

见他醒来后什么都记不得，这对夫妻索性将错就错，将他当自己的孩子养着，还骗他说是他亲生父母不要他，所以将他卖给了他们。

后来养了两年，见他仍旧什么都没回忆起来，又养得越来越熟，才去办了收养手续。

那个年代，尚且没有什么打拐 DNA 数据库，夫妻俩有意隐瞒，他又什么都记不起来，大山里的农民又不懂什么法律，因此就这么阴错阳差地成功落了户。

当然，江屿绥并不知道所谓的"被卖"是这对夫妻骗他的说辞。

幼时，他将这些话当了真，王秀英又一直说家里花了全部积蓄才将他买回来，因此他在江家一直颤颤巍巍，生怕他们不要他。

虽说夫妻俩打算拿他当自己的孩子养，但因为隔着层血缘，所以对他始终算不上好。

虽说没饿着他，但小小的孩子，每天需要做许多农活，如果不是九年义务教育，可能都不会送他去上学。

江武有家暴倾向，稍有不如意便会打人，以前没有江屿绥，他就打王秀英，后来有了他，再遇上江武心情不好，王秀英就会躲开，于是小小的江屿绥就成了江武唯一的出气筒。

幼时，江屿绥躲不开也反抗不了，只能任由江武打，后来大些了，他会学着躲开，但身上仍旧时时带着伤。

也因为这样，他在村子里经常被其他小孩欺负，直到他大了，拳头硬了，情况才稍微好了些。

他七岁那年，江炜出生。

夫妻俩盼了许多年，才盼来这个亲生儿子，自然是宠得不行。自那以后，江屿绥的日子更是难熬，每日放学回家，除了做家务，还要帮着看孩子。

为了让江炜得到更好的教育，江武夫妻俩带着江炜来了榕城。那一年，算是江屿绥记事以来过得最舒服的一年，放学回家后没有做不完的家务，也不用看孩子，更没有江武一言不合就突来的拳打脚踢。

只是一年后，因为夫妻俩白日都要上工，没人看孩子，于是把江屿绥也接来了榕城。

那时他初二，夫妻俩随便给他找了个学校，平日里还让他负责江炜的接送和做其他繁重的家务。

城关村的学校鱼龙混杂，江屿绥刚来时受了不少排挤，可他拳头硬，几次之后，渐渐没人来招惹，却也没什么正经朋友。

日子虽不如意，倒也过得下去。江屿绥那时还想着要努力学习，想要从这泥潭中挣脱。

他初三那年，江武不知从哪里染上了赌博的恶习，虽只是小赌，并未输太多钱，可每每只要输钱，就会拿江屿绥撒气。

那时江屿绥中考成绩极好，以全市第一的成绩被榕城一中录取。

只是九年义务教育结束，江武不愿再供他上学，不仅如此，还想要让他进厂打工，补贴家用。

渐渐长大的少年，已经不是幼时那般谁都可以欺负的了，在江武动手时，江屿绥没有躲开，也没有沉默着忍受，而是选择了反抗。

那次的反抗，江屿绥付出了巨大的代价。

他被赶出了家门。

才刚初中毕业的少年，险些在这个大城市活不下去，后来通过警察的调解，江武勉强妥协，让江屿绥进了家门，只是仍旧不愿让他读书。

好在江屿绥中考成绩极好，一中免除了他的学费，但即便如此，初中毕业那个假期，江屿绥也用尽了所有手段拼命挣钱。

只因为从那时起，如果他要继续留在榕城，住在那个廉租房，就必须要给那对夫妻生活费。

高一上学期，他勉强和江武维持平和。只是尚在读高中的孩子，根本没有合法的途径挣钱，更因为江武的骚扰和熬夜打工造成的精力不济，他的成绩开始下滑。

学校取消了他免除学费的资格，他的日子越发艰难。

高一下学期，江武输了一大笔钱，江屿绥放学回去后，看到阳台的床和桌子被翻得一团乱，他好不容易攒下的钱一分不剩。

他和江武动了手,这次,临近成年的少年第一次将江武揍得求饶。

再次被赶出家门,江屿绥冷静了许多,他无师自通地抓住了夫妻俩的软肋,在江炜去学校时将人截住,搅得夫妻俩的宝贝儿子也无法专心读书。

光脚的不怕穿鞋的,江武已经逐渐老去,而江屿绥却在渐渐长大,暴力已经无法拿捏住这个往日孱弱的孩子,最终,几人达成了微妙的平衡。

江武不再阻挠江屿绥读高中,同样,江屿绥每月仍需上交生活费。

这次事情后,江屿绥又开始考虑是否住校的问题。

只是计算了下住校需要的费用,以及住校后的门禁会让他没办法继续利用晚上的时间挣生活费,最终还是放弃了这个想法。

榕城一中有上晚自习的规定,江屿绥在放学后到晚自习开始前的这段时间在学校不远处的奶茶店兼职。

这天,他在晚自习开始前从奶茶店离开,抄近路回学校,在路过之前那条巷子时,被几个男生堵住了路。

其中两个男生仍是上一次的人,而这两人之所以一直纠缠江屿绥,也是因为几人当初在城关村那个初中学校结下了仇。

此种情形,已经数不清是第几次了。

路被堵住,江屿绥厌恶地扯了下唇:"赶时间,一起上吧。"

等将几人都撂倒,已经过了晚自习预备铃的时间。

江屿绥脸上挂着伤,绕开几人,迈步往学校走。只是脚步没了之前的急促,反而有种从骨子里透出的厌倦。

他没走正门,而是去了另一面靠近操场的墙下,翻墙进了学校。

时值夏末,才傍晚七点,天色还未完全暗下来,但学校的路灯已经亮了。

他踩着围墙,动作熟稔又轻盈地跳下,却落地刚一抬眸,就突兀地僵在原地。

前方几米远,穿着校服的女孩愣愣地睁着一双杏眼看他——正是陶言。

昏黄的灯光洒下,在她身上氲出一层暖色的光晕,卷翘的长睫在她脸上落下一抹阴影。

江屿绥面色冷硬,脊背却僵硬,两条长腿像是被钉在了原地,忘了移动。

女孩眨了下眼,而后,目光似是被他脸上的青紫吸引,久久不曾移开。

那视线仿佛带着刺,扎得江屿绥心里生出莫名的钝痛。他眸色暗了暗,稍稍侧了下脸,避开她的目光,薄唇紧抿,仍一言未发。

他不甚明显的动作惊醒了女孩,许是察觉到自己的冒犯,她眼睫垂下,唇瓣动了动，却没说出话来。

两人安静地站在围墙边，周遭一片静谧，耳边只有不远处教室里传来的浅浅读书声。

最终，江屿绥看了眼她手上的记分册，神情冷寂，喉结滚动："江屿绥，高二（7）班。"

低哑的嗓音响起，陶言下意识地抬眸，下一瞬，又仿佛被烫到般敛下目光，拿着记分册的手无声攥紧。

她嗓音压低，仿佛怕被人听见似的，带着少许磕巴："不、不用。"

气氛僵硬了一瞬，她抿了下唇，又低声道："我、我不记。"

作为刚上任的风纪委员，第一次工作就徇私，似乎也知道自己这做法不对，女孩白皙的脸颊悄悄爬上了一抹红。

但想到入学后听到的关于面前这人的传闻，以及看着他脸上的伤，陶言紧了紧手，还是道："你快回教室吧。"

话落，又是一阵沉默。

江屿绥指骨微动，眸底划过一抹晦涩。他悄然抬眸，见她颊侧的绯色，唇轻动了下，半响，终是没说什么，只敛下眼睑，长腿迈开。

擦肩而过的瞬间，陶言突然开口："学长。"

低软的声音响在耳侧，令面色冷然的少年停下了脚步。

江屿绥站定，迟缓跳动的心脏悬在半空，他无声侧目。

他看到她眼睫颤动着，唇张合了下，而后细白的手指点了点自己的颊侧，刻意放低的嗓音带着遮掩不住的关切："伤，记得上药。"

还记得上次撞见他受伤的场景，陶言莫名说出了这句叮嘱。

好似心脏又恢复了跳动，江屿绥闭了闭眼，喉结滚动："嗯。"

那是自开学典礼后，江屿绥第一次和她说话。

在无人的角落，借着夜色的遮掩，从小循规蹈矩的女孩第一次为一个人破了例、徇了私。

3. 风都静止

受伤对江屿绥来说是家常便饭，更何况只是擦伤瘀青。

可因为女孩的话，那晚回去后，破天荒地，在逼仄狭小的阳台，在月光的映照下，他将之前整齐放好的药拿了出来，垂眸仔细地将药水抹在了伤处。

那次之后，他没再和女孩有过交集。

他们两人一个被生活压得几乎快直不起脊梁，另一个则受尽宠爱如天边月亮高不可攀。

江屿绥有自知之明，因此从不过多关注她的事。

只是女孩实在太过优秀，尽管他从未主动打听，却总是能听到关于她的消息。

十月底，是一中的校艺术节。

这天从上午开始，除去高三的学生，剩下两届会参加艺术节的同学，都显得格外躁动。

舞台设置在大礼堂，下午最后一节课结束，有些同学甚至连晚饭都懒得去吃，就直接去了礼堂。

江屿绥先在奶茶店忙了一个小时，因着学校晚上的活动，奶茶店的生意很好，直至忙到快七点，人流量才渐渐少了。

往日里，在有这类不需要上晚自习的时候，江屿绥不会回学校，而是去李叔的烧烤摊帮忙。

可这次，在从奶茶店出来时，他莫名想到了之前在课间时听到的同学们说起的八卦。

这次艺术节，高一（3）班有节目，而她，也报名了。

当时江屿绥并没有什么特别的反应，可此时，他的脚步却迟疑地停下。

最终，他敛下眼睑，漆黑的眸底带着令人难以辨明的情绪，转身回了学校。

晚会已经开始，大礼堂灯光闪烁、人声鼎沸。

主持人在台上说着串词，江屿绥没去高二（7）班的座位，只悄然站在礼堂最后方。

节目一个接着一个，唱歌、小品、朗诵、跳舞，与以往没什么分别。

他神情淡漠，目光落在台上，视线却好似并未聚焦。

直至主持人口中说出熟悉的班级名时，少年漆黑的眸才动了动，周身萦绕着的漠不关心无声消散，他下意识站直了身子，深邃的目光凝在了舞台上。

灯光暗了一瞬，而后，聚光灯亮起，舞台上多了一位穿着浅蓝色公主裙的少女。

往日总是扎着丸子头的头发披散在肩头，发尾微卷，散落在锁骨处。她化了淡妆，唇瓣带着莹润的红，仿佛诱人品尝的糖果，碧绿的眸在灯光下熠熠发光，好似森林里跑出的精灵，摄人心魄。

女孩面朝观众席鞠了一躬，而后，坐到钢琴前。

嘈杂的礼堂安静了一瞬，而后，发出窃窃的私语声，夹杂着被惊艳后的感叹。

钢琴被按下两个琴键，礼堂霎时安静下来。

而后，舒缓悦耳的琴声响起，女孩脊背挺直，蝴蝶骨漂亮精致，纤细的手臂线条漂亮，细白的手指在黑白琴键上跳跃，音符从她指尖流出。

明亮的灯光自她头顶洒下，让她整个人好似都亮着光。

江屿绥眼瞳微缩，心脏好似在这一刻停止跳动，连风都静止。

直到最后一个音符落下，安静的礼堂内响起雷鸣般的掌声，江屿绥才猛然惊醒。他闭了闭眼，眸底如墨般幽深。

他看着女孩朝观众席鞠躬，看着那缕调皮的头发窝在她凹陷的锁骨，轻轻扫过她白皙的脖颈。而后，她直起身，走下舞台。

江屿绥收回视线，敛眸，转身离开了此处。

这次艺术节后，有关女孩的话题，突然多了起来。

挣扎在荆棘泥泞中，江屿绥却仍旧能听到有关她的消息，抑或，是因为每次在周遭有人谈论此类话题时，他总会无声慢下脚步。

渐渐地，他知道了她家境优渥，爷爷是享誉医学界的圣手，奶奶是已退休的大学教授，父亲是有名的脑科医生，外公是书法大家，外婆是法国歌剧团有名的演员。

他知道她学习成绩极好，中考市排名第一，入学后更是一直占据高一年级榜首。

她乖巧、礼貌，远比他想象中的要优秀千万倍。

在了解这些后，少年那颗心却无声沉寂下来，曾经差点在一片荒芜中破土发芽的念头，重新被死寂的泥泞掩埋。

只是偶尔在学校偶遇时，他还是会忍不住停下脚步，目光不由自主地被女孩吸引，甚至在极少数听到从她口中唤出"学长"二字时，会不舍又珍惜地将那温软的二字在心底回味无数遍。

这学期过半时，江家出了事，江武欠下了十几万元的债务。

这些钱对大多数人来说可能不算什么，可对江家来说，却宛如一座大山，死死压在他们头顶。

催债的人三番五次来家里闹事，邻居苦不堪言，房东也有了要收回房子的念头。

江武脾气越发暴躁，好几次江屿绥回去，都见到王秀英脸上带伤。

他冷眼旁观着，在又一次见阳台被翻了个底朝天，狭小的单人床被褥被扯散在地时，终究还是没忍住，对江武动了手。

他将江武踹倒在地，冰冷至极的目光落在江武的身上，语调带着深深的厌恶："我说过，别动我的东西。"

被压制在地，江武却还死死瞪着他，目眦欲裂地叫嚣着："你的钱到底藏在哪儿了？啊！"

江武不停地想要反抗，却偏偏打不过如今已快要长成大人样的少年，只能无能又愤怒地嘶吼："钱呢？你天天在外不着家，挣的钱呢？"

这个穷途末路的赌徒，至今还一笔一笔地翻着旧账："你是老子养大的，要不是老子，你早就死了！你这条命都是老子的！何况你的钱！"

不堪入耳的话响在耳边，江屿绥面色越发阴沉，他扼住江武的脖子，一字一顿狠声道："我当初没求着你救我，这些年我替你家干的活，这两年给你的生活费，抵消你当初那点微不足道的施舍，早就已经足够了。"

他冷眼扫过一旁踟蹰着想要上前又不敢的王秀英，以及缩在墙角憋着泪的江炜，最后冷嗤："你自己欠的赌债，自己想办法。要是实在管不住自己，把手砍了。"

话落，江武瑟缩了下，却又在下一秒，色厉内荏地强撑着怒吼："我是你爸！"

"这时候又觉着自己是我爸了？"江屿绥冷笑，"最后警告你一次，别惹我。"

他轻蔑地拍了下江武的脸，意味不明地嘲弄道："你要是以为我还是小时候那个被你打不还手骂不还口的小可怜，就尽管试试。"

许是这番话震慑住了江武，后来那段时间，他消停了许多，只是日子终究没能恢复往日的平静。

催债的人收不回钱，开始不择手段地逼迫。

出租屋门前被泼了许多不明的东西，报警处理过，却根本没办法根绝，那些人从不动手，但总有办法恶心到人。

还想着靠江武他们挣钱还债，因此催债的人没有去他们上班的地方闹，可江屿绥和江炜这两个孩子，却躲不过催债人的手段。

他们会在学校门口拉横幅，写上江屿绥和江炜的大名，哭诉他们父亲欠债不还，各种手段层出不穷。

许是江武私底下和这些人说了什么，当着众人的面，那些催债的人从不会动手,可只要江屿绥落单,他们便会动手,想要从他手中搜刮出钱。

那段时间,江屿绥身上总是带着伤,学校里也议论纷纷,奶茶店也没能继续做下去。

又一次被堵在上学的路上,江屿绥觉得没意思极了,他不明白自己这么挣扎的意义到底在哪儿,每次拼尽全力从那潭泥泞挣扎出一点,就又会被从四面八方伸出的手拽回去。

他累了,也想认命了。

努力了这么久,少年第一次有了放弃的念头。

他没去学校,也没回出租屋,漫无目的地走着,走累了,就随便进了路边一家游戏厅。

逃了几次课后,学校里关于他的传言愈演愈烈,连陶言这种两耳不闻窗外事的人都隐约听说了些。

这一学期,江屿绥的成绩创了新低。

在去学校领成绩单时,江屿绥被宋老师叫去了办公室。

宋老师从高一入学开始,就教他们班的生物,对于他,江屿绥一直很尊重。

领成绩单的日子,学校没有往日的安静,打闹哄笑声透过窗户传进办公室。

办公室里没人,江屿绥站在桌旁,神情淡漠,视线并没有落到宋老师身上。

安静了片刻,宋老师组织着语言,似是随口一提,试探地问:"下学期,要不要申请住校?"

江屿绥神色未变,只摇了摇头:"不用。"

他明白宋老师的意思,也知道如果住校,一直待在学校里,那些催债的人不可能进到学校来骚扰他。

只是……他不可能一直待在学校不出去,况且,待在学校拦得住讨债的人,却拦不住江武。

听到拒绝,宋老师却没失望。他从高一开始教江屿绥,清楚少年有多优秀,也实在不忍心看江屿绥就这么放弃。

他不知道江屿绥有哪些顾虑,因此只能试着将方方面面都顾及:"你父母那边,老师可以出面和他们沟通。"顿了顿,又接着道,"如果是经济上有困难,老师也可以先资助你。"

似是怕江屿绥不接受,他又补充:"这钱,算是老师借你的,等你以后工作了,可以慢慢还。"

宋老师絮絮叨叨地说了许多，可江屿绥除了最初回了一句，之后便一直沉默。

直至办公室的门被敲响。

坐在凳子上苦口婆心的人和站在一旁神情淡漠的人同时抬眸，看向门口。

宋老师："陶言啊，有什么事吗？"

突然响起的声音，惊醒了失神的人。

陶言眨了下眼，移开视线看向宋老师，迈步进来站在桌前："投票结果出来了，同学们选了串串。"

一学期结束，作为高一（3）班班主任的宋老师准备组织同学们聚餐，让大家自己选吃什么。

宋老师点头应下："行，那就去枫桥街那家串串店，你们先打电话订位置，等会儿一起过去。"

"好。"她应下，离开前还是没忍住，视线从一旁的少年身上掠过，而后开口，"那宋老师，我先回去了。"

"好。"

师生两人说着话，并未注意到，立在一边的少年，从见到女孩那刻起，浑身莫名僵硬。

猝不及防在这种情形下见到她，江屿绥呼吸一窒，几乎是下意识地垂眸，莫名不敢和她对视。

听到她轻声和宋老师说话，浑身的血液好似都在这一刻凝固，周遭所有仿佛都被蒙上了一层薄膜，只有熟悉的乖软嗓音，毫无阻隔地传进耳朵里，令他心脏不受控制地颤动。

思绪搅成一团乱麻，什么都无法理清。

直到女孩离开，他眼睫轻颤了下，指骨微蜷，那颗不安跳动的心脏才渐渐平息。

他听到宋老师又说："江屿绥，你现在年纪还太小，有些事别想那么复杂，好好读书，等以后长大了，你会发现，现在这一切，其实并不算什么。"

沉默片刻，他扯了扯唇角，低声道："宋老师，谢谢您今天说的这些。"

他不是不识好歹的人，也知道宋老师是真心替他着想、为他可惜，可他早已深陷进泥沼里，也失去了挣扎的力气，就算有人企图拉他上去，也不过是徒劳。

他闭了下眼："我有分寸。"

他看到宋老师叹了口气,没再多劝,只是叮嘱他少打架,别受伤,注意安全。

那天回去的途中,不知为何,江屿绥突然想起女孩在办公室说的话。

他脚步迟疑地顿住。他停在原地,许久,不知出于什么原因,再次迈步时,他偏离了一开始的方向。

枫桥街离学校不远,那家串串店生意一直很好,正值午饭时间,店里更是热闹。

江屿绥还未走近,远远地,便看到马路对面坐在室外的一群少年。

飘忽的思绪终于被找回,意识到自己在做什么后,他指尖发麻,下意识往后退步,隐在了一旁的拐角。

他靠在墙角,扯了扯唇,神情带着对自己的嘲弄,想要离开,却怎么也抬不动脚。

身侧的手攥紧又松开,反复无数次后,他好像终于认了输,颓然地闭了闭眼。他不再挣扎,反而直起身,似是想要转过这个躲藏的墙角。

却不想下一刻,听到熟悉的嗓音。

"你们买吧,我不喝。"

女孩的嗓音一如既往的软糯,此时,却好似一把利刃,直直插进他的心脏,将他钉在原地,不敢动弹分毫。

他僵在原地,耳边恍惚听到她和同行人的对话。

"真的不喝吗?"

"我喝店里的酸梅汁,不喝奶茶。"

"好吧。"

他像一个可耻的偷窥者,隐匿在阴暗的角落。

仿佛能透过她拒绝的话,想象出女孩乖巧摇头的模样,他脚步无意识地移动,视线转过拐角。

而后,他看到了和同伴一起在奶茶店排队的她。

队伍很长,女孩一行四个人,她并未在队伍中,而是站在一旁,和同伴聊天。

少年觉得自己的行为可耻,却又好似着了迷,根本控制不住。

他漆黑的眸子凝在女孩身上,一瞬不瞬,仿若觊觎宝石的恶龙,只要抓住些微的机会,便会毫无顾忌地出手,将宝藏据为己有。

不远处的几人并未注意到后面的偷窥者,她们先是纠结了下要喝什么,而后开始谈论八卦。

"我听说，高二那位学长，好像要退学。"

"谁呀？"

"你是说……江屿绥？"

突然听到自己的名字，少年指尖倏地收紧，仿佛被逮住的小偷，竟下意识侧身，避回了角落。

极短的距离，只遮住了视线，并未屏蔽掉声音。

少年眼睫垂下，眸底漆黑，将她们低声的八卦全然听进耳中。

"应该不至于退学吧。"

"也说不准。他几乎每天逃课，又打架斗殴，考试还倒数，都已经有好多处分了。"

"这么说也是……唉，他以前还是以市第一的成绩入学的，真的好可惜。"

"谁说不是呢，都怪他爸妈，真不是东西！"

"我听说，听说啊，他爸妈其实是养父母。"

"啊？怪不得对他那么不好，听说他的学费都是自己打工挣的。"

"自己挣？怪不得，我在学校外面的奶茶店看见过他。"

"宋老师不是也教他们班的生物吗？听说宋老师好像要资助他，我之前还看到宋老师把他叫到了办公室。"

"欸，言言，你之前去办公室，有听到宋老师和他说了什么吗？"

前面的话题女孩没有参与，直至现在突然被问到，她才轻声开口："啊？"

一直默默听着的少年，在听到这声熟悉的嗓音后，一颗心悬在半空，指骨收紧，骨节泛白，无意识地屏住了呼吸。

而排队的几人此时并不知道，在几步远的角落里，她们八卦的对象正垂眸听着她们的讨论。

陶言被同学问到，先是愣了下，随即抿唇："没有。"

她到办公室时，里面谈话的两人并未发现她，她也确实听到了一句宋老师说的话，但知道偷听不对，也无意窃听别人的隐私，于是她直接敲了门。

同行的人本也不抱什么希望，只是随口一问，听到这回答，也没有失望，只继续八卦着。

"如果宋老师真的资助他，他能好好学的话，我觉得他的成绩肯定能提上去。"

"但我觉得他可能不会接受宋老师的帮助。"

"唉，我也觉得。其实……他真的挺可怜的。"

"希望他那对垃圾父母不要再来拖累他了。"

"嗯，确实，如果他没有那样的爸妈，肯定会是一个很优秀的人。"

少年冷漠地听着，神情冷寂，一颗心毫无波澜，好似她们谈论的人并不是他。

直至这句话后，一直安静的女孩再次开口。

"他现在，也是很优秀的人。"

他呼吸微窒，耳朵仿佛被什么堵住。有那么一瞬间，周遭一切似被笼上了一层薄膜，除了女孩的声音，其他所有都无法听见。

一直安静着，未曾参与话题的人突然开口，惹了其他人的好奇。

"言言，你说什么？"开口说这话的同学嗓音有些许茫然，只是下意识地开口。

陶言抿了下唇，想到曾经几次偶遇少年的场景，又想到之前办公室里，他脊背挺直的模样，眼睫微垂，小声道："他有那样的爸妈，却能以中考第一的成绩进入一中，又靠自己挣到学费，读到高二，就算现在成绩不算理想，但一中的倒数，也是能考上大学的。"

她一字一顿："他一直，是个很强大、很优秀的人。"

心脏好似被什么撞了一下，有一瞬的酸软，少年喉结颤动，喉间好似被什么哽住，无法发出丝毫声音。

后面其他几人又说了什么，他全然没有听清。

直至几人离开，僵硬微蜷的指骨才迟缓地松了些许，江屿绥闭了闭眼，脚步微动，目光越过此处，专注地落在前方不远处的女孩身上，久久不曾移开。

他看着她过马路，看着她走进串串店，看着她在桌前落座，看着她和身旁的人低声交谈，神情温软，颊侧漾出甜甜的酒窝。

良久，他收回视线，眼尾带着不甚明显的红意，转身离开。

4. 桃树

高二的那个暑假，江屿绥奔波在城市各处，只要能做的活儿，他不挑，都愿意去。

一开始，催债的人隔三岔五地堵他，后来见他打起架来不要命的架势，渐渐没再来了。

高二下学期开学那天，江屿绥揣着从卡里取出的学费，脚步却许久没有迈出。

在那些催债的人在学校门口闹事时，在他们堵在他回校的路上时，在无数次挣扎却发现是徒劳时，他是有过退学的念头的。

他受够了那些异样的眼光，受够了成为别人的谈资，也不想被困在学校，没有哪一刻可以放松，只为了能攒钱读书，却永远也看不到尽头。

所以他想过放弃，且一度要付诸行动。

可开学这天，不知道是不甘心还是别的什么原因，他还是取出了学费。

他站在岔路口，一条是前往学校的路，一条是未知的路，迟迟无法迈出脚步。周遭人来人往，他却好似困在孤岛，找不到出路。

他看见许多前往学校报名的学生，有的是母亲带着孩子，有的是父亲带着孩子，有的是独自一人，有的和同学结伴，他们面色各异，眼里却皆带着对生活的向往和热爱。

他沉默着看了很久，看到有小孩哭丧着问母亲，假期作业没写完怎么办，也看到母亲温柔地安慰孩子。

看到有母亲苦口婆心地叮嘱孩子，上课一定要专心，不能像上学期那样调皮。

也看到结伴的人胡侃着未来，畅想着长大成人的日子。在他们的想象中，他们有美好的未来，都能成为更优秀的自己。

他眼眸动了下，莫名地，突然想起了一个多月前女孩说的话。

她说，他一直是个很强大、很优秀的人。

少年闭了闭眼，连自己都未意识到的，那惯常幽黑如深潭的眸底，悄然生出了少许微不可察的光亮。

于是，僵在原地许久的人终究还是动了，朝着学校的方向迈步。

高二下学期，学业更为繁重，江屿绥还是没有住校，只是与以往不同，每日下课放学后，他没有第一时间离开学校，而是在走到高一部的楼层后，刻意放缓脚步。

那时，他尚未意识到，他选择回到学校，只是为了见到她。

他无数次看着女孩放学后离开的背影，看着她和好友结伴而行，看她们低声交谈八卦。

偶尔他们会在校园碰见，他会瞬间敛下面上的冷峻，眉眼下意识柔和。

榕城一中有个传统，每年植树节，会组织高一年级的学生去郊外种树。

这年学校和市政府对接，计划去城南一处规划出的生态林区种树。

难得不用拘在学校里上课，大家情绪高涨。高一年级的躁动，也影响到了其他年级。

江屿绥也知道了这事，他跟在女孩身后时，曾听她和朋友提起，想要种一棵桃树。

植树节那天，他没去学校，而是到了城南那处生态林区。他将自己隐藏好，目光紧随着女孩。

后来，那处生态林区成了少年常去的地方。

他常去给她种的那棵小桃树浇水、除草，甚至去图书馆时，也会无意识拿起种植相关的书来看。在学校里，他和女孩仍旧是没有丝毫关联的陌生人，偶尔碰面，也只不过是微笑着点头，打个招呼。

直到不久后，他在学校门口撞见有人堵着她示好。

拦在女孩面前的男生并未穿一中的校服，面上扬着张扬的笑，一脸桀骜。

说不清当时是什么感受，只是在撞见那一幕时，他的脚步僵在原地，好似心脏都停止了跳动。

他看见女孩蹙眉摇头，拒绝了那人的示好。他心底好似松了口气，却又随即陷入了更深的泥泞。

那一刻，他突然清楚地明白，那个男生不会有机会，他也一样。

可即使明白，他仍旧控制不住自己，每天放学后，还是会装作不经意地走到女孩的教室外，不远不近地跟着她，直到看见她上车离开，抑或是随着朋友一起走远。

少年以为自己的举动无人察觉，却在又一次看到女孩上车后，驾驶位的车窗突然降下，隔着不算远的距离，他猝不及防地撞上一双眼睛。

中年男人的目光温和却又锐利，只淡淡扫了他一眼，便若无其事地移开，升上车窗。

徒留他僵在原地，像是突然暴露在烈日下的老鼠，慌乱无措。

他那时不知道，在不远处的车内，刚和他对视过的人正低声问着女孩，他是谁。

而女孩只是疑惑地看了眼窗外，弯着眼睛回答父亲："是高二年级的学长，见过几次，不过不熟。"嗓音温软，语调却平静无波。

那次之后，江屿绥停下了这种行为，直到后来，他偶然间从别人口中听到她被纠缠的消息。

那天放学后，他再一次偷偷跟在了她身后。

走出校门后，他没有像以前一样，见她和朋友走远便停下脚步，而是不动声色地跟在了她的身后。

走出一段距离，他又一次看见上次堵在学校门口向女孩示好的那个外校男生。

他看见那男生堵在她面前，脸上的笑轻浮至极，更看见他伸手想要触碰她，在她蹙眉躲开后，更是不死心，嘴唇张合，不知说了些什么，惹得她面上染上一层怒意。

身侧的手倏地攥紧，少年的眉目间顷刻染上一抹阴沉。他眸光森寒地看着那男生，死死克制住想要冲上前将对方踹开的冲动。

直到女孩从那男生身旁走过，和朋友上了公交车。

他冷眼看着那男生转身离开，目光从驶远的公交车上掠过，随即抬脚，朝着那男生离开的方向走去。

他一直跟着那男生，从公交车站，走到街边的一家游戏厅，在男生将要踏进游戏厅的前一刻，把人拦下。

出乎意料的是，那男生竟然认识他，只是显然不是什么好印象，因为在看清他脸的那一刻，那男生脸上便露出了嚣张和嘲弄的表情。

少年恍若未觉，丝毫不在意，只冷声警告，让他离女孩远些。

这话毫不意外地惹怒了男生，只是似乎忌惮着什么，男生并未动手，只骂骂咧咧了几句，就转身进了游戏厅。

那天之后，他恢复了以往的习惯，好似不放心一般，每天放学后不动声色地跟在女孩身后，甚至有几次跟着她走到了她家小区门口。

果不其然，几天之后，那男生故态复萌，再次纠缠上来。

他再次拦在了那男生面前，只是这一次，那男生还带来了其他人。

那次，他和男生动了手。他一个人，和外校的好几个男生缠斗在一处，最后，他居高临下地看着倒在地上的男生，目光凛冽，冷声警告那男生不准再纠缠女孩。

话落，他看见那男生唇角扬起一抹嘲讽的笑："你算什么东西？跟只阴沟里的老鼠似的，也配跟我说这话？"

他瞳孔微缩，扣着那男生的手不受控制地用力，冷眼看着男生因吃痛发出闷哼，冷嗤："再敢纠缠她试试，滚。"

知道讨不了好，那男生没再说什么，只拉着同伴离开。巷子里很快只剩少年一人，他孤寂地立在原地，明明赢了，却在想到那些嘲讽的话时，如丧家犬一般，失魂落魄。

许是少年的警告有了效果，那天之后，那男生没再出现在女孩面前。

而江屿绥在确定这一事后，也没有再每天跟在女孩身后。

生活一如往常，除去上课，他余下的时间几乎都在忙碌。

他刻意回避女孩的消息，压制着内心蠢蠢欲动的妄念，见面的时间少了，好似心底那莫名的不甘也渐渐淡去。

日子仿佛又恢复了以往的平静，他仍旧陷在泥泞中，被名为生活的泥潭死死裹挟着，艰难地挣扎。

催债的人在他这里得不到钱，只能去堵江武。而江武根本没钱，在被催债的人堵了几次后，终究还是爆发了。

那天和往常没什么不一样，江屿绥放学后赶到校外的面馆。

虽然是周五，但除了高一，其他年级晚上仍要正常上课，因此面馆的生意还是一如既往的好。

他换好衣服，戴上口罩，开始在店内忙碌。

只是这天还没忙多久，江武不知怎么找来了这里。尽管江屿绥还戴着口罩，但他还是一眼认出了江屿绥。

可能是才被催债的人堵过，他黝黑的脸上还带着伤，气势汹汹地踏进面馆，认出江屿绥的那一瞬间，就直接冲了上来，将江屿绥手中端着的那碗面打翻在地。

"啪"的一声脆响，将所有人的目光都吸引了过来，原本嘈杂的面馆内顿时安静下来。

随即，安静的面馆内响起了江武的怒吼。

面目狰狞的男人疯了一般，对着戴着口罩的少年撕扯，口中骂骂咧咧地要他掏钱。

面馆内的客人被吓到了，纷纷离开座位，出了面馆，只是没有走远，皆围在外面看热闹。

老板也从收银台走了出来，本想要制止，却在看到江武目眦欲裂的模样后，心有余悸地闭了嘴，而后为难地看向江屿绥。

而被江武撕扯纠缠的人，早在手中那碗面被打翻时，脸色便一下冷沉下来，几乎瞬间就攥紧了拳头

少年眉目冷厉阴沉，一把将在他身上撕扯的人拉开，小臂肌肉线条明显，

因为用力，隐隐鼓出青筋。

江武一副泼皮无赖的模样，全然不管自己受制于人，虽然被控制着，却还是张嘴就骂，出口的话极其难听。

站在外面看热闹的客人，以及店内的老板和其他服务员，皆被他这副模样吓到，下意识地后退了几步，离纠缠中的两人更远了些。

老板纠结地掏出手机，似是想要报警，被眼尖的江武看见。

皮肤黝黑、满脸怒容的中年男人朝她迈出两步，嘶吼道："你想报警？老子是他爸！找他要钱天经地义！"

老板被吓得后退两步，讪讪地收起手机，目光为难地转向江屿绥。

在江武刚冲出去两步的时候，江屿绥便扯住江武的胳膊将人控制住了，此时听到他说的话，江屿绥手上用力，在他的痛呼声中启唇冷声道："别逼我在这里动手。"

江武忍不住痛呼，却仍旧无赖地狞笑大吼："你动手啊！正好让这些同学都看看，一中教出来的学生，还会朝自己老子动手！"

江屿绥手上的力道加大，冷嗤："你以为我在乎？"

剧烈的疼痛让江武惨叫出声，他瑟缩了一下，随即又色厉内荏地强撑："你敢！"

江屿绥只阴沉地看着他："你可以试试我到底敢不敢。"

只是已经走到了这一步，江武不可能轻易被打发，虽然心里害怕，却还是纠缠不休："钱！给老子钱！"

看着他双目赤红的狰狞模样，察觉到面馆外那一双双隐秘地看热闹的眼睛，还有老板为难又潜藏着抱怨的目光，江屿绥闭了闭眼，遮住眼底阴暗的情绪，喉间溢出一声意味不明的嗤笑，他倏地用力。

下一瞬，江武整个人直接倒地，后颈被死死压制着 脸贴在地面，胳膊被别在背后，关节泛起剧烈的疼痛。

他口中溢出惨叫，刻意放大的嗓音带着几分瘆人的疯。

江屿绥掐在江武后颈的手不受控制地用力，他俯身凑近，嗓音嘶哑冷沉，意味不明："聚众赌博、家暴闹事，你说，我是不是该帮你报个警？"

江武瞳孔缩了缩，终于从江屿绥毫不留情的动作中明白了什么。他后知后觉地感到害怕，干咽了咽口水，声音颤抖，像是强调提醒："我……我是你爸！"

江屿绥阴沉一笑："那岂不是更好。"

站在一旁的老板见场面越发难以控制,隐隐听到两人的话,又见江屿绥那隐忍疯狂的神色,怕真出什么事,忙不迭上前劝:"别动手别动手,有什么话好好说。"

她苦口婆心地劝着,生怕自己辛苦经营的店面惹上什么麻烦。

最终还是横的怕不要命的,江武明白今天这一场讨不了好,于是只能认厌放弃。

在老板的劝说以及江武的求饶中,江屿绥松开了手。几乎是在他放手的瞬间,江武便从地上爬起来,仿佛有鬼在后面追,头也不回地跑开了。

闹事的人离开了,看热闹的人也纷纷散开,面馆恢复了往日的热闹平静,只是周遭人的目光仍隐隐约约聚在江屿绥身上。

少年眉目冷沉,对周遭的一切视若无睹。

客人回到店内,老板让另一位服务员将打翻的那碗面收拾好,而后唤上江屿绥,去了后厨。

心里早已有了预感,少年面色平静地跟在老板身后。

老板没有废话,直奔主题,意料之中地把他辞了,并当场结清工钱。不多,只几百块,给完钱,便让他离开。

江屿绥没有纠缠,只是在离开时,从那一沓钱中抽出一张,放到桌上。少年神色冷峻,嗓音透着难以遮掩的厌倦:"抱歉,今天给您添麻烦了。"

语毕,他不再停留,转身便走。

老板愣了下,再想将这钱给他时,却已经追不上了。

从面馆离开,在周遭隐晦的目光中,少年麻木地迈步,他不知道要去哪里,晚上还有课,可他已经不想回学校了。

不知不觉间,他走到了学校后门处的小巷。

却没想到,会在拐角处看到那样一幕。

从面馆离开的江武此时正在小巷中,中年男人用尽自己能想到的所有恶毒词汇,对每一位路过的同学怒斥江屿绥不孝不悌、冷漠阴狠。

而被他拦下的每个人,皆如同遇到疯子一样,谨慎又厌恶地小心躲避开,有些根本没听他在说什么,便忙不迭离开,而有些人虽避开了,却还竖起耳朵听。

江屿绥远远看着,像看一场与自己无关的闹剧,心底奇异地没任何感觉,只有厌倦到极致的麻木,唇边甚至扬起了抹连自己都不曾察觉的笑。

直到不知过了多久,他看到巷子深处走来一道熟悉的身影。

心尖仿佛害怕地抖了下，少年下意识往前迈了一步，却在下一刻，又逃避一般缩了回去，好似一只见不得光的老鼠，只敢躲在阴暗的角落。

他怀揣着自己都未曾察觉的卑怯，胆怯地偷窥。

他看到江武不知疲倦地对周遭路过的人说着贬低他的话，在女孩走近时，又拦在她面前，重复之前说过无数次的恶毒话语。

在江武靠近时，陶言下意识往旁边躲了下，避开他企图拉扯的手。

江屿绥紧了紧手，有瞬间想要冲出去，将女孩挡在身后，却在脚步迈出的前一刻，因为她的举动，整个人僵在原地。

他看到她避开江武的拉扯，却没像其他人那般头也不回地离开，而是在听清了江武口中的话后，突兀地停了下来。

她转头，抬眸看向江武，迟疑地开口："你说的，是江屿绥？"

重复许久，一直不曾得到回应的男人在终于从别人口中听到熟悉的名字后，兴奋得脸色涨红。

江武激动地看着她，口中吐出的话更加不堪入耳。

而站在他前方不远处的女孩，却因他的话，眉心越发蹙紧。

一向乖巧礼貌的人，此刻却开口打断了男人喋喋不休的恶毒话语，那双碧绿的眸认真地看着他，嗓音温软，神态却近乎严词厉色。

"他不是你说的那种人。"

在江武僵硬停下来的间隙里，她认真地反驳："你在指责他不孝顺的时候，有没有想过，你平时又是怎么对他的？"

江武噎了噎，似是不知如何反驳，却又气不过，因此只强撑着怒道："你怎么说话呢！我是他老子，他到底什么样老子还能不知道？"

她却并未退缩，反而更加坚定："他很优秀。况且他为人到底如何，学校里的老师、同学都知道。

"我不知道你为什么要在这里抹黑他，但你这种做法实在不应该。希望你赶紧离开，别再说这些污蔑人的话，不然我会去叫保安。"

话落，女孩没管江武是什么反应，直接离开。

少年怔在原地，晦暗的眸光紧紧跟随着她。他看着她从他身旁走过，却因为他戴着口罩并未认出他，直至巷子里再也不见她的身影。

他的心因她的话而急促跳动，心脏撞击着胸腔，发出的"咚咚"声响好似要冲破耳膜。

江屿绥眼睫颤了颤，垂在身侧的手紧攥着，修剪整齐的指甲掐进手心，传来轻微的刺痛，却没能让他清醒。

良久，他在江武骂骂咧咧的声音中回过神来。

指骨松开，又悄然收紧。

他眼眸转动，却在不经意间，看到了巷子角落里的一条手链。

视线停在那一处，少年眼眸微凝，下一瞬，他急促抬步走近，俯身拾起了那条手链。

5. 独占月光

碎金的手链，挂着一个桃子形状的吊坠，质感晶莹剔透，镶嵌着碎钻，在夕阳的余晖下熠熠发光，唯一不足的是，手链中端点缀着星星的位置，陡然断裂。

在看清手链后，江屿绥眼前无端闪过之前偶遇女孩时，晶莹粉色的桃子吊坠在她白皙纤细的手腕处的画面。

意识到手链的主人是谁，他指尖颤了颤，心底涌动着莫名的情绪，他近乎小心翼翼地将手链放口袋中收好。

巷子里，江武还在不停地说着污言秽语。

少年隔着口袋，克制地轻轻触了触那条手链，眼睑垂下一瞬，又抬起。

他迈步走到江武身边，启唇冷声道："说够了吗？"

突然响起的熟悉声音吓了江武一跳，他下意识地抖了抖，色厉内荏道："你、你想干什么？"

江屿绥只是嗤了声："赶紧滚。"

许是之前在面馆时江屿绥那副模样太过骇人，以至于江武至今还心有余悸，因此这会儿被少年逮到他做这种事，竟也没再胡搅蛮缠，只是骂骂咧咧地离开。

发疯辱骂的人离开，巷子里又恢复了往常的平静，江屿绥在原地静立片刻，不受控制似的转身，晦涩的眸望着女孩离开的方向，良久，才转身离开。

那天，少年怀揣着那条断裂的手链，走到珠宝店，却被告知修复手链需要一笔不菲的费用，又得知，买下这条手链，需要的钱几乎是他高中三年所有的学费和生活费。

许是早有预感，因此在得知手链的价格后，他竟觉得在意料之中。囊中羞涩的少年连修复手链的钱也无法拿出，于是只能揣着手链，又回了学校。

不是没想过把手链还给女孩，只是每当脚步迈出时，眼前总是闪过巷子里江武拦着女孩的画面，于是，难以言喻的卑怯和难堪将少年好不容易鼓起的勇气全然打碎。

抑或是因为心底卑劣的妄念，最终，他只是默默地将手链收好。

在那之后，少年很少出现在女孩面前，即使偶尔在学校里偶遇，也会在女孩没看见他前躲开。

明面上两人没再碰面，但背地里，他却仍旧控制不住自己，甚至比以往更甚，总是在背后偷偷关注着她，每次从别人口中听到关于她的消息，也会下意识地放慢脚步。

江武又去他其他干活的地方闹过几次，场面很是难堪。后来他几乎要没了收入来源，却奇异地没有了之前那种无望倦怠。

那颗渐渐麻木的心脏仿佛重新恢复了生机与活力，在胸腔里不容忽视地跳动，泵出的血液流经全身，滚烫热烈。

宋老师得知这一情况后，又找江屿绥谈话。

不知是宋老师的谈话有了效果，还是因为别的什么，少年这次终于愿意接受他的资助。

曾经近乎放弃自己的人，因为心中的牵挂，终究还是想要在这荆棘丛生的人生中走出一条新的路来。

江屿绥同意了宋老师住校的提议，而在那之前，他找了几个人演戏，将赌债的人施加在他身上的手段，也让江炜尝试了下。

那次之后没几天，他回到那间狭小破旧的出租屋，不出意外地看到了没去学校上课的江炜。

而看到久不归家的江屿绥突然回来，王秀英和江武显然意识到了什么。王秀英看了看脸上还带着瘀青的宝贝儿子，又转向神色冷漠站在客厅的江屿绥，突然号叫一声，浑身失力地瘫坐在地上，对着才回来的少年破口大骂。

而江武更是没忍住，弯腰抄起身侧的椅子，目眦欲裂地就冲少年的方向扔了去。

朝着脑袋砸过来的椅子被江屿绥侧身躲开，木质椅子落到地板上，发出巨大的一声响。

江屿绥神色未变，甚至唇边还挂着一丝轻蔑的笑。他迈开修长的腿，走到江武身侧，轻易地制住了江武还想挥拳的手。

江屿绥嗓音不疾不徐，却带着浓浓的威胁意味："别再来找我，不然，我不保证下一次，你们还能看见你们的宝贝儿子完整地站在你们面前。"

旁边，江炜"哇"的一声痛哭出来，眼泪、鼻涕糊了满脸。王秀英紧紧抱着自己的儿子，一边哀号一边怒骂江屿绥是白眼狼。

江武在恐惧地瑟缩了下后，又强撑着嘶哑怒吼："你敢！"

几人污秽的骂声没有对江屿绥造成任何影响，他视线平淡地从他们身上扫过，最终落到江武身上："你可以试试我到底敢不敢。"

话落，他倏地松开钳制江武的手。江武踉跄着后退两步，他意味不明地睨了眼江炜，又转眸看向江武，扯了扯唇："就是不知道你儿子有几条命够你试的。"

迎上那双漆黑冷戾的眸，江武胆寒地颤了颤，他不受控制地后退两步，听着耳边妻子和儿子的哀号哭喊，终究还是不敢拿自己的宝贝儿子去试探面前这个疯子。

那天从出租屋离开后，江屿绥勉强过上了平静的生活，平日里住校上课学习，休息的时候就到处找活干。

江武不死心，又找过江屿绥几次，却因为每次找过他之后江炜必定受伤，渐渐消失在了少年的生活里。

日子照常过着，少年慢慢褪去了以往的阴沉孤僻，上课也开始认真听讲。

期中考试时，他的成绩有些许提升，但并不明显，前期落下了太多课程，不是一时半会儿能补上来的。

一中每次逢考试，每个年级的成绩单都会贴在教学楼下的公告栏处。

少年每次路过，都会停下脚步，默不作声地看向高一年级的榜单。

每一次，女孩的名字都赫然在列，排在最为明显的第一位。每到那时，少年漆黑的眸底总会亮起些微的光亮，唇角带着自己都未曾察觉的笑意。

高二年级的成绩单就在旁边，那次期中考试，少年的排名在榜单中间偏下的位置，与女孩隔着遥远的距离。

那时看到排名表，少年并未气馁，反而心底燃起了不甘的火焰，支撑着他、激励着他、催促着他拼命不停地往前。

时间突然变得很紧促，在学校时，除去吃饭和睡觉的时间，他几乎都在学习，放假期间，即便是在挣钱不得闲的时候，也会在脑子里回忆课本上的内容。

每天都很充实，也很累。用废的草稿纸和写完的练习题几乎能塞满整张课桌，可每次只要路过教学楼下的公告栏，少年便像是充满了电量，忘却了浑身疲惫。

后来的某一天中午，少年在教室自习时，突然从广播里听到了女孩的声音。

那时教室里没几个同学，突然响起的熟悉嗓音令他从课本中抬头。他捏着笔的手无声停下，怔怔地看着黑板上方那两个音响。

温软清甜的嗓音从音响里传出，带着几分金属质感，却令少年陡然失了神。

自那之后，除去吃饭和休息，少年又多了两个闲下来的时间，每天中午和傍晚，在学校广播站开始广播时，他总是会停下手上的所有动作，无声地聆听。

后来，他甚至录下了她广播的声音，每当想要放弃，抑或是累得难以继续时，都会拿出来听一听。

那几份录音，伴着少年度过了无数辗转难眠的深夜。

时间飞快地向前，高三年级高考那两天，学校放了假。

江屿绥晚上回学校宿舍休息，白天则各种忙碌。

那天，他穿着玩偶服装，在游乐场内干活。夏日暑气蒸腾，闷在厚重的玩偶服内，浑身都被汗湿透。

少年是从小吃苦长大的，因此这份工作虽然累，但对他来说却不难坚持。他走在游乐场内，给小朋友派发礼物，却没想到，会在这里碰见女孩。

看见她的那一刻，少年下意识地后退半步，似是想要躲开，随即，察觉到身上厚重的玩偶服，反应过来她根本不可能认出他，又停下了脚步，只是却不受控制地变得僵硬。

女孩是和朋友一起的，他们中间隔了一段距离，少年的目光穿过重重人群，直直落在她身上。

他甚至不受控制地，在她转身离开时，跟在了她的身后。

不知跟了多久，他被莽撞冲过来的小孩狠狠撞了下，手臂上挂着的篮子掉落，糖果洒了一地。

撞人的小孩头也不回地跑远，少年愣在原地，不舍地看了眼前方不远处的女孩，最终只能失落地收回目光，艰难地弯腰，将地上的糖果一一拾起。

他穿着厚重的玩偶服，并不容易活动，视线也受困，因此捡得艰难，像只笨拙的企鹅，用套着手套的手一颗一颗地捡。

糖果散落的范围很广，周遭的人也多，更有调皮的小孩跑来跑去，少年头也没抬，闷在厚重的玩偶服内，呼吸都憋闷。

可没捡几颗,视线里突然出现一只白皙的手。

少年动作一滞,视线扫过纤细的手臂往上,看见一张精致漂亮又乖巧的脸。熟悉的面容令他指尖一颤,怔愣出神。

他漆黑的目光透过头套上狭小的缝隙,一瞬不瞬地看着她。

更多的糖果被女孩拾起,轻轻地放在了篮子里。

少年呆愣在原地,全然忘了反应,直到女孩启唇温声道:"好了,已经全部捡起来了。"

他骤然惊醒,慌乱地起身,站起来的那一瞬,眼前却突然发黑,脚步不受控制地踉跄了下。

玩偶晃悠了下,又很快稳住身形,因为套着厚重的外壳,这样的动作也透着笨拙的可爱,可女孩却吓了一跳,赶忙伸手将他扶住。

"小心。"她小心翼翼地扶住玩偶,眼里带着担忧,"天太热了,你蹲了这么久,别一下起太猛。"

很奇怪,明明被女孩扶住的手臂还套着厚重的外壳,少年却觉得那整条手臂都带着难以言喻的酥麻。

胸腔里的心脏不受控地慌乱跳动,如擂鼓般的心跳声好似要冲破耳膜,他咽了咽喉咙,低哑的嗓音带着细微的颤意:"谢谢。"

女孩将他扶到一边的长椅上坐下,而后便准备和朋友一起离开。

少年克制着更多汹涌的情绪,从篮子里拿出两颗糖果,放到女孩手里。迎上她的目光,他脑子乱成一团麻,最终也只是干涩地启唇,再次挤出了贫瘠的一声:"谢谢。"

女孩弯了眼,颊侧漾出两个酒窝:"不客气。"

看着女孩离开的身影,少年在长椅上静坐片刻,又无声起身,沉默地跟在了她的身后。

那次,他听着她与朋友的交谈,了解了许多关于她的事。他知道了她身体不好,不能吃寒凉的东西,却又很喜欢冰激凌和火锅这类食物。

后来,他听到她们谈论起大学,听到女孩用憧憬的语气,和朋友诉说着她的理想院校。

于是他知晓了她的目标院校——A大。

高考结束后,江屿绥这一届成了准高三生,课程排得更加紧凑,假期也减半。

好在所有的付出,皆有回报。

高二下学期期末考试的排名表上，少年和女孩的距离终于拉近了许多。

在高三上学期开学考时，少年更是直接飞跃到了第一的位置。

进步如此显著，少年得到了班主任的夸奖和班上同学震惊又敬佩的叹服，但这些并未在他心里留下什么痕迹。

他的神色一如既往的冷淡，同学们见他这副宠辱不惊的模样，内心愈加敬佩。

直到后来，有同学看见他站在公告栏前，看着排名表上方的位置，周身冷气无声消散，眼底更是溢出遮掩不住的笑意。

同学以为他是为自己的进步而高兴，却不知，少年只是因为原本隔着遥远距离的两个名字终于靠近，而满心欢喜。

后来，除了考试的成绩单，公告栏另一侧又贴上了竞赛的获奖名单。在那张红底的获奖名单上，女孩依旧占据了榜首的位置，且还附着一张照片。

照片上，女孩穿着蓝白相间的校服，杏眼微弯，瞳仁是清透的绿，肌肤白皙，漂亮得惊人，也乖巧得令人心尖发甜。

那时，少年趁着无人的清晨，藏着满腔无处诉说也无人知晓的渴望和妄念，偷偷将照片拍下，存进手机，像觊觎珍宝的恶龙。

自那次开学考后，往后每次考试，少年都稳居年级第一，成绩单上，少年和女孩的名字，永远并排在一起。

尽管成绩已经提升，他的生活却没有太大的变化，依旧没有片刻放松，只是偶尔会去城南的生态林区给桃树松土浇水、除虫。

曾经的阴霾好似已经远离了他的生活，他交了些许朋友，也经常被老师的赞扬和同学们的簇拥包围。

高考进入倒计时，百日誓师大会上，少年将心中的目标郑重地写在纸上。

离高考还剩两个月时，女孩意外发生车祸。

一听到消息，少年大脑里一片空白，被恐惧和担忧占据，全然失了态，他请了假，打听到她所在的医院。

看到她并未受重伤，又被家人和鲜花围在中间，他悬着的心才终于放下。他没有让女孩和她的家人发现，悄悄地来，又悄悄地离开。

那之后，直到高考，女孩都没再回到学校。

他依旧忙碌没有空闲，但偶尔会悄悄地去医院看她。待她出院，他也会去女孩的小区外，怀着忐忑又期待的心情，期盼着能看到她。

高考时，少年克制着自己，将心思放在了考试上。

两天一晃而过，高考结束，女孩还未返校。因宋老师的帮助，少年暂时没有从学校搬离，只是从学生宿舍，搬到了教室宿舍。

他奔波在兼职的路上，偶尔还是会去女孩的小区外，尽管看不见她，但好似守在那里，躁动慌乱的心便能得到片刻的宁静。

半月后，他终于凑齐了买手链的钱。

买到手链的那天，恰逢高考成绩公布。少年的成绩出乎意料的好，却又好似在意料之中。

学校挂了横幅，而他在填好志愿后，揣着手链来到了女孩家的小区外。

看着来来往往的人，他心中原本激荡的情绪渐渐平静下来，少年终究还是没有选择在这时将手链给她。

因为他明白，虽然现在的他终于可以试着攀上月亮，却没有独占月光的资格。

他珍惜地将手链收好，怀揣着无人诉说的渴望，为着将来某一天能拥有站在女孩面前的资格，而继续努力。

在等待录取通知书那段时间，某一天少年打完工回宿舍，在楼下碰到了两个人。

一个身着长裙的优雅女人，和一个穿着西装的成熟男人。

他在那两人脸上看到了熟悉的影子，却并未多想，视线掠过两人隐忍克制，又莫名眼眶泛红的面容，迈步进了宿舍楼。

那天之后，他时常碰见那两人，后来，他知道，原来他们是他的亲生父母。

原来他并不像江武所说的那样，是被亲生父母卖给了他们，而是被意外拐走，后因为孩子发烧，被人贩子随手扔在了路边，又被江武和王秀英捡了回去。

亲生父母历经半生，终于找回了孩子，他们报了警，追究了江武和王秀英非法收养和虐待未成年的责任。

仿佛想将少年曾受过的苦都弥补，抑或是满腔喜爱无处安放，他们对他几乎是无条件地纵容。

有记忆以来，从未被人这般对待过，少年从一开始的无所适从，到试着接受。

后来，少年收到了A大的录取通知书，也终于接受了亲生父母，跟着他们一起回了家。

尽管父母对他没有任何要求，少年却仍旧几乎严苛地要求自己，短短几个月的时间里几乎脱胎换骨，完全褪去了曾经阴郁孤僻的模样。

他入学 A 大，周遭无人知晓他的过去，大学的生活丰富而又热烈，可他却没有片刻放松。

少年用了一年时间，披上了世俗意义上完美的伪装。

又是一年高考结束，他辗转打听到女孩的消息，而这一次，他终于有资格站到她的面前。

年少的苦难并未让少年一蹶不振，荆棘丛生的泥泞中落下了一抹光，因此贫瘠的土壤也开出了绚烂的花。

即使没有被亲生父母寻回，少年仍旧会拼尽全力，为着能走近女孩而努力。

或早或晚，他总会挣扎着跨出泥泞，越过山巅，攀上云端，独占那抹月光。

出版番外 /
迟来的回应

工作原因，陶言需要出趟差，时间不定，至少两个月起步。

离开前那几天，江屿绥格外黏人，平日有些工作狂属性的人，每天朝九晚五，下班后立马回家，就和陶言待在一处。

这一天他再一次挂断电话后，陶言无奈道："你这样真的没问题吗？工作都忙完了？"

"放心，都忙完了。"

两人窝在沙发上看电影，江屿绥回答的间隙收起手机，又叮嘱："预报说云县接下来大降温，你记得带点厚衣服。"

陶言点头，刚要开口，又听他说："算了，行李我来给你收拾吧。"

陶言轻叹："我还有两天才走呢。"

"就两天了。"江屿绥的语气惆怅不舍，在她手背上落下一吻，"要走那么久呢，我想你了怎么办？"

陶言安慰："可以视频呀，中间如果有假期，我也会回来的。"

然而安慰真的就只是安慰。

出差的地方在西南某山区，墓坑在山里，信号时好时坏，且出土的文物太多，研究所的同事们恨不得一个人掰成两个用，忙起来有时连吃饭的时间都没有。

工作时没时间看手机，消息也没法及时回复，最初那几天，陶言每晚睡前会和江屿绥通电话，但每日工作太累，往往聊不了几句，她就会睡着，后来见她实在太累，江屿绥索性取消了这项睡前活动。

消息很少回复，又没怎么通话，这次分别，从某种程度来说，甚至比当初江屿绥外派欧洲那段日子还要难熬。

三个月后,陶言终于结束了第一阶段的工作,有了一个短暂的假期。

江屿绥最近也很忙,她没告诉他,想给他一个惊喜。

车到站已是深夜,同事家人来接,顺路将陶言送了回去。

皎洁的月光穿过窗帘缝隙洒进屋内,床头的小夜灯氲出暖色光晕,陶言放轻脚步走近,发现他戴着耳机,视线掠过一旁,看到枕头旁的手机。

也许是太过熟悉彼此的气息,熟睡中的人并未醒来。

她轻手摘下耳机,出于好奇,凑近耳边听了听,熟悉又陌生的青涩嗓音在寂静夜色中格外清晰。

陶言怔在原地,直到骨节分明的手掌圈住了她的手腕。

"……桃桃?"

低哑嗓音响在耳旁,陶言回神垂眸。

四目相对,两秒后,圈在手腕上的手掌用力一扯,站在床边的人重心不稳地跌进了男人怀中。

"我不是做梦吧?"他语调沉缓,指腹在她颊侧轻轻摩挲,"回来了怎么不告诉我?"

"想给你一个惊喜嘛。"陶言知道他担心,解释道,"放心,和同事一起回来的。"

安静片刻,她坐起身,迟疑着问:"你听的……"

江屿绥这才注意到她戴着的耳机,神情微僵,他抿了抿唇,耳根漫上一层绯色。

"好像是我高中时——"的广播。

她后半句话还没能说出来,就被突来的吻堵了回去。

江屿绥抵着她的额头,哑声呢喃:"嗯,我是变态。"

陶言一噎:"……我不是这个意思。"

他喉间溢出一声低笑,没多做解释,只是道:"太晚了,先休息吧。"

两人相拥着躺在床上,静谧的夜滋生出许多难言的情绪,明明都很累,却谁也没有睡着。

良久,江屿绥启唇缓声道:"你不在,我有点失眠。"

他低声诉说着这段日子以来难挨的思念,因为取消了睡前的固定通话,他靠着那几段录音度过无数个辗转难眠的夜,渐渐地,话题衍生到了那几段录音的来历。

"高中时候录的，嗯……我还拍了一张你的照片……"

磁沉的嗓音在寂静夜色里仿佛某种温柔的乐器，年少往事宛如一张画卷缓缓铺开，伴着耳畔低哑的声音，陶言缓缓沉入梦乡。

陶言的高中生活并没有什么特别的地方，和大多数同学一样，被数不清的试卷和竞赛填满，偶尔参加学校的集体活动，千篇一律的寡淡。

可她不知道，她以为寡淡无趣的生活，也曾给深陷泥泞的某人带来了光亮。

许是因为睡前江屿绥的那些话，她罕见地梦见了高中时的事。

那是高一那年植树节，她能感受到周遭和缓的风，草木的清香，能听清身旁同学们的交谈，却像个旁观者，做不出任何其他反应。

那一刻，她突然明白，这只是一个梦。

意识到这一点的时候，她像是突然从幻境中抽离出来，她还是能清晰地看清周遭人的所有动作，听清所有声音，只是……她也看到了那场景中的另一个"自己"。

高中时的她面容青涩，穿着蓝白相间的校服，一举一动透着规矩的乖巧。

陶言看了会儿，突然想到什么，视线越过同学们，仔细观察四周。

少顷，她余光瞥见了离这里不远处的一棵树后，站着一个戴着口罩和帽子的少年。

刹那间，她眉眼中浮现出自己都未曾察觉的柔意。她走到他身旁，刚开口，却又突然意识到，他看不见她，自然也听不见她说话。

她看着他的目光一错不错地看着不远处种树的"自己"，也看清了他眸中压抑克制的某种情感。

梦境转换，荒野郊外突然变成了高楼林立的市区。

身后是学校大门，似是刚放学，周遭同学来来往往，"自己"面前堵了一个男生。

想了好一会儿，她才想起来，这是高中时那个向她示好，被拒绝后还纠缠她的男生。

梦里的情形和记忆中没什么分别，只是在某次男生纠缠后，陶言没有和"自己"一起坐公交车离开，而是跟在男生身后，走到一家游戏厅前，她看到了少年冷声警告男生。

画面一转，似是几天之后，男生再次纠缠后，陶言如之前一般，跟在他身后。

她看到少年再次拦在男生面前，看到少年揍了男生和他带来的几人，也听到了男生对少年的嘲讽。

少年孤寂站在巷中的身影映入眼帘，她心中生出抹难言的酸涩，忘了自己只是一个无法参与的旁观者，她迈开脚步，那一刻，只想走到他身边。

不料，脚步刚一落下，周遭景色变换，她看到"自己"被一个中年男人拦在巷中，而那男人口中还不住地说着贬低江屿绥的话。

陌生的画面令她怔在原地，听着"自己"口中对江屿绥的维护，她眼睫颤了颤，再次看向那个中年男人，却仍觉得陌生。

直到"她"说完一切，转身离开，她的视线跟着转移，目光却突然僵住。

她看到"自己"手腕上那条熟悉又陌生的手链无声断裂，坠在了角落。

时间好似在这一刻定格，那些早已褪色的画面突然变得鲜活明亮。

手链丢失的日子，同时也是江屿绥喜欢上她的日子。她曾经一度不解，这天到底发生了什么，此时的梦境，终于解开了她的疑惑。

少年从拐角处走出，拾起了角落的手链，她跟着他走到珠宝店，看到他问价后落寞的眼神，也看到了他踌躇着想要走到"她"面前归还手链，却在最后一刻缩回了脚。

她怔怔地看着，周遭风声依旧，喧嚣嘈杂。

直至耳旁响起一道艰涩嗓音："谢谢。"

掌心突兀地传来轻微触感，是两颗糖果。

陶言震惊地睁大了眼，那层一直蒙着的将她与梦境隔开的幕布不知何时无声消散了。

应该是身处游乐场，面前的人身穿玩偶服，辨不清面容，刚才那句道谢的声音却熟悉。

她不动声色地打量了下四周，却只觉陌生，完全没能从记忆中找出任何与此有关的画面。

但结合之前旁观的那些记忆，她试探般启唇："江屿绥？"

即使隔着臃肿的玩偶服，也能隐约察觉他的僵硬。

"江学长？"

身侧震惊的声音令陶言的目光终于从少年身上移开，她这才注意到一旁的朋友——高中时的同桌林璐绮。

看清她时，陶言终于对这段记忆有了点印象。

那是她第一次和林璐绮外出一起玩，她们聊了彼此的兴趣爱好，还有理想院校。

虽然不明白为什么她会突然从梦境的旁观者，变成参与者，但陶言没有浪费时间去想这个问题。

她满心满眼都是身前这个蒙在玩偶服中的少年，再也无暇关心其他。

待林璐绮去了一旁后，她一动不动地看向他，嗓音带着自己都不曾察觉的轻柔："学长，我——"

"我还有工作。"未说完的话被少年打断，他嗓音干哑，却带着莫名的颤意。

陶言一滞，隔着厚重的玩偶服，她看不清他的神情，却又能透过语调察觉他压抑的情绪。

透过这个梦，她隐约察觉到了曾经那个孤僻少年深埋心底的不安和卑怯。她没再勉强，只是眉眼微弯，轻声说："江屿绥，你真的很好。"

也许等醒来，关于梦中所有的一切她会遗忘，而她现在说的这些话，当年挣扎在荆棘中的少年也永远不会知道。

可此时的她心中翻涌着莫名的冲动，平静的湖面掀起了无法忽视的波澜。

她一字一顿，仿佛是在弥补遗憾，又仿若是在给被自己年少时忽略的少年承诺："我会来 A 大找你。"

声声鸟鸣落进室内，陶言睁开睡意惺忪的双眼。

怔神了两秒，她想起昨晚做的梦，动作微顿。她无声抬眸，猝不及防地撞进一双温柔的眸中。

一片静谧中，陶言仰头亲了亲他，眉眼微弯："早安。"

江屿绥的眸底划过一丝笑意，刚醒时的嗓音带着些低哑："早餐想吃什么？"

陶言："都可以。"

她拉住他的胳膊，止住他想要起身的动作，突然道："我昨晚做了一个梦。"

江屿绥一顿，垂眸看向她，神情难辨。沉默两秒后，他低声问："什么梦？"

她没回答这个问题，只是启唇轻声道："小桃树有一半是你养活的，那个纠缠我的男生是你吓退的，手链也是你捡到的。"

她顿了顿,迟疑着问:"那A大呢……也是因为我,你才填的这个志愿吗?"

她一动不动地凝视着他,执拗得仿佛不得到答案就不会罢休。

江屿绥沉默片刻,终是轻叹了声:"嗯。"

"为什么……"陶言的心蓦地一揪,"万一我最后,没有去A大呢?"

他喉间溢出一声轻笑,眼底情绪不明,嗓音却温柔到了极点:"可是,你不是说,会来A大找我吗?"

她愣在原地,好半晌,像是明白了什么,眉目间染上笑意:"对,我说过的。"

这是如今的她想对年少的他说的话,同样也是年少的他想要对她说的话,不管她最终去了哪里,他都会找到她,然后排除万难走到她面前。

意外的梦让陶言得以窥见少年那段泥泞岁月,也看到了他曾经深埋心底的沉重爱意。而有些话,是她不曾在梦里说过,却想告诉他的。

年少的时光无法回溯,可有些遗憾,却可以弥补一二。

返程前,她将信笺放在了枕头边。

当晚,加班到晚上九点才回的江屿绥看到了枕边的信。

学长:

  思虑良久,还是用了这个称呼。高中时的我其实是一个挺"没趣"的人,学习占据了百分之五十的时间,剩下的百分之五十则留给了吃饭、睡觉。所以我不曾知晓,那时会有一个那样优秀的人默默关注着我。

  初见时看到你在小巷打架,第二次是你在国旗下检讨,第三次是迟到翻墙进校……我猜,也许高中时的你曾以为我对你的印象很差。其实并没有,我第一次听别人说起你,只觉得这位学长真的很厉害。我们见过几次,却并不熟悉,甚至称不上认识,可你大概不知道,那时我时常能听到有关你的消息,那些似是而非的传言,让我逐渐拼凑出了一个完整的你。你独自挣扎在荆棘林中,而我却像是橱窗里被"罩着"的娃娃,你曾说我心软、善良,也夸过我聪明、坚定、不缺毅力,可你不知道,我也曾敬佩你的勇气,羡慕你的坚定。在那些我们彼此错过的岁月里,我也曾偷偷仰望过你。

  我曾说过,我只对你心软,也许你不知道,那次你迟到翻墙,我没有记你的名字，也是我第一次为一个人徇私。后来在巷子里，听到江武对你的诋毁，我都不知道我哪里来的勇气，第一次那么有胆量地反驳了他。后来，你是我第一次加好友的游戏网友，是我第一次原谅的"骗子"，是我第一次收下礼物的追求者……不知不觉，我对你有了那么多的"第一次"。

  学长，这是一封迟来多年的信。我们错过了彼此年少的时光，可若是高中时相识相知，你迟到翻墙那次，我会在晚自习放学后给你送药；校艺术节，我会邀请你提前来看我的彩排；我会和你一起去给小桃树浇水松土，会主动麻烦你帮我解决纠缠的男生，会更加坚定地反驳江武的诋毁，会跟同学们解释你不是那样的人，会在游乐场陪着你给小朋友发糖果，我们会讨论彼此的理想院校，你不用因为我将志愿填到 A 大，也不用拼尽全力走到我面前，我们只需要沿着各自的路往下走，就注定会相逢。

——永远会来找你的桃桃

  那封信被江屿绥和结婚证一起珍藏了起来，他的女孩用最赤诚的方式告诉他，他挣扎着爬出泥泞，越过山巅攀上的月亮，会俯身主动走近他。

  经年的渴求得到了回应，年少时的求而不得，他愿意用一生来呵护珍藏。

攀月

Pan yue